ONTWAKEN
VAN DE
INNERLIJKE
STORM

Ontwaken van de Innerlijke Storm

ROXANNE DEURLOO

De Storm-serie

Controle is een leugen.
Alles breekt, uiteindelijk.

Boek 1

Ontwaken van de Innerlijke Storm
Waar alles begon

Boek 2

In de Schaduw van de Storm
Het begin van wat niet meer te stoppen is

Boek 3

Titel volgt

Boek 4

Titel volgt

Ik daag je uit om je innerlijke demonen
recht in de ogen te kijken.

Proloog

Duisternis dreigt de wereld over te nemen en in het midden van de strijd rusten twee rijken: Danann en Tartarus. Een eeuwenoude rivaliteit zet beide rijken tegenover elkaar, elk met een eigen overtuiging.

Tartarus is tegenwoordig gehuld in een sluier van duisternis maar ooit werd het rijk gevoed door nobele motieven. De bewoners geloofden dat vooruitgang voortkwam uit de kracht van hun burgers, de levensader van hun samenleving. Voor Tartarus was de bescherming van de zwakken en het handhaven van eerlijkheid niet alleen idealisme, maar een onwrikbare overtuiging die hun daden stuurde.

Donkere magie heeft altijd geheerst in Tartarus en de bewoners hebben geleerd om in harmonie met de duisternis te leven. Niet uit de dwaling van de ziel maar uit een diepgeworteld geloof in de balans van het universum. Ze omarmen de duisternis als een kracht die dient om rechtvaardigheid en evenwicht te herstellen in een wereld van licht en schaduw. In Tartarus manifesteert donkere magie zich op een wijze waarbij de grenzen tussen goed en kwaad vervagen in de diepe schaduwen van de duisternis. Magiërs putten uit de duisternis zelf waarbij ze de schaduwen als hun bondgenoten zien.

Het is een rijk waarin schaduwen dienen als zowel wapens als schilden, waarin duisternis zowel angst inboezemt als troost biedt. Magiërs worden soms gedwongen om duistere paden te betreden om het grotere goed te dienen. Het is een subtiele dans tussen licht en schaduw waarin de grenzen van moraliteit vervagen en elke handeling een schaduw werpt op de ziel van de beoefenaar.

Echter, is de weg naar de hel geplaveid met goede bedoelingen. In Tartarus begonnen enkele donkere magiërs hun krachten te misbruiken voor persoonlijk gewin en macht. Van de nobele paden van hun geloof werd afgeweken. Onder hen was Rigan, een krachtige magiër. Hij was een belangrijke politicus die met zijn charisma vele harten had gewonnen van burgers die de mond werden gesnoerd. Zijn aanhang groeide en zijn ambitie om de wereld te veranderen groeide mee. De haat en rivaliteit met Danann werd gevoed door Rigan en zijn aanhang. De vonk, die de oorlog vijftig jaar geleden aanwakkerde, ontvlamde een inferno van dood en verderf dat Tartarus verzwolg. Elke glimp van licht werd uit Tartarus verdreven.

Voor de oorlog strekte het rijk van Danann zich uit als een onbetwistbare heerser over de rijken. Een rijk gezegend met een sterke band met de natuur. Een rijk doordrenkt met overvloedige natuurlijke rijkdommen en vruchtbare gronden die zich uitstrekten tot aan de horizon. Een rijk waar de zon genereus haar stralen liet schijnen over een landschap dat bezaaid was met gewassen en bloemen.

In dit rijk van ongeëvenaarde pracht en praal kent Danann een hiërarchie van status die zijn fundamenten diep heeft geworteld in de geschiedenis van het land. De maatschappij is verdeeld in verschillende rangen die elk hun eigen rol en betekenis hebben.

De verdeling weerspiegelt de diversiteit van de bevolking en de structuur van Danann.

De trotse en onverschrokken Fianna vormen het kloppende hart van Danann. Het is een leger van moedige krijgers die bereid zijn om hun leven te geven voor de glorie van hun rijk. Zonder magie maar gezegend met een onwankelbare vastberadenheid vormen zij de eerste verdedigingslinie tegen externe dreigingen die het rijk bedreigen. Elk jaar stromen nieuwe Fianna's in na een meedogenloze selectiedag waarbij alleen de sterkste worden toegelaten. Zij stralen de kracht en trots van Danann uit naar de vijanden.

De Orde van Magiërs is onderverdeeld in verschillende elementaire specialisaties: vuur, water, lucht en aarde. Zij dienen als bewakers van de natuurlijke harmonie. Ze gebruiken hun krachten om de natuur te beschermen en te beheren, maar ze gebruiken hun krachten ook voor militaire en civiele doeleinden.

De Raad van Meesters, onder leiding van Cassius, regeert over het rijk van Danann. Hun dagen zijn gevuld met politieke intriges, strategische besluitvorming en het handhaven van de orde binnen de grenzen van het rijk. Onder leiding van Cassius heeft de Raad een reeks van wetten en decreten uitgevaardigd die het maatschappelijke weefsel van Danann vormgeven en controleren. In samenwerking met de Fianna coördineert de Raad van Meesters de militaire inspanningen van Danann en bepaalt zij de strategieën om de opmars van Tartarus te stoppen en de verdediging van het rijk te versterken.

De Laaggeborenen vormen de grootste klasse binnen Danann, bestaande uit burgers zonder magie of fysieke kracht. Ze worden gedwongen om ambachten uit te oefenen of de andere rangen te ondersteunen in ruil voor bescherming en levensonderhoud. Helaas worden ze vaak gediscrimineerd en beperkt in hun sociale mobiliteit.

In dit rijk van succesvolle hiërarchie staat één familie al

generaties lang aan het roer: de familie van Nasiah Amin. Gezegend met machtige magie en fysieke kracht spelen zij een cruciale rol in de elite van Danann. Onder leiding van Nasiahs grootvader, Cassius, regeert de familie vastbesloten om hun troon te behouden.

De tegenstrijdige overtuigingen van Danann en Tartarus over heerschappij en rechtvaardigheid belemmerden hun samenwerking al generaties lang. Het vormt de diepgewortelde basis van hun langdurige rivaliteit. Nu de duisternis groeit in Tartarus, vergroot hun kracht. De schaduw van Tartarus, geleid door de charismatische Rigan, strekt zich steeds verder uit. De glorie van Danann vervaagt. Met man en macht verdedigen ze hun grenzen, maar de duistere magie en brute kracht van Tartarus drijven hen terug. Het eens zo machtige rijk wankelt, zijn aanzien en status brokkelen af. Ondanks de heldhaftige inspanningen van Dananns verdedigers is de opmars van Tartarus niet te stoppen. De oorlog eist een hoge tol: dood en verderf teisteren het land, terwijl het rijk met de dag krimpt. Danann, ooit een baken van leiderschap en welvaart, staat nu op de rand van de afgrond, bedreigd door de duisternis die Tartarus over de wereld uitspreidt.

In het hart van de chaos staat Nasiah Amin, een jonge vrouw die voor onmogelijke keuzes komt te staan. Haar lot is verweven met dat van Danann en Tartarus. De paden die ze bewandelt zullen het verschil bepalen tussen overwinning en ondergang, tussen licht en duisternis, tussen herstel en verderf. Nasiahs keuzes zullen de toekomst van beide rijken bepalen.

1

Mijn luchtweg brandt en mijn hart bonkt in mijn keel. Mijn benen voel ik niet meer, maar mijn hersenen vertellen me dat ik nog altijd ren. Ik blijf rennen. Ik ren tot het bos achter me ligt en ik van de schaduwen bevrijd ben. Ik ren tot ik op de open vlakte ben. Ik ren zonder omkijken. Ik kan niet stoppen, hoewel de gedaante achter me verdwenen is. Mijn benen leiden een eigen leven en brengen me ergens heen.

Daar! Daar in de verte is Aedán!

"Aedán!!" schreeuw ik met alle macht vanuit mijn kern met de overgebleven inhoud van mijn longen, mijn stem geknepen. Een brok vormt zich achter in mijn keel.

Abrupt draait hij zich om en snelt zich mijn kant op. Ik blijf rennen. Terwijl ik hem in een rap tempo nader, zie ik zijn vertrokken gezicht. Ik zie bezorgdheid in zijn ogen.

"Aedán!" Ditmaal met een gebroken stem en een klein beetje opluchting. Zonder een goede rationele reden te hebben, ren ik zo zijn armen in. Met een klap kom ik tot stilstand tegen zijn borstkas. Mijn hart bonkt mijn borst uit. Ik adem alsof ik hyperventileer.

"God- Wat is er?" zegt Aedán geschrokken. Hij slaat direct zijn armen om me heen. "Rustig. Adem," zijn de kalme woorden die hij met een zachte stem tegen mijn hoofd fluistert. Hij drukt zijn mond tegen mijn kruin. Het koude zweet wordt langzaam overspoeld door een warm gevoel in mijn borst.

"Het was... Er zat...," stamel ik in een poging te bevatten wat er is gebeurd. Ik slik en frons, geïrriteerd door mezelf omdat ik de woorden niet kan vinden. Boos op mezelf omdat de angst me te pakken heeft en het me figuurlijk op de grond heeft geslagen.

Ik knijp mijn ogen hard dicht, in een poging te ontsnappen aan mijn angst, maar het brengt me terug naar het bos.

Eerder

Met elke stap die ik zet voel ik de beursheid van mijn bovenbenen. De zon is inmiddels volledig achter de bergen gezakt en we navigeren ons met het laatste zonlicht door het bos.

"We moeten opschieten, Naas. Loop eens door!" dringt Aedán hijgend aan.

We lopen nu al even flink door en mijn mond voelt droog. Ik verlang naar water maar met een piepende ademhaling blijf ik doorlopen.

"Is het bos groter geworden of zo?" zeur ik binnensmonds, mijn ogen samengeknepen alsof een van mijn kleine werpmessen ergens tussen mijn ribben wordt gestoken bij elke diepe ademhaling.

Aedán loopt inmiddels enkele meters voor me, met een stevige pas erin. Met mijn kortere benen kan ik hem net niet lopend bijhouden, maar hij gaat ook net niet snel genoeg om te joggen. Mijn ogen volgen de vorm van zijn achterkant en er verschijnt een kleine glimlach op mijn gezicht. Beginnend bij zijn korte donkerblonde haar, naar zijn brede schouders, waar een opgefrommelde zwarte capuchon met legergroene tinten op ligt. Over zijn schouders draagt hij zwarte metalen bescherming, die precies de rondingen van zijn schouders volgt. Het is perfect op maat gemaakt voor zijn bouw. Hij draagt het over een zwart met legergroen shirt, dat de vorm van zijn torso aansluitend volgt. Onbewust wrijf ik met mijn hand over mijn nek, mijn ogen dalend over zijn lijf. Zijn taille is smal waardoor zijn bovenlichaam een omgekeerde driehoek lijkt. Zijn zwarte broek, met talloze zakken en vakken voor wapens, beweegt soepel mee met elke beweging die hij maakt. Zijn zelfverzekerde maar toch nonchalante loopje maakt hij af met zijn zwarte veterlaarzen met stalen neuzen.

Ik knipper een paar keer snel met mijn ogen om mezelf uit deze starende toestand te halen en alsof Aedán het voelt stopt hij met lopen en draait zich om. Zijn heldere smaragdgroene ogen vinden de mijne. Ik slik even en glimlach dan naar hem.

"Gaat het allemaal nog?" vraagt hij me glimlachend, zijn ogen verzachtend.

"Ja hoor, geen enkel probleem. We zijn er al bijna," reageer ik zo optimistisch mogelijk zodat mijn pijn niet doorschemert. Hoe gebroken ik misschien ook ben, mijn figuurlijke masker stelt me nooit teleur.

"Gelukkig wel, ja," merkt hij op. "We hebben niet veel tijd meer. Kun je wat sneller lopen?"

Elke vezel in mijn lichaam schreeuwt "Nee!", maar ik reageer: "Ik probeer je bij te benen. Heb je trouwens nog wat water in je fles? Mijn mond is zo droog dat ik zowat geen adem krijg."

Met een nonchalante zwaaiende beweging haalt hij de rugzak van zijn schouder. Knielend op één knie slaat hij de klep van zijn tas open en haalt het halfvolle flesje eruit.

Ik bereik Aedán eindelijk en pak het flesje van hem over. Me wegdraaiend van Aedán, staar ik even in het bos terwijl ik een paar grote slokken neem. Alle bomen, struiken en bloemen staan in bloei. Zelfs de boomstammen zijn groen van de klimop. Sommige bomen zijn honderden jaren oud, hun stammen zo breed dat Aedán en ik er allebei achter zouden kunnen schuilen. Het kronkelende pad waarover we lopen beweegt vloeiend mee met de kleine heuvels in het bos. De roze en oranje gloed van de zonsondergang geeft het bos een magische uitstraling.

Terwijl ik geniet van het uitzicht, dwalen mijn gedachten naar vroeger. Aedán en ik kennen elkaar al sinds we vijf en zes jaar oud waren. We speelden destijds elke dag samen en waren onafscheidelijk. In de loop der jaren zijn we heel hecht geworden. Hij is als een broer voor me. Toch kan ik het niet helpen om af en toe te bewonderen hoe hij is opgedroogd.

"Hey, laat je ook nog wat over voor mij?" hoor ik hem vragen, zijn stem wat hoger dan normaal.

Ik wend me weer tot hem en realiseer me dat ik bijna het hele flesje heb leeg gedronken. "Oh, sorry!" verontschuldig ik me en geef hem het flesje terug waar misschien nog twee druppels in zitten.

"Gelukkig was mijn mond niet droog...," mokt hij sarcastisch.

"Wacht anders even. Ik ren wel even naar de beek. Dan vul het flesje," Ik grijp het flesje weer uit zijn hand.

"Nee joh, ik wacht wel tot we thuis zijn," reageert hij nog, maar ik ben al onderweg. "Naas! We hebben geen tijd," hoor ik hem nog roepen.

"Zo terug," roep ik rennend over mijn schouder.

Ik ren de heuvels over door de struiken en spring over de grote wortels van de bomen. Nog één heuveltje en dan ben ik bij een aftakking van de beek. Mijn benen zeuren naar me, alsof ze me met mijn neus op de feiten drukken en laten me beseffen dat mijn lichaam vermoeid is. Het laatste stuk loop ik terwijl ik alvast de dop van de fles trek. Knielend langs de waterkant dompel ik de fles in het kraakheldere stromende water. De fles vult zich langzaam met water en ik kijk wat om me heen.

Een rilling verplaatst zich als ijzige vingers over mijn lichaam.

De schaduwen beginnen steeds meer ruimte op te eisen in het bos en de roze gloed wordt geleidelijk overgenomen door donkerblauwe tinten. Zodra de fles volledig gevuld is, loop ik snel weer terug naar Aedán.

Bij terugkomst zie ik Aedán verveeld zitten op een mossige steen. Hij rust zijn hoofd in zijn handen en zijn ellebogen op zijn knieën.

"Ik ben er weer," roep ik hijgend van een afstandje naar hem.

Hij kijkt op, zijn blik geïrriteerd, en perst zijn lippen samen.

"Hier, drink wat," bied ik aan terwijl ik hem zijn fles teruggeef.

Hij zucht en pakt de fles aan. Zonder wat te zeggen staat hij op en loopt richting het pad wat ons naar huis leidt.

Een frons tekent mijn wenkbrauwen. Ik kijk hem met grote ogen na. "Wil je niet wat drinken?"

"Ik ben liever voor het donker thuis, dan dat ik wat drink," reageert hij fel over zijn schouder. "Kom, schiet op! Ik had eigenlijk al thuis willen zijn."

Ik rol geïrriteerd met mijn ogen. Het was een kwestie van twee minuten om dat flesje te vullen. We zullen echt wel op tijd thuis zijn. Zwijgend volg ik Aedáns pad, zonder moeite te doen om hem bij te houden.

De stilte die heerst tussen Aedán en mij vertaalt zich naar de stilte in het bos. Het is alsof alle vogels, alsook elk ander leven, het bos verlaten wanneer het donker wordt. Ik klem mijn kiezen op elkaar en ik kijk om me heen. Langzaam wordt het bos elke avond overgenomen door duisternis. Ik voel weer een koude rilling door mijn lichaam gaan.

Mijn blik wendt zich tot de lucht, het is bijna donker nu. Ik realiseer me dat we geluk hebben dat het niet bewolkt is. Dan zou het een stuk eerder donker zijn.

Mijn ogen zoeken Aedán in de verte, die nog steeds niets gedronken heeft. Een innerlijk gefluister spookt door mijn hoofd. *Hij waardeert je niet. Je bent hem tot last. Het is zoals altijd, niemand waardeert wat je doet.* Ik zucht en schud zachtjes mijn hoofd heen en weer. *Zijn gevoelens worden nog eens zijn ondergang.* Gek genoeg past zijn gevoeligheid helemaal niet bij het imago van een Fianna-krijger. Wees een vent en zet je erover heen.

Aedán is inmiddels uit het zicht verdwenen, met het kronkelpad de bocht om. Die haal ik wel weer in. Hij zal vast wel even op me wachten om gedag te zeggen. Hij gaat nooit weg zonder afscheid te nemen. Zeker niet in de heftige en angstige tijden waarin we zitten. Door de oorlog heerst er veel onzekerheid in Fionnuala, ons dorp.

Ik wrijf hard in mijn brandende ogen, in een poging ze open te houden. Na wat knipperen is mijn zicht wazig met witte en zwarte vlekken. Ik wrijf nog een keer om het te laten verdwijnen, waarbij er weer een rilling beweegt over mijn lijf. Ik besluit mijn zwarte leren jack dicht te doen. Een grote gaap verrast me, waarbij ik direct naar mijn linker ribben grijp. Een helse pijnscheut schiet in mijn ribben en dwingt me tot stilstand. Ik sta verkrampt met dichtgeknepen ogen en probeer rustig te ademen.

"Au," grom ik geïrriteerd wanneer ik weer een rustige ademhaling heb gevonden. Naar mijn ribben grijpend en naar links gebogen, open ik mijn ogen. Ik staar even in het niets, mijn zicht wazig waarbij ik nergens op focus.

Ik verstijf wanneer ik iets zwarts zie bewegen in mijn ooghoek. Uit automatisme draai ik mijn hoofd er naartoe. Mijn ogen vergroten. Nee! De haren in mijn nek staan overeind. Het zal toch niet?! Koude rillingen schieten als ijzige vingers over mijn ruggengraat, mijn spieren vastgrijpend.

Ik zie een kleine zwarte gedaante met zijn rood lichtgevende ogen, omringd door donkere mistige rook. In een rap tempo verplaatst hij zich naar een schaduw dichterbij me. Als je niet goed zou kijken, zou je zeggen dat het een struik is met kale takken.

Een Nevelwroeter! Nee! Mijn ogen zijn nu nog groter. Angst giert door mijn lichaam en spant al mijn spieren aan, maar ik duw het opzij.

Zonder er verder bij na te denken, vergeet ik de pijn en ren ik zo hard als ik kan. Mijn hart bonkt in mijn keel. Ik ren, ik ren zonder achterom te kijken.

Bewust onderdruk ik de wervelwind aan emoties die in mijn lichaam tekeergaan. In mijn gedachten ratel ik de informatie op, heftig op zoek naar een tactiek. Feiten zullen me helpen, emoties niet. Nevelwroeters verplaatsen zich ontzettend snel via schaduwen en veranderen in zwarte rook, zodat ze je via je mond of neus kunnen verstikken. Schaduw is tegelijkertijd ook hun zwakte, want ze kunnen het niet verlaten.

Ik moet zo snel mogelijk een lichte plek opzoeken! Ik moet dit bos uit!

Mijn ademhaling gaat zo snel dat ik er duizelig van word. Nee! Focus! Rennen! Ik wring de laatste energie uit mijn vermoeide lijf.

In mijn ooghoek zie ik het schaduwachtige monster met me meebewegen. Het zweet breekt me uit en paniek dreigt het van me over te nemen.

Ik ren met alles wat ik heb, waarbij ik zo veel mogelijk de lichte plekken in het bos volg.

Ik zie de rand van het bos, de uitgang. Nog een paar meter en ik ben op een open vlakte.

2

Heden

 edáns armen verstrakken zich rondom mij. Ik sluit mijn ogen even en begraaf mijn gezicht in zijn borst. Ik haal diep adem en de tranen dringen zich direct aan bij mijn ogen. Het voelt alsof ik intern bekeken word door twee kritische gitzwarte ogen van een van mijn innerlijke demonen. Ze kijken me streng aan. Ik probeer een brok in mijn keel door te slikken en knipper met mijn ogen in de hoop mijn tranen terug te dringen. Ik haal nog een keer schokkerig adem.

Het lukt me om mijn spieren iets te ontspannen. Ik tuur weer even in de verte in een poging mezelf te kalmeren.

"Goed zo," complimenteert Aedán me. Nog altijd met die zachte rustgevende stem die hij kan opzetten, als een veilige haven. Hij laat zijn armen iets losser om me heen vallen. "Maar kom, we moeten wel doorlopen. We moeten zorgen dat we binnen zijn." Hij laat me los en slaat vervolgens een arm over mijn schouders.

Mijn hoofd is leeg en ik laat me blindelings begeleiden door hem. Ik staar alleen maar recht vooruit. Het lukt me niet om een woord te zeggen. Ik durf het niet, huiverig voor diezelfde gebroken, zwakke stem die uit mijn mond kwam toen ik hem riep. Zijn arm blijft stevig om mijn schouders, maar mijn lijf is er nog niet over uit of deze geborgenheid wil toelaten.

Mijn ademhaling schiet weer omhoog wanneer ik me bewust word van hoe fragiel ik tegen hem aan loop. Hoe meer ik erop let, hoe moeilijker ademen wordt. Ik schaam me, mijn masker vertoont scheuren. Het liefst duw ik hem van me af, maar iets in me voelt zich beschermd.

Thuis zet hij me af voor de grote gebogen dubbele deuren, die omringd zijn door struiken en roze bloemen. Ik zucht opgelucht en verlang naar alleen zijn in mijn kamer.

Aedán zoekt met zijn zorgzame blik oogcontact, zijn hoofd naar beneden kantelend. "Hey, ik moet er echt gelijk vandoor. Ik kom morgenochtend even langs, goed? Rustig aan hè," glimlacht hij naar me en hij knijpt nog één keer mijn schouder fijn.

Ik verbijt de pijnscheut in mijn schouder en ik knik. "Is goed, tot morgen," reageer ik glimlachend, mijn blik waterig en met een steen op mijn maag. De pijn in mijn schouder herinnert me aan onze training van zojuist.

Eerder

"Oké, nog een keer!" spoor ik hem aan terwijl ik over mijn wang wrijf, in een poging de pijn weg te poetsen. Mijn vernauwde ogen zijn gefocust op Aedán, wetende dat ik dergelijke stoten moet kunnen weren. Hoewel hij een jaar Fianna-ervaring heeft, een kop groter en twee keer zo breed is dan ik, mag dat niet betekenen dat hij me overmeestert.

"Kom op hé," moppert hij, zijn stem serieus. "Je moet sneller je dekking verplaatsen. Je geeft me te veel opties."

"Ja ja, kom nu maar!" Mijn stem klinkt gefrustreerd, niet op

Aedán maar op mezelf. Ik ga weer klaar staan, mijn dekking hoog. Ik bestudeer zijn houding door mijn dekking heen. Elke stoot die ik opvang met mijn metalen bescherming om mijn onderarmen richt bij hem schade aan.

Ik zie hem lichtjes door zijn knieën zakken en zijn bovenlichaam draaien. Ik vul mijn longen en houd het vast. Met zijn rechterarm stoot hij richting mijn gezicht en ik weet hem met mijn linkerarm van me af te weren. Zijn linkervuist komt direct van onder richting mijn kaak, maar ook die weet ik te ontwijken. Ik haal in één beweging uit richting zijn gezicht en raak hem vol op zijn wang met mijn leren vingerloze handschoen. Hij wankelt een stap opzij.

Een glimlach krult mijn mondhoeken omhoog en een gniffel verlaat mijn neus.

"Goeie!" zegt hij met een glimlach terwijl hij met de achterkant van zijn hand het ontsnapte kwijl uit zijn mondhoek weg wrijft. "Ik heb je nog niet eerder zo snel zien reageren met een tegenaanval."

Ik weet niet wat ik erop moet reageren dus ik grijns en ik weet dat hij daar voldoende aan heeft. Het is een grijns die hij al jaren kent. We hebben inmiddels aan een blik genoeg. Althans, ik ken hém door en door, hij ziet alleen de kant van mij die ik wil dat hij ziet. Het is niet nodig dat hij mijn donkerste innerlijke kamers kent, die onzekerheden zijn alleen voor mezelf.

We komen allebei even op adem.

Zittend op een grote steen langs de beek, mijn ellebogen rustend op mijn omhoog getrokken knieën, verdwaal ik in het stromende water van de beek. Met de zon en een licht briesje op mijn gezicht, volg ik een blaadje dat met de stroming langs stenen wordt geleid. Ik sluit mijn ogen, mijn andere zintuigen versterkend. Ik kantel mijn hoofd naar achter en glimlach. Bloemige geuren prikkelen mijn neus terwijl vogels fungeren als achtergrondkoor.

Aedán haalt me uit mijn moment als ik hoor dat hij iets uit zijn tas pakt. Met één oog open zie ik hem een lege fles pakken, waarna hij naar de beek loopt en het vult met water.

"Wil je ook wat?" vraagt hij me nadat hij een paar grote slokken neemt.

Ik knik en pak de fles van hem over. Terwijl ik een aantal slokken neem, hoor ik Aedán zijn keel schrapen.

"Wat?" vraag ik hem met opgetrokken wenkbrauwen.

"De selectiedagen voor de Fianna zijn bijna. Ben je er klaar voor, denk je?" Hij rekt zijn armen en schouders nonchalant terwijl zijn ogen gefixeerd zijn op mij. Ik hoor de bezorgdheid in zijn stem, ondanks zijn poging luchtig over te komen.

Ik wrijf mijn lippen over elkaar. "Ja en nee," reageer ik luchtig. "Ik móet slagen en door de selectiedagen heen komen. Falen is niet echt een optie." Ik haal mijn schouders op. "Het is niet dat ik een andere keuze heb," voeg ik er enigszins sarcastisch aan toe.

Aedán is er inmiddels in het gras bij gaan liggen, op zijn zij, leunend op zijn elleboog en zijn been opgetrokken.

Ik voel zijn ogen in mijn rug branden, maar ik dwing mezelf naar het stromende water te blijven kijken. "Mezelf verlagen tot de Laaggeborenen zou een afgang zijn," vervolg ik mijn antwoord. "Maar ik zal de komende dagen nog keihard moeten trainen, wil ik verzekerd zijn van succes." Ik krul mijn mond licht opzij en ik probeer de druk op mijn schouders te verlichten door diep in te ademen.

"Ja, het zal pittig worden. Ik heb de komende dagen geen lessen meer want de hele school en alle docenten zijn zich aan het voorbereiden op de selectiedagen. Als je wilt, kunnen we nog een paar keer sparren. Ik help je graag, dat weet je," biedt hij aan, zijn zachtaardige karakter niet verbergend.

Mijn kaken klemmen op elkaar en een fluisterende stem infiltreert mijn gedachten. *Zie je wel, hoor je die toon? Hij twijfelt aan je. Hij denkt dat je het niet kan. Niemand gelooft dat je zal slagen.*

Ik pers mijn lippen op elkaar. Ik weet zelf ook dondersgoed welke risico's de selectiedagen met zich meebrengen. Elk jaar zijn er kandidaten die het niet overleven, veel kandidaten, maar het is een eer om er doorheen te komen. Ik kraak mijn rug even terwijl ik hem oprek. Ik ben al jaren hierop gefocust en ik train hard. Ik leef hiervoor en ik ga het halen ook. Ook al zou Aedán twijfelen aan me, het is niet dat hij me kan overhalen niet deel te nemen.

Ik kijk hem aan en glimlach, mijn innerlijke vraagtekens verbergend. "Ja, dat zou ik wel fijn vinden." Ik laat een korte stilte vallen. "Alleen als je belooft dat je je niet inhoudt," knipoog ik uiteindelijk naar hem, mijn eigen twijfels maskerend met een speelse flair.

Hij lacht kort door zijn neus, staat op en draait zich van me weg om klaar te staan op het reeds platgetrapte gras waar we nu al even aan het sparren zijn. "Is goed."

Ik laat mijn hoofd even hangen en zucht, waarna ik mezelf weer tegenover hem positioneer.

"Kom maar op!" daag ik hem uit.

Even later bevind ik me op de grond, Aedáns arm in een wurggreep om mijn nek en zijn been over mijn heup heen. Hij heeft me klem, zijn lichaam strak tegen het mijne. "Klop af!" roept hij hijgend.

"Nee!" schreeuw ik terug terwijl ik mezelf tevergeefs los probeer te krijgen. Ik zucht en kreun. Zijn arm zit te strak om mijn nek en ik krijg hem niet van me af. Zijn been houdt me tegen te draaien, maar ik kan niet opgeven. Ik mág niet opgeven.

Deze ronde ging best goed en ik heb hem door mijn snelheid en behendigheid een paar keer goed kunnen raken. Maar puntje bij paaltje is hij gewoon te groot en sterk voor me. Zijn enkele bovenarm heeft dezelfde omtrek als mijn armen bij elkaar.

Nu zit ik klem onder diezelfde arm en word ik gedwongen af te kloppen. Mijn spieren beginnen te verkrampen van het verzet. De moeheid slaat toe, mijn zweet vermengend met het zijne.

Precies op het moment dat ik wil afkloppen, hoor ik een bekende stem vanuit de bossen. De haren in mijn nek staan direct overeind en mijn bovenlip is opgetrokken.

"Oh meisje toch, laat het nou toch gaan. Dit is niet voor je weggelegd joh," hoor ik hem kleinerend en cynisch zeggen.

"Rot op, Adham! Ga alsjeblieft iemand anders lastig vallen," sneer ik terug, terwijl Aedán me van zijn wurggreep verlost en een koele bries mijn plakkerige rug weer bereikt.

"Ben je nog steeds van plan deel te nemen aan de selectiedagen?" vraagt hij lachend zonder een antwoord te verwachten. "Je maakt geen schijn van kans, klein zusje van me."

Het bloed kookt in mijn aderen bij het horen van zijn toon.

"Serieus! Ga weg!" roep ik woest naar hem terwijl ik opsta en hem strak aankijk.

"Wat wil je doen dan? Je zal je grote broer toch niets aan doen? Dat heb je niet in je joh," lokt hij me uit. "Ik doe alleen mijn plicht als broer. Het wordt je dood als je meedoet en ik wil het levenloze lichaam van mijn kleine zusje toch niet naar de zeegoden sturen?" Hij maakt wat golvende bewegingen met zijn armen. Het sarcasme druipt er vanaf.

Ik voel mijn hartslag bonken in mijn hoofd. Mijn neusvleugels verwijden, getriggerd door zijn misplaatste arrogantie. Adham heeft de selectiedagen pas vorig jaar tegelijkertijd met Aedán succesvol doorlopen, maar doet alsof hij de held van heel Danann is. Alsof ons hele rijk niet zonder hem kan. Ik ben woest op mezelf dat hij me in deze toestand zag.

"Gebruik die hersens eens van je en besef je dat je geen schijn van kans maakt," zegt hij kleinerend en hij slaat zijn armen over elkaar terwijl hij me strak aankijkt.

Mijn kortgeknipte nagels drukken halve maantjes in mijn palmen. Iets weerhoudt me te reageren, alsof een klem mijn stembanden blokkeert.

"Je denkt dat je het gaat halen met alle trainingen die je doet, maar dit gaat hem niet worden hoor," preekt hij verder. "Ook al zou je miljoenen trainingsuren hebben, je bent niet sterk genoeg. Maar hey, als jij dood wilt gaan... Doe vooral je ding! Dan zijn pa en ma ook van deze schande af. Je bent een vernedering voor onze familie." Hij keert zijn rug toe en loopt weg zonder op mijn reactie te wachten.

De klem in mijn keel staat nu nog strakker, mijn geschreeuw weerhoudend. Of is het een brok die erbij gekomen is, die me wilt laten huilen? Ik snap niet wat er gebeurt in mijn lijf en ik voel me verscheurd, resulterend in stoom dat uit mijn oren komt. Wie denkt hij wel niet wie hij is?! Hij bepaalt niet wat ik doe. Hij weet niets van wat ik kan! Al mijn spieren staan aangespannen, mijn vuisten trillen. Ik haal mijn neus op, mijn blik nog altijd gefixeerd op Adham die langzaam verdwijnt in de struiken.

Mijn gedachten nemen het over. Ik zie mijn ouders en grootvader voor me, niet in ons huis maar in hun functie, en de teleurstelling die van hun gezichten afdruipt. Hoe kan ik in godsnaam tot deze familie behoren? Mijn grootvader, Cassius, de leider van Danann en een krachtige magiër die al decennia ons rijk aanstuurt en ons begeleidt in de oorlog waarin we verkeren. Mijn ouders die tot de elite van Danann behoren. Mijn vader, de generaal van de Fianna, een succesvolle leider. Mijn moeder, een fantastische magiër met een hoge politieke functie bij de De Raad van Meesters.

Ik ben verstijfd en voel een vloedgolf zijn weg omhoog zoeken naar mijn ogen.

Ook al is Adham een arrogante sukkel en heeft hij nog niet veel bereikt, Akhil en Faris zijn allebei gerenommeerde krijgers bij de Fianna. Ze hebben ontzettend veel potentie. Zelfs Adham heeft de fysieke potentie om een goede krijger te worden.

En dan ben ik er... Hoe kan het dat mijn fysieke bouw zo anders is? Ik ben een kop kleiner dan mijn broers en ik heb eigenlijk een heel smal figuur. Het lijkt wel alsof er een oneerlijke verdeling is gemaakt in de DNA-overdracht. Als ik magie had gehad, dan was het allemaal wel uit te leggen. Maar nee...

Zonder het in de gaten te hebben houd ik mijn adem in en bijt ik op de binnenkant van mijn wang. Mijn blik is gevestigd op het gras twee meter voor me. Ik dwing mezelf door een brok in mijn keel heen te slikken.

Ik voel Aedáns ogen in mijn rug branden, maar ik draai me niet om. Nee, als ik hem aankijk weet ik zeker dat ik breek en met janken bereik ik uiteindelijk helemaal niets. Hij legt zijn hand op mijn schouder. Ik voel een ongemakkelijke wervelwind in me tekeer gaan, waardoor ik met een rollende beweging van mijn schouder zijn hand er vanaf duw. Mijn middenrif verkrampt en ik bijt mijn kiezen op elkaar, alles om de schreeuw vanuit mijn tenen niet te laten ontsnappen. Ik moet dit onder controle krijgen en Aedán hoeft me niet te troosten. Wanhopig probeer ik mijn gevoelens weg te duwen en mijn gezicht te neutraliseren.

Ik knipper met mijn ogen. Ik blaas zo onhoorbaar mogelijk door mijn mond uit. "Wie denkt hij wel niet dat hij is?" zeg ik uiteindelijk hoofdschuddend, mijn stem zo rustig mogelijk.

"Laat hem kletsen! Hij weet niet waar hij het over heeft," reageert Aedán, zijn stem zacht en beschermend. "Hij vindt zichzelf helemaal fantastisch, maar zover ik me kan herinneren was hij niet het beste jongetje van de klas hoor," hoor ik Aedán achter me zeggen terwijl ik weer naar het bos staar waar Adham in verdween.

"Nee joh, laat gaan," weet ik schouderophalend te reageren en ik draai me om naar Aedán. "Zullen we nog een laatste rondje sparren?" vraag ik hem glimlachend zodat we van onderwerp veranderen en ik deze situatie achter me kan laten. Ik zie een bezorgde glans in zijn ogen waardoor mijn ogen kort naar de grond gedwongen worden. Ik dwing mezelf hem weer aan te kijken.

"Zeker weten?" vraagt hij, maar hij ziet mijn vastberaden blik. "Een korte dan. Een laatste rondje. Daarna moeten we wel echt richting huis. We hebben niet heel veel zonuren meer." Hij gaat weer klaarstaan in vechthouding met zijn dekking hoog.

3

Heden

Met geforceerd naar achter geduwde schouders doe ik de voordeur open. Kalmte keert weer terug in mijn lichaam nu ik weet dat Aedán geen getuige meer is van mijn zwakheid. Mijn longen vullen zich met lucht en ik duw mijn kin omhoog.

Ik scan met vernauwde ogen de grote hal, mijn blik de trap naar boven volgend. Langs de eerste treden die zich links omhoog draaien. Een zucht verlaat mijn mond. Gelukkig, ik zie niemand. Over de lange loper beweeg ik me richting de trap, op weg naar mijn kamer op de eerste verdieping. Los van de lantaarns aan de muur die flikkerend kaarslicht bieden, is het donker. De dienstknechten zijn blijkbaar nog niet toegekomen aan het verlichten van de grote kroonluchter aan het plafond.

Boven aangekomen, kijk ik de gangen in. Ik hoor aan het einde van de lange gang recht voor me wat gerommel. Mijn ogen vergroten en ik versnel mijn pas naar mijn kamerdeur in diezelfde gang, in de hoop de dienstknechten niet tegen te komen.

Ik loop mijn schemerige kamer in en sluit de deur snel maar voorzichtig en zacht achter me. Mijn schouders zakken. Ik heb het gehaald en ik voel een zekere rust over mijn lichaam komen nu ik zeker weet dat ik alleen ben. Ik leun met mijn rug tegen de deur, sluit mijn ogen en laat mijn hoofd naar achter vallen. Heel even blijf ik zo staan.

Wat is er in vredesnaam gebeurd?! Ik zie de Nevelwroeter voor me in gedachten. Ik voel weer een brok in mijn keel groeien, dus ik open mijn ogen om het te laten stoppen. *Niet janken!* Met beide handen wrijf ik over mijn gezicht om mezelf te herpakken.

Daar is mijn perfect opgemaakte grote bed met opgeklopte kussens erop. De beige en donkergroene lakens en slopen in combinatie met het gouden frame met hoge pilaren in elke hoek van mijn bed stralen succes uit.

Mijn ogen worden geforceerd naar de grond voor me. Bijtend op de binnenkant van mijn wang loop ik naar mijn bed en ik laat me erop neerploffen. Mijn benen en armen ver naast mijn lichaam, waardoor ik met één beweging de lakens en kussens in de war gooi.

Ik staar met een miljoen warrige gedachten naar het plafond, strelend over de hanger van mijn ketting. De trots die ik voelde tijdens het sparren is vervangen door een teleurstelling in mezelf. Ik sluit mijn ogen in een poging de pijnlijke gedachten te stoppen. In gedachten ga ik terug naar mijn vertrouwde plekje bij de beek.

Eerder

Hijgend en zwetend zit ik achterover leunend met mijn handen als steun op de grote steen langs de beek. Aedán ligt languit naast me in het gras uit te hijgen. Dat laatste rondje heeft ons allebei gesloopt. We zeggen nu al een paar minuten niets tegen elkaar en we genieten allebei van de stilte. De lucht is inmiddels veranderd in een mooie roze en oranje kleur en ik staar richting de zon die achter de bergen aan het ondergaan is. Het geluid van een kabbelend beekje vult mijn oren.

Ik richt mijn blik even op Aedán en ik zie de zweetdruppels glinsteren op zijn huid. Hij ligt met zijn ogen dicht. Zijn linker jukbeen is rood en begint op te zwellen. Een glimlach speelt rond mijn lippen.

Ik verlies mezelf in een dagdroom en zie mezelf zij aan zij staan met Akhil op de frontlinie vechtend voor Danann, voor Fionnuala. Er verschijnt een kleine glimlach op mijn gezicht en ik sluit mijn ogen, genietend van de gedachte. Maar bezorgdheid neemt het al snel over.

Het gaat niet goed met Danann en we staan op het punt om te vallen. De Fianna en de Orde van de Magiërs vechten ontzettend hard om ons staande te houden, maar ze bereiken helaas weinig. Alles in me zegt dat ik daarin mijn steentje moet bijdragen. Ik hoor daar tussen te staan, te vechten voor mijn Rijk.

Ik open mijn ogen en staar naar de overkant van de beek en zie het dorre gras en het bruine duistere woud in de verte. Het blijft gek om te bedenken dat het aan deze kant zo kalm en vruchtbaar is en dat het aan de overkant zo duister en wreed is. Het vreemde is dat het zo ontzettend stil is zodra je de beek oversteekt. Opeens hoor je de vogels niet meer zingen. Je hoort geen konijnen ritselen in de struiken. Er zoemen geen bijen. Het is leeg. Het voelt dood aan. Daar ligt Tartarus, het donkere Rijk.

Sinds Rigan, een donkere magiër, daar een halve eeuw geleden de macht heeft genomen, is het alleen maar duisterder geworden. Hij voedt zich op woede en verwoesting en zijn ambities zijn enorm. Al jaren probeert hij Danann over te nemen en hij staat op het punt van slagen. Zijn Schaduwkrijgers en Nevelwroeters zijn een paar jaar geleden speciaal voor deze missie gecreëerd met zijn donkere magie.

De Schaduwkrijgers zijn haast niet te stoppen. Ze hebben een menselijke ijzeren vorm, maar niets is menselijk aan ze. Ze hebben geen gezicht, alleen een vurig kleurige gloed op de plek waar hun ogen en hart zouden moeten zitten. Het schijnt onder hun zwarte harnas wat hun hele 'lijf' bedekt. Ze zijn genadeloos met hun zwaarden, onverwoestbaar.

De Nevelwroeters zijn hun kleinere hulpjes, maar ze zijn snel en verdwijnen in de duisternis en de schaduw. Ze zijn wreed en doden alles wat op hun pad komt.

Al zo veel mensen zijn we verloren in deze strijd. We hangen aan een zijden draadje. Ik kan het niet helpen om te denken dat ik iets kan betekenen in deze strijd. Iets in me zegt dat ik bedoeld ben voor grotere dingen.

Ik kijk weer opzij naar Aedán, die niet veranderd is van positie.

"Hey, we moeten gaan. De zon gaat bijna onder," zeg ik zachtjes. Ik zie aan de wijze waarop hij zijn ogen opent dat hij stiekem weggedommeld was, dus ik glimlach. "Je was toch niet in slaap gevallen?" grinnik ik plagend.

Aedán neemt diep adem in een poging wakker te worden, waarna zijn ogen vergroten als hij de stand van de zon ziet.

"Shit! Is het al zo laat?!" Hij springt op en pakt snel zijn spullen. "Kom, we moeten gaan. Nu!" Hij gooit zijn rugtas over zijn schouder terwijl hij de eerste stappen zet.

We haasten ons door het bos richting huis.

Heden

Een gele en oranje zachte gloed verlicht mijn kamer wanneer ik mijn ogen open en vanuit mijn bed naar de gebogen ramen kijk. Mijn ogen zijn in één keer wakker en groot. Heb ik in één ruk de nacht door geslapen?!

Mijn schouder zeurt en motiveert me te veranderen van houding. Ik gaap en draai me op mijn rug. Het welbekende plafond, omringd door sierlijsten en een grote kroonluchter in het midden.

Stemmen in de gang trekken mijn aandacht en er verschijnt een glimlach op mijn gezicht bij het horen van de mannenstem. Een stem die ik uit duizenden herken. Zou het? Een warm gevoel vult mijn borst. Zonder nadenken spring ik op en loop ik de gang in. Daar staat hij.

"Akhil!" roep ik verheugd met een grote lach op mijn gezicht.

Akhil kijkt op en ontmoet mijn blik. Een frons tekent kort zijn wenkbrauw maar verandert al snel in een glimlach die zijn grote bruine ogen verzacht. De dienstknecht met wie hij sprak weet genoeg en loopt richting de trap zodat wij onze hereniging kunnen hebben.

"Ik wist niet dat je naar huis zou komen," vervolg ik verbaasd terwijl ik de ketting om mijn nek van mijn rug naar mijn hals draai.

"Je weet toch dat ik nooit de 18e verjaardag van het beste zusje die ik heb zou missen?" zegt hij met een figuurlijke knipoog. Ik ben zijn enige zusje dus dit is verre van een compliment, maar dit zijn juist de opmerkingen die ik het meeste mis. Hij is veel weg sinds hij als volwaardige Fianna meevecht ter verdediging van ons Rijk.

"Wauw... Je moet zeker punten gescoord hebben, willen ze je een paar dagen verlof geven," sneer ik met diezelfde figuurlijke knipoog terug.

Hij glimlacht en ik zie zijn ogen me bestuderen van mijn kruin tot mijn tenen. "Wat is er met jou gebeurd en wat heb je in godsnaam aan?!" Zijn stem is scherp en verward.

Ik trek mijn wenkbrauwen op en bekijk mezelf vluchtig als ik naar beneden kijk. Ik wrijf mijn handen door mijn warrige haren. Ik was heel even vergeten hoe ik erbij stond. Nog steeds in mijn trainingsoutfit van gisteren en mijn haar een rommelig vogelnest.

"Oh, ja... Sorry. Ik heb gisteren zo hard getraind met Aedán dat ik uitgeteld was toen ik thuis kwam. Ik sliep al voordat ik mijn kussen raakte," reageer ik uiteindelijk met een volle borst, een glimlach op mijn verheven hoofd.

"Trainen?" vraagt hij me, met één opgetrokken wenkbrauw.

"Nog steeds voor de selectiedagen van de Fianna?"

"Ja, zeker. Aedán helpt me erbij. Wat dat betreft is er niet veel veranderd hoor, sinds de laatste keer dat je hier was," reageer ik trots, enigszins zoekend in zijn ogen naar onze hechte band van vroeger. "En het gaat echt heel erg goed! Je zou Aedán moeten zien." Gniffelend stoot ik met mijn vuist tegen zijn bovenarm.

Hij fronst en is even stil. Hij knippert een paar keer met zijn ogen, alsof hij het even op een rij moet zetten.

Ik kijk hem aan met opgetrokken wenkbrauwen. "Wat?" vraag ik vervolgens terwijl een kort lachje mijn mond verlaat, ervan uitgaande dat hij trots op me zal zijn.

"Ben je serieus? Dat is toch niets voor jou?" Zijn stem nu iets dringender.

"Bloedserieus!" antwoord ik vol overtuiging met mijn kin omhoog.

Hij is weer even stil en ik zie hem naar woorden zoeken. Mijn spieren spannen zich aan, alsof ze zich klaarmaken om een klap te incasseren.

"Nasiah...," begint hij, terwijl hij mijn schouders vastpakt. Hij kijkt me intens aan, waardoor ik slik. "Ik weet niet of dit het beste is," gaat hij rustig verder met de vaderlijke toon die me weer acht jaar oud laten voelen. Hij neemt even pauze om diep adem te halen. "Je bent er simpelweg niet voor gemaakt. Je kunt het fysiek niet aan." Hij stopt weer en kijkt naar de grond. "De Fianna, en zeker de selectie, is meedogenloos."

Ik kijk hem aan, de wervelstorm aan gedachten die van binnen tekeer gaat verbergend. Hoe erg ik ook mijn best doe te geloven in mezelf, iedereen twijfelt aan me. Ze stoppen alleen maar onzekerheden in mijn hoofd. Ik wil dat niet. Laat me met rust! Ik pers mijn lippen op elkaar om mijn mond te houden. Ik beweeg mijn schouders zodat hij ze loslaat en ik doe een stap naar achteren. Ik zucht diep.

"Wat zou dan het beste zijn? Het is niet echt dat ik een andere optie heb hè?” Mijn stem is scherp en dringend. Ik sla mijn armen over elkaar, mijn eigen onzekerheid van binnen verbergend. “Je hebt me nog nooit zien sparren. Ik doe echt niet onder aan de mannen hoor. Geloof me!” Mijn vuisten worden klam, maar mijn blik blijft strak op Akhil gericht.

“Maar je weet niet hoe het is daar. Het is verschrikkelijk. Het is geen plek voor een meid zoals jij,” verklaart hij zichzelf.

Zijn opmerking schiet in het verkeerde keelgat, wat mijn neusgaten verwijdt. “Een meid als ik? Wat wil je daarmee zeggen?!” sneer ik naar hem met mijn blik die hem uitdaagt om met een weloverwogen antwoord te komen.

Hij herkent mijn blik en besluit zijn mond te houden. Zijn bruine ogen kijken me bezorgd aan, zijn mond een dunne lijn.

Zijn blik haalt het bloed onder mijn nagels vandaan, een blik die je geeft aan een klein meisje.

Mijn gedachten razen door mijn hoofd en halen een pijnlijke herinnering omhoog. Een herinnering van mezelf als klein meisje die met een zelfgemaakte landkaart naar haar moeder ging. Vol trots liep ik haar kantoor in en liet ik de tekening zien, hoopvol voor liefkozende woorden of misschien zelfs een compliment. Helaas werd ik ruw omgedraaid en haar kantoor uitgezet omdat ze belangrijkere dingen te doen had. Ik was voor haar een afleiding, een last. Niets wat ik deed was noemenswaardig, hoe hard ik ook probeerde. Het enige wat ik wilde is dat ze naar mij keek zoals ze naar mijn broers keek. De herinnering bezorgt me een brok in mijn keel en mijn wangen beginnen te tintelen. Ik slik.

“Of je het nu wilt of niet, ik zal nooit naar de Laaggeborenen gaan. Nooit! Ik zal naast je staan op de frontlinie. Al is dat het laatste dat ik doe,” zeg ik vastberaden. Ik klem mijn kaken op elkaar, nog altijd een brok in mijn keel voelend. Ik moet en zal mezelf bewijzen. Ik moet ze laten zien dat ik wél ergens in kan uitblinken. Mijn ogen beginnen te prikken. “Maar ik zie je zo wel weer. Ik ga me even omkleden,” sluit ik af, mijn stem zo rustig mogelijk, waarna ik mijn kamer weer inga.

Ik sluit de deur achter me en de eerste traan rolt over mijn wang.

28

Terwijl ik de laatste treden van de trap afdaal, zie ik Aedán voor de grote opengeslagen deuren staan. Mijn schouders spannen zich automatisch aan en ik houd mijn adem in. Hij had inderdaad gezegd dat hij in de ochtend zou langskomen. Mijn borst voelt strak aan. Mijn ogen staan wijd open. Ik knijp mijn ogen even dicht en haal diep adem, alsof mijn lichaam zichzelf voorbereidt op een ondervraging en mijn masker oprecht moet overkomen. Een figuurlijke klem in mijn keel draait strakker aan, me weerhoudend van mijn diepste waarheden in mijn ziel te spreken.

Hij hoort mijn naderende voetstappen en draait zich naar me om. Een glimlach verschijnt op zijn gezicht terwijl hij zijn hoofd een beetje naar links kantelt.

Mijn blik glijdt omlaag. De bescherming op zijn schouders ontbreekt. Ik herpak mezelf en focus weer op zijn gezicht. Zijn zachte maar alles doorborende smaragdgroene ogen treffen de mijne.

"Hey, beetje bijgekomen?" vraagt hij met een zachte, vriendelijke stem terwijl ik de laatste passen naar hem toe zet.

"Goedemorgen, ja, het gaat goed hoor." Ik forceer een glimlach, maar het verzaakt mijn ogen te bereiken.

"Sorry dat ik gisteren gelijk weg moest," verontschuldigt hij zichzelf, "maar het was al zo goed als donker en ik moest echt zo snel mogelijk naar huis."

"Begrijp ik wel hoor, geen enkel probleem. Logisch toch?" Ik haal glimlachend mijn schouders op en verdoezel mijn racende hart. Ik loop hem voorbij, zonder hem aan te kijken, en gebaar dat hij me moet volgen naar een rustigere plek. Anderen hoeven ons niet te horen praten.

"Ja, maar ik voelde me wel een beetje schuldig," bekommert hij zich terwijl hij me volgt. Hij pakt mijn rechterarm en dwingt me tot stilstand.

Ik draai me om en kijk hem kort aan voordat ik mijn blik weer afwend. Ik realiseer me dat ik hier niet onderuit ga komen. We gaan dit gesprek echt voeren. Een paniekerige wervelwind woedt in mijn binnenste.

"Je was zo geschrokken... En ik zag de angst in je ogen..." Hij stopt even met praten, laat mijn arm los en kijkt me aan, doordringend en bezorgd. Ik zie hem zijn kaken kort aanspannen. "Zo heb ik je nog nooit gezien."

De stilte die hij laat vallen is voor mij oorverdovend. Plotseling voel ik de sensaties van gisteravond, toen ik rende voor mijn leven. Mijn ogen worden groter. Mijn spieren spannen zich aan en ik bijt hard op de binnenkant van mijn wang. Ik wil zijn blik ontwijken, wegrennen, terug naar mijn kamer gaan. Alles om maar niet terug te gaan naar wat ik gisteravond voelde. Maar ik dwing mezelf om terug te kijken, zodat ik zelfverzekerd overkom. In gedachten zie ik mezelf hulpeloos in zijn armen rennen. Het idee dat ik bescherming zocht draait de klem in mijn keel strakker. Mijn adem stokt en ik krijg er geen woorden uit.

"Zo wil ik je niet alleen achterlaten." Zijn stem is zacht en ik voel de warmte van zijn hand op mijn schouder.

Tranen prikken achter mijn ogen, waardoor ik nog harder op mijn wang bijt. Ik breek zijn oogcontact en scan de omgeving vluchtig. Ik verlos mijn wang van de beet. Ik voel de lichte bries langs mijn gezicht en knipper een paar keer om mijn focus te herstellen.

"Een Nevelwroeter zat achter me aan en ik schakelde over naar de overlevingsmodus om zo snel mogelijk uit het bos te komen," weet ik er gecontroleerd uit te krijgen, terwijl ik hem weer aankijk met licht waterige ogen. "Maar het is goed gekomen, niets aan de hand." Een geforceerde glimlach probeert mijn gezicht te maskeren.

"Zoiets dacht ik al," bevestigt hij, zijn adamsappel op en neer bewegend. "Maar verdomme, dat is behoorlijk heftig! Ik weet dat ze steeds vroeger Fionnuala in komen, maar dit was wel erg vroeg. Zelfs vóór de avondklok." Hij plaatst zijn handen in zijn broekzakken en staart met een bedenkelijke blik richting het dorp. De zomerse zon laat zijn egale zongebruinde huid oplichten en zijn groene ogen schitteren. Een lichte ochtendbries laat zijn blonde haar dansen, dat met een paar plukken net over zijn voorhoofd valt.

Ik deel zijn zorgen en mijn gedachten gaan uit naar de Laaggeborenen die niet tegen de kracht van Tartarus kunnen opboksen. Mijn tong drukt tegen mijn gehemelte en mijn kaak spant zich aan.

"Ik heb het idee dat het steeds erger wordt. Zouden ze bij de Raad van Meesters weten dat ze steeds vroeger komen?" denkt Aedán hardop waarbij zijn ogen vernauwen.

"Geen idee, lijkt me wel toch?" zeg ik enigszins laconiek en schouderophalend.

"Zou je denken. Maar ze hebben niets aangepast aan de avondklok," vervolgt hij. "Misschien moeten we eens een balletje opgooien bij een van de Meesters," stelt hij voor terwijl hij zijn blik weer tot mij wendt. "Kun je dat niet bij je moeder doen?"

Mijn borst verkrampt en mijn hartslag vliegt omhoog bij het

idee dat ik dit voorval met mijn moeder moet delen. Een snelle zucht verlaat mijn mond.

"Ja, dat zou kunnen, maar ze zal er ongetwijfeld niets mee doen. Dit stelt niets voor, joh. Ze is met hele andere dingen bezig en wat ik gisteren meemaakte is misschien maar incidenteel," reageer ik onverschillig en verbreek ons oogcontact. Ik kijk naar het bos waar de vogels vrolijk zingen alsof ze niets van de Nevelwroeters in het donker hebben gemerkt. Mijn gedachten dreigen me terug te voeren naar gisteravond, maar ik weet de herinneringen opzij te duwen.

"Elk incident met Tartarus is noemenswaardig, Nasiah," benadrukt hij streng, zijn blik doordringend.

"Incident? Dit is toch geen incident. Het is allemaal goedgekomen," zeg ik weg wuivend. "Laat het gaan."

"Als die verdomde korte beentjes van je niet zo belachelijk snel konden bewegen, was je er geweest hè?! Dit is absoluut noemenswaardig! Doe niet zo raar," probeert hij me te overtuigen terwijl hij naar mijn benen wijst.

Ik probeer zo rustig mogelijk over te komen. Mijn hart klopt als een razende en het lijkt alsof het geluid mijn oren vult. Een orkaan draait in mijn binnenste, maar ik weet er geen raad mee. Ik wil dit gesprek stoppen.

"Ik ben inderdaad verdraaid snel," zeg ik met een lachje om de ongemakkelijke atmosfeer te doorbreken.

"Echt, Naas. Zeg het tegen je moeder. Dit moet onder de aandacht worden gebracht," dringt hij aan, zijn armen over elkaar geslagen. Niet boos, maar bezorgd.

Ik zucht hard. "Ja oké, ik zal er over nadenken," stem ik eindelijk toe, niet omdat ik het met hem eens ben maar om het onderwerp te sluiten. Mijn moeder zal niets met deze informatie doen. Niet als het van mij komt.

Ik loop naar een omgevallen boom en neem plaats op de stam. Ik plaats mijn handen op mijn knieën, mijn handen onopvallend droog wrijvend van het zweet. De boom, omringd door bloemen en struiken, dient als een natuurlijke zitplaats. Ik veeg even langs mijn gezicht in een poging de zenuwachtige tintelingen weg te vegen. Mijn loshangende donkerbruine haren krullen langs mijn gezicht terwijl ik naar mijn voeten kijk. Mijn zwarte veterlaarzen onder mijn strakke bordeauxrode leren broek lijken op die van Aedán, alleen veel kleiner.

Ik leun met mijn ellebogen op mijn knieën en staar voor me uit, totdat mijn focus zich scherp stelt op ons huis. Het imposante stenen landhuis straalt het succes van mijn familie uit. Twee verdiepingen hoog met nog twee kleine zolderruimtes erbovenop. Een hoge toren steekt boven het huis uit, gekroond met een wapperende vlag van Danann. Het balkon boven de majestueuze entree is waar mijn vader, in zijn functie als generaal, toespraken houdt voor het volk. Mensen verzamelen zich op het grasveld ervoor en luisteren aandachtig naar zijn woorden. Zelfs Cassius, mijn grootvader, heeft hier nog toespraken gehouden in het verleden.

Terwijl ik naar het huis staar, dwaalt mijn geest af. Hoe groot het ook is en hoeveel succes het ook uitstraalt, confronteert het me met alles wat ik niet heb, wat ik niet ben. Ik draag helemaal niets bij aan onze familienaam. Terwijl mijn vrienden hun magie rond hun twaalfde kregen, bleef ik achter. Tot op de dag van vandaag is er nog steeds geen spoortje magie in mijn genen te bekennen. Eerst hield ik hoop dat het nog zou komen, maar uiteindelijk drong het tot me door dat dit niet voor mij was weggelegd. Precies in die periode gingen Faris en Akhil het huis uit en naar de Fianna. Het was een zwarte periode voor me: ik was alleen achtergelaten met enkel de hatelijke opmerkingen van Adham om me heen, die nooit verborgen heeft zich voor mij te schamen. Ik voelde me verloren. Ik voelde me de schande van de familie. Het zwarte schaap. De enige Laaggeborene in onze bloedlijn. Het werd me te veel. Ik zocht een uitlaatklep, een manier om me nuttig te voelen. Mijn afleiding vond ik in trainen voor de Fianna. Dat werd mijn focus. En iets in me zei dat ik niet moest opgeven, dat ik alsnog grootste dingen kon bereiken. Dat ik alsnog mijn tekortkomingen kon rechtzetten.

Aedán zit inmiddels naast me. Een paar minuten heerst er stilte tussen ons. Ik neem een paar diepe ademhalingen en voel mijn rug weer rechten. Nog maar een paar dagen en ik kan bewijzen dat ik ook tot de Fianna behoor.

Het gesprek met Aedán heb ik kunnen omzetten in een training met hem, waarna Aedán rechtstreeks naar huis is gegaan. Terwijl ik richting huis loop, strek ik mijn handen zo ver als ik kan en knijp ze vervolgens weer samen tot vuisten. Ik kijk om me heen en wrijf mijn handpalmen tegen elkaar. Ze voelen ruw en verre van verfijnd. Mijn blik glijdt naar het zweet wat glinstert in de lijnen van mijn handpalmen. Mijn wenkbrauwen trekken iets omhoog terwijl ik naar de eeltvorming staar.

Een stekende pijn pulseert in mijn schouder. Het verzet zich tegen de overtuiging die ik gooide in het messenwerpen tijdens de training van zojuist. Zachtjes knijp ik in mijn schouder om de aanwezigheid van het gebonk en getrek te minimaliseren. Met elke worp voelde ik me sterker, wetende dat het werpen van mijn messen een van mijn sterke punten is. Het is de sleutel tot het slagen bij de selectiedagen. Het is de vaardigheid waarmee ik me zal onderscheiden. Een voorzichtige glimlach krult mijn lippen. Mijn kin heft zich en ik geniet van de zachte bries die over mijn gezicht strijkt.

In de verte hoor ik het vrolijke gelach van meisjes. Ik trek mijn wenkbrauwen iets op, terwijl ik mijn kalme pas voortzet. Twee meiden van ongeveer mijn leeftijd zitten onder een boom op het gras. Ze dragen eenvoudige bruine gewaden en hebben hun lange haren half opgestoken. Ze zijn Laaggeborenen, gevangen en beperkt tot hun eigen klasse. Interactie met andere rangen is hen niet toegestaan, tenzij ze in dienst zijn. Ik bestudeer ze met samengeknepen wenkbrauwen.

Ik wend mijn blik van hen af en schop gedachteloos tegen een steentje. Ik verdwaal in mijn eigen wereld, mezelf visualiserend als Fianna en strijdend naast Aedán, mijn broers en voor mijn vader. Dat ik een toegevoegde waarde ben voor Danann. Dat ik de trotse blik in mijn moeders ogen dan verdien.

Plotseling lijkt mijn binnenste te worden samengeknepen door ijzige klauwen. Vermoffelde stemmen van Adham en Akhil vullen mijn hoofd, mezelf figuurlijk op de grond verpletterend. Met een diepe ademhaling probeer ik mezelf te kalmeren, de gedachten weg duwend. Ik trek mijn schouders naar achteren en bijt mijn kiezen hard op elkaar. Zij hebben hierin niets te zeggen, mijn ouders zijn degene die me goedkeuring voor mijn deelname moeten geven. Zij hebben me nog nooit ergens in tegengehouden, ze hebben me altijd zelf laten bepalen. Zij weten, net als iedereen, dat de school van de Orde van Magiërs geen optie is. Ik voldoe immers niet aan hun toelatingsvoorwaarden. De Fianna is het enige wat overblijft.

- - - - - - - - - -

Een zoete geur van honing, gemengd met de geur van versgebakken brood, dringt in mijn neus wanneer ik de volgende dag door de gang loop. Uit onze keuken komen diverse stemmen gemixt met het gerammel van potten en pannen. Het lijkt een chaos van bedrijvigheid te zijn ter voorbereiding van mijn verjaardagslunch – een traditie die elk jaar weer herhaald wordt. De eettafel wordt overladen met eten: een overvloed aan broodsoorten, geurige soepen, prachtig bereide vis, sappige kip en mals varkensvlees. Een warm gevoel verspreidt zich in mijn buik terwijl ik denk aan de overvloedige maaltijd die op me wacht. Ik neem diepe snuiven en glimlach terwijl ik even pauzeer in de lange gang.

"Van harte gefeliciteerd, mevrouw. Het middagmaal zal over 45 minuten klaar zijn," meldt een van de dienstknechten met een lichte buiging waarna ze stevig doorloopt richting de keuken.

Mijn glimlach is kort. Ik heb nooit begrepen waarom ze dat buigen altijd moeten doen. "Bedankt," mompel ik, hoewel ze al uit mijn gezichtsveld verdwenen is.

Ik loop verder door de gang, zoekend naar Akhil, en laat mijn gedachten afdwalen. Gelukkig heeft hij een paar dagen vrij gekregen en kan hij vandaag thuis zijn. Vooral in deze tijden waarin de Fianna hard vecht tegen Tartarus. Ik wrijf over mijn nek en laat mijn handen door mijn losse haren glijden. Mijn vader heeft spijtig genoeg niet dezelfde vrijheid; zijn aanwezigheid thuis is schaarser dan zijn afwezigheid. Zijn toewijding als generaal is bewonderenswaardig. Hij staat vooraan in de strijd en lijkt er weinig moeite mee te hebben. Het lijkt alsof het hem natuurlijk afgaat.

Een glimlach verschijnt op mijn gezicht terwijl ik terugdenk aan vroeger. In mijn gedachten ben ik weer dat kleine meisje van zeven. Mijn vader heeft me altijd op dezelfde manier behandeld als mijn broers. Hij verwachtte dezelfde vastberadenheid, doorzettingsvermogen en hardheid van mij. Even sluit ik mijn ogen en koester die herinnering. Hij heeft me altijd het gevoel gegeven dat ik erbij hoorde, dat ik niet anders was dan mijn broers. Hij was streng en eisend, maar ook rechtvaardig en realistisch. Hij tolereerde geen opgeven of tranen. 'Daar bereik je niets mee' echoot zijn stem in mijn hoofd. Ik deed er alles voor om aan zijn verwachtingen te voldoen.

De lange loper op de gang dempt mijn voetstappen richting Akhils kamer terwijl kroonluchters het pad verlichten. Aan de muren hangen grote portretten van elk gezinslid, behalve van mij. Mijn broers werden op hun achttiende aan de galerij toegevoegd. Vandaag zal er een portret van mij worden toegevoegd en dan zal het plaatje compleet zijn.

Bij het portret van Faris blijf ik staan. Zijn ogen zijn hetzelfde als die van mijn vader. Mijn mond valt lichtjes open terwijl ik zijn getinte gezicht bestudeer. Van zijn zwarte krullen die net boven zijn schouders vallen tot zijn volle lippen en sterke kaaklijn. Hij is een kopie van mijn vader, los van de grijze baard. Zijn hele uitstraling ademt leiderschap. Geen wonder dat hij wordt voorbereid om generaal te worden. Een gniffel echoot door mijn hoofd terwijl ik zijn overtuigende en vastberaden stem inwendig hoor. Hij kon me vroeger alles wijsmaken. Hij maakte slim gebruik van zijn vijf jaar extra levenservaring. Mijn ogen dwalen naar de vloer. Het is lang geleden dat ik hem heb gezien.

Geluiden uit Akhils kamer trekken mijn ogen naar zijn gesloten deur. Plotseling staan mijn ogen wijd open en houd ik mijn adem onbewust in. Mijn lichaam lijkt bevroren, mijn voeten genageld aan de vloer, als ik Adhams stem hard vanuit de kamer hoor. "En waarom zou ik in godsnaam moeite doen voor haar?!"

5

Akhil lijkt Adham een standje te geven. Zijn stem klinkt autoritair en streng. "Ze is je zus! Familie! Als je haar meer had geholpen, was dit niet gebeurd!"

Mijn hartslag versnelt terwijl mijn ogen zich focussen op Akhils kamerdeur. Het gaat over mij... Mijn lichaam is bevroren, geen spier die beweegt, maar inwendig geniet ik stiekem dat Adham ervan langs krijgt.

"Dat is haar eigen fout. Dat is niet mijn verantwoordelijkheid!" Adhams stem is verheven.

"Begrijp je dan niet..." Akhils stem zwakt af, alsof de zwaarte van de spanning in de lucht te groot wordt voor de woorden die hij spreekt. "...dat we nooit... kunnen..." Zijn zin wordt onduidelijk, maar de spanning is voelbaar.

De deur zwaait opeens open en Adham stormt naar buiten. Met grote ogen en een open mond staar ik naar hem.

"Krijg ik nog de schuld van jouw tekortkomingen ook! Nietsnut!" sist hij naar mijn hoofd terwijl hij zijn schouder tegen de mijne botst als hij voorbij raast.

Verbaasd blijf ik hem nakijken, mijn wenkbrauwen in een frons.

"Daar is ze dan. De kersverse achttienjarige," zegt Akhil vrolijk, waardoor ik me weer naar hem omdraai.

"Wat was dat nou weer?" vraag ik met omhooggetrokken wenkbrauwen.

"Adham begrijpt af en toe niet wat er echt toe doet in het leven." Hij zucht hard en laat een pauze vallen. Hij leunt nonchalant met zijn schouder tegen de deurpost van zijn kamer en schudt afkeurend zijn hoofd. "Hij is alleen bezig met zichzelf."

Ik zwijg en staar naar de vloer. Akhil beseft niet hoeveel ik heb gehoord en dat laat ik maar zo. Wat heb ik eigenlijk gehoord? Waarom zou Adham me moeten helpen? Ik wil zijn hulp helemaal niet. Zijn arrogantie en cynische opmerkingen houd ik graag ver van me vandaan. Dat doe ik al vijf jaar, sinds Adham de conclusie getrokken had dat mijn magie niet meer zou ontwaken. Hij zag mij als een teleurstelling en begon zich boven mij verheven te voelen. Ik draai mijn nek even los, hopend dat die gedachten zullen vervagen. Ik richt mijn aandacht weer op Akhil en glimlach.

Akhil doorbreekt de stilte. "Voel je je een beetje jarig?" vraagt hij met een bezorgde blik in zijn diepbruine ogen, terwijl hij zich losmaakt van de deurpost.

Akhil heeft een zachtere uitstraling dan Faris of Adham, een meer toegankelijke aura. Zijn gezicht heeft zachtere kenmerken, minder uitgesproken jukbeenderen en een vloeiende lijn in zijn volle lippen. Hij heeft hetzelfde donkere haar als Faris, maar korter. Zijn lichaam, contrasterend met zijn gezicht, straalt 'strijder' uit met brede schouders die strak omlijnd worden door een felgroen T-shirt. Zijn ontblote getinte armen stralen kracht uit, armen die bedreven zijn in het hanteren van een zwaard.

Mijn glimlach is oprecht wanneer ik hem aankijk. "Absoluut! Het is een mooie dag vandaag!" zeg ik opgewekt terwijl ik mijn gewicht op één been laat rusten. "Zullen we eens kijken of we wat te eten kunnen scoren," stel ik voor met een ondeugende vonk in mijn ogen.

Akhil lacht. "Jij zult altijd de grenzen blijven opzoeken, hè?" Hij port me tegen mijn schouder. Ik wankel even op mijn been en moet mijn balans herstellen.

Ik trek mijn wenkbrauwen kort enkele keren omhoog zonder hem te antwoorden. Mezelf omdraaiend loop in de richting van de trap, gevolgd door Akhils zachte gegrinnik. De glimlach op mijn gezicht weigert te verdwijnen.

Al kletsend verplaatsen we ons naar de keuken. Hij vertelt me vol trots over zijn promotie tot sergeant. Hij is een van de weinigen die zo snel promotie maakt. Vol bewondering luister ik naar zijn verhalen. Alhoewel hij een jaar ouder is dan Faris, maakt hij pas een jaar later promotie. Maar dat deert hem niet. Niemand kan tippen aan Faris, dat is algemeen bekend.

Met elke stap die we zetten dringt de geur van eten onze neuzen binnen en wordt het gerammel van potten en pannen luider. De lange gang is breed en de muren zijn versierd met sierlijsten en lambrisering. Vier grote houten deuren, twee aan elke kant van de gang, bieden toegang tot de eetkamer, rustkamer, keuken en bibliotheek.

"Nasiah," hoor ik mijn moeders stem roepen. "Kun je even komen?" klinkt ze rustig en statig vanuit de eetkamer.

"Ja, natuurlijk," reageer ik beleefd, de glimlach nog steeds mijn gezicht versierend. Ik zoek oogcontact met Akhil maar hij is niet meer aan mijn zijde. Ik kijk om me heen en zie hem net de deur naar de rustkamer inlopen. Een lichte frons verschijnt op mijn voorhoofd maar ik besluit de eetkamer binnen te gaan.

"Kom alsjeblieft hier zitten," instrueert mijn moeder, haar blik net zo serieus als haar toon. Ze wijst naar een van de stoelen die tegenover haar aan de grote rechthoekige eettafel staat. De tafel is nog niet gedekt en de dienstknechten zijn druk bezig om alles gereed te maken.

De vrolijke twinkeling in mijn ogen verdwijnt langzaam bij het zien van de ernst in mijn moeders ogen terwijl ik plaatsneem op de aangewezen stoel. Mijn hartslag begint sneller te kloppen. Ik kijk naar mijn moeder, haar blik is zakelijk, terwijl ze even naar de tafel staart. Dan heft ze haar hoofd op en kijkt me aan. Ze draagt een bordeauxrood gewaad dat elegant is vastgebonden net onder haar hals met een gouden broche. Eronder draagt ze een paarse blouse. Haar weelderige zwarte krullen omlijsten haar felgroene ogen en de gouden oorbellen die ze draagt.

"Je vader en ik zijn tot een pijnlijke conclusie gekomen," zegt ze met een ernstige toon. Ze leunt iets voorover. Haar armen rusten op de tafel en haar handen zijn in elkaar gevouwen. Ze straalt de kilte uit van een ervaren politicus en gerespecteerde magiër. Ze weet precies hoe ze een boodschap moet overbrengen en windt er geen doekjes om.

Een gevoel van onrust begint in mijn maag te borrelen. De lucht lijkt plotseling zwaar te worden. Ik houd mijn adem in terwijl ze spreekt. Mijn blik is vastgeketend aan die van haar.

"Ondanks al je inzet en mijn diepe begrip voor je verlangen om bij de Fianna te horen, hebben we besloten dat het beter is als je je aansluit bij de Laaggeborenen. Daar zal je niet direct gevaar lopen," verklaart ze met een ernstige blik.

Haar woorden treffen me als een klap in het gezicht. Mijn mond valt open en ik staar haar met ongelooflijke verbijstering aan. Hoor ik dit goed? Mijn hart dendert als een razende in mijn borst en ik voel mijn handen klam worden. Het lijkt alsof de tijd vertraagt terwijl ik haar woorden probeer te bevatten.

"Wat?!" ontsnapt er uit mijn mond, doordrenkt van ongeloof en verontwaardiging. Mijn ademhaling versnelt en mijn stem begint te trillen. "Nee. Je maakt een grap."

Mijn blik schiet heen en weer tussen mijn moeder en de tafel, alsof ik in een droom gevangen zit en elk moment wakker kan worden. Mijn vreugdevolle verwachtingen lijken in rook op te gaan.

Haar volgende woorden komen als een mokerslag aan. "Dit is

een beslissing die we moeten nemen voor jouw veiligheid." Haar stem klinkt zakelijk en onverzettelijk. Ze blijft voorovergebogen zitten, haar handen nog steeds gevouwen op tafel. Ze oogt als een meester in de politiek, iemand die gewend is moeilijke beslissingen te nemen.

Het voelt alsof mijn lichaam in duizend stukken wil breken. Mijn blik is vastgelijmd aan die van haar.

"We willen je bij ons houden maar je veiligheid gaat boven alles," legt ze uit. "Zelfs als dat betekent dat we geen contact meer zullen hebben. Begrijp alsjeblieft dat we geen andere optie zien."

De grond onder mijn voeten begint te wankelen. Ik probeer mijn gedachten te ordenen terwijl mijn hoofd in een draaikolk terechtkomt. Mijn eigen ouders, degenen van wie ik dacht dat ze me zouden steunen in mijn pad naar de Fianna, duwen me nu weg. Ik probeer mijn ademhaling onder controle te houden, maar het voelt alsof de lucht uit de kamer wordt gezogen. Mijn blik dwaalt af naar de tafel. Mijn ogen knipperen snel om de opkomende tranen te onderdrukken. Mijn lippen persen samen terwijl ik worstel om de draaikolk te weerhouden zich tot een vloedgolf te transformeren. Ik klem mijn kaken op elkaar, als een onverwoestbare muur waar mijn tranen niet doorheen kunnen. Mijn neusgaten verwijden zich.

"Natuurlijk wel! Natuurlijk is er een andere optie. Je kunt me gewoon naar de selectiedagen laten gaan." Mijn stem is verward maar doordrenkt van vastberadenheid. Ik kijk mijn moeder aan met grote ogen. Hoe kunnen ze deze beslissing nemen? Waarom nemen ze deze beslissing? Ze hebben nooit naar me omgekeken en nu halen ze het enige weg dat telt in mijn leven.

"Je kansen om te slagen bij de Fianna zijn simpelweg te klein en de Orde van Magiërs is geen optie," reageert ze kalm, haar houding onwrikbaar, haar kin omhoog.

Haar woorden snijden als messen door mijn ziel. Mijn kansen te klein?! Mijn lichaam verwerkt haar woorden als een aanval en schiet in de verdediging.

"Hoe kun je dat zo zeker weten?!" Mijn stem is verheven. Mijn binnenste borrelt van opgehoopte hitte en ik voel hoe mijn gezicht rood aanloopt.

"Je mag daar anders over denken maar onze beslissing staat vast," herhaalt ze. Haar woorden staan als een onbuigzame muur tussen ons in. Ze leunt achterover in haar stoel, haar blik onveranderd.

Hebben ze werkelijk waar zo weinig vertrouwen in me? Ze weten niet eens wat ik kan! Waar baseren ze dit op? Op niets! Een aanname. Ik kan er met mijn rationaliteit niet bij hoe ze deze keuze kunnen maken. De vloedgolf is getransformeerd in kokend lava en begint binnenin mij te stijgen. Het voelt als een vulkaan die op uitbarsten staat. Als ze echt wisten wie ik was, hadden ze dit nooit gedaan. Ze kennen me niet eens. Hun eigen dochter, een onbekend persoon voor ze.

"Wanneer heb ik dan in dit hele verhaal ook maar iets te zeggen gehad? Hebben jullie ooit gevraagd hoe het met mijn training ging? Natuurlijk niet! Jullie waren er immers nooit!" De woorden rollen fel uit mijn mond, de stoom uit mijn oren persend. Mijn handen ballen zich onwillekeurig samen. Mijn nagels dringen in mijn handpalmen.

Mijn moeders blik wordt strenger en haar vinger wijst terechtwijzend naar me. "Nasiah!"

"En wat dan?!" roep ik uit, mijn schouders ophalend met nog steeds die felheid in mijn stem. "Het is toch waar?! Jullie zijn altijd te druk bezig met jullie eigen heldendaden en jullie vergeten wat jullie hier thuis achterlaten. Niemand is hier. Alles draait bij jullie om de Fianna en de Orde en nu zeggen jullie dat ik niet naar de Fianna mag?! Jullie hebben geen flauw benul van wat ik kan!" De woorden stromen als een overweldigende vloed uit me. Mijn armen zwaaien wild door de lucht. Mijn ogen lijken bijna uit hun kassen te puilen. "En pa heeft al helemaal geen recht van spreken, want hij begrijpt er nog minder van dan jij!" voeg ik eraan toe als een laatste sneer. Ik laat een diepe zucht ontsnappen en werp mijn blik opzij. Mijn schouders zijn gespannen en mijn nek voelt verkrampt.

"Genoeg nu!" commandeert ze streng. De blik in haar ogen is dodelijk. "Je hebt hier niets in te zeggen. Dit is hoe het zal zijn."

Mijn lichaam lijkt in tweeën gescheurd te worden: een deel wil wegrennen en ontsnappen aan de overweldigende situatie, terwijl het andere deel vastgelijmd zit aan de stoel waarop ik zit.

Ik bijt hard op mijn wang om de lava uitbarsting onder controle te krijgen maar mijn inspanningen zijn tevergeefs. Het is alsof mijn lichaam in brand staat.

"Weet je wat?! Zoek het allemaal maar uit! Ik doe het zelf wel! Het is niet dat het nieuw is voor me. Ik heb nooit iets aan jullie gehad," roep ik met een knal, mijn stem bloedheet. Met een ruk sta ik op, mijn stoel omgooiend van de kracht van mijn beweging. Ik storm de kamer uit. De opgekropte hitte zoekt zijn weg naar mijn ogen en ik voel de brandende sensatie van tranen.

Mijn kaak spant zich aan. Ik baan mijn weg door de gangen van het huis om zo snel mogelijk bij mijn kamer te komen. Mijn hoofd voelt oververhit. Donkere vlekken vormen voor mijn ogen. Mijn hart bonst als een razende in mijn borstkas. Ik moet hier weg. Voordat ik mezelf helemaal verlies.

Ik storm naar mijn kamerdeur en sla hem hard achter mij dicht. Ik laat mezelf op mijn bed vallen. Woede raast door mijn lichaam. Het moet eruit! Het gevoel van de borrelende lava voert de druk in mijn lichaam verder op. Ik moet ontladen. Ik kijk paniekerig om me heen, zoekend naar iets om kapot te maken; een muur om een gat in te slaan, een lamp om in duizend stukken te gooien. Ik knijp mijn ogen dicht. Met moeite houd ik mezelf tegen en spreek ik mezelf inwendig streng toe. Nee! Niet de controle verliezen! Laat het beest niet los. Zoek een alternatief. Een kussen! Ik grijp hem snel. Duw mijn gezicht erin en schreeuw hard. Ik schreeuw zo hard als ik kan in het kussen.

Ik blijf even liggen op het kussen, mijn hoofd opzij gedraaid. Een diepe adem vult mijn longen. De druk is verminderd. De stilte van mijn kamer omringt me en ik begin te kalmeren. Terwijl ik overeind ga zitten probeer ik mijn gedachten op een rijtje te zetten te midden van de chaos die door mijn hoofd raast. Mijn knieën zijn opgetrokken en ik rust mijn hoofd in mijn handen.

Waarom? Waarom hebben ze deze beslissing genomen zonder mij te raadplegen? Ze hebben me nooit gevraagd hoe de training ging. Ze zijn nooit komen kijken. Ze hebben nooit interesse getoond. Ik heb het allemaal alleen moeten doen.

In gedachten zie ik mezelf als depressief dertienjarig meisje zonder magie. De vele avonden die ik mezelf huilend in slaap heb gekregen staan gegrift in mijn geheugen. Doelloos dwaalde ik rond in een leeg huis. Maar ik heb mezelf uit dat donkere dal getrokken. Mijn ouders waren destijds nergens te vinden en Akhil was sowieso al weg. Niemand bekommerde zich om mij. Althans, niet familie. Ik deed het zelf. Ik weet niet beter dan dat ik zelf de kracht ergens vandaan moest halen om uit die put te komen. En nu komen ze er opeens tussen... Gaan ze zich bemoeien met mijn leven en schuiven ze mij opzij... Alsof ik er geen onderdeel van ben.

Mijn ogen prikken dus ik gooi mijn hoofd achterover en sla mijn ogen dicht. Ik weet dat ze me laag hebben zitten. Dat ze allemaal gehoopt hadden dat magie zou ontwaken en dat dat mijn pad zou worden, maar ik dacht... Ik dacht dat ze wel achter mijn keuze stonden. Ze hebben me nooit eerder laten weten dat de Fianna geen optie was.

Waar is mijn stem in deze beslissing? Het is toch mijn leven? Het zou juist mijn keuze moeten zijn. Ik weet het beste hoe mijn vechttechnieken ervoor staan. Mijn plek is bij de Fianna. Ik weet dat ik het kan. De school van Laaggeborenen is niet eens onderdeel van het gesprek.

Ik voel de hitte in mijn lichaam weer stijgen, maar dit keer voelt het als een warme knuffel, een vorm van affectie.

Een diepe zucht beweegt mijn borst op en neer, mijn rug verlengend. Mijn blik wordt getrokken door de zonnestralen die binnenkomen door mijn raam en een glanzende gloed over mijn messen werpen. Een voorzichtige glimlach krult mijn mondhoeken, mijn kin omhoog duwend.

Ik beweeg me richting mijn bureau onder het raam en pak mijn leren jack, die over de aangeschoven stoel hing. Met een vloeiende beweging trek ik mijn jack aan terwijl ik naar buiten staar. Ik reik naar de messen maar met een ruk dwingt mijn lichaam mijn hand van het mes. In een flits trekken mijn wenkbrauwen in een frons, komen mijn lippen los van elkaar en zuig ik abrupt een sissende hap lucht naar binnen. Het mes klettert op tafel. Heftig schud ik met mijn hand.

"Au!" kerm ik uit terwijl ik één oog dichtknijp om de pijn te onderdrukken. Ik frons en kijk naar mijn hand, mijn palm nu voorzien van een rode plek, en dan weer naar het mes. Ik span mijn kaak aan als mijn ogen de zonnestralen van het mes naar het raam volgen.

Ik herpak mezelf waarna ik mijn handschoenen aantrek en de messen een voor een in de vakken in mijn jack steek.

Elke cel in mijn lichaam dwingt me weg uit dit huis te gaan.

6

Na een eenzame maar intensieve training, een duel tussen mijn messen en de boomstam, bevind ik me in de bibliotheek van ons huis. Ik ben omringd door muren bekleed met boekenkasten die van vloer tot plafond reiken. Met elke kundige worp van mijn messen voelde mijn lichaam groter, sterker, alsof het omringd werd door een aura van daadkracht en doelgerichtheid. Om het gevoel vast te houden kwam ik hier.

Kijkend naar de schuifladder, die aan de boekenkast is bevestigd, waan ik me weer in het verleden. Als klein kind vond ik het heerlijk om hier op de vloer te spelen. Deze bibliotheek had altijd iets magisch. Zoveel schrijvers. Zoveel verhalen. Ze wilden allemaal iets met me delen. De wetenschap dat ik omringd was door avonturen en reizen gaf me een warm gevoel. Ik bladerde door de boeken op zoek naar landkaarten en schetsen, die ik vervolgens probeerde na te tekenen.

In het midden van de kamer zit ik nu op aan het bureau, leunend met mijn arm op de donkergroen lederen inleg op het walnoot houten blad. Terwijl ik richting de kastloze muur met drie grote gebogen ramen kijk, adem ik langzaam en diep in. Mijn mond vormt een kleine glimlach als de boeken naar me lijken te fluisteren.

Ik duw mezelf overeind en loop naar de kast waar enkele familieboeken staan. Ik kantel mijn hoofd naar rechts en bestudeer langzaam de titels op de ruggen van de boeken. Zoveel oude boeken. Ik laat mijn vingers over de ruggen van de boeken glijden, elk hobbeltje voelend, tot mijn vinger blijft steken bij iets wat geen boek is.

Een envelop, oud en verweerd.

Mijn wenkbrauwen schieten omhoog. Ik pak de envelop tussen de boeken vandaan en bestudeer het zorgvuldig. Gefronst lees ik mijn moeders naam die geschreven staat op de voorkant. Mijn vingers glijden over de opstaande waxrand op de achterkant. De envelop is verzegeld met rood zegelwas. Hij is nooit geopend maar in perfecte staat, hoewel oud.

Mijn hartslag versnelt in mijn borst en ik trek mijn lippen even naar binnen. Mijn ogen scannen snel rond in de kamer. Moet ik de envelop openmaken of aan mijn moeder geven? Ik slik en mijn buik spant zich kort aan. Van wie zou deze brief zijn? Misschien van mijn vader? Maar waarom heeft mijn moeder hem dan niet geopend? En waarom ligt deze brief tussen oude boeken? Talloze vragen schieten door mijn hoofd en de vraagtekens worden me te veel.

Zonder er verder bij na te denken scheur ik met mijn wijsvinger voorzichtig de envelop open en haal het dubbelgevouwen papier eruit. Ik vouw het open en scan de brief. Ze glijden direct naar het einde om de afzender te zien. Mijn ogen worden groot en mijn mond valt lichtjes open.

De brief is van mijn grootmoeder.

Ik houd mijn adem even in terwijl ik terugga naar het begin van de brief. Dit zijn de allereerste woorden die ik van haar lees. Ik heb haar nooit gekend en mijn moeder heeft bijna nooit over haar gesproken. Ik weet alleen dat ze overleed toen mijn moeder nog jong was maar verder blijft het een mysterie wat mijn grootmoeder betreft.

'Lieve Amira,

De tijd heeft zijn vleugels uitgespreid en de schaduwen dansen nog altijd om ons heen. Ik schrijf deze woorden met een hart dat overvloeit van hoop en herinnering, wetende dat dit mijn laatste geschrift zal zijn. Als ik niet langer in de wereld van levenden ben, zal dit mijn stem zijn, die de wind draagt naar jou.

Vuur brandt diep in je hart en water kabbelt door je ziel. De aarde fluistert in je botten en de lucht omhult je als een oude vriend. De elementen dansen om je heen, als een erfenis die van generatie op generatie wordt doorgegeven. Maar mijn lieve kind, er is nog een erfenis, dieper begraven dan het diepste wortelstelsel van een eeuwenoude boom.

De ware erfenis die ik je wil onthullen, is de kunst van innerlijke balans en zelfbeheersing. Emoties kunnen als stormen zijn, woest en onvoorspelbaar. Maar door de getijden van je geest te leren kennen, kun je hun kracht temmen en leiden zoals een kapitein zijn schip door ruige wateren navigeert.

Elke storm onthult de kracht van de kapitein, en zo onthult elke uitdaging de ware kracht van een persoon. Vertrouw op je innerlijke kompas, Amira, en laat het je leiden door de meest turbulente wateren. In tijden van twijfel, kijk naar binnen. Zoek niet naar antwoorden buiten jezelf, maar vind ze in de stilte van je eigen hart.

De erfenis die we delen, gaat verder dan magie en elementen. Het is de erfenis van zelfkennis, zelfvertrouwen en zelfbeheersing, mijn kind. In de diepste kamers van je ziel ligt een kracht die niet kan worden uitgedoofd door externe invloeden. Dit is de kracht die je in staat stelt om te overleven en te bloeien, ongeacht de omstandigheden.

Met liefde en licht,
Je moeder
Elyndra

P.S. Als een oude wijsgeer zei: "Verdriet dat wordt begrepen, wordt vreugde. Angst die wordt geconfronteerd, wordt kracht." Zo is het ook met onze krachtige gaven."

Gefronst kijk ik weg van de brief, concluderend dat dit de laatste woorden zijn van mijn grootmoeder aan mijn moeder. De brief lijkt haar alleen nooit te hebben bereikt.

"Elyndra," fluister ik haar naam zachtjes. Mijn ogen zakken naar de grond. Waarom weet ik zo weinig van haar? Het enige dat ik weet is dat ze een uitzonderlijk sterke magiër was in haar tijd. Ze bekleedde een hoge functie aan de zijde van mijn grootvader en stierf na een ernstige verwonding tijdens een van onze eerste confrontaties met Tartarus. Ze werkte nauw samen met de Fianna.

Mijn moeder lijkt in veel manieren op haar. Beiden zijn krachtige magiërs. Beiden zijn succesvolle vrouwen met een hoge status in ons rijk. Het enige verschil ligt in hun keuze van partnerschap. Mijn grootmoeder koos voor de Fianna terwijl mijn moeder voor de politiek ging en zich bij de Raad van Meesters aansloot.

Ik sla mijn ogen dicht en de gedachten dat ik de eerste ben in generaties die gedoemd is te mislukken zorgt ervoor dat ik mijn ogen hard dichtknijp. Hoe hard ik ook werk, hoe hard ik ook mijn best doe, hoe perfect mijn vechttechnieken ook zijn, ze zien me als een teleurstelling. De persoon die de boeken in zal gaan als de schande van de familie.

De spieren rond mijn ribben verkrampen en een brok in mijn keel knelt mijn luchtweg af. Ik slik het hard naar beneden en snuif kort. Ik kijk weer naar het oude verkleurde velletje in mijn hand en mijn ogen glijden terug naar de zin:

"Vertrouw op je innerlijke kompas, Amira, en laat het je leiden door de meest turbulente wateren. In tijden van twijfel, kijk naar binnen. Zoek niet naar antwoorden buiten jezelf, maar vind ze in de stilte van je eigen hart."

Ik merk dat ik me persoonlijk aangesproken voel en ik kijk met vernauwde ogen weg van de brief. "Mijn innerlijke kompas," mompel ik voor mezelf.

Langzaam beweeg ik naar een van de diepe vensterbanken en laat me neerzakken tegen de zachte kussens in het raamkozijn. Starend naar buiten zie ik de bomen heen en weer zwiepen in de wind. Gelukkig was ik voor de regen thuis. Mijn blik volgt een regendruppel op het raam, die groeit na elke nieuwe druppel op zijn pad naar beneden. Tot hij uiteindelijk het houten kozijn aan de onderkant bereikt en me een glimlach bezorgt.

Ik sluit mijn ogen even maar open ze snel en alert, alsof de wijzer van een kompas zich op het Noorden focust. De Fianna. Daar wijst mijn kompas naartoe. Dat is al jaren mijn doel. Ik zucht zachtjes en werp een blik op de brief.

"In de stilte van mijn hart..." lees ik zacht hardop. Knipperend met mijn ogen realiseer ik me dat mijn ouders mij de antwoorden niet kunnen geven. De antwoorden zitten in mij. Zij staan buiten mijzelf. De bevestiging van mijn grootmoeder heb ik hier in mijn handen.

Maar wat is het antwoord in de stilte van mijn hart? Ik frons even en herhaal de woorden weer in mijn hoofd, mijn rationaliteit doorspittend. Ik wil niet naar de Laaggeborenen. Ik wil juist net zo succesvol zijn als iedereen in mijn familie. Ik mag niet achterblijven. Mijn hart schreeuwt om de Fianna. Alles aan mijn lichaam zegt dat dat mijn pad is. Mijn conditie, mijn spieren, mijn pezen, mijn eelt. Diep van binnen weet ik dat ik meer te bieden heb dan alleen een simpele ambacht uitoefenen als Laaggeborene. Hier mag het niet stoppen. Het mag niet allemaal voor niets zijn geweest.

Mijn blik wijkt weer naar de regendruppels op het raam. De stilte van de kamer met alleen het getik op het raam van de regen, echoot als een tikkende bom in mijn hart. Ik laat mijn hoofd naar achter rusten tegen het houten raamkozijn. Mijn benen strek ik uit, ik sla mijn enkels over elkaar en laat de brief met de envelop rusten op mijn schoot.

Een tintelend gevoel vult mijn buik terwijl mijn ribbenkast zich samentrekt. Mijn mondhoeken krullen zachtjes omhoog en mijn ogen verzachten. Het idee om deel te nemen aan de selectiedagen resoneert met iets diep van binnen. Diep adem ik in, zo diep dat mijn rug rechtop gaat en ik me los moet maken van het raamkozijn. Ik draai even met mijn nek om de spanning kwijt te raken.

"Oké," moedig ik mezelf aan, mijn stem zeker, mijn kin omhoog. Dit is wat ik wil.

"Meneer Aedán is gearriveerd en wacht op u in de rustkamer, mevrouw," meldt Elara met een lichte buiging, de dienstknecht die mijn hele leven al aan mijn zijde staat.

Ik vlieg op uit de stoel, mijn hart direct bonkend in mijn keel. Ik kijk met opgetrokken wenkbrauwen achterom en zie haar in de deuropening van de bibliotheek staan. Ik adem even diep in om mijn hartslag naar beneden te krijgen. "Dank je. Kun je hem laten weten dat ik er zo aan kom?"

Ze knikt en verdwijnt in de gang waarna ik snel de papieren terug stop in het bureau.

Bij het betreden van de rustkamer zie ik Aéadan bij een van de ramen staan. Hij lijkt klein in vergelijking met de hoogte van het raam, het raam is bijna twee keer zo hoog als hij. Leunend tegen het houten frame staart hij richting Fionnuala in de verte.

Mijn voetstappen trekken zijn aandacht en als hij zich omdraait, verschijnt er een oprechte glimlach op zijn gezicht.

"Gefeliciteerd, Naas!" Hij komt enthousiast op me af en omhelst me, een omhelzing die mijn hart onregelmatig laat kloppen in mijn borst. Mijn handen vinden kort hun plek op zijn rug, mezelf opeens heel bewust van de plaatsing ervan waardoor ik snel weer loslaat.

Ik glimlach. "Dankjewel."

"En? Is de aanmelding de deur uit?" vraagt hij min of meer retorisch, ervan uitgaande dat het mijn eerste prioriteit was vandaag.

Ik word zenuwachtig, niet van het antwoord dat ik moet geven maar van mijn bezigheden in de bibliotheek. "Nee, mijn ouders hebben geen goedkeuring gegeven." Mijn ogen ontmoeten de zijne.

Zijn ogen vergroten maar er ontstaat al snel een frons op zijn gezicht. "Wat!?" roept hij uit, knipperend met zijn ogen. "Maar... Je was al... Huh?!" stamelt hij, zijn hoofd schuddend. "Waarom dit opeens?" Hij zoekt naar antwoorden, naar dezelfde antwoorden die ik ook zocht, maar het maakt allemaal niet meer uit.

"Ja ik weet het. Het slaat nergens op. Maar ze hebben er geen vertrouwen in. Iets met mijn veiligheid vooropstellen of zoiets," reageer ik, mijn stem verwijtend, mijn schouders ophalend. Mijn hart racet en ik word omgeven door een koud zweet.

"Maar... en nu?" Zijn stem is zacht. Zijn wenkbrauwen fronsen in het midden van zijn gezicht, alsof hij niet eens een antwoord nodig heeft op de vraag die hij stelt. Hij weet wat de enige overgebleven optie is: de Laaggeborenen. Ik zie zijn schouders zakken.

Een minachtende zucht verlaat mijn mond en ik glimlach. "De school van de Laaggeborenen. Daar sturen ze me heen." Ik laat een stilte vallen.

"Nee!? Dat zouden ze toch nooit doen? Toch?!" Klinkt hij ongelovig. Hij valt stil. "Maar dat betekent..." Hij onderbreekt zichzelf en kijkt naar de vloer voordat hij opzij kijkt. Zijn kaak spant aan. Hij weet net zo goed als ik dat we elkaar nooit meer mogen zien of spreken als ik naar de Laaggeborenen ga.

Ik kijk even door de kamer en verklein de ruimte tussen onze gezichten. "Maar dat is natuurlijk niet wat ik ga doen," zeg ik glimlachend, mijn stem zacht en mijn ogen vernauwend om zijn reactie op te vangen. Een warmte vult mijn buik. "Ik heb een idee, maar daar heb ik je hulp bij nodig," voeg ik eraan toe. Ik kijk hem doordringend aan, maar de blik die ik terugkijk is verward.

7

Aedán trekt zijn hoofd terug en kijkt me met opgetrokken wenkbrauwen aan. "Huh?" Hij laat weer een stilte vallen. "Oké, wat heb je bedacht dan?"

Mijn mondhoeken krullen omhoog en ik gniffel bij het zien van het grote vraagteken boven zijn hoofd. Ik bijt heel even op de binnenkant van mijn wang en ik richt mijn rug op.

"Ik wil eerst horen dat je me zal helpen, dan zal ik het je vertellen," stel ik als voorwaarde, mijn blik serieus en doordringend.

Hij slaat een gniffelende zucht uit, waarna hij met beide handen stevig over zijn gezicht wrijft. "Ga ik hier spijt van krijgen?" vraagt hij me terwijl hij zich verplaatst naar de bank. Hij leunt zijn bovenlichaam naar voren en laat zijn ellebogen op zijn knieën rusten.

Ik krul mijn lippen even naar binnen en kantel mijn hoofd, zonder hem antwoord te geven. Het warme gevoel in mijn buik kriebelt en brengt een glimlach op mijn gezicht.

Een diepe zucht doet zijn schouders omhoog komen. "Is goed," herpakt hij zichzelf en gaat rechtop zitten. De glimlach staat weer op zijn gezicht. "Ik beloof je dat ik je zal helpen. Tenzij het mijn leven op het spel zet. Maar dat zal niet, toch?" Hij knijpt zijn ogen tot spleetjes.

Een warm gevoel omhelst mijn borst en mijn schouders zakken, alsof de zwaarte uit de kamer verdwenen is. Ik staar hem aan met een zachte blik in mijn ogen en heel even verlies ik mezelf in gedachten. Ik zou niet weten wat ik zou moeten doen zonder hem. Nu weer, hij weet niet eens welk gek idee ik nu weer heb bedacht en toch schroomt hij niet om te helpen. Ik ben zo ontzettend blij met hem.

Ik voel de spanning in mijn spieren bij de gedachten aan de woorden die zo uit mijn mond zullen komen.

"Nee, je loopt geen gevaar... Denk ik..." plaag ik hem terwijl ik mijn hand kort op zijn schouder leg. Ik probeer hem zo serieus mogelijk aan te kijken terwijl ik voor hem sta.

Hij gniffelt om mijn slechte acteerwerk en zijn ogen verzachten, maar hij speelt mee. "Oh god! Nou, oké, vertel," spoort hij me aan terwijl zijn wenkbrauwen weer omhoog kruipen op zijn voorhoofd.

Ik sluit kort mijn ogen en bijt op mijn lip. "Ik ga toch deelnemen aan de selectiedagen." Mijn stem is resoluut. "En ik heb je hulp nodig om binnen te komen." Mijn ogen blijven gevestigd op Aedán, mijn hart wild bonzend in mijn borst.

Hij is stil.

Hij verbreekt ons oogcontact en ik zie hem in zijn hoofd mijn woorden herhalen en op een rijtje zetten. Dan kijkt hij me fronsend aan. "Oké..." komt er langzaam uit hem terwijl hij over zijn nek wrijft. "Leuk idee, maar hoe ga je in godsnaam binnenkomen zonder dat je ouders ervan weten?" confronteert hij me.

"Komt goed, ik heb een plan. Het enige wat je voor me hoeft te doen is ervoor zorgen dat mijn aanmelding er nog doorheen komt. Ik heb een brief geschreven namens mijn ouders. Die kun je eraan toevoegen," klink ik vastberaden, mijn kin omhoog duwend. Eerlijk gezegd heb ik geen idee of dit gaat lukken maar dit is mijn enige optie. Ik zou het niet aankunnen als ik zonder Aedán door het leven moet. Hij is altijd aan mijn zijde geweest. Dat mag niet eindigen. Ik knipper met mijn ogen en krul mijn mond vluchtig opzij.

"Een brief geschreven? Weten je ouders ervan?" vraagt hij me hoopvol terwijl hij me aankijkt en ik een haast onopmerkelijke twinkeling in zijn ogen zie.

Een korte zucht verlaat mijn mond waarmee ik de twinkeling direct weer uit zijn ogen laat verdwijnen. "Nee, natuurlijk niet," zeg ik nee schuddend. "Ze laten me nooit gaan, maar ik heb de handtekeningen nagemaakt," vervolg ik.

Mijn gedachten gaan een seconde terug naar de bibliotheek. Na mijn training en het lezen van de brief van mijn grootmoeder was ik vastberaden om naar de Fianna te gaan. Het plan was eigenlijk vrij snel bedacht: gewoon een brief en handtekening vervalsen. Zo moeilijk kon dat toch niet zijn? Ik heb ontzettend veel handtekeningen van mijn moeder nagemaakt met uiteindelijk als resultaat een één-op-één imitatie van haar krabbel. Die heb ik onder de brief gezet waarin ze me steun geeft om deel te nemen aan de selectie van de Fianna. Een kleine glimlach verschijnt op mijn gezicht als ik denk aan dit meesterplan.

"Serieus, het is niet van echt te onderscheiden," probeer ik hem gerust te stellen want ik zie de bezorgde twijfelachtige blik in zijn ogen.

"Maar... dit kan niet. Als ze erachter komen... Je zet echt alles op het spel," stamelt hij bezorgd waarna hij met zijn hand door zijn haar strijkt.

"Ja weet ik, maar ik ben alles ook al kwijt als ik niets doe," reageer ik met mijn zweterige handpalmen omhoog gekeerd. "Ik moet dit doen... Voor mezelf... Voor ons," zeg ik stellig waarna een diepe ademteug mijn borst uitzet. "Ze gaan het echt niet doorhebben. De selectie begint op hetzelfde tijdstip als de school van Laaggeborenen. Of ik nu daarheen ga of naar de Fianna, ze weten dat echt niet. Het is toch niet dat ze me uit zullen zwaaien," leg ik mijn plan verder uit terwijl ik mijn handen in mijn zij zet in een poging zelfverzekerd over te komen en het zweet van mijn handen te wrijven.

Aedán vernauwt zijn ogen en kijkt me met een schuin hoofd aan. "En tijdens de selectie dan? Je ouders zullen kijken... Cassius zal kijken... Ze zullen je zien. Sowieso dat ze je gaan herkennen," merkt hij op.

Ik forceer een glimlach om hem gerust te stellen. "Komt goed! Ik zal me enigszins vermommen." Mijn ogen vergroten iets en mijn borst trekt samen. Wat als Aedán me niet wil helpen? Ik slik hard en schud bijna onopmerkelijk mijn hoofd snel heen en weer, in een poging de gedachten weg te duwen.

"Alsjeblieft Aedán, dit is mijn enige kans en ik heb je hulp nodig," klinkt mijn stem zacht en lief waarna ik naast hem ga zitten.

"Ik weet het niet hoor. Je kan echt veel kapot maken hiermee," constateert hij met een twijfelachtige stem. Hij tuurt even naar het raam en ik zie de gedachten in zijn hoofd tollen. "Plus, wat zijn de consequenties voor mij als ze erachter komen dat ik je heb geholpen binnen te komen? Cassius maakt me af..." Hij kijkt me ernstig aan. "Of erger..." Hij laat een stilte vallen en kijkt weer weg naar de grond. "Wat als jou iets overkomt? Dat... Dat vergeef ik mezelf nooit..." Zijn adamsappel beweegt hard op en neer. Hij kijkt me diep in mijn ogen aan.

Kan ik dit wel aan hem vragen? Twijfels bestoken opeens mijn hoofd en in mijn gedachten zie ik Aedán gestraft worden omdat hij me geholpen heeft. Ik bijt hard op mijn wang om de visualisatie te stoppen. Mijn blik schiet heen en weer, alsof ze zoeken naar een antwoord.

Ik pak zijn hand. "Er gaat mij niets overkomen. Echt." Mijn stem is zacht en geruststellend. "Ik zal je eeuwig dankbaar zijn. Je weet dat dit het pad is dat ik moet volgen," sluit ik concluderend af met een zachte maar zekere toon.

Wanneer ik mijn hand van zijn hand weer af haal, kijkt

hij me aan. Zijn mond is opzij gekruld en zijn ogen zijn licht samengeknepen. "Ik weet het niet hoor," twijfelt hij.

Mijn hart bonkt hard in mijn borst en vult de stilte, een stilte die een eeuwigheid lijkt te duren. Ik pers mijn lippen hoopvol tegen elkaar en krul mijn wenkbrauwen smekend omhoog terwijl ik hem aankijk.

De blik van Aedán is strak maar verzacht als hij diep ademhaalt en rechtop komt zitten. Een glimlach zorgt ervoor dat zijn wangen omhoog komen.

"Oké, is goed. Ik zorg dat je aanmelding bij de juiste persoon terechtkomt maar geef me dan wel zo snel mogelijk de documenten. Dit moet dan snel geregeld worden," beantwoordt hij uiteindelijk mijn smeekbede.

Ik voel mijn spieren ontspannen. Een glimlach krult mijn mondhoeken omhoog en ontbloot uiteindelijk mijn tanden. De vlinders in mijn buik bezorgen me een warm gevoel dat zich naar mijn maag beweegt.

"Dankje. Dankje. Dankje! Je bent fantastisch! Hier, ik heb het al klaarliggen," zeg ik terwijl ik de opgevouwen brief uit mijn achterzak van mijn leren broek pak.

Hij lacht met opgetrokken wenkbrauwen, alsof hij verrast is door de brief maar tegelijkertijd niet anders verwacht had.

"Bedankt, ik ga dat nu dan gelijk doen. Hoe eerder, hoe beter," zegt hij en hij staat op om de brief zorgvuldig in zijn jaszak te steken.

"Top!" De glimlach krijg ik niet van mijn gezicht. Een gevoel van kalmte vult mijn borst. "Kom je naar de beek als het gelukt is?" vraag ik hem terwijl ik opsta. "Ik wil graag nog even met je sparren. De laatste training," verklaar ik mijn vraag.

Aedán schudt lachend met zijn hoofd. "Oh oh, je bent me er één," lacht hij me vervolgens toe. "Maar is goed. Je ziet me zo weer," sluit hij af voordat hij de rustkamer uit loopt.

Ik kijk hem opgelucht na maar gedachten spoken door mijn

hoofd. Aedán heeft een punt. Wat als mijn plan niet lukt? Gaat dit te ver? *Nee!* Klinkt het streng in mijn gedachten. *Dit is hoe je je kan bewijzen. Jij hebt de macht!*

8

Met één been stap ik in het vrijstaande bad dat Elara voor me heeft laten vollopen. Een tinteling beweegt zich van mijn teen naar mijn middenrif, waar het kort samen knijpt. Met mijn andere been stap ik erin en ik laat me langzaam zakken terwijl mijn handen zich vastgrijpen aan de zijkanten van het bad. Warmte omringt mijn lichaam en doet mijn kippenvel verdwijnen. Mijn neus wordt gevuld met de geur van lavendel. Ik sluit mijn ogen en laat mijn hoofd rusten tegen de rand van het bad. Een gevoel van kalmte overvalt me.

"Ik zal u missen, mevrouw," zegt Elara met een zachte, onzekere stem terwijl ze mijn vuile vechtkleding wast in een van de vele wasbakken in het badhuis.

"Ik jou ook, Elara," reageer ik oprecht, terwijl ik mijn ogen weer open en mijn blik naar haar wend. Mijn ogen bestuderen de nette witte strik op haar rug die haar schort op haar heupen laat hangen over haar simpele blauwe jurk. Haar blonde krullen zijn half opgestoken en vallen over haar schouderbladen.

"Ik kan me nog niet voorstellen dat uw kamer zo meteen leeg

zal zijn..." gaat Elara verder terwijl ze het zweet van mijn kleren spoelt in een op- en neergaande beweging in en uit het water. "Dat ik deze kleding niet meer in mijn handen zal hebben... Dat ik uw onverwachte vragen niet meer krijg," sluit ze vervolgens met een verdrietig lachje af.

Een gniffel ontsnapt aan mijn mond. "Sorry daarvoor," verontschuldig ik me glimlachend terwijl mijn gedachten me terugbrengen naar alle gekke vragen die ik haar gesteld heb om mijn vaardigheden als krijger te vergroten. Zij was de persoon die mij überhaupt deze leren kleding heeft gegeven. Misschien was ze het zat om gras vlekken uit mijn kleding te halen en heeft ze uit eigenbelang gekozen voor leer. Hoe dan ook, zonder haar had ik me niet zo kunnen ontwikkelen als krijger.

"Daar hoeft u zich niet voor te verontschuldigen. Ik heb met liefde uw kleding aangepast aan uw wensen," zegt ze terwijl ze zich naar me toe draait en haar natte handen droogt met een kleine doek. "Ik bewonder hoe vastberaden u het ongebruikelijke pad bewandelt en hoe u met volle overgave hebt getraind voor de Fianna," gaat ze verder nadat ze de doek op het kastje naast de wasbak heeft gelegd. Ze loopt richting het bad en pakt een van de doeken die keurig gestapeld liggen in een rek naast het bad.

Ik trek mezelf omhoog waardoor mijn rug loskomt van de rand. Het geluid van druppelend water klinkt achter mij terwijl Elara de doek onderdompelt en uitwringt. Een natte, warme doek glijdt over mijn rug heen en weer. Ik steun mijn ellebogen op mijn knieën zodat ik wat tegenkracht kan geven.

"Ik vind het oprecht verschrikkelijk dat uw ouders een ander pad voor ogen hebben voor u," klinkt ze treurig achter me waarna ze direct een hap adem neemt en stopt met wassen. "Mijn excuses! Dat had ik niet mogen zeggen," verontschuldigt ze zich direct erop volgend.

Het lukt me niet om mijn mondhoeken tegen te houden, die zich willen krullen. "Dat is niet erg. Je mag je mening geven, toch?

Plus, je kent me langer dan vandaag. Je weet dat je gewoon met me mag praten," stel ik haar gerust waarna ik de warme doek weer op mijn rug voel. "Ik vind het sowieso stom dat die regel er is," sluit ik vervolgens nee schuddend af. Inwendig irriteer ik me aan het feit dat dienstknechten niet openlijk mogen praten. Wat maakt het dat zij hun mening niet mogen geven aan de andere rangen? Iedereen heeft het recht om gehoord te worden.

"Ik ken u inderdaad langer dan vandaag. Ik zie u nog steeds als klein meisje rondhuppelen door de gangen," bekent ze en ik hoor de liefdevolle glimlach in haar woorden doorklinken.

Zo lang ik me kan herinneren was Elara er om me te dienen. Ze heeft me zien opgroeien. Ze heeft me getroost. Ze heeft me aangemoedigd. Ze stond altijd voor me klaar. Dag en nacht. Ze is nooit een dag verwijderd geweest van ons huis. Eigenlijk was ze er zelfs meer voor me dan mijn moeder. Ik slik hard waarbij mijn mondhoeken ietwat naar beneden zakken. De realisatie dat ik haar ook niet meer dagelijks zal zien dringt nu pas tot me door. Ik knijp mijn ogen even dicht om op voorhand de opkomende tranen terug te dringen en gooi dan, met mijn handen als een kommetje, wat water in mijn gezicht.

"Ik heb overigens een jurk voor u uitgekozen om te dragen tijdens het diner. Uw vader en moeder verwachten dat u formeel gekleed komt voor deze laatste avond. Voordat u morgen vertrekt," haalt Elara me uit gedachten, waardoor ik snel met mijn ogen knipper.

Een zucht verlaat mijn mond terwijl ik met mijn ogen rol. "Nee, echt?" vraag ik haar in de hoop dat ze een grapje maakt en me gaat verlossen met een comfortabele outfit. Ik zoek oogcontact en de blik in haar heldere blauwe ogen, die omringd zijn door vriendelijke rimpels die nu niet geactiveerd worden, zegt me genoeg. Een grom ontsnapt uit mijn kern. "Oké, dank je wel," accepteer ik uiteindelijk, waarna ik weer frons en haar verbaasd aankijk. "Huh? Wacht... Is mijn vader er ook?" vraag ik met opgetrokken wenkbrauwen.

"Ja zeker, mevrouw. Hij is speciaal voor vandaag terug gekomen. Faris neemt hem in zijn afwezigheid waar bij de Fianna, dus hij is helaas niet aanwezig. Akhil en Adham zijn er wel," verklaart ze opgewekt, in de veronderstelling dat ik hier blij van zou worden. Ze kijkt me verward aan omdat mijn gezicht geen blijheid uitstraalt, maar haar blik wordt al snel overgenomen door bezorgdheid.

Mijn ademhaling zit hoog in mijn borst en mijn hart bonkt in mijn keel. Mijn gedachten razen door mijn hoofd. Ze maken er echt werk van. En ik had nog zo gehoopt dat ik er gewoon tussenuit kon wippen, zonder dat iemand het merkt. Maar nee, zelfs mijn vader is er... Ik heb hem denk ik al een paar maanden niet gezien. De laatste keer was met mijn moeders verjaardag, denk ik. Maar nu hebben we blijkbaar een soort laatste avondmaal voordat ze hun dochter en zus wegsturen. 'Een perfecte gelegenheid om samen te komen,' dwaalt als sarcastische opmerking door mijn hoofd. Mijn lippen worden hard tegen elkaar aangedrukt. Ik sla mijn ogen dicht.

"Oh, ik heb hier zo geen zin in," ontsnapt zonder controle zacht en geïrriteerd uit mijn mond.

"Dat snap ik, mevrouw. Afscheid nemen is zwaar," probeert ze me gerust te stellen met een begripvolle toon, niet in de gaten hebbend dat mijn paniek niet gaat om het nemen van afscheid maar om het bedriegen van mijn familie.

Alles in mijn lichaam wil met haar delen wat ik van plan ben, maar mijn verstand houdt me tegen. Ik mag van haar geen pion maken. De straf die zij zal krijgen... Nee, ze mag er geen onderdeel van zijn.

In stilte was ik me en stap ik vervolgens uit bad.

Mijn wangen gloeien en hoewel mijn lichaam droog is, voelt mijn huid plakkerig aan. Met gespannen spieren trek ik mijn ondergoed aan terwijl ik met mijn rug naar Elara sta.

"Elara," trek ik haar aandacht. "Mag ik je wat vragen?" probeer ik zo luchtig mogelijk haar aandacht te trekken. Mijn ogen zijn vergroot en mijn ademhaling stokt, waardoor mijn lichaam er alles aan doet om geen oogcontact met haar te maken.

"Ja natuurlijk," reageert Elara dienstverlenend.

Ik haal zo onopvallend mogelijk diep adem en krul mijn mond vluchtig opzij. Ik knipper met mijn ogen en probeer ze weer terug te brengen naar hun normale, kleinere stand.

"Zou je de zwarte kleding die ik vandaag aanhad vanavond in mijn kamer willen leggen als het droog is?" vraag ik rustig waarna ik snel doorpraat zodat ze tussendoor geen vragen kan stellen. "Ik neem het graag mee morgen. Dan heb ik nog iets van een herinnering aan wie ik was," beargumenteer ik liegend maar ik voel de hitte naar mijn wangen verplaatsen. Met aangespannen schouders wacht ik op haar reactie waarbij mijn ogen weer vergroten. Elke bloedcel in mijn lichaam stuitert in de hoop dat ze niet gaat doorhebben dat ik iets van plan ben.

"Natuurlijk, mevrouw. Dat zal ik doen. Ik zal het bij de kleding leggen die u morgen moet aantrekken als u naar de school van Laaggeborenen gaat. Dat heb ik voor u klaargelegd," reageert ze nietsvermoedend terwijl ze oogcontact met me zoekt wanneer ze met mijn jurk in haar handen naar me toekomt. "Kan ik verder nog iets voor u betekenen?" biedt ze glimlachend aan.

Mijn schouders zakken van opluchting. Gelukkig, ze stelt verder geen vragen. Tegelijkertijd voel ik een knoop in mijn maag door het besef dat dit de eerste keer is dat ik tegen haar lieg. Ik wrijf mijn lippen hard tegen elkaar.

"Nee, dank je," reageer ik in de hoop snel naar een ander onderwerp te kunnen overgaan en dit ongemakkelijke gevoel weg te schuiven. Ik beantwoord haar blik met een glimlach die ze niet meer ziet.

"Nou, kom nu maar. Dan zal ik u inrijgen in deze jurk. Het zal u beeldig staan," verandert ze het onderwerp en knielt met de jurk naar beneden zodat ik erin kan stappen.

In mijn kamer staar ik naar mijn spiegelbeeld in een grote

gouden staande spiegel. Met mijn hand wrijf ik over mijn ingevlochten haar wat samenkomt in een losse knot net boven mijn nek. Een paar losse krullen omlijsten mijn gezicht, die het kapsel een speelser effect geven. Mijn ogen bewegen zich in de spiegel naar beneden, langs mijn blote schouders, strak geregen top en grote rok die bestaat uit meerdere lagen en tot de vloer reikt.

Ik zucht en een glimlach, die verzaakt mijn ogen te bereiken, probeert mijn gezicht te versieren. Ik schud zachtjes met mijn hoofd terwijl ik mijn mondhoeken afkeurend naar beneden krul.

"Een echte dame..." mompel ik cynisch en ik dwing mijn ogen van mijn spiegelbeeld af. Ze bereiken de stapel bruine gewaden op mijn bureau. Ik adem diep in en zucht hard alle lucht uit mijn longen. Ik wrijf mijn lippen over elkaar en duw mijn kin omhoog, voorbereidend voor het acteerwerk wat ik zo moet tonen tijdens het diner.

"Oké," moedig ik mezelf zachtjes aan voordat ik verplaats naar de deur en de deurklink vastpak, maar ik wacht heel even. Ik sluit mijn ogen en sta stil. Mijn hoofd laat ik kort naar achteren vallen. Nog altijd met mijn hand op de deurklink, open ik mijn ogen en druk hem vervolgens naar beneden. Met een geforceerde rechte rug en naar achter geduwde schouders verlaat ik mijn kamer.

9

In de deuropening van de eetkamer sta ik stil en ik bereid me inwendig voor voordat ik naar binnen loop. Mijn blik valt onmiddellijk op de eettafel die overladen is met een overvloed aan gerechten. De mengelmoes van geuren prikkelt mijn neus. Alles is prachtig gedrapeerd op tafel, als een laatste avondmaal. Zelfs het servies voor bijzondere gelegenheden is uit de kast gehaald. Een zucht ontsnapt me en ik voel mijn spieren aanspannen, mijn kaken stevig op elkaar klemmend.

Mijn blik glijdt naar de kleurrijke bloemstukken die voor elk raam staan. De roze, oranje, gele en paarse bloemen springen eruit in het zachte zonlicht. Met mijn linkerhand strijk ik langzaam op en neer over mijn rechterarm.

"Hoi," begroet ik algemeen, zonder oogcontact te maken. Aan de koppen van de tafel zitten mijn ouders, op hun gebruikelijke plekken. Mijn moeder knikt even naar me waarna mijn vader zich omdraait om me te zien.

"Hallo, Nasiah," begroet mijn vader me met een glimlach maar er zit een waas over zijn ogen.

Mijn adem stokt als ik zijn blik ontmoet. Mijn lippen trekken zich op tot een geforceerde glimlach.

"Hallo, pap. Fijn je weer te zien," reageer ik beleefd terwijl ik snel de beschikbare stoelen inspecteer. Aan de lange zijden zitten Adham en Akhil, elk aan een zijde en elk met een vrije stoel naast hen. Ze staren naar me. Adham zit onderuit gezakt op zijn stoel, zonder enige moeite te doen om zijn afkeer te verbergen. Akhil daarentegen zit rechtop met zijn armen netjes op tafel, een neutrale blik in zijn ogen die toch enige zachtheid uitstraalt als onze blikken elkaar kruisen.

Een ongemakkelijke stilte hangt in de lucht en mijn middenrif trekt samen. De knoop in mijn maag groeit. "Wauw, het ziet er verrukkelijk uit!" probeer ik opgewekt te klinken in een poging de stilte te doorbreken en de sfeer te verlichten. Ik schuif de stoel naast Akhil naar achteren en neem plaats.

"Ze hebben er werkelijk weer een schitterend maal van gemaakt," complimenteert mijn moeder de dienstknechten terwijl ze de kamer overziet en haar blik naar de vijf bedienden, inclusief Elara, wendt die langs de muren staan te wachten op onze hulpbehoefte bij het opdienen.

"Absoluut! Ik weet dat ik hier altijd kan rekenen op heerlijk eten," voegt mijn vader toe, zijn ogen glijden over het eten op tafel, zijn lippen vochtig makend.

"Dat is wel anders bij de Fianna," lacht Akhil maar stopt abrupt en kijkt me met opgetrokken wenkbrauwen aan. "Sorry...," fluistert hij naar me.

"Binnenkort mag Nasiah ons vertellen hoe slecht het eten bij de Laaggeborenen is," sneert Adham met een cynische ondertoon. "Oh nee, dat mag ze niet," corrigeert hij zichzelf sarcastisch, doelend op het contactverbod tussen de rangen.

"Klaar, genoeg nu!" grijpt mijn vader in terwijl hij Adham streng aankijkt. "Laten we genieten van deze maaltijd en van elkaars gezelschap," voegt hij eraan toe terwijl hij vriendelijk naar mij glimlacht. Ik forceer een glimlach terug, mijn wenkbrauwen lichtjes opgetrokken.

Mijn vader lijkt jaren ouder te zijn geworden in de maanden dat hij weg was. De lijnen rond zijn mond en tussen zijn wenkbrauwen zijn dieper, zijn wallen vallen op zijn jukbeenderen. Zijn grijze baard lijkt nog witter in contrast met zijn getinte huid, maar dit doet geen afbreuk aan zijn gezag. Hij ziet eruit als een doorgewinterde generaal. Zijn donkere wenkbrauwen maken hem streng maar wanneer zijn ogen lachen, verandert zijn hele gezicht. Hij heeft de perfecte combinatie van toegankelijkheid en autoriteit. De Fianna mag blij zijn met een generaal als mijn vader. De gedachte bezorgt me een warm gevoel in mijn buik maar het verandert snel in een driedubbele knoop in mijn maag. Ik had zo graag voor hem willen vechten bij de Fianna... Waarom houden ze me in godsnaam hierin tegen? Ze verwijderen me liever uit hun leven dan dat ze geloven dat ik het kan. Ze snappen het gewoon niet.

Mijn ademhaling versnelt, mijn neusvleugels flakkeren, maar ik bijt hard op de binnenkant van mijn lip om mijn frustratie onder controle te houden. Kort laat ik mijn oogleden zakken en probeer mezelf in gedachten te kalmeren. Overmorgen zal alles anders zijn. Dan ben ik officieel geselecteerd en maak ik deel uit van de Fianna. Dan zullen ze wel anders over me denken. Dan zullen ze beseffen dat ze een fout gemaakt hebben. Eerst moet ik morgen de groepselectie doorstaan, en dan volgen overmorgen de individuele testen die mijn vaardigheden als krijger op de proef stellen. De gedachte maakt me rustiger.

"Laten we eten," kondigt mijn moeder aan waarna de dienstknechten in actie komen en onze borden vullen met eten. Elara komt direct naar me toe, net zoals de andere vier dienstknechten naar mijn familieleden gaan. Ze vult zorgvuldig mijn bord met gepofte aardappelen, verschillende broodjes, gestoofde groenten en een mals stuk varkenshaas. Tot slot schenkt ze mijn glas vol met bier.

"Dank je," bedank ik haar met een glimlach.

"Eet smakelijk, mevrouw," reageert ze terwijl ze haar plek bij de muur weer opzoekt zonder haar rug naar me toe te keren.

"Maar pa, vertel... ik ben met spoed opgeroepen om naar de frontlinie te gaan, dus morgenochtend moet ik direct die kant op. Waarom zo veel haast?" hoor ik Adham aan mijn vader vragen, terwijl ik een hap neem van het varkenshaasje. Ik frons even mijn wenkbrauwen en spits mijn oren, nieuwsgierig naar het antwoord van mijn vader.

"Ja, veel tweedejaars Fianna zijn opgeroepen ter versterking. We hebben veel verliezen geleden en Cassius voert de druk bij ons op om met een tegenaanval te komen. Het is niet gebruikelijk, dat klopt, maar we hebben momenteel alle mankracht nodig om Tartarus tegen te houden. Laat staan, een tegenaanval uit te kunnen voeren. Tartarus' krijgers lijken exponentieel in aantal te groeien en we verliezen onze grip op de situatie. Maar dit is niet het beste moment om daar diep op in te gaan, Adham. Je zult morgen alles te horen krijgen tijdens de briefing," verklaart mijn vader met een bezorgde stem, een stem die ik niet vaak hoor. Hij lijkt onzeker. Ik doe alsof ik niet luister naar hun gesprek en pluk mijn gepofte aardappel met mijn vork uit elkaar, maar ik kan de frons op mijn gezicht niet verbergen. In mijn ooghoek zie ik een grijns op Adhams gezicht verschijnen en automatisch trekt mijn bovenlip omhoog.

"Komt goed, pa. Als ik erbij ben, zullen we de overhand weer krijgen," schept Adham op, zijn hoofd hoog in de lucht.

"Geen woorden, maar daden, knul," corrigeert mijn vader hem terwijl hij Adham weer met beide benen op de grond zet. Een kleine glimlach speelt rond mijn mond en van binnen grinnik ik. Een kleine zucht ontsnapt me waardoor ik per ongeluk de aandacht van mijn moeder trek.

"Ik snap dat het moeilijk is," zegt mijn moeder met een zachte, begripvolle stem, niet wetende dat ze mijn zucht verkeerd interpreteert.

Ik draai mijn hoofd naar rechts om haar met opgetrokken wenkbrauwen aan te kijken. "Uhuh...," reageer ik om niet de echte reden van mijn zucht te onthullen, waarna ik een stilte laat vallen en mijn mond vul met een hap groente. "Ik snap nog steeds niet waarom jullie mij de kans niet geven," vul ik aan met een neergeslagen stem, terwijl ik weer naar mijn bord staar en wat groenten aan mijn vork prik. In mijn gedachten prijs ik mezelf voor mijn acteerwerk.

"We hebben geen andere keuze," zegt ze stellig, haar schouders iets ophalend. "Dit is het beste."

"Klopt, Naas. Je bent echt beter af bij de Laaggeborenen," voegt Akhil toe, waardoor mijn ogen groot worden en ik met opgetrokken wenkbrauwen naar links kijk, half stikkend in de hap die ik genomen had.

Een diepe ademhaling via mijn neus zorgt ervoor dat mijn neusgaten wijd open staan en niet meer smaller worden. Mijn bloed begint langzaam te borrelen. Stemt Akhil serieus in met de keuze die mijn ouders voor me hebben gemaakt? Als ik iemand aan mijn zijde had verwacht, was hij het. Mijn ademhaling versnelt. Opeens bevind ik me in gedachten weer in de gang toen ik zijn gesprek met Adham opving. Ik knipper vluchtig met mijn ogen. Hoe kan hij me zo in de steek laten? Giftige woorden van een innerlijk gefluister vullen mijn hoofd. *Hij vindt je zwak, dat heeft hij altijd al gevonden. Het kleine zusje voor wie hij moest zorgen. Het kleine zusje die hem tot last was. Hij kan niet wachten tot je weg bent.* Ik bijt hard op de binnenkant van mijn lip in een poging mijn gedachten voor mezelf te houden, maar mijn bloed kookt. Mijn hart bonst.

"En jij wist zeker dat pap en mam mij de Fianna gingen verbieden? Hoe kun je zoiets voor me achterhouden?!" Mijn stem is verheven, mijn blik strak op Akhil gericht.

Akhils ogen, gevuld met een schuldige blik, worden groot en ontwijken snel mijn dodelijke blik.

"Oké, jongens. Laten we het beschaafd houden. Ander onderwerp alsjeblieft," oppert mijn moeder terwijl ik mezelf dwing een grote hap lucht te nemen om mezelf te kalmeren. Schokkerig vullen mijn longen zich met lucht via mijn neus.

Laat het gaan, spreek ik mezelf in gedachten toe en ik sla mijn ogen even dicht. Een diepe ademhaling via mijn neus dwingt mijn borstkas te ontspannen maar het wordt geblokkeerd door de strak aangeregen top die ik aan heb. *Ze zullen spijt krijgen van hun keuze. Je zal ze laten zien wat kracht is!*

Ik visualiseer mezelf morgen bij de selectie en probeer mezelf kalm te krijgen. Mijn hartslag keert langzaam weer terug naar mijn borstkas. Ik draai mijn nek even en duw mijn kin omhoog, het masker over mijn gezicht weer intact makend.

De rest van het diner zeg ik weinig.

Mijn moeder deelt nog een update over de situatie bij de Raad van Meesters en de contacten tussen Danann en Avalon.

Mijn vader deelt nog wat verhalen over missies die de afgelopen maanden hebben plaatsgevonden op verzoek van Cassius.

Adham is alleen maar aan het opscheppen en probeert mede-Fianna's naar beneden te halen.

Akhil zegt eigenlijk ook weinig en reageert alleen op vragen die aan hem worden gesteld.

Zodra we klaar zijn met eten, ga ik van tafel en zo snel mogelijk terug naar mijn kamer om deze stomme en veel te strakke jurk uit te trekken.

Eenmaal in mijn kamer en gekleed in mijn lange nachtjapon lig ik op bed en staar naar het plafond. Ik sluit mijn ogen en ga in mijn gedachten de stappen langs die ik morgenochtend moet nemen om binnen te komen bij de selectie. Alles is geregeld. Mijn kleding ligt klaar, mijn messen zijn geslepen en Aedán heeft de aanmelding geregeld. Ik hoef morgen alleen maar mijn naam te zeggen en ik kan naar binnen glippen.

10

Ik grijp het stugge bruine gewaad van mijn bureau. Het materiaal voelt ruw aan mijn handen en ik aarzel even, mijn blik gevangen door de textuur. Mijn blik dwaalt af naar het raam, waar het ochtendlicht het bos in een serene gloed van de nazomer hult.

Ik sluit mijn ogen, mijn gedachten diep onderdompelend. Mijn rugtas is gepakt en ik ga in mijn hoofd mijn lijstje af met de belangrijkste items: messen, vechtkleding, een hoofddoek en de ketting die Akhil me lang geleden gaf.

Een kleine maar pijnlijke glimlach speelt om mijn lippen terwijl ik mezelf in gedachten als een twaalfjarig meisje zie op de dag dat Akhil naar de Fianna vertrok. De dikke tranen rolden over mijn wangen en ik miste hem al voordat hij weg was op die dag. Hij zorgde er destijds voor dat ik me niet zo alleen voelde wanneer mijn ouders weg waren. Ik was zo gehoorzaam naar hem. Ik wist niet wat ik moest doen als hij er niet was. Ik deed er alles voor om hem maar trots op me te laten zijn. Dat ik het goede zusje was. Die dag dat hij me achter liet, het was verschrikkelijk.

De herinnering bezorgt me een brok in mijn keel en doet mijn middenrif samentrekken. In gedachten zie ik Akhil voor me, hoe hij knielend voor me zat bij de voordeur, hoe ik hem met een trillende lip aankeek. "Het komt goed, zusje. Jij bent sterk genoeg om het alleen aan te kunnen. Je hebt mij niet meer nodig. Maar als je ooit verdrietig bent of het gevoel hebt te moeten huilen, pak dan deze hanger en slik je tranen in. In gedachten ben ik dan bij je en maakt het je sterker," fluisterde hij in mijn oor terwijl hij me de ketting overhandigde en mijn tranen van mijn wangen wegveegde. Diezelfde tranen voel ik nu prikken achter mijn ogen maar ik haal diep adem en duw ze weg.

Die dag markeerde het laatste moment waarop ik mijn tranen de vrije loop liet. Ik heb het mezelf nooit meer toegestaan. Ik greep altijd naar mijn ketting als de drang opkwam. Ik moest sterk zijn van hem. Het was en is mijn mantra: huilen is voor watjes. Tegenwoordig zit het er zo ingebakken dat ik niet meer naar de ketting hoef te grijpen.

Ik draai mijn nek en schouders even om terug te keren naar het heden en sla dan het bruine gewaad om mijn schouders. Mijn gedachten laten me echter niet met rust. Hoe heeft het zo ver kunnen komen? Ben ik dan zo niet noemenswaardig dat ze met gemak mij uit hun leven verbannen? Ik slik hard. Ik had het kunnen weten, mijn hele leven sta ik er eigenlijk al alleen voor. Waarom had ik verwacht dat het nu anders zou zijn? Ik zucht hard en dwing mijn aandacht naar het gewaad, wat ik dicht knoop met de touwtjes die om mijn hals hangen. Maar mijn innerlijke stem houdt me gevangen en ik slik weer. *Je zal jezelf bewijzen! Ze zullen je moeten zien! Ze zullen je als een gelijke moeten zien!*

Ik besef me dat ik gewoon zal volhouden zoals altijd. Voor mezelf zorgen en de zaken zelf oplossen. Ik heb het jaren zonder hen gedaan en dat ging prima. Ik bén sterk. Ik duw mijn schouders naar achteren. Het zal nu niet anders zijn, besluit ik, terwijl ik mijn rugtas pak en naar de deur loop.

Met mijn hand op de deurklink, de deur halverwege geopend, lijken mijn voeten aan de grond genageld. Een scherpe steek gaat door mijn lichaam en dwingt me om te draaien. Ik werp een laatste blik op mijn kamer, haal diep adem en wandel door de deuropening.

Eenmaal aangekomen in dezelfde hal waar ik zes jaar geleden huilend gedag zei tegen Akhil, herinner ik me dat we hem gezamenlijk uitzwaaiden bij de voordeur.

Mijn vader.

Mijn moeder.

Faris en Adham. Ze waren er allemaal.

En nu...

Er vormt zich een brok in mijn keel en ik slik moeizaam. Nu sta ik hier helemaal alleen. Niemand die huilt om mijn vertrek. Ik knipper snel met mijn ogen in een poging mezelf te vermannen. In gedachten rechtvaardig ik hun afwezigheid. Ik vul mijn longen met lucht. Mijn vader, Akhil en Adham moesten vertrekken naar de briefing, die al vroeg in de ochtend zou plaatsvinden wegens de selectie bij de Fianna. Faris was sowieso al niet thuis en mijn moeder...

Ik slik nog een keer. Ik draai mijn mond even opzij terwijl ik op de binnenkant van mijn wang bijt. Mijn moeder had belangrijke zaken te regelen bij de Raad van Meesters... Iets met dezelfde briefing, geloof ik. Cassius had opeens allerlei vergaderingen gepland voor de start van de selectie, zodat de elite van Danann en hijzelf nog op tijd bij de start van de selectie kunnen zijn. Hoe dan ook, blijkbaar was dat allemaal belangrijker dan hun dochter voor de laatste keer spreken.

Met een diepe zucht duw ik de voordeur open en zet vastberaden een stap naar buiten, op weg naar mijn vertrouwde, gehavende boom.

Met een doffe klap landt mijn rugtas op de grond tegen de boom. Het gerafelde schors trekt mijn aandacht en tovert een warme glimlach op mijn gezicht.

Met klamme handen en een versnelde hartslag open ik mijn tas en haal mijn volledig zwarte vechtkleding eruit. Ik wrijf mijn handen droog aan het gewaad voordat ik hem af doe en op de grond gooi. Mijn blik valt op mijn opgevouwen kleding terwijl ik mijn enkellange blousejurk van mijn aangespannen schouders af laat glijden en het op de grond laat vallen. Nee, mijn ouders zullen me niet herkennen. Ze zitten op een flinke afstand en iedereen draagt zwarte kleding. Mijn benen trillen als ik uit mijn jurk stap. Ik probeer snel mijn zwarte leren broek aan te trekken, maar ik heb moeite met de knoop door mijn trillende handen. Ik dwing mezelf even diep adem te halen en knoop hem dan dicht.

Terwijl ik mijn kleine zwarte top pak worden mijn ogen plotseling groter. Wat als ik echt niet sterk genoeg ben? Wat als ze gelijk hebben? Dat ik geen schijn van kans maak tegen andere kandidaten. Dit is niet meer voor spek en bonen, zoals het sparren met Aedán... Dit is serieuze shit. Wat als ik het niet kan? Wat als ik dood ga? Mijn ademhaling versnelt. Tintelingen verspreiden zich over mijn lichaam naar mijn hoofd. Ik sta als aan de grond genageld, starend naar mijn top in mijn handen.

Je bent sterk. Laat ze zien wat je waard bent. Je kunt dit. Jij zal de laatste zijn die lacht. Een hongerig beest diep in mijn innerlijke wereld slaat me wakker met zijn woorden. Kippenvel verspreidt zich over mijn gespannen lichaam. Ik slik hard en voel mijn wangen ijzig prikken. Ik sluit mijn ogen en ontspan mijn handen, die mijn top inmiddels bijna verfrommeld hebben. Wanneer ik mijn ogen open zie ik de strakblauwe lucht afsteken tegen de heldergroene bladeren van de bomen. Ze dansen in de wind. Het voelt aanmoedigend en er verschijnt een voorzichtige glimlach op mijn gezicht. Ik herpak mezelf en schud de twijfels van me af. Ik moet geloven in mezelf, anders lukt het sowieso niet.

Ik trek mijn top en leren jack aan, pak mijn messen uit hun beschermhoezen en steek ze in de zakken van mijn jack. Tot slot, plaats ik mijn bescherming over mijn onderarmen en sla ze even tegen elkaar waardoor een harde tik klinkt in het stille bos.

Terwijl ik kniel bij mijn rugzak haal ik de donkergroene, effen hoofddoek van mijn moeder eruit. Het was wederom een vreemde vraag om aan Elara te stellen maar gelukkig verrast niets haar meer. Ik laat mijn neus in de hoofddoek zakken. De geur van saffraan brengt herinneringen aan mijn moeder terug en dwingt mijn ogen dicht. Ik drapeer de hoofddoek als een kapsjaal over mijn nog steeds ingevlochten haar en sla het resterende deel rond mijn hals.

Met al mijn spullen in mijn rugtas gooi ik hem weer over mijn rechterschouder en loop ik richting de aanmeldpost voor de selectie.

In de verte zie ik de lange rij als een lange zwarte slang bij de ingang van de Fianna staan. Het grote stenen gebouw van drie verdiepingen hoog ziet er imposant uit. De vlag van Danann wappert lichtjes aan een van de torens die op elke hoek van het gebouw staan. In deze torens zitten de hoogste rangen naar de selectie te kijken, de elite inclusief onze leider. Ongetwijfeld dat mijn ouders en grootvader in één van die torens zitten. Ik weet dat achter het gebouw een hectare aan grasveld ligt, gevuld met bomen en grote keien die doelen als tactische schuilplekken voor de kandidaten.

Terwijl ik mijn weg vanuit het bos naar de rij vervolg over het olifantspad, dat bestaat uit aarde en houtsnippers, glijden mijn vergrote ogen langs het gebouw. De begane grond heeft grote gebogen ramen, maar de ramen op de twee verdiepingen erboven zijn relatief klein en rechthoekig. De pilaren bij de ingang krullen naar elkaar toe in een boog en een trap van vier treden leidt naar de entree van twee drie meter hoge donkere houten deuren.

De zwarte slang bestaat inmiddels uit menselijke enkele vormen en geluiden van bedrijvigheid vullen mijn oren. Ik span mijn kaken even aan en bestudeer de kandidaten terwijl de vormen steeds duidelijker worden. Ongeveer vijftig kandidaten vormen de rij. Ik slik als ik zie hoe groot en breed de meerderheid van de kandidaten is, hoe diep en zwaar de stemmen zijn die ik hoor bulderen.

Met klamme handen zoek ik het einde van de rij en vervolg mijn pas ernaartoe. Mijn ogen glijden langs de rij van achter naar voren. De zwaarden en speren wisselen elkaar af. Een enkeling heeft zelfs een schild bij zich. Ze dragen vrijwel allemaal zwarte broeken, soortgelijke broeken als die van Aedán. De bescherming die ze dragen varieert. De één heeft zijn volledige torso bedekt met leren bescherming, terwijl de ander metalen bescherming over zijn schouders heeft.

Mijn blik blijft hangen bij een van de mannen die recht voor me staat terwijl ik de rij nader. Mijn lippen komen los van elkaar. Ik denk dat hij zeker twee meter lang is en hij is daarmee een van de langste in de rij. Zijn volle golvende zwarte haar valt soepeltjes langs zijn voorhoofd en eindigt naast zijn ogen. Hij praat met niemand en lijkt daar ook totaal geen behoefte aan te hebben, alsof hij hier alleen voor zichzelf is. Zijn strakke rode longsleeve omhelst zijn atletische spieren en laat weinig aan de verbeelding over. Ik vernauw mijn ogen. Een tinteling beweegt over mijn benen naar boven. Mijn ogen betasten lustig de spieren die op zijn schouders lijken te liggen en strelen door naar zijn borstspieren en buikspieren. Hij wordt omhuld door een duistere en mysterieuze aura, wat me intrigeert. Op zijn rug draagt hij twee katana-zwaarden, die gekruist opgeborgen zijn in zijn zwarte leren zwaardhouder. De leren banden komen over zijn schouders als een soort rugtas.

Ik schud even met mijn hoofd en schraap mijn keel. Ik dwing mijn ogen van hem af en bekijk de rij verder. De vrouwen die ik in de rij zie hebben dolken of speren en ze dragen vergelijkbare kleren als ik. Strakke broeken, met of zonder vakken, afhankelijk van hun wapen. Strakke bovenkleding, waarbij ik alles voorbij zie komen van korte tops tot longsleeves.

Inmiddels bereiken mijn ogen de entree. Een glimlach verschijnt op mijn gezicht als ik Aedán onderaan de trap zie ik staan. Hij heet blijkbaar de kandidaten welkom en praat met iemand. Ik kan alleen niet zien wie. De persoon staat bij de trap en de rij weerhoudt me ervan te zien wie het is. Aedáns gesprekspartner stapt naar voren en loopt richting hem.

Plotseling schiet mijn hartslag omhoog. Mijn ogen vergroten. Mijn adem stokt.

Nee!! Het is mijn vader!

11

Terwijl ik vluchtig mijn rug naar de ingang keer grijp ik mijn kapsjaal en trek hem voor mijn gezicht. Mijn hart lijkt uit mijn borstkas te willen breken. Onbewust knijp ik de zwarte leren schouderband van mijn rugtas fijn.

Ik haast me naar het einde van de rij om me te verschuilen tussen de andere kandidaten. Met grote ogen staar ik naar de grond, de kapsjaal mijn gezicht verbergend. Het zweet begint uit te breken dus ik pers mijn lippen op elkaar en zuig de frisse ochtendlucht door mijn neus naar binnen. Ik gluur voorzichtig langs de rij, die zich langs de grote ramen in de muur van het gebouw voortbeweegt. Ik zie mijn vader nog steeds bij Aedán staan. Ze staan in het enkelhoge gras, iets verder verwijderd van het gebouw dan de rij. Als een speer schiet ik terug in de rij. Mijn ogen schieten alle kanten op. Mijn adem stokt hoog in mijn borst.

Gedachten razen door mijn hoofd. Waarom staat hij hier? Waarom is hij niet waar hij hoort te zijn, in de toren? Dit past niet in mijn plan. Parels van zweet vormen zich op mijn nek terwijl ik een paar stappen naar voren zet en richting de torens op het gebouw kijk. De muur is zo hoog dat het mijn zicht op de torens blokkeert. Ik wrijf krachtig over mijn mond, langs mijn kaak en naar mijn kin.

Ik sluit mijn ogen en slik. Knipperend met mijn ogen besef ik dat Aedán weet dat ik in de rij zal staan. Hij zal ongetwijfeld proberen mijn vader zo snel mogelijk weg te krijgen.

Met elke stap die ik naar voren zet bonst mijn hart sneller.

"Dit jaar gaat het me lukken!" hoor ik een van de kandidaten achter me hoopvol zeggen, zijn stem diep. In mijn hoofd visualiseer ik een grote, gespierde man.

"Sowieso, Kyan!" zegt een andere mannelijke stem vastberaden. "Vooral als we tegenstanders zoals die daar hebben." Mijn nekharen schieten overeind, aannemend dat het over mij gaat. "Wat denkt ze wel niet?" grapt hij.

Ik draai met mijn ogen en ik onderdruk de drang om me om te draaien als ik hen hoor lachen.

"Die schakelen we met gemak uit. Of niet, Toni," beaamt Kyan, de mislukking van vorig jaar, waarna ik een doffe klap en gelach hoor.

Mijn spieren spannen aan en mijn lichaam lijkt een eigen leven te leiden. Ik draai me om en ik kijk de jongens aan met een dodelijke blik, mijn hand klaar om een mes te trekken, maar mijn lippen lijken dichtgesnoerd. Ik sta verstijfd en mijn valt mond lichtjes open. Mijn verwijde ogen glijden starend langzaam naar boven waardoor ik mijn hoofd naar achteren moet kantelen.

"Ben je misschien verdwaald, meisje?" vraagt de diepe stem spottend terwijl hij zijn metgezel, Kyan blijkbaar, een por met zijn elleboog geeft.

Plotseling realiseer ik me dat mijn vader me absoluut niet mag horen. Ik blijf stil en voel mijn gezicht rood worden.

Ik duw mijn kin omhoog. "Nee hoor, ik ben precies waar ik moet zijn," probeer ik onopvallend en zo zelfverzekerd mogelijk te zeggen, maar mijn stem slaat over. Ik slik en draai me snel weer om.

Er is niets onopvallend aan hun brullende gelach achter me.

Met een nagloeiend gezicht staar ik naar het platgelopen gras. Ik draai wat aan mijn bescherming om mijn onderarmen en corrigeer mijn kapsjaal terwijl ik een stap naar voren zet in de rij.

De rij beweegt vlot en als ik tot stilstand kom bij een raam, kijk ik naar binnen. Het zonlicht weerkaatst op de marmeren vloer van een grote zaal en de zaal wordt langzaam gevuld met schaduwen van de kandidaten.

Met samengeknepen ogen analyseer ik de rij, er staan nog twaalf mensen voor me. Een voor een lopen ze de trap op naar de ingang.

In een poging mijn klamme handen te laten stoppen met trillen, sla ik mijn armen over elkaar en haal diep adem. Mijn blik valt op mijn vader, die nog altijd met Aedán staat te praten.

Weer zet ik een paar stappen naar voren. Nog tien kandidaten voor me.

Dan zie ik mijn vader samen met Aedán de trap oplopen, weg van de rij. Een diepe zucht ontsnapt uit mijn mond en mijn spieren ontspannen met elke stap die ik zet.

Nog zeven kandidaten voor me.

Ik controleer de messen in mijn jack terwijl ik weer een stap naar voren zet.

Nog vijf kandidaten voor me.

"Zara Haddad," hoor ik een vrouwelijke kandidaat voor me zeggen.

"Succes," klinkt een mannelijke stem monotoon, alsof hij verveeld is van het afvinken van namen op de lijst.

"Javid Rahamn," zegt de volgende kandidaat die zich meldt bij de portier, zijn stem twijfelachtig en zacht.

"Succes," klinkt het weer.

Met elke stap die ik naar voren zet bonst mijn hart harder in mijn borst.

"Ethan Walker," zegt de volgende kandidaat. Zijn stem is diep en zijn kaalgeschoren hoofd steekt ver boven de twee kandidaten uit die tussen hem en mij in staan. Zijn hele outfit is legergroen en sluit strak om zijn lichaam. Een groot zwaard draagt hij schuin over zijn rug in een zwarte koker. De handgreep die eruit steekt is prachtig gedetailleerd met sierlijke krullen en glanst in het zonlicht. Hij lijkt van goede komaf te zijn maar de naam 'Walker' zegt me niets. Het is een ongebruikelijke naam in Danann. Misschien komt hij ergens anders vandaan?

"Succes," klinkt het weer, waardoor ik uit gedachten word gehaald.

Ik zet weer een paar stappen naar voren terwijl ik mijn handen ongemerkt probeer droog te vegen aan mijn sjaal.

"Luca Moretti," zegt de volgende kandidaat.

"Succes, meneer," zegt de portier respectvol terwijl hij hem een knikje geeft.

Ik frons en mijn ogen volgen de kandidaat de trap op.

Nog maar één kandidaat scheidt mij van de portier. Ik doe mijn kapsjaal nog één keer goed zodat het zachte materiaal van de sjaal losjes over mijn voorhoofd hangt.

"Cillian Zula," zegt de kandidaat voor mij, volledig in het zwart gekleed.

De portier schraapt zijn keel. Hij loopt met zijn vinger langs de namenlijst op zijn papiertje en krabbelt er vervolgens iets op.

"Ah, hier. Succes," zegt hij, weer met dezelfde monotone stem en hij wijst naar de trap waardoor Cillian in beweging komt.

De portier draait zijn blik naar mij en kijkt me met opgetrokken wenkbrauwen aan.

De spier onder mijn oog begint te trillen. Ik slik, verlangend naar de trap achter de portier, alles om er maar voorbij te zijn.

"Amin... Nasiah Amin," zeg ik zo rustig mogelijk, oogcontact vermijdend. Mijn hartslag klinkt als een tikkende klok in mijn hoofd terwijl de portier mijn naam zoekt.

"Amin," herhaalt hij langzaam terwijl zijn vinger langs de

namenlijst gaat. Dan stopt hij en kijkt me met een geknepen ogen aan. "Familie van?" vraagt hij.

Ik dwing mezelf om ontspannen over te komen.

"Ja, meneer," antwoord ik terwijl ik mijn handen in elkaar knijp. Ik wacht in spanning af.

"Hoor je dat? Die kleine daar is familie van de generaal. Vast zijn dochter," fluistert Toni achter me naar de mislukkeling van vorig jaar.

Ik krul mijn lippen naar binnen en bijt er hard op. Dit is verre van onopvallend binnenkomen. Vol spanning kijk ik weer naar de portier die me een knikje en iets dat lijkt op een glimlach geeft.

"Succes, mevrouw," zegt hij terwijl hij een krabbel achter mijn naam zet.

"Bedankt," antwoord ik terwijl ik langs hem loop. Met elke stap die ik richting de trap zet voel ik me lichter worden. Mijn schouders ontspannen en een kleine glimlach speelt rond mijn mond.

Ik ben binnen!

12

Een docent schraapt hoorbaar zijn keel. "Attentie! Fianna kandidaten!" schalt zijn stem door de grote zaal. Een stilte valt en alle kandidaten richten hun aandacht op hem.

Ik kijk op en draai me weg van het raam, waar ik uitkeek op het bos en mijn messen in gedachten tegen de boom wierp. Met een paar passen sta ik te midden van de kandidaten, kijkend naar de docent die op een verhoging heeft plaatsgenomen. Kippenvel verspreidt zich over mijn nek en mijn ogen zijn gefixeerd. Daar staat een docent, volledig gekleed in zijn krijgersoutfit. Mijn lippen komen los van elkaar terwijl ik mijn handen om de banden van mijn rugtas klem.

Ik kijk rond de zaal, omringd door marmeren pilaren langs de muren, gevuld met 108 kandidaten van mijn leeftijd. Mijn borst beklemt wanneer ik constateer dat de vrouwen veruit in de minderheid zijn.

"Mijn naam is Eógan, docent Strategie en Tactiek. Maar vandaag begeleid ik jullie bij jullie eerste test," begint de docent zijn verhaal.

"Jullie staan op de drempel van een buitengewone uitdaging, een beproeving die lichaam en geest zal testen zoals nooit tevoren. De poort wordt zo geopend en dan worden jullie losgelaten in het vechtveld," vervolgt hij, wijzend naar de poort rechts van mij. Mijn blik volgt zijn wijzende hand naar de grote dubbele deuren, waar de gouden deurknoppen afsteken van het donkere hout, terwijl ik met mijn hand mijn kapsjaal vasthoud naast mijn gezicht. Mijn hartslag versnelt bij de gedachte dat we zo door die deuren heen moeten. Mijn handen zijn klam en ik bijt op mijn lip, mijn aandacht weer gericht op Eógan.

"Daar rest jullie slechts één opdracht: overleven, koste wat kost. Er gelden geen regels, geen genade en geen medelijden. Dit is waar de Fianna voor staat: standhouden tegen de donkerste krachten, ongeacht de prijs," preekt hij vol trots met gebalde vuisten in de lucht.

Ongeacht de prijs, herhaal ik in gedachten terwijl mijn borst samentrekt. We zijn al jaren in oorlog met Tartarus en hun donkere magie, maar de laatste tijd is de prijs die we betalen ongekend hoog. Ik kijk langzaam om me heen en een voorzichtige glimlach ontstaat op mijn gezicht. Al deze kandidaten zijn bereid hun leven te geven voor Danann. Onze gezamenlijke motivatie is Tartarus te verslaan en in vrede verder te kunnen leven in ons rijk. Ook al betekent dat de dood.

"Eógan is het grote brein achter de missies van de Fianna. Wauw! En dat hij nu hier staat om ons toe te spreken..." hoor ik een vrouwelijke stem achter mij vol bewondering fluisteren naar een andere kandidaat.

"Het zou een eer zijn om onderdeel te zijn van een van zijn missies!" weerklinkt een mannelijke fluisterende stem.

Ik pers mijn lippen op elkaar en mijn schouderspieren spannen aan. Mijn gedachten dwalen af naar mijn laatste avondmaal thuis en de bezorgde en twijfelachtige toon. Mijn vader die aan tafel vertelde dat we grip op de situatie verliezen en dat ze alle mankracht nodig hebben die ze kunnen krijgen. Zelfs niet-volleerde Fianna's. Dan moet de situatie wel echt bar slecht zijn. Mijn wenkbrauwen trekken op en ik wrijf even over mijn lippen. Ik kijk weer naar de kandidaten om me heen, mezelf afvragend of ze weten waar ze zich voor opgeven.

Mijn ogen dalen naar de witte marmeren vloer. Mijn ribben verstrakken als ik mezelf diezelfde vraag stel.

"Onthoud dat jullie geen gewone stervelingen zijn, maar erfgenamen van een lange geschiedenis van strijders. Stap het vechtveld in met vastberadenheid, met trots en met de wetenschap dat jullie de toekomst van de Fianna vormgeven," moedigt Eógan alle kandidaten aan, waarna hij een korte stilte laat vallen. Het is een stilte die mijn adrenaline verhoogt.

De zaal is muisstil en niemand beweegt.

"Moge de goden jullie beschermen en moge jullie kracht vinden in jullie innerlijke vuur. Cassius wenst jullie succes!" sluit hij af.

Het gekraak van de deuren die openen klinkt oorverdovend in de stilte van de zaal. Een tinteling beweegt zich over mijn benen. Ik houd mijn adem heel even in en snij mijn ogen richting de poort.

Langzaam komt iedereen in beweging, en de ruimte wordt gevuld met geroezemoes en voetstappen. De mensen om mij heen beginnen te lopen, waardoor ik gedwongen word mee te bewegen.

Langzaam volg ik geconcentreerd de menigte naar de poort, tot ik een tik tegen mijn armbescherming voel.

"Toffe bescherming heb je," complimenteert een vrouwelijke kandidaat me terwijl ze naast me komt lopen en we onze weg vervolgen naar de poort. Ik herken de stem. Het is de stem die ik zojuist vol bewondering hoorde fluisteren.

Met opgetrokken wenkbrauwen kijk ik op naar links en wend mijn blik dan glimlachend naar mijn onderarm.

"Bedankt." Ik kijk haar weer aan. Ze is misschien iets groter dan ik maar het scheelt niet veel. Haar lange donkere haar is strak opgebonden in een hoge staart waardoor haar vriendelijke ronde gezicht met grote bruine ogen alle aandacht vraagt.

"Ik heb alleen dit," zegt ze met een lieve glimlach terwijl ze met beide handen slaat op het pantser wat haar borsten en ribbenkast keurig omsluit. Het metalen pantser steekt af tegen de strakke groene longsleeve die ze eronder draagt.

"Ook heel gaaf. Hij past je perfect," reageer ik, haar pantser bestuderend. Het is een goede afleidingsmanoeuvre want de mannen zouden wild worden bij het zien van de mal van haar borsten.

"Ik ben Zara trouwens. Ben je er klaar voor?" Ze knikt suggererend haar hoofd richting de poort waardoor mijn blik naar de grote opengeslagen deuren glijdt en ik de kandidaten langzaam er doorheen zie verdwijnen.

"Nasiah," introduceer ik mezelf met een knikje. "En absoluut! Jij?" zeg ik zo zelfverzekerd mogelijk om de intimidatie van de andere kandidaten te verbergen.

"Ja, ik denk het wel..." antwoordt ze eerlijk en ze haar blik naar de vloer richt. Ze schraapt haar keel. "We moeten nu wel hè? Er is geen weg terug meer," zegt ze schouderophalend en wrijvend over haar nek.

Ik kijk haar met een schuin hoofd aan en een ongemakkelijke sensatie vormt zich in mijn buik. Mijn ogen vernauwen als ik probeer op te pikken of ze daadwerkelijk twijfelt.

"We komen hier wel doorheen. Gewoon alert zijn en vooruit denken," moedig ik haar aan met samengetrokken wenkbrauwen, waarna ik snel weer mijn blik focus op de poort. Ik adem diep in. "Je bent sterk! Je kan dit!" pep ik haar op maar ik lijk meer steun in de woorden te vinden dan zij.

Mijn hartslag versnelt met elke stap die me dichterbij het vechtveld brengt.

Knielend op één knie met in beide handen een mes, bevind ik me achter een grote kei in de schaduw van een grote eikenboom.

De zon heeft de strijd met de ochtenddauw in de schaduw nog niet gewonnen, waardoor de geur van het natte gras mijn neus binnendringt. Alle spieren in mijn lichaam zijn aangespannen. Mijn kaak staat strak.

Ik analyseer het grasveld om me heen. Alle 108 kandidaten hebben zich verspreid en opgesteld in het uitgestrekte veld. De geclusterde keien die op ongeveer 30 meter voor me liggen lijken verlaten. In mijn ooghoek zie ik rechts van me onder een grote eikenboom de vogelkers, die zijn takken net niet de grond laat raken, onnatuurlijk bewegen. Daar zit vast iemand.

"Kom maar op!" schreeuwt een kandidaat uitdagend met volle borst, waardoor ik mijn hoofd naar links draai en over een lagere kei gluur. Mijn mond valt open als ik de kale kandidaat zie die net voor me in de rij stond. Hij heeft zijn armen wijd op schouderhoogte in de lucht en zijn kin hoog. Hij heeft niet eens zijn zwaard uit de koker gehaald.

Mijn ogen vergroten. Mijn wenkbrauwen staan hoog op mijn voorhoofd, waarna ik frons.

"Uitslover!" fluister ik afkeurend.

Hij moet zich wel heel wat vinden om zo middenin een open veld te staan. Oké, hij is groot en hij ziet er sterk uit maar dit is wel het toppunt van arrogantie. In gedachten ga ik terug naar het moment waarin hij zijn naam zei tegen de portier.

Ik knijp mijn ogen dicht in een poging het me te herinneren.

Walker... Dat is zijn naam. Ethan Walker, herinner ik me terwijl ik mijn ogen snel weer open en knipper om mijn zicht weer te focussen op Ethan.

Inmiddels staat hij met zijn handen in zijn zij, wachtend tot het startschot klinkt en de test begint. Het zonlicht weerkaatst op zijn kale hoofd en met zijn groene kleding valt zijn lichaam zowat weg in de bossige achtergrond.

Ik slik bij de visualisatie tegenover hem te staan tijdens een één op één duel. Nee, dat ga ik nooit winnen. Hij heeft maar een van zijn grote armen nodig om mij de lucht in te tillen. Mocht het nodig zijn, moet ik hem op afstand uitschakelen met een van mijn messen.

"Fianna kandidaten!" klinkt de stem van Eógan luid, wat mijn spieren nog erger doet aanspannen. "Wanneer de hoorn klinkt, begint de test. Succes!"

Mijn lippen persen stevig op elkaar. Nog een laatste keer kijk ik om me heen, speurend naar kandidaten die een bedreiging kunnen vormen. Ik rol mijn schouders uit hun gespannenheid en duw slikkend mijn kin omhoog. Met klamme handen herstel ik mijn grip op de messen. Ik neem een grote hap adem die ik hard uitblaas via mijn mond.

Dan klinkt de hoorn.

13

Gespannen staar ik naar een schreeuwende kandidaat die overmoedig op Ethan afstormt, zijn zwaard in zijn hand. Het geluid van Ethans zwaard dat uit een metalen koker wordt getrokken echoot door de lucht. Ethan staat daar, beide handen stevig om de greep van zijn zwaard geklemd die glinstert als een zilveren streep in de ochtendzon. Mijn ogen vergroten als ik de grijns om zijn lippen zie.

Gedachten razen door mijn hoofd, mijn maag samentrekkend. Is zijn arrogantie terecht? Heeft hij echt geen twijfels over zijn vaardigheden? Hij oogt vastberaden, zeker van zichzelf.

Ik knijp mijn ogen krachtig dicht en buig mijn hoofd bij het geluid van twee zwaarden die met kracht op elkaar botsen. Opnieuw hoor ik het geluid van staal op staal, wat als een ijzige steek op mijn botten lijkt te botsen.

De realisatie dat de test begonnen is wordt bevestigd door de knoop in mijn maag.

Een oorverdovende schreeuw doet mijn spieren verstijven. Met uitpuilende ogen zie ik hoe Ethan zijn met zwaard, het zilver bedekt

95

met druipend bloed, uit de buik van zijn tegenstander trekt. Zijn tegenstander laat zijn zwaard met een doffe klap op het gras vallen en grijpt met beide handen naar zijn buik, terwijl hij op zijn knieën zakt. Bloed vloeit door zijn trillende vingers.

Ik duw mijn vuist tegen mijn mond, alsof ik de schreeuw die vastzit in mijn keel wil smoren. Het enige wat ik hoor is het gebonk van mijn hart in mijn oren.

"Nee, nee, nee!" klinkt de noodkreet maar het weerhoudt Ethan er niet van zijn zwaard opnieuw te trekken.

Ik knijp mijn ogen weer hard dicht terwijl ik me laat zakken tot ik op mijn knieën zit, mijn billen op mijn hielen. Een vrouwelijke angstaanjagende schreeuw, die ergens anders vandaan lijkt te komen, wordt opgevolgd door een doffe klap met erna een hardere doffe klap.

Ik slik. Ik durf mijn ogen niet te openen maar dwing mezelf weer rechtop te zitten en over de kei te gluren.

Met wijd opengesperde ogen zie ik het hoofd van Ethans tegenstander, los van zijn romp, in het enkelhoge gras liggen dat nu rood gekleurd is. Mijn maag keert zich om en speeksel hoopt zich op in mijn mond. Ik bijt op mijn lip achter mijn vuist.

"Zo... Dat is één!" schreeuwt Ethan met wijd gespreide armen. "Wie wil er nog meer?" daagt hij toekomstige tegenstanders uit.

Ik forceer mijn blik weg van het druipende bloed van zijn zwaard en dwing mezelf diep adem te halen.

Inwendig word ik streng toegesproken, als vastberaden fluisteringen in mijn hoofd. *Kijk naar het bloed! Zie voor je hoe het bloed van jouw messen druipt. Vind je kracht, hier ben je voor gemaakt!*

Ik slik het overtollige speeksel weg en bijt mijn kiezen op elkaar, mijn ogen weer gericht op Ethan.

Plotseling weerklinkt in mijn hoofd een herhaling van de vrouwelijke schreeuw en mijn wenkbrauwen schieten omhoog. Mijn ogen zoeken naar de oorsprong. Wie was dat? Het leek vanuit de cluster van stenen te komen. Was er toch iemand daar? Mijn blik glijdt er naartoe maar het lijkt verlaten.

"Kom maar op!" hoor ik een onbekende mannenstem Ethan uitdagen waardoor ik verbaasd mijn hoofd weer richting hen draai.

Mijn ademhaling is onrustig en voelt zuur, niet wetende waar ik naartoe moet kijken of wat ik moet doen. Ik zit verstijfd, verstopt.

Te midden van de geluiden van het gevecht tussen Ethan en zijn overmoedige tegenstander, kom ik tot de conclusie dat ik hier weg moet.

Ik werp kort een blik over de kei. Vier levenloze lichamen liggen inmiddels in het gras rond Ethan, die zelf onder het bloed zit dat niet afkomstig is van hemzelf. Zelf heeft hij nog geen schrammetje. In de sterker wordende ochtendzon glinsteren zweetdruppels op zijn kale hoofd en gezicht. Zijn grijns en arrogantie groeien met elke verslagen tegenstander.

Adrenaline doet mijn bloed kloppen in mijn aderen. Ik draai mijn rug naar Ethan toe, leunend tegen de kei met opgetrokken knieën. Ik probeer het geschreeuw en gekreun van het gevecht achter me te blokkeren. Mijn ogen scannen het gebied. Meerdere duels zijn gaande, maar ik negeer de geluiden en concentreer me op mijn volgende strategische plaats.

Mijn zicht glijdt over de open grasvlakte, langs verschillende bomen. Nee, te centraal en te open, oordeel ik inwendig. Mijn ogen scannen verder, stuitend op een deels ingestorte ruïne. Losse stenen van de muren liggen verspreid in het gras rond het kleine gebouw. Het is omringd door bomen en struiken. Nee, het is te beperkt om mijn messen te werpen, keur ik de ruïne bedenkelijk af in gedachten. Mijn ogen dwalen verder naar de geclusterde stenen en erachter, tot ik een groepje bomen met dikke stammen zie met dichtbegroeide struiken eromheen. Ik visualiseer mezelf verdwijnen in de struiken en mezelf behendig langs de boomstammen verplaatsen, waarbij ik de boomstammen als dekking gebruik en mijn messen erlangs werp. Ja! Daar moet ik heen.

Knielend draai ik me weer op mijn tenen. Klaar om te rennen. De kermende schreeuwen om mij heen probeer ik te negeren. Met klamme handen herstel ik mijn grip op de messen. Mijn oogleden sluiten als ik mijn hoofd omlaag laat vallen. Ik blaas hard uit via mijn mond. Ik open mijn ogen en spring behendig over de kei heen. Zo hard als ik kan sprint ik naar de geclusterde keien die ik als tussenstop wil gebruiken.

Terwijl ik nader vergroten mijn ogen en stokt mijn adem. Abrupt stop ik met rennen, alsof een anker me tegenhoud. Mijn gezicht trekt lijkbleek weg. Ik sta verstijfd aan de grond bij het zien van Zara, vechtend met Kyan en zijn vriend Toni.

Plotseling bevind ik mezelf midden op de open grasvlakte, de zon als een spotlicht op me. Mijn zweet begint te parelen op mijn rug, mijn klamme handen verliezen grip om de messen.

"Shit!" ontglipt trillerig mijn lippen. Ik kijk driftig om me heen, zoekend naar een alternatief. Maar ik kan niets vinden om te schuilen. Ik sta, als een makkelijk doelwit, vastgevroren aan de grond.

Mijn blik gaat weer naar Zara wanneer ik haar bloedstollende gekrijs hoor. Ze ligt met haar rug in het gras. Haar bleke gezicht, bedekt met bloed door de verwondingen aan haar hoofd laat me huiveren. De mantel van Kyan bedekt haar halve onderlichaam en rust op het gras om hen heen terwijl hij over haar heen gebogen staat.

Een heftige discussie speelt zich in een enkele seconde af in mijn hoofd. Ik knijp mijn handen ferm om mijn messen. Mijn hart bonst. Het zweet schiet uit de poriën op mijn nek onder mijn hoofddoek. Een rilling loopt over mijn rug bij het horen van Zara's kreet, een kreet die door merg en been gaat.

Al mijn spieren spannen aan. Mijn ogen vernauwen op Kyan. Een fluistering in mijn gedachten spoort me aan de mannen te pijnigen, hun verdiende loon te geven. Maar tegenstrijdige woorden zeggen me dat ik mijn eigen veiligheid moet opzoeken. Mijn ademhaling gaat heftig door mijn wijde neusvleugels.

Ik knipper een paar keer snel met mijn ogen en maak een beslissing. Ik snel me richting Zara en op een paar meter afstand schreeuw ik zo hard als ik kan om de aandacht van de mannen te wekken.

De schreeuw komt er schokkerig uit en verliest al zijn geloofwaardigheid. Ze kijken op waardoor een kleine glimlach rond mijn mond speelt.

Juist! Kom maar naar mij toe. Met een felle blik in mijn ogen kijk ik ze aan, mijn messen met trillende handen steviger vastgrijpend.

"Twee voor de prijs van één!" roept Kyan overmoedig terwijl hij Zara loslaat en zijn weg naar mij maakt. De grijns op zijn gezicht zorgt ervoor dat mijn nekharen overeind komen. Zara blijft uitgeput roerloos in het gras liggen.

Ik slik en knipper met mijn ogen, mijn keuzes even in twijfel trekkend. Ik bijt mijn kiezen hard op elkaar.

"Laat haar gaan!" commandeer ik zo zelfverzekerd mogelijk terwijl het voelt alsof er een elastieken band om mijn middel zit die me weg probeert te trekken.

"Waarom zou ik?! Onderdeel van de test toch?" sneert hij lachend. "Maar nu je er toch bent en je jezelf aandringt, zal ik bij jou beginnen!" snauwt hij vervolgens hatelijk naar me terwijl hij op me afstormt.

Als een reflex breng ik het mes in mijn rechterhand ter hoogte van mijn oor, het lemmet tussen mijn vingers. Adrenaline jaagt door mijn lichaam. Het besef dat ik een mes ga werpen op een persoon komt als een mokerslag binnen.

Ik dwing mezelf mijn blik te focussen op de aanstormende dreiging, die met de seconde dichterbij komt. Elke spier in mijn lichaam spant zich aan. Ik knijp mijn vingers strak om het mes en buig licht door mijn knieën. In een poging mijn omgekeerde maag weer in de juiste positie te krijgen, visualiseer ik mijn vertrouwde boom in plaats van een persoon.

Gooi het! Vernietig hem!

Met een krachtige beweging en een kreet die mijn lippen verlaat, werp ik het mes richting Kyan. Het kleine scherpe mes glijdt tussen mijn vingers vandaan en maakt een halve draai in de lucht. Een rilling beweegt zich over mijn lichaam wanneer het mes zijn eindstation heeft gevonden. Mijn borst knijpt zich samen bij de kreet die Kyan uitslaat. Mijn ogen vergroten en ze volgen hoe het bloed langs mijn mes uit de slagader in zijn nek stroomt terwijl hij naar de grond valt. Voor heel even grijpt hij naar zijn keel maar het is tevergeefs. Het intens groene gras contrasteert met het bloed dat zich langzaam verspreidt.

Juist! Geniet ervan!

Ik knipper snel met mijn grote ogen. Mijn keel lijkt geblokkeerd door mijn hart dat uitbundig in mijn strot klopt, terwijl kippenvel als een ijzige maar krachtige knuffel over mijn lichaam trekt. Mijn eerste moord. Ik ben de drempel over. Een kalmte neemt het over en een sinistere glimlach krult mijn mondhoeken omhoog.

"Nee!!" schreeuwt Toni, die is achtergebleven bij Zara, woest vanuit zijn kern wanneer hij zijn vriend richting de grond ziet gaan. De stoom lijkt uit zijn oren te komen en zijn blik is als een stier die een rood wapperend doek ziet.

Wanneer onze ogen elkaar vinden bijt ik mijn kiezen op elkaar. Mijn ogen zijn gefixeerd en al mijn spieren spannen zich weer aan. Met mijn rechterhand pak ik een mes over zodat ik zo snel mogelijk kan reageren.

"Jij!!" schreeuwt hij ziedend naar me terwijl hij zijn lichaam plotseling van me wegdraait en zich richt naar Zara, die nog zacht kermend op de grond ligt.

Mijn mond valt open en een plotselinge kou neemt mijn kern over. Met grote ogen zie ik hem zijn zwaard uit zijn koker trekken.

"Neee!!" schreeuw ik, een stap naar voren zettend, maar het is te laat.

Met een krachtige beweging met twee handen steekt Toni zijn

zwaard in Zara's keel, net boven haar pantser. Het gorgelende geluid van Zara doet mijn lichaam verstijven. Ik knipper snel met mijn ogen om de duizeligheid te laten stoppen.

"Jij... Kreng! Hoe durf je?!" schreeuwt Toni woest naar me terwijl hij zijn zwaard uit Zara trekt en ermee naar mij wijst. Het bloed druppelt van het uiteinde af, dat het zuur in mijn slokdarm omhoog duwt. "Hiervoor zal je boeten!" roept hij, zijn blik dodelijk gefixeerd op mij.

Ik wankel een stap naar achter, mijn kortdurende zekerheid afbrokkelend.

Al rennend zwaait hij met twee handen zijn zwaard omhoog en laat hij het lemmet de zonnestralen vangen. Zijn hoofd naar beneden gebogen en zijn visie scherpgesteld op mij. Klaar om toe te slaan.

Ik sta verstijfd, het gorgelende geluid naspokend in mijn oren.

14

Mijn ogen zijn wijd open als ik een woeste Toni op me af zie stormen. Zijn indrukwekkende verschijning doemt op als een donderwolk boven me. Zijn mouwloze harnas van zwart leer omhelst zijn gespierde borst als een tweede huid. Zilveren metalen accenten glinsteren in het felle zonlicht, als kille blikken vanuit het duister van zijn zwarte harnas. Zijn zwarte mantel wappert in de wind en voegt een aura van onheil toe aan zijn verschijning. De manier waarop hij beweegt, vol gratie en vastberadenheid, is zowel angstaanjagend als hypnotiserend.

Focus! Klinkt het hard in mijn hoofd maar mijn lichaam weigert te gehoorzamen en blijft bevroren. Voor heel even lijkt de tijd stil te staan. Een scène van mijn woordenwisseling met Zara vliegt door mijn hoofd, terwijl haar bloed gorgelende geluid oorverdovend als een lugubere melodie klinkt. Ik pers mijn lippen op elkaar en probeer me te concentreren op Toni's bewegingen. Hij lijkt te genieten van het moment en hij grijnst naar me met een kilte in zijn ogen.

Hij is niemand! Een schim vergeleken jouw kracht! Focus! Mijn hoofd dwingt me te concentreren. Het is alsof een bloeddorstig beest in de diepte van mijn ziel me aanspoort. Mijn neusvleugels verwijden. Mijn rug verlengt zich.

Ik zet me schrap.

Toni maakt de eerste zet, een snelle uitval met zijn zwaard. Ik spring opzij, net op tijd om zijn dodelijke slag te ontwijken. Adrenaline giert door mijn aderen, wetende dat er geen ruimte is voor fouten. Er is geen genade in deze strijd.

Ik grijp mijn kans en steek naar voren, mijn mes flitsend in het zonlicht. Toni draait zich snel om en kaatst mijn aanval met zijn zwaard. Hij is groter maar ik ben sneller, behendiger.

Mijn blik wordt donkerder, alsof de wereld om ons heen vervaagt. Mijn blik is volledig gefixeerd op Toni. Het beest in me wilt zijn warme bloed over mijn handen voelen. Het is alsof mijn bewegingen en mijn aanvallen gevoed worden door iemand anders.

Toni's vloeiende aanvallen zijn krachtig en goed getimed, maar ik weet hem steeds op tijd te ontwijken en te pareren. Zijn ademhaling klinkt zwaarder. Zijn gesperde ogen blijven op mij gericht.

Zweet druppelt langs mijn slapen, de zon brandend op mijn gezicht. Mijn mond wordt droog.

Plotseling maakt Toni een snelle draai, zijn zwaard naar beneden hakkend in een poging me in tweeën te splitsen. Het geluid van het metaal dat de lucht doorklieft vult mijn oren. Ik voel het kille staal langs me suizen. Ik draai vluchtig en met een snelle tegenaanval, laag bij de grond, weet ik zijn kuit te snijden.

Toni laat een grommende kreet los, zijn wenkbrauwen iets verhoogd en zijn tanden zichtbaar op elkaar bijtend.

Mijn ogen glinsteren kort maar ik zet me snel weer schrap. Voor een moment lijken we gelijkwaardige tegenstanders te zijn. Zijn aanvallen vang ik op met de stalen bescherming om mijn onderarmen.

Hete droge ademhalingen beginnen mijn borst te beklemmen

terwijl ik Toni's aanvallen blijft ontwijken. Mijn spieren trekken strakker bij elke aanval die ik doe.

Toni's gezicht glinstert in de zon, zijn zweet als krachtige druppels die zijn aanvallen versterken. Zijn kracht is ongeëvenaard en hij pareert mijn aanvallen met vloeiende bewegingen.

Mijn onderarmen zeuren immens van de klappen die ik opvang. Met elke afwending van zijn slag word ik trager.

Toni's grijns wordt breder. Hij proeft mijn verslapping en alsof hij tot nu toe met me speelde gooit hij er een schepje bovenop. Zijn aanvallen worden meedogenlozer, harder, krachtiger.

Ik vang een van zijn slagen op met mijn onderarm. De sensatie trilt door in mijn arm, waardoor ik grip op mijn mes verlies. Ik wankel opzij en het mes vliegt uit mijn hand. Mijn ogen vergroten, mijn hart bonkend in mijn keel. Ik probeer me weer schrap te zetten en een mes uit mijn jack te halen, maar Toni is te snel. En hoewel ik een mes kon pakken, was ik niet snel genoeg om klaar te staan.

Hij grijpt me bij mijn arm en trekt me ruw omhoog, zijn greep als een bankschroef om mijn pols. "Ik heb je," gromt hij, zijn grijnzende gezicht dichtbij het mijne. Zijn kort, donkerbruine haar is warrig en zijn zweet laat een paar plukken vastplakken aan zijn voorhoofd. Ik voel zijn ademhaling tegen mijn wang, zijn intense, donkere ogen diep in de mijne. Zijn stoppelbaard, die zijn sterke kaaklijn accentueert, schuurt net niet tegen mijn gezicht.

Mijn aderen kloppen in mijn hoofd. Zijn greep om mijn pols lijkt om mijn luchtpijp te zitten. Als een slappe vaatdoek bungel ik aan mijn arm, die hij hoog boven mijn hoofd vasthoudt, mijn tenen net de grond rakend.

"Denk je nou echt dat je van me kunt winnen?!" vraagt hij me grijnzend, terwijl hij zijn zwaard behendig in zijn hand draait, klaar om de laatste slag uit te delen.

De zwaartekracht zorgt ervoor dat de bescherming om mijn arm in mijn hand snijdt. Ik knijp mijn ogen dicht, intern heftig zoekend naar een oplossing, naar een uitweg. *Vecht! Niet opgeven!* Ik klem mijn kaken op elkaar, open mijn ogen en haal met mijn vrije arm naar hem uit.

Mijn bloed borrelt bij het horen van Toni's lach. Mijn zwaaiende beweging met mijn mes was een kinderlijke aanval. Hopeloos.

Toni verstevigt zijn grip om zijn zwaard. Hij knijpt zijn ogen lichtjes samen en grijnst naar me. "Dit is voor Kyan."

Een akelige rilling loopt over mijn lichaam en ik voel mijn spieren trillen. Met al mijn resterende kracht span ik mijn buikspieren aan en trap ik hem in zijn zij. Hij trekt even samen, waardoor mijn voeten de grond raken.

Ik zie mijn kans. Met mijn mes snij ik zijn arm, zijn greep verslappend. Ik trek me ruw van hem los en ik struikel achteruit. Mijn adem komt in snelle, hijgende stoten. Ik kijk wild om me heen, op zoek naar een uitweg. Mijn ogen vallen op de oude, ingestorte ruïne niet ver van ons vandaan. Ik aarzel niet en zet aan om weg te rennen.

Toni probeert mijn onderarm te grijpen maar hij krijgt geen grip op mijn gladde bescherming.

Ik zwaai naar achteren met mijn mes, zijn hand rakend. Ik hoor een kreet maar ik kijk niet achterom. Ik ren zo hard als ik kan richting de ruïne, mijn zware voeten dreunend op het gras, een hazenpad achter zich latend.

Toni's denderende voetstappen achtervolgen me. Ik bereik de ruïne net op tijd en duik naar binnen, weg van zijn zwaard.

De ruïne is donker en vervallen. Mijn lichaam trilt terwijl ik me schuilhoud in een donkere hoek tussen de vervallen stenen muren.

Mijn keel brandt. Ik probeer te slikken maar mijn mond is te droog. Mijn vingers graaien naar de koude, verbrokkelde stenen onder me terwijl ik mezelf krampachtig probeer te verbergen.

In de duisternis van de ruïne wacht ik, als een prooi die zich schuilhoudt voor een roofdier. Mijn geest raast als een storm, de kritische stem in mijn hoofd zwaar wegend op mijn schouders. *Je ben weggerend! Weggerend! Jij! Je bent een kansloos figuur!*

Ik sluit mijn ogen in een poging me te herpakken, maar mijn ogen beginnen te prikken wanneer ik in gedachten zie hoe gemakkelijk Toni een stapje bij deed. Alsof hij simpelweg even aan het opwarmen was. Hoe sterk zijn grip om mijn pols was. Hoe gemakkelijk hij me optilde. En ik? Ik heb hem maar een paar kleine sneetjes gegeven. Ik ben gevlucht.

Bijtend op mijn zoute lip dring ik de tranen terug. *Je kunt niet eeuwig blijven verstoppen. Niet huilen, niet afzwakken. Je moet door!* Mijn handen omklemmen de stoffige stenen onder me, mijn longen vullend met zuurstof. Mijn hoofd schreeuwt om actie, om door te zetten, maar mijn lichaam weigert.

Een diepe ademhaling ontspant mijn schouders, waarna ik nog een mes uit mijn jack haal. *Je kunt dit, hier heb je voor getraind.* Mijn kiezen op elkaar bijtend en mijn messen stevig in mijn handen, hoop ik dat ze me nieuwe kracht geven.

"Waar ben je?" klinkt Toni's stem, hoger en cynisch, afkomstig van buiten de ruïne. "Denk je echt dat je je kan verstoppen voor mij?" Hij lacht schaapachtig. "Ik geef het je wel na, je bent snel. Maar je kunt niet ontsnappen. Het eindigt hier!"

Elke ader in mijn lichaam bonst met mijn hart mee. Ik probeer een plan te bedenken om hier weg te komen, om Toni te verslaan, maar de tandwielen in mijn hersenen draaien niet meer. Het is leeg. Ik staar even naar de messen in mijn trillende handen. Ik verlang naar een open plek waar ik ze richting Toni kan gooien, wetende dat mijn messen mijn enige kans zijn.

Adham had gelijk, je bent zwak. Dit wordt je dood. Je had moeten luisteren naar je ouders. Je bent een simpele Laaggeborene. De woorden in mijn hoofd overspoelen me als een allesvernietigende golf.

Mijn keel knijpt zich samen. Mijn grip op mijn messen verslapt, alsof de touwen die ik in mijn handen had me langzaam beginnen te ontglippen. Dit is mijn lot, om te falen, om nooit goed genoeg te zijn. De grote teleurstelling van de familie.

Plotseling word ik uit gedachten gehaald en verwijden mijn ogen bij het horen van Toni's stem, dichterbij dan ooit. Hij is in de ruïne... Elke spier in mijn lichaam verkrampt. Hij lokt me, zijn stem doordrenkt van wraakzucht.

Ik krul mijn lippen hard naar binnen. Ik blijf muisstil zitten maar er heerst een luidruchtige chaos mijn hoofd. De ruimte om me heen lijkt te krimpen terwijl ik me probeer te verbergen, maar ik weet dat er geen ontsnappen aan is als ik zijn voetstappen hoor naderen.

Als een schaduw die uit het niets opdoemt, verschijnt Toni voor me. Hij grijpt me vast, zijn handen als stalen klemmen om mijn bovenarmen.

Mijn hart bonst wild in mijn borstkas terwijl hij mijn verstijfde lichaam ruw omhoog trekt en krachtig met mijn rug tegen de ongelijke stenen muur duwt. Hij hijgt, zijn adem heet en bedwelmend, in mijn gezicht. Een kreet verlaat mijn mond. Zijn ogen, gevuld met woede en triomf, kijken diep in de mijne. Onze neuzen raken elkaar net niet.

Ik staar terug. Mijn lichaam trilt.

Het roofdier heeft zijn prooi gevangen.

15

Ik trek mijn hoofd naar achter om de afstand tussen onze gezichten te vergroten, maar breek het oogcontact niet. Hij blijft me zonder te knipperen hatelijk aanstaren. Hij grijnst vol afschuw naar me, terwijl hij me van de muur los maakt. Zijn grip op mijn armen is als een ijzeren bankschroef. Hij heeft me.

Mijn lippen komen los van elkaar maar ik krijg geen woord over mijn lippen. Het enige wat ik kan doen is hem met uitpuilende ogen aankijken. Mijn lichaam lijkt versteend.

"Dacht je echt dat je kon ontsnappen? Je hebt onderschat hoe vastberaden ik ben," grijnst hij spottend, zijn lippen krullen omhoog in een griezelige grijns.

Niet opgeven! Vecht!

Ik slik hard om het brandende gal in mijn keel te laten verdwijnen en ik neem een schokkerige hap adem om mijn verkrampte borst te verlichten. Ik voel de messen weer in mijn handen en verstevig mijn grip.

"Nee!" brul ik hard uit, terwijl ik met enkel mijn onderarm probeer uit te halen naar hem.

Hij ontwijkt mijn aanval met gemak door iets naar achteren te stappen om vervolgens met zijn knie het mes uit mijn hand te stoten.

"Pit heb je wel," lacht hij plagerig, terwijl hij mijn actie afdoet als kinderspel. "Denk je echt dat je nog een kans hebt? Deze wereld is niet gemaakt voor meiden zoals jij," vervolgt hij minachtend, zijn stem ijzig.

Zijn woorden snijden als messen door mijn ziel en een klem in mijn keel maakt het moeilijk om te slikken. Mijn ademhaling is oppervlakkig en gejaagd, alsof mijn longen niet genoeg lucht kunnen krijgen. De adrenaline giert door mijn lichaam, als een storm die door mijn binnenste raast. Het lijkt alsof mijn lichaam zich voorbereidt op een verloren strijd. Mijn ogen staan wijd open, gevangen in de kille, intense blik van Toni.

Mijn armen beginnen te tintelen door zijn stevige grip die mijn bloedsomloop afknelt. *Je hebt gefaald! Je kunt niet winnen. Je bent niet sterk genoeg.* De klem in mijn keel verandert in een brok en duwt tranen richting mijn ogen. Zowel de fluisteringen als Toni's woorden blijven echoën in mijn hoofd.

"Geef het op, kleintje!" Zijn adem ruikt naar roestig staal en het doet mijn maag omdraaien.

Mijn ogen vullen zich met tranen en ik bijt op mijn lip om ze tegen te houden. Maar mijn lichaam verraadt me, trillend als een riet in de wind. Ik worstel om mezelf bij elkaar te houden, om hem niet het genot te geven van mijn breken.

In mijn hoofd hoor ik de stemmen van mijn familie, de stemmen van twijfel die me al die jaren hebben achtervolgd. Mijn ogen beginnen te branden van de opkomende tranen. Ze hadden gelijk... Hoe kan ik mezelf zo verkeerd ingeschat hebben? Ben ik dan echt een simpele ziel? Geen magie, geen kracht. Ben ik dan echt niets waard?

Gevangen in Toni's greep, word ik overspoeld door een duisternis die me dreigt te verteren. De greep van Toni is als een greep op mijn ziel, mijn neus heftig drukkend op de feiten die voor me liggen. Ik zit gevangen in mijn eigen huid, niet in staat om te ontsnappen aan de schaduwen die me overspoelen.

Vind je kracht! Een schreeuw vanuit een van de diepste innerlijke kamers in mijn ziel galmt door mijn hele lijf. *Je kunt niet opgeven. Vind een lichtpunt!* Het overspoelt me met een warme golf die mijn lichaam laat tintelen. Mijn kaken verstrakken zich op elkaar.

Gevoed door de laatste druppel adrenaline vecht ik voor mijn leven. Ik wurm, schop en sla. Mijn lichaam perst krijsend de laatste energie eruit.

Maar voor ik het weet, werpt Toni me met gemak naar de grond en draait zich zodat zijn arm stevig om mijn keel zit. Zijn lichaam ligt strak tegen het mijne op de grond. Mijn rug schuurt tegen de puntige stenen, een scherpe pijn door mijn lichaam schietend.

Ik knijp mijn ogen hard dicht en grijp met mijn handen naar zijn arm, in een poging hem van mijn keel af te trekken. Maar het heeft geen zin. Zijn grip is verstikkend, als een ijzeren vuist die mijn luchtweg afknijpt.

Ik spartel met mijn benen, losliggende stenen rond schoppend. Ik hol mijn rug in een poging los te komen, maar hij klemt zijn been strak om me heen. Ik kan geen kant op.

Zijn ademhaling voelt warm op mijn wang en maakt me walgen. Met open mond hap ik naar adem maar mijn longen kunnen zich niet vullen. De tranen rollen over mijn wangen terwijl ik wild met mijn armen in de rondte sla. Ik voel me licht in mijn hoofd worden, alsof ik opgeslokt word door de duisternis achter mijn gesloten ogen. Mijn armen en benen worden zwaar en ik kan ze niet meer bewegen. Mijn wil bereikt mijn zenuwen niet. Mijn lichaam wordt leeg.

Stil.

In gedachten zie ik een donkere leegte, gevuld met schaduwen. Akhil verschijnt als een mistig figuur, zijn hand uitgereikt naar me maar ik kom er niet bij. *Je weet dat je sterker bent dan dit! Wat doe je?!*

Ik zweef door de duisternis in mijn gedachten, omgeven door schaduwen die als een wervelwind om me heen circuleren.

Akhils gedaante verandert in een mistige variant van Aedán, omgeven door een wervelstorm die zijn haar laat dansen. Zijn lokken wapperen wild in de wind. Een woeste en onvoorspelbare storm raast in de diepte van mijn ziel. *Je kracht kan niet worden gedoofd. Vind het! Laat het beest los!* Schaduwen, stenen en aarde vliegen rondom Aedán, als getuigen van een ongekende kracht.

Mijn binnenste keert binnenstebuiten en verkrampt, terwijl de storm naar mijn keel probeert te stromen. Mijn huid tintelt en rillingen overspoelen me als een krachtige tsunami. Het voelt alsof stenen mijn ingewanden opzij duwen, alsof een monster wild in mijn binnenste tekeer gaat.

Opeens voel ik Toni's arm weer. Voel ik mijn lichaam tevergeefs happen naar lucht. De wervelwind in mijn lijf transformeert in een orkaan en is heftig op zoek naar een uitweg.

Mijn lichaam verkrampt heftiger, in een poging het tegen te houden. *Laat het gaan!*

Ik kan het niet stoppen en met een ruk open ik mijn ogen zonder iets te zien. Mijn borst bolt op. De storm verlaat mijn mond in een oorverdovende schreeuw uit de diepste kamers van mijn ziel. Een kreet vol rauwe, ontembare kracht, een geluid dat weerklinkt in de ruimte en een echo vindt in mijn ziel.

De orkaan verdwijnt uit mijn lichaam en wordt vervangen door een liefkozende klopping van mijn hart. Mijn ogen sluiten zacht en de wereld wordt stil.

Het is zwart.

- - - - - - - - --

Het voelt als het ontwaken uit een diepe slaap. Mijn armen en benen zijn verzwaard door een onzichtbare last, alsof het een epische strijd heeft gevoerd. Mijn bewustzijn sijpelt langzaam terug in mijn lichaam. Mijn ogen blijven gesloten, omringd door een waas van vergetelheid.

In de achtergrond hoor ik vage stemmen, fluisterend als de zachte bries die door de bladeren van een boom ritselt. De woorden die ze spreken zijn onsamenhangend, als flarden van gesprekken die verloren zijn in de mist van mijn gedachten. Het is alsof ik me in een droomstaat bevind, verstrikt in een labyrint van geluiden.

Langzaam begint het besef door te dringen van de zachte ondergrond onder me. Het voelt als een bed en de aanraking ervan is zowel verwarrend als geruststellend. Mijn lichaam daarentegen voelt gebroken aan.

Met aarzelende bewegingen open ik voorzichtig mijn ogen. Het licht dat mijn netvlies raakt is gedempt en lijkt niet afkomstig te zijn van de zon. Ik knipper langzaam om te wennen aan de omgeving. Mijn blik omhelst een steriele, lege kamer die is doordrongen van een klinische geur. Het gefluister van kaarsen die dansen op de stenen muren vult de kamer met een zachte gloed. Rode gordijnen hangen bij mijn bed en zijn vastgebonden bij het hoofdeinde.

Een sluier van verwarring blijft hangen in mijn gedachten, als een dichte mist die maar langzaam optrekt. Ik tast naar mijn herinneringen maar ze blijven troebel en ongrijpbaar.

De stemmen, eerder slechts een fluistering, worden nu duidelijker. Woorden en fragmenten van zinnen dringen door tot mijn bewustzijn. "...Mag niet gebeuren..." en "...Krachten die ze niet kan beheersen..." Ze vormen een mysterieuze puzzel waarvan ik de oplossing niet ken.

Ik probeer te spreken maar mijn keel is droog en schor. Ik slik moeizaam, mijn ogen samengeknepen. Mijn eerste woorden komen eruit als een schorre fluistering, nauwelijks hoorbaar.

"Hallo?" Het klinkt als een zwakke roep om hulp, terwijl ik probeer de ontbrekende stukjes van mijn geheugen weer op hun plek te krijgen.

Met elke naderende voetstap vanuit de gang verstijft mijn

lichaam. Een wazige silhouet verschijnt in de deuropening.

"Hallo, Nasiah," klinkt het zacht, terwijl het kaarslicht het gezicht raakt wanneer ze naar mijn bed loopt.

"Mam?" stamel ik.

16

Mijn moeder staart naar me, met een blik in haar ogen die nieuw voor me is. Gedurende mijn hele leven heeft ze zich gehuld in een aura van ontoegankelijkheid, afschermend wat er werkelijk in haar om gaat. Maar nu... terwijl ze naast mijn bed staat, zie ik een glinsterende waas in haar blik.

"Nasiah," begint ze langzaam, haar stem bedachtzaam. "Het is goed nu. Rustig." Haar ogen dwalen af naar het rode gordijn bij mijn bed, alsof ze haar gedachten ordent voordat ze verder gaat. Ik zie haar slikken. "Wat er is gebeurd... Het is moeilijk om in woorden uit te drukken."

Mijn kaken spannen aan, mijn blik vasthoudend aan die van haar, wachtend tot ik de wind van voren ga krijgen. Ze heeft me ten strengste verboden deel te nemen aan de selectiedag. En nu zit ik hier met een lichaam dat gehavend voelt en een geest die worstelt met wat er in vredesnaam is gebeurd.

"Dit is serieus en we moeten hier heel voorzichtig mee omgaan," vervolgt mijn moeder, haar stem vlak maar ernstig.

Mijn wenkbrauwen trekken kort samen terwijl ik de woorden

in mijn hoofd herhaal. Wat is er zo serieus? Waar moeten we voorzichtig mee omgaan? Wat is er gebeurd? Ik streel voorzichtig met mijn hand over mijn beurse keel en frons even. Waarom heeft Toni er geen einde aan gemaakt? Waarom ben ik niet dood? Het laatste wat ik me herinner is dat hij me in een wurggreep had en dat ik geen lucht kreeg. Hoe ben ik daar uit gekomen? Heeft iemand me geholpen?

Ik probeer mijn keel te schrapen om te vragen wat er is gebeurd, maar mijn stem is nog steeds zwak en onwillig om gehoor te geven. Het samentrekken van mijn slokdarm zorgt ervoor dat mijn ogen knijpen.

Mijn moeder lijkt echter te begrijpen dat ik meer wil weten dus ze gaat verder met haar verhaal. "Een kracht ontwaakte in jou, Nasiah," zegt ze met een zekere plechtigheid, terwijl ze mijn hand tussen haar palmen plaatst.

Haar woorden dringen langzaam tot me door maar ze roepen meer vragen op dan antwoorden.

"Een kracht?" mompel ik schor, mijn wenkbrauwen gefronst.

Mijn moeder knikt langzaam, haar ogen blijven in de mijne boren. "Ja, je hebt blijkbaar toch magie door je aderen stromen." Een kleine glimlach speelt rond haar lippen maar bereikt haar ogen niet. "Blijkbaar een zeer krachtige variant..." Ze fronst en wendt haar blik van me af, iets wat ik haar niet vaak zie doen.

Ik probeer me voor de geest te halen wat er is gebeurd, maar mijn herinneringen blijven onsamenhangend en fragmentarisch.

"Ik herinner me niets," zeg ik met een zucht.

Mijn moeder laat mijn hand los en pakt er een stoel bij.

"Dat is begrijpelijk. De kracht ontwaakte plotseling in je en het was overweldigend. Je verloor de controle. Er ontstond een enorme uitbarsting. Tijdens jouw gevecht met Toni ben je in staat geweest om energie te kanaliseren op een manier die ontzettend gevaarlijk kan zijn als het niet goed beheerst wordt. We moeten hier uiterst zorgvuldig mee omgaan." Haar ogen ontmoeten de mijne en voor een moment zie ik haar zoeken naar antwoorden.

Mijn hartslag versnelt en mijn ogen vergroten met elk woord die ze uitspreekt. Magie. Het is een woord dat als een rode draad door mijn hele leven ging, maar uiteindelijk nooit een rol speelde in mijn eigen bestaan. Die hoop had ik allang opgegeven. Mijn moeder, een succesvolle magiër met aanzien in onze samenleving, had altijd gehoopt dat ik dezelfde gave zou erven. Maar naarmate de jaren verstreken, had ook zij die hoop opgegeven.

Fronsend kijk ik richting het raam, starend naar de donkere avondlucht. Magie? Droom ik? En hoe kan het nu opeens tot uiting komen? Waarom nu pas? Mijn hoofd wordt overspoeld door vragen die mijn mond niet bereiken.

"Magie?" is het enige wat ik eruit krijg. Mijn stem trilt. "Wat... wat heb ik precies gedaan dan?"

Mijn moeder knippert met haar ogen en slikt. "Tijdens het gevecht heb je een ongelooflijke kracht ontketend, een kracht die maar weinig magiërs hebben. De lucht werd donker en er ontstond een enorme, donkere energiebal. Je hebt een krater gecreëerd die de ruïne heeft opgeslokt, inclusief meerdere kandidaten. Het was... Het was immens."

Ik probeer haar woorden te verwerken. Een krater? Meerdere kandidaten? Ik kan het nauwelijks bevatten. Hoe dan? Met grote ogen en opgetrokken wenkbrauwen kijk ik haar aan.

"De uitbarsting klonk als een bom en zorgde voor een enorme schokgolf," gaat ze verder met haar uitleg. In haar ogen, die kort richting een hoek in de kamer schieten, zie ik dat ze werkelijk overrompeld is en zelf met vragen worstelt. "Nadat de lucht weer opklaarde zagen we je liggen in het midden van de krater. Ik wist gelijk dat jij het was. En dat de magie tot uiting was gekomen. Je bloedlijn... Onze voorouders... Je komt uit een machtige bloedlijn wat magiërs betreft. Het kon niemand anders zijn dan jij." Ze is heel even stil. "Je vader en ik hebben geopperd de test stil te leggen om je daar weg te halen. Zoals je weet, is magie niet toegestaan bij de

Fianna en geldt een ander pad voor magiërs. Uiteraard gaf Cassius gehoor aan ons verzoek en zijn ze erna verder gegaan met de test."

Mijn borst verkrampt, mijn hart bonkt in mijn keel. Haar woorden klinken nog na in mijn hoofd terwijl ik probeer te bevatten wat er is gebeurd tijdens het gevecht met Toni. Een diepe frons verschijnt op mijn voorhoofd. Mijn gedachten zijn een warboel van verwarrende indrukken. Ik heb een enorme energiebal opgeroepen die de ruïne en kandidaten, inclusief Toni, heeft verslonden, dat begrijp ik. Maar wat betekent dit allemaal? Wat voor magie bezit ik? Welke magie doet zoiets?

Mijn moeder schraapt haar keel waardoor ik mijn blik weer wend richting haar. Ze recht haar rug en opeens zie ik weer de moeder die ik al die jaren ken.

"Maar Nasiah, je hebt me teleurgesteld door tegen mijn verbod in te gaan en aan de selectiedagen van de Fianna deel te nemen," zegt ze, haar stem streng terwijl ze haar armen over elkaar slaat. "Als je geen magie ontketend had, was je dood geweest. Het is een wonder wat er is gebeurd."

Ik weerhoud me ervan om met mijn ogen te rollen, maar ik kan de zucht die mijn neus verlaat niet tegenhouden.

"Ik meen het, dit had goed fout kunnen gaan. Maar laten we ons op het huidige probleem richting en een plan bedenken om dit onder controle te krijgen. Rust nu maar even uit. We komen er later wel op terug," sluit mijn moeder statisch af, waarna ze opstaat en de kamer verlaat.

Ik trek de deken strakker om me heen, alsof ik me wil verbergen voor de onthutsende waarheid die mijn moeder zojuist heeft onthuld. Magie. Het woord rolt door mijn gedachten als een storm die alles verwoest wat ik dacht te weten over mezelf. Een kracht die ik altijd beschouwde als een verre droom, een erfenis die aan mij voorbij leek te zijn gegaan. En nu, nu blijkt het mijn redding te zijn geweest in het heetst van de strijd. Ik weet niet eens hoe...

Een zucht ontsnapt aan mijn lippen terwijl ik mijn hoofd tegen het kussen laat rusten. De herinnering aan het gevecht met Toni dringt zich op, elk moment ervan scherp in mijn geest gegrift. Ik kan zijn greep nog voelen. Zijn arm die mijn keel dichtkneep terwijl ik naar adem hapte. Mijn lichaam dat zich verzette tegen de verstikkende duisternis.

Je hebt gefaald. Je was niet sterk genoeg. Je hebt je laten verslaan door een ander, door Toni. Schaam je! Ik moest je redden. Je had beter moeten weten. De giftige woorden kronkelen als slangen door mijn gedachten en snijden dieper dan een zwaard ooit zou kunnen.

Ik knijp mijn kaken stijf op elkaar met mijn lippen samengeperst tot een dunne lijn, terwijl ik de opkomende tranen terug duw. Ik sluit mijn ogen en voel mijn ademhaling versnellen, als een gevangen vogel die tegen de tralies van mijn borstkas fladdert op zoek naar een uitweg uit deze kooi.

Mijn vingers klauwen in de stof van de deken, mijn nagels diep in het weefsel begraven als een poging om grip te krijgen op de realiteit die door mijn handen glipt. Waarom nu? Waarom op dit moment van falen? De vragen blijven als schaduwen in mijn geest ronddwalen. Mijn moeders woorden echoën in mijn gedachten maar ze brengen geen verlichting, alleen meer duisternis in mijn geest.

Ik voel de hanger van mijn ketting tussen mijn vingers, zijn vertrouwde gewicht als een anker in deze woelige zee. Met trillende handen breng ik het naar mijn lippen. Mijn adem verwarmt het oppervlak ervan terwijl ik probeer mijn innerlijke storm tot bedaren te brengen met strelende bewegingen over mijn lippen.

17

Terwijl ik staar naar het dienblad op mijn schoot, probeer ik het stukje brood in mijn mond weg te werken. Elk hapje lijkt als een stuk glas door mijn keel te glijden. Eten voelt als de laatste kwelling die Toni achterliet. Om de pijn te verzachten en het eten enigszins verdraaglijk te maken, doop ik het volgende stukje brood in de aardewerken kom tomatensoep. Ik slik met samengeknepen ogen de laatste restjes weg.

Het is nu al twee dagen sinds ik mezelf met pijn en moeite voed. Mijn lichaam herstelt goed en mijn spieren krijgen hun kracht terug, maar mijn keel lijkt nog steeds geklemd te zitten.

Terwijl ik het kussen achter mijn rug aanpas tegen het hoofdeinde van het bed, hoor ik de deur van de kamer opengaan. Met opgetrokken wenkbrauwen wend ik mijn blik richting de deur en glimlach.

"Hoe gaat het met je?" vraagt mijn moeder terwijl ze naar mijn bed loopt en op de rand gaat zitten. "Lukt het eten al beter?"

Sinds de manifestatie van mijn magie zie ik een heel andere moeder. Ze is aanwezig. Ze is betrokken, alsof ze opeens een doel voor me heeft. Waar ze vroeger niet naar me omkeek en ik zelf kon bepalen wat ik wilde doen, lijkt het nu alsof ze mijn hele leven aan het uitstippelen is. Ze heeft zich nog nooit zo intens met mijn leven bemoeid. Ik doe er opeens toe.

Toch lijkt het niet over mij te gaan maar over een andere lang verloren magische dochter. Tot op de dag van vandaag heb ik geen enkel sprankeltje magie gezien bij mezelf. Ik voel me gewoon hetzelfde en toch lijkt alles veranderd te zijn.

"Ja, het gaat wel hoor. Het is nog pijnlijk, maar ik krijg steeds makkelijker iets weg," reageer ik zuchtend met een glimlach die mijn ogen niet bereikt.

Mijn moeder knikt maar er glinstert iets in haar blik, iets dat ik niet meteen kan plaatsen. Ze lijkt te aarzelen, alsof ze zorgvuldig haar woorden kiest. Het maakt mijn borst gespannen van afwachting.

"Nasiah," begint ze voorzichtig terwijl ze plaatsneemt op de stoel naast mijn bed, "er zijn zaken die we moeten bespreken, zaken die van groot belang zijn voor jouw toekomst." Haar stem klinkt serieus en het gewicht van haar woorden dringt langzaam tot me door.

Ik sla mijn ogen neer en knik, hoewel ik geen idee heb waar ze naartoe wil met haar verhaal. De afgelopen dagen zijn zo chaotisch en verwarrend geweest dat ik niet zeker weet wat ik moet verwachten.

Aedán is gisteren ook even langsgekomen maar hij was net zo verward als ik. Ook hij had blijkbaar nooit verwacht dat er nog magie bij me zou ontwaken. Hij bleef me maar aankijken met een onduidelijke blik in zijn ogen, alsof hij me kwijt was en nu naar een geest kijkt maar ondertussen blij was me te zien.

"De afgelopen dagen is onderzocht welke magie je hebt. Ik had al een vermoeden, maar we moeten het zeker weten." Ze laat een stilte vallen. Ze richt haar blik naar het bed en ik zie haar moeite doen om de woorden uit te spreken. "We hebben kunnen concluderen dat je een emotionele magiër bent. Dat is iets waar we uiterst voorzichtig mee moeten zijn," deelt mijn moeder statig het nieuws, alsof ze de bevindingen deelt met haar collega's bij de Raad van Meesters. Toch zie ik een kleine frons ontstaan op haar voorhoofd.

Mijn wenkbrauwen schieten omhoog en veranderen al snel in een frons. Emotionele magie? Het is een term die ik nog nooit eerder heb gehoord en het klinkt als iets uit een sprookje. De ernst in de stem van mijn moeder vertelt me dat mijn magie zowel krachtig als gevaarlijk is. Mijn middenrif trekt samen. Emoties? Hoe kun je in godsnaam kracht halen uit emoties? Wat is daar gevaarlijk aan? Mijn hoofd zoekt naar feiten, naar een rationele verklaring om de ernst van mijn moeders stem te onderbouwen, maar ik kan geen antwoord vinden.

"Emotionele magie is geen alledaagse gave. Het is zeldzaam en krachtig, maar ook gevaarlijk als je er geen controle over hebt. In de afgelopen eeuwen zijn er maar enkele succesvolle emotionele magiërs geweest," vervolgt mijn moeder, haar stem zacht. Een diepe zucht verlaat haar mond en ik zie haar slikken. Ze kijkt me diep in de ogen, haar blik doorboort mijn ziel.

"Enkelen? Maar hoe...? Emotionele magie?" stamel ik, terwijl mijn ogen op het dienblad op mijn schoot gericht zijn. Mijn gedachten racen terwijl ik probeer te begrijpen wat er zo krachtig aan is.

Ze vult haar longen dat haar borst doet uitzetten en recht haar rug even. "Ja. Emotionele magie stelt je in staat om krachten op te roepen op basis van je emoties. Het staat direct in lijn met jouw gevoelens. De krachten die in je schuilen zijn grenzeloos. Het is een gave die maar zelden voorkomt en het vergt een krachtige ziel om het onder controle te krijgen. Het zal een lastige opgave zijn, Nasiah." Ze kijkt me doordringend aan terwijl ik een kleine trilling in haar wenkbrauwen zie.

Ik probeer haar woorden een plek te geven maar ze botsen met al mijn overtuigingen. Vluchtig schieten herinneringen van vroeger door mijn gedachten, maar ik kan geen enkel moment herinneren dat mijn vader of moeder ooit emoties hebben getoond. Gevoelens uiten hoorde niet bij onze opvoeding, nee, we laten geen zwakte zien. En nu krijg ik te horen dat emotionele magie grenzeloos is? Dat het een lastige opgave is? Het zijn emoties! Moet ik nu opeens in een hoekje gaan huilen om mijn magie te kanaliseren? Dit moet een grap zijn.

Ik frons en ik kijk mijn moeder met vernauwde ogen aan.

Mijn moeder gaat verder, haar stem scherp. "Emotionele magie kan grote dingen bereiken, maar het kan ook verwoestend zijn als je er geen controle over hebt. De geschiedenis laat ons weten dat veel magiërs met deze gave zichzelf hebben vernietigd door hun eigen emoties. Het is een kracht die niet te onderschatten valt."

Zichzelf vernietigd, herhaal ik in gedachten. De toon van mijn moeder is moeilijk te bevatten maar ze lijkt oprecht. Ze gelooft echt dat dit iets sterks is. Misschien niet heel gek als ik ook bijna mezelf opgeblazen heb.

"Maar we hebben een plan voor je," zegt ze, haar blik als een politicus. "We hebben een trainer. Hij zal je leren hoe je deze magische kracht kunt controleren zodat het niet de overhand krijgt."

Ik probeer de woorden te bevatten terwijl er een knoop in mijn maag ontstaat. "Een trainer?" vraag ik. Mijn keel lijkt te worden strak gedraaid met een klem, alsof ik de wurggreep van Toni weer voel.

Mijn moeder duwt haar kin omhoog, mijn argwaan ontgaat haar. "Zijn naam is Malik Fin en hij is een uitzonderlijke magiër, een succesvolle leider. Hij zal je begeleiden. Hij heeft een kort lijntje met mij en zal mij op de hoogte houden van je voortgang."

Ik knik langzaam, de zucht die mijn mond verlaat niet verbergend. Emotionele magie. Een trainer. Ik heb niet eens een keuze. De wurggreep van Toni verandert langzaam in een strop die kort getrokken wordt, een ketting die wordt vastgelegd.

Toch verspreidt ongemerkt een warm gevoel in mijn borst, wetende dat mijn moeder een rol hierin zal spelen.

Ik kijk haar met een strakke blik aan. Ik geef haar een glimlach maar ik sta er zelf nog niet volledig achter. Het voelt allemaal zo onwerkelijk en de teugels heb ik allang niet meer in mijn handen. Een diepe ademhaling laat mijn borst uitzetten en ik krul mijn mond opzij.

"Dit is de enige weg zeker?" De knoop in mijn maag brandt terwijl ik hoop dat ze me gaat vragen wat ik zou willen.

"Ja, dat klopt. Vanmiddag zal Malik bij je langskomen om alvast kennis te maken. Hij zal het trainingsschema verder met je bespreken," sluit mijn moeder resoluut af terwijl ze weer opstaat van mijn bed. "Nou, probeer nog wat te eten en dan zie ik je later weer."

Ik forceer een beleefde glimlach terwijl mijn blik haar volgt naar de deur.

Mijn gedachten razen door mijn hoofd. Stevig wrijf ik met mijn handen over mijn gezicht, alsof ik alle informatie van me af wil vegen. Ik wend mijn blik richting het raam en staar een moment naar buiten. Ik probeer antwoorden te vinden op de vragen die de overhand lijken te hebben in mijn hoofd. Een krachtige en gevaarlijke magie. Waarom ik? Natuurlijk, mijn moeder is een buitengewoon krachtige magiër. Daarom dacht ik als kind altijd dat ik die erfenis ook zou krijgen. Tot er niets gebeurde. Waarom ontwaakte het pas zo laat? En waarom nu? En wat moet ik in vredesnaam met die emoties? Ik weet niet beter dan ze weg te stoppen en te negeren.

Ik sluit mijn ogen en probeer me te herinneren hoe de magie tot uiting kwam. In gedachten ben ik weer terug in de ruïne, op de grond, met Toni's arm stevig om mijn keel. Ik slik hard bij de gedachte. De pijn in mijn keel voel ik nog steeds. Wat kan ik me als laatste herinneren? Ik open mijn ogen weer en staar naar buiten. Ik weet niet meer dan dat het donker werd. Volgens mij raakte ik bewusteloos. Wat er daarna gebeurde weet ik eerlijk gezegd niet. Hoe riep ik magie op?

Ik krab ietwat gefrustreerd in mijn nek en zucht. Ik wend mijn blik weer naar het dienblad op mijn schoot. Gedachteloos staar ik naar het stukje brood, die ik onderdompel in de soep.

Mijn ogen vernauwen en een tinteling speelt met mijn buik. Toch prikkelt de uitdaging me, als een vonk die gloeit in de duisternis van mijn onwetendheid. Alhoewel het ontwaken van mijn magie mijn dromen bij de Fianna heeft verbrijzeld, zegt iets me dat dit een nieuwe kans is om te bewijzen dat ik meer ben dan mijn mislukkingen. Misschien is dit mijn kans om te laten zien wat ik waard ben. *Heel goed! Zie je nieuwe pad, omarm het. Dit is wie je bent. Je bent moedig. Geloof in jezelf!* De fluisteringen omhullen me als een warme deken.

Zittend op een stoel bij het raam, hoor ik achter me het zachte gekraak van de deur die opengaat. Ik draai me langzaam om naar de zwarte schim die in de deuropening staat. Dat moet Malik zijn.

Met enkele zekere passen staat hij in het midden van de kamer. Zijn uiterlijk is indrukwekkend op een manier die ik niet had verwacht. Zijn hoofd is geheven met zijn nek als een pilaar van kracht. Hij is gekleed in een koninklijk blauw gewaad dat tot aan zijn enkels reikt, versierd met gouden symbolen.

Ik slik even voordat ik weer ademhaal.

Maliks felblauwe ogen boren zich in de mijne, wat me laat opstaan van mijn stoel.

"Nasiah, is het?" vraagt hij, zijn stem hees, terwijl hij zijn ogen over me heen laat glijden.

Mijn simpele beige enkellange jurk met korte mouwen die losjes om mijn lichaam valt, lijkt hij af te keuren. Zijn ogen blijven hangen bij mijn hals waar zich een mengelmoes van blauwe, paarse, groene en gele kleuren bevindt. Ik voel zijn ogen branden op mijn hals waardoor ik mijn blik van hem afwend. Een kleine frons zie ik spelen over zijn volle wenkbrauwen, die anders in een rechte lijn op zijn voorhoofd liggen.

Wanneer hij zuchtend wegkijkt en zijn armen over elkaar slaat, kan ik mijn handen niet tegenhouden zich te ballen.

"Ja, dat ben ik. En jij bent Malik." Ik knik, mijn ogen als spleetjes. Ik kan de spanning in de kamer voelen, een onzichtbare barrière tussen ons.

Hij knikt kort. "Inderdaad. Je hebt geluk." Zijn woorden snijden door de lucht als een koude wind.

De binnenkanten van mijn wenkbrauwen krullen omhoog. "Geluk? Oh, dit gaat leuk worden..." zucht ik sarcastisch terwijl ik mijn rug toekeer en weer naar buiten kijk. In een poging mijn hartslag te vertragen adem ik een keer diep in.

Ik hoor Malik zuchten en een aantal stappen dichterbij komen.

"Dit is niet mijn keuze maar ik moet hier zijn om je te helpen. Dat heeft je moeder besloten," verklaart hij, zijn stem krakend.

Een grom ontsnapt mijn mond als ik me omdraai en hem strak aankijk. "Hier zit ik helemaal niet op te wachten." Zijn autoritaire houding irriteert me en dwingt mijn lijf in verzet. In gedachten concludeer ik al dat hij de baas over me gaat spelen. Het laat me mijn tanden op elkaar bijten.

Hij glimlacht zijdelings, spottend bijna, waardoor de ongelijkheid in zijn bovenlip me opvalt. Het is minimaal maar de linkerkant is net wat voller dan de rechterkant.

"Wie wel?" Hij blijft me aankijken en lijkt uiteindelijk te beseffen dat een fatsoenlijke kennismaking geen kwaad kan.

"Hoewel ik hier tegen mijn zin ben, laten we het toch wat persoonlijker maken," zegt hij met een lichte glimlach, zijn stem zachter. "Ik ben Malik, zoals je al weet. Ik ben een Vuurmagiër, gespecialiseerd in manipulatie en controle over vlammen. Normaal gesproken besteed ik mijn tijd aan het leiden van mijn eenheid aan de frontlinie, maar nu heeft je vader me opgedragen om gehoor te geven aan je moeder. Iets met een bevel vanaf Cassius."

Terwijl Malik zich voorstelt laat ik mijn blik aandachtig over hem glijden. Zijn korte, blonde haar, de felblauwe ogen die licht lijken te geven, de strakke kaaklijn die zijn gezicht een vastberaden uitdrukking geeft en dat vreemde detail van de zwarte oorbel in zijn rechteroor. Het geeft hem een rebelse flair.

Hij pauzeert even terwijl zijn blik naar het raam glijdt, alsof hij het verlangen voelt om terug te keren naar zijn strijd.

"Ik ben de leider van een elite-eenheid die bekendstaat als de Vuurwachters. We hebben de taak om de grenzen van ons rijk te beschermen tegen de invasie van Tartarus. Normaal gesproken breng ik mijn dagen door met training, strategiebesprekingen en het tegenhouden van de vijand. Je kunt je wel voorstellen dat het letten op een onervaren magiër niet iets is wat tot mijn dagelijkse taken behoort."

Ik word getriggerd door zijn takenpakket. Iets in me zuigt zijn woorden op als een droge spons. Malik werkt samen met de Fianna. Misschien kan ik alsnog met mijn magische krachten onderdeel zijn van de Fianna. De gedachte krult mijn mondhoeken lichtjes omhoog.

"Maar hier ben ik dan, om jou te helpen je eigen magie onder de knie te krijgen. En ik verwacht inzet van je want het is alles behalve de juiste timing om mij van de frontlinie weg te halen. Zeker met Tartarus die zich sterker en sterker aandringt." Zijn woorden zijn geladen met strengheid terwijl zijn felblauwe ogen mijn ziel lijken te tasten.

Ik draai met mijn ogen en zucht. Het idee dat hij me gaat opdragen dingen te doen, doet me mijn hakken steviger in het zand zetten.

De barrière tussen ons is nog steeds voelbaar, maar ergens begin ik te begrijpen waarom mijn moeder ons heeft samengebracht. Ze weet hoe koppig ik ben en dat alleen iemand met een sterk karakter tegen me op kan. Malik naast mij zetten was een goede zet van haar.

Ik forceer een glimlach naar hem, nog steeds niet helemaal

zeker van de situatie, maar ik snap dat we beiden geen controle hebben hierover.

18

Terwijl ik in een staande mahoniehouten spiegel kijk trek ik een frons. De blauwe plekken in mijn nek vervagen langzaam en de gele kleur heeft het de afgelopen week gestaag overgenomen. Mijn half opgestoken haar valt in zachte krullen over mijn nieuwe paarse gewaad.

Met mijn vingers streel ik de fluweelachtige stof, de ingewikkelde gouden borduursels volgend, die zich als slingerende ranken en magische runen over het gewaad kronkelen. Mijn ogen glijden naar beneden op mijn reflectie. Een gouden riem, fijn afgewerkt met delicate magische symbolen, benadrukt mijn taille en zorgt ervoor dat de mantel koninklijk om me heen valt.

Hier sta ik, gehuld in het nieuwe uniform dat mijn moeder met zorg voor me heeft uitgekozen. Een diepe zucht ontsnapt uit mijn borst en ontspant mijn schouders. In gedachten ga ik terug naar mijn vertrouwde outfit: mijn strakke leren broek en top. Het contrast had niet groter kunnen zijn.

In de spiegel zie ik elegantie en vrouwelijkheid, het ziet er fijntjes uit. Mijn vingers glijden naar de plek op mijn buik waar mijn messen ooit zaten. Mijn trouwe metgezellen, die me altijd hebben beschermd, zijn vervangen door deze onhandige gewaden die vreemd tegen mijn lichaam schuren. Hier, in de school van de Orde van Magiërs, is er geen plaats voor zulke aardse instrumenten.

Mijn moeder had benadrukt dat het nodig was om deze nieuwe kleding te dragen, dat het deel uitmaakte van de overgang naar deze nieuwe fase in mijn leven. Ik zie alleen eerder mijn moeder in de spiegel dan mezelf. De rijkelijke details van mijn nieuwe outfit stralen de luxe en status uit van mijn moeder. Het heeft niets te maken met mij.

Terwijl ik in de spiegel blijf staren voel ik me als een vogel met gekortwiekte vleugels, gedoemd om op de grond te blijven terwijl mijn instincten smeken om de lucht in te vliegen.

Ik draai me zuchtend weg van de spiegel en werp een blik op mijn nieuwe, eenvoudige en functionele kamer. Het zonlicht dat door twee ramen naar binnen valt laat de stofdeeltjes dansen in de lucht. De meubels zijn gemaakt van mahoniehout en geven de kamer een donkere maar rijke uitstraling. Het contrasteert met de muffige lucht.

Met enkele stappen verplaats ik mezelf over de houten vloer naar mijn eenpersoonsbed waar ik mijn tas dichtmaak, die ik vervolgens onder het bed schuif. Ik neem plaats op de rand van mijn bed en bereid me inwendig voor op de eerste training met Malik.

Ik pluk aan mijn mantel net boven mijn riem terwijl ik door de lange, brede gangen van de school wandel, op weg naar Malik. Fonkelende kaarsen in kroonluchters aan het gewelfde plafond zorgen voor een zachte warme gloed. Ik analyseer de deuren die naar de kamers van andere aanstaande magiërs leiden, mijn lippen stevig op elkaar geperst.

Langzaam daal ik de wenteltrap af aan het einde van de gang. Alle leerlingen zijn verdwenen uit de gangen van de begane grond.

Het laat me klein voelen. Ik speur naar de grote gebogen houten deuren die me naar het trainingsveld zullen leiden. Mijn voeten lijken zwaarder met elke stap. Het besef dat ik apart gehouden word en een ander traject volg dan alle andere leerlingen, geeft me een beklemmend gevoel op mijn borst.

Het hoge plafond versierd met oude, verweerde fresco's houdt mijn blik vast terwijl ik de schilderingen van oude magiërs aandachtig bestudeer. Het is een prachtige visualisatie van de verschillende krachten die magiërs bezitten. De oranje en rode kleur van vuur, de verschillende tinten blauw en paars van water, een mengeling van groen en bruin voor aarde en geel met lichtblauw voor lucht.

Het had veel makkelijker geweest als ik simpelweg magie had ontketend in de vorm van een van de elementen, zoals dat gebruikelijk is bij magiërs. Dan had ik gewoon het normale lesprogramma kunnen volgen, zoals elke andere magiër en had ik zelf nog kunnen kiezen welke stroming ik op zou willen.

Maar nee, door mijn bloedlijn en DNA heb ik het 'geluk' dat ik een van de zeldzame vormen van magie heb. Ik zucht. Nu word ik met fluwelen handschoenen behandeld en wordt er van alles voor me besloten.

"Bedankt, mam," mompel ik sarcastisch. Had me dan op zijn minst een sterke zeldzame kracht gegeven. Met deze magie is een aparte aanpak helemaal niet nodig. Mijn emoties heb ik heel mijn leven al onder controle. Ik heb ze altijd al in bedwang kunnen houden. Ik weet dat logisch nadenken belangrijker is. Waarom zou ik nu opeens een wrak worden en de controle verliezen?

Ik wend mijn blik weer voor me, in een poging mijn gedachten opzij te schuiven. Ik laat me leiden door de zonnestralen, afkomstig van het trainingsveld, die door de grote opengeslagen deuren de marmeren vloer laat glazen. De verfrissende ochtendbries wordt heftiger op mijn wangen met elke stap die ik de deuren nader.

Wanneer ik een glimp van het trainingsveld krijg, komen mijn lippen los van elkaar. De adembenemende omgeving die zich voor me uitstrekt laat me even sprakeloos.

Ik stap op het trainingsveld en betreed een wereld die lijkt te pulseren van magie. In het midden van het trainingsveld staat Malik in dezelfde mantel die hij een week geleden in het ziekenhuis aan had. Zijn aanwezigheid is even indrukwekkend als de omgeving. Hij lijkt diep in gedachten, starend naar het stralende betoverende water van een grote vijver dat glinstert in de ochtendzon en omringd is door stenen altaren en offer plaatsen.

"Goedemorgen," begroet Malik me terwijl hij zich naar me toe draait, alsof hij mijn aanwezigheid al voelde.

Mijn ogen dwalen over het trainingsveld, een uitgestrekte goed onderhouden ruimte die verdeeld is in verschillende secties en trainingsgebieden. Het lijkt onwerkelijk. Levendige gekleurde banieren wapperen in de wind en vertegenwoordigen de elementaire krachten.

"Hoi," komt er ongeïnteresseerd uit mijn mond, terwijl ik met grote ogen kijk naar de randen van het veld. De beelden van grootheden uit de geschiedenis van de Orde die omringd zijn door een aura van grootsheid en kennis, houden mijn blik gevangen. Ze lijken toe te kijken hoe leerlingen hier het beste uit zichzelf proberen te halen. Nu kijken ze naar mij.

Malik knikt begrijpend, alsof hij mijn blik herkent. "Ben je er klaar voor? Je eerste training."

Ik knik terwijl ik om me heen blijf kijken, mijn mond droog.

"Ja, hoor," verlaat mijn lippen als een automatische reactie, maar alle indrukken zijn nog een plekje in mijn hoofd aan het vinden.

Zijn ogen ontmoeten de mijne en glijden van mijn hoofd naar mijn voeten, waarna hij zacht grinnikt. "Je bent er in ieder geval op gekleed."

Ik rol met mijn ogen. "Daarvoor mag je mijn moeder bedanken," reageer ik terwijl ik mijn mantel recht trek.

Hij glimlacht maar zijn ogen blijven gefocust.

"Oké, nou, laten we maar gelijk beginnen," zegt hij terwijl hij met een rustige pas naar een van de trainingsgebieden loopt.

Ik volg hem, mijn benen zwaar en ongehoorzaam, alsof de druk op mijn schouders met elke stap zwaarder voelt.

Malik keert zich weer naar me toe met zijn handen in zijn zij.

"Laten we even bij het begin beginnen." Zijn ogen twinkelen terwijl hij begint te praten. "Zoals je waarschijnlijk wel weet zijn er verschillende vormen magie." Hij gaat verder met zijn verhaal over de verschillende soorten, hoe mijn magie niet op deze school gegeven wordt, wat er dan wel gegeven wordt. Hoe vaak ik Malik zal zien. Hij stort een lading informatie over me heen maar ik ben verzonken in de omgeving. Zijn woorden dwarrelen in mijn hoofd terwijl mijn ogen dwalen over het uitgestrekte groene veld, alsof het antwoorden zou geven.

Een uitzondering. Een vreemde eend in de bijt. Je zal er nooit bij horen. Als zweepslagen komen de fluisteringen binnen, waardoor mijn lichaam kort verstijfd en ik mijn kaken op elkaar klem.

Ik knik, mijn blik weer op Malik gericht. "Maar hoe gaat het er voor mij uitzien dan?" vraag ik hem schouderophalend.

"Goede vraag," glimlacht hij naar me, zijn felblauwe ogen stralend. Het is alsof hij opeens tien centimeter groeit. "Je moeder heeft samen met docent Elowen, zij is het hoofd van de afdeling Kennis en Onderzoek en mijzelf een programma samengesteld. Daarbij ben ik je aanspreekpunt. Elowen zal nog een boekenlijst met je delen, die boeken kun je zelfstandig doornemen," vertelt hij, zijn kin hoog in de lucht.

Zijn hoogmoedige houding laat mijn bloed koken maar mijn interesse wordt gewekt door de boeken.

"Hmm, oké. Ik ben benieuwd welke boeken dat zijn," zeg ik oprecht, terwijl een kleine glimlach mijn mondhoeken omhoog probeert te krullen. "Maar waar beginnen wij?" vraag ik door, mijn wenkbrauwen hoog op mijn schuine hoofd.

Ik zie zijn borst opzetten. "Bij de basis. Emotionele magie is gebaseerd op je gevoelens. De kracht komt voort uit de emotie die je voelt. Zoals tijdens je gevecht bij de Fianna-selectie. Hoe die kracht tot uiting komt, moeten we gaan ondervinden. De krachten die gekoppeld staan aan een emotie verschillen namelijk. Daarna kun je gericht emoties gaan oproepen in je lichaam en je magie kanaliseren."

Ik voel de knoop in mijn maag en de verwarring in mijn hoofd groeien.

"Dus ik heb meer krachten dan alleen kraters maken?" vraag ik hem fronsend, oprecht verward. Ik knipper even met mijn ogen, het voelt alsof we over iemand anders praten.

Malik knikt. "Daar gaan we wel vanuit, ja. Wij zullen samen je gevoelens onderzoeken en achterhalen welke krachten er nog meer verschuilen in je," verklaart hij, waarna hij zijn handen tegen elkaar plaatst voor zijn buik. "Als je nu eens terugdenkt aan de laatste magie die je opriep, de krater, wat voelde je toen dat gebeurde?" vraagt hij.

Het lijkt alsof de lucht even uit mijn longen verdwijnt. De vraag komt bij me binnen als een confrontatie. Wat ik voelde? Die herinnering zorgt ervoor dat de klem in mijn keel mijn mond dicht snoert.

"Wat ik voelde?" herhaal ik zijn vraag omdat ik geen antwoord weet en ik tijd wil rekken, waarna ik een stilte laat vallen. "Dat ik geen lucht kreeg. Dat mijn keel samengeknepen werd," weet ik schokkerig langs de klem in mijn strot te krijgen.

"Dat is een start," zegt hij, zijn mond opzij krullend. De frons op zijn gezicht brengt zijn volle wenkbrauwen omlaag. "Nee, ik bedoel, wat ging er in je om? Wat gebeurde er in je lichaam?" probeert hij zich te verduidelijken.

Ik bijt op mijn wang en probeer de ongemakkelijk knoop in mijn maag te onderdrukken. Beelden van de verstikking flitsen door mijn hoofd.

"Geen idee... Ik vocht met man en macht. Ik zocht een uitweg.

Ik wilde loskomen. Ik wilde niet verliezen," reageer ik ietwat gefrustreerd door mezelf.

Malik zucht hard en schudt zijn hoofd. "Serieus, Nasiah." Zijn stem is verheven. "Je snapt toch wel wat ik bedoel? We hebben het hier over emoties en gevoelens." Hij zucht diep. "Wat voelde je toen die magie loskwam?" Zijn felblauwe ogen doorboren me en ik voel me bijna naakt onder zijn blik.

Mijn borst verkrampt en mijn hartslag schiet omhoog, tegelijk met de onzichtbare muren om me heen.

"Ja, weet ik veel," reageer ik fel, terwijl mijn gedachten door mijn hoofd razen.

Het besef dat ik niet kan benoemen wat ik voelde maakt me wankelen en dat wil ik niet laten blijken. Niemand heeft mij ooit gevraagd wat ik voel. Het doet er ook niet toe. Ik wil niet terug naar de herinnering. Ik heb me erover heen gezet. Ik heb het veilig opgeborgen zodat het me niets meer kan doen. Ik wil die innerlijke kluis niet openen.

Malik schraapt zijn keel. "Natuurlijk wel. Het is toch niet zo moeilijk? Je wordt gewurgd, je vecht met al je kracht. Er gingen waarschijnlijk allerlei emoties door je heen. Je kan toch wel iéts benoemen?"

Ik probeer de klem in mijn keel door te slikken. Het bloed kookt in mijn aderen. Ik realiseer me dat ik geen antwoord heb op zijn vraag. Ik weet het niet en dat besef komt als een mokerslag bij me binnen. Mijn handen ballen zich tot vuisten en ik voel een golf in me opwellen.

Ik staar Malik fel aan. "Ik dacht dat ik dood ging... Maar weet ik veel wat ik voelde! Ja, dat! Dat ik dood ging," reageer ik gefrustreerd.

Mijn ogen beginnen te prikken en elke cel in mijn lichaam vertelt me dat ik hier weg moet. Ik wil niet breken. Niet hier.

Kun je dit niet eens?! Het gaat nooit wat worden met je. Een schaduw lijkt zich om mijn hart heen te sluiten. *Zo'n simpele vraag en je kunt hem geen goed antwoord geven. Jammer... Nietsnut!*

Mijn lippen persen hard op elkaar.

"Ik kan dit niet!" roep ik woedend met een wegwerp gebaar. Ik draai me om en loop zo snel mogelijk weg van hem.

"Wacht!" roept Malik nog, maar ik kan me nu niet meer omdraaien want met elke stap die ik zet vullen mijn ogen zich met tranen.

19

In een afgelegen hoek op de bovenste galerij van de schoolbibliotheek zit ik met mijn rug leunend tegen de verweerde stenen muur. Hoge plafonds met gotische bogen geven de ruimte een majestueuze uitstraling.

Mijn ogen zijn gefixeerd op de antieke perkamenten pagina's van het boek dat ik vasthoud. Terwijl ik een van de boeken van Elowens lijst zocht, viel mijn oog op dit oude boek. Ik kon mijn nieuwsgierigheid niet inhouden om erin te neuzen, dus ik ben van haar boekenlijst afgeweken. Het draagt de stempels van de tijd, met oude handschriften die me meenemen naar lang vervlogen tijden.

Toen ik vier dagen geleden, na mijn eerste trainingssessie met Malik, voor het eerst de bibliotheek bezocht deed het me meteen denken aan onze eigen bibliotheek thuis. Een plek waar ik me altijd veilig voelde. Het bracht me terug naar een tijd zonder druk, zonder zorgen. Mijn ogen vielen meteen op de loopbrug die ondersteund wordt door elegante stenen zuilen. Met grote ogen bekeek ik de metershoge boekenkasten die langs de wanden staan. Sommige planken waren al licht doorgebogen onder het gewicht van duizenden boeken die fluisteren over oude avonturen en verloren kennis.

Terwijl mijn vingers zachtjes over de verweerde tekst glijden, dwalen mijn gedachten af naar mijn trainingen met Malik en hoe ik telkens daarna een toevluchtsoord vond, hier, in dit hoekje op de vloer. De avonturen van historische magiërs voeren me weg naar een andere wereld, ver weg van hier.

De afgelopen dagen zijn verre van succesvol geweest. Elke ochtend was het raak tussen Malik en mij. Zijn frustratie groeit met de dag door mijn onkunde en met de dag vergroot mijn irritatie. Zijn woorden echoën in mijn hoofd. Hoe vaak hij ook zegt dat mijn emoties geen hindernissen zijn die ik moet overwinnen maar eerder sleutels zijn tot het ontgrendelen van mijn magische potentieel, het lukt me niet om ook maar iets op te roepen. Het is kansloos. Ik snap gewoon niet wat ik voel. Hoe voel je in godsnaam wat er in je lichaam gebeurt? De wetenschap dat het me niet lukt maakt me gek en gefrustreerd. Ik haat mezelf erom.

Ik sluit mijn brandende ogen terwijl ik mijn hoofd tegen de muur laat rusten. De kou van de muur lijkt me te omhelzen als een ijzige knuffel. Ik zie mezelf voor me in ongemakkelijke gewaden terwijl ik dwaal door de gangen van de school, omringd door magische elementen en mensen die naar me staren. Ik pas hier niet tussen.

De herinnering aan mijn trainingen met Aedán en het werpen van mijn messen bezorgt me een brok in mijn keel. Een tijd waarin ik deed waar ik goed in was. Ik slik hard in een poging een brok naar beneden te duwen waardoor mijn hoofd gedwongen wordt om van de muur af te komen. Hoe zeer ik mezelf ook probeer wijs te maken dat mijn gave me nieuwe mogelijkheden biedt, het werkt niet. Alles is bergafwaarts gegaan sinds dat moment op de selectiedag. Ik had mezelf misschien beter kunnen opblazen.

Ik richt mijn blik weer op het boek wat rust tegen mijn opgetrokken benen. Ik forceer me weer terug in het heden. Het enige dat me door deze dagen heeft kunnen brengen zijn deze boeken.

Ik sla de bladzijde om en mijn ogen vergroten bij het zien van een gedicht die geschreven is door een emotionele magiër. De woorden dansen voor me in poëtische kronkels die een beroep doen op mijn verbeelding.

Het is alsof de magiër zelf fluistert vanuit de schaduwen van de tijd:

"In schaduwen diep, waar sterren huilen,
Daar liggen de geheimen die tijd niet kan ruilen.
De Spiegelbron wacht, in de duisternis verborgen,
Waar emoties dansen en geheimen vervormen.

Wandel de schaduwrijke paden die niemand betreedt,
Volg het licht dat niemand weet.
Bij de rand van de wereld, waar schaduwen stromen,
Zul je de waarheid in spiegelbeelden dromen.

Omarm je angsten, laat controle gaan,
En in de Spiegelbron, zul je jezelf verstaan.
In dat verloren rijk, een diepe mysteriebron,
Vind je de sleutel, waar het verleden begon."

De woorden lijken een geheimzinnige belofte te dragen en ik voel een prikkelende warmte in mijn binnenste.

"De Spiegelbron wacht, in de duisternis verborgen," herhaal ik fluisterend terwijl ik teruglees. Ik laat de woorden bezinken.

Terwijl ik de woorden herhaal, vormt er een lichte frons op mijn voorhoofd en dringt het tot me door dat dit misschien geen fysieke plek is om naartoe te gaan. Het is eerder een symbolische reis naar binnen. Een plaats waar ik mijn angsten en controle zou moeten loslaten. Waar ik mezelf zou kunnen begrijpen op een dieper niveau.

Ik staar de ruimte in en geef mezelf wat verwerkingstijd.

Ik maak een mentale notitie om hier later meer over te leren. Deze mysterieuze Spiegelbron zal wellicht niet op een kaart te vinden zijn maar het zou zo maar een sleutel tot mijn eigen magische potentieel kunnen zijn.

De gedachten blijven in mijn geest ronddwalen terwijl ik me weer concentreer op het oude boek en de bladzijde omsla.

Terwijl ik blijf doorbladeren worden mijn gedachten getrokken naar de verhalen van de emotionele magiërs uit het verleden. Hun daden, hun avonturen en hun beproevingen wekken een diep gevoel van bewondering in me op.

Mijn spieren ontspannen en een glimp begint als een zachte vonk in mijn buik te branden.

De succesvolle emotionele magiërs waren niet zomaar gewone magiërs. Ze waren degenen die volledig in lijn stonden met hun emoties, met hun hele wezen.

Mijn ademhaling wordt dieper en mijn hartslag lijkt langzamer en regelmatiger te worden terwijl ik me inbeeld hoe ze de kracht van liefde, woede, verdriet en vreugde omarmden. Ze konden dingen doen die anderen voor onmogelijk hielden en de resultaten van hun kunsten waren verbluffend.

Met vernauwde ogen lees ik over de kracht en de moed van de emotionele magiërs. Ze zijn mijn voorbeelden, mijn gidsen in deze onbekende wereld van magie. Het is alsof hun geesten aan mijn zijde staan en fluisteren dat ook ik in staat ben tot grootsheid.

Terwijl ik me blijf verliezen in de verhalen van de oude magiërs voel ik een warme golf in mijn buik, als een bron die langzaam begint te stromen. Ik wrijf hard over mijn gezicht alsof ik mezelf wakker wil maken. De successen die ik lees voelen toch aan als iets dat onbereikbaar is.

In gedachten dwaal ik terug naar mijn trainingen met Malik. Ik kan niet eens een emotie benoemen bij mezelf, laat staan mijn Rijk redden met mijn magische krachten. Toch merk ik dat het warme gevoel in mijn buik me iets wil vertellen.

Ik duw mijn kin lichtjes omhoog en kijk om me heen alsof ik openstaa voor nieuwe inzichten over mezelf.

- - - - - - - - - -

Een onsuccesvolle week gaat voorbij en ik bevind me weer in de bibliotheek. Ditmaal aan de grote houten tafel die in het midden van de ruimte staat, omringd door twintig houten stoelen met donkergroen lederen zittingen.

Het geroezemoes van andere studenten in de bibliotheek vertelt me dat de meeste lessen inmiddels afgelopen zijn. De zachte gloed van de laaghangende zon door de glas-in-loodramen verschijnt in groene en oranje kleuren op de lange tafel. Het licht speelt met de schaduwen van de drie stapels boeken die voor me liggen.

Mijn vingers glijden aandachtig over de pagina's van het opengeslagen boek. Mezelf afgezonderd van de omgeving bestudeer ik de verhalen en zoek ik naar overeenkomsten. Alles wat me maar kan helpen om zelf net zo'n grootse magiër te worden als de helden over wie ik lees.

Plotseling word ik me bewust van iemand die naast me is komen zitten. Mijn hart slaat een slag over en mijn adem stokt even als ik opkijk en professor Elowen aantref.

Ze staart me aan vanachter haar grote ronde brillenglazen, terwijl haar handen rusten op de tafel.

Ik slik en probeer mijn wenkbrauwen omlaag te glimlachen. "Professor?"

Elowen glimlacht, haar ogen verzachtend. Ze geeft me een geruststellende knik. "Het lijkt erop dat je diep in je onderzoek verzonken bent. Mag ik even met je praten?" vraagt ze me. In haar stem herken ik dezelfde politicus als mijn moeder maar Elowens stem is zachter, kalmer.

"Natuurlijk, professor."

Ze begint te praten en ik luister aandachtig. Ze vertelt me dat Malik haar heeft ingelicht over mijn vorderingen in de training en in mijn magische ontwikkeling.

Ik slik, wetende dat ik tot nu toe nog niets bereikt heb. *Je stelt wederom teleur! Je kunt zoveel als je wilt lezen over machtige magiërs, maar je zult er zelf nooit één zijn.* Klinkt het sissend in mijn hoofd waardoor ik mijn tong stevig tegen mijn verhemelte druk.

Elowen wekt mijn aandacht weer. "Malik heeft zijn zorgen geuit over de snelheid van je vooruitgang. Je vorderingen worden bemoeilijkt door je moeite om je emoties te benoemen," vervolgt ze en ik merk dat mijn schouders onbewust aanspannen terwijl ik inwendig Malik vervloek. "Ik denk dat ik je hiermee kan helpen. Het is essentieel om je emoties te kunnen herkennen. Als je dit namelijk niet kunt, kun je een gevaar zijn voor jezelf maar ook voor anderen," vervolgt Elowen zachtjes, haar ogen doordringend.

Terwijl ze verder praat voel ik een knoop in mijn maag. Ik weet dat ik meer moet leren over mijn emoties maar ik weet gewoon niet hoe. Het idee dat er misschien een oplossing is voor mijn worsteling voelt als een lichtpuntje aan het einde van de tunnel.

"Ik wil dat je een dagboek bijhoudt," stelt Elowen voor, terwijl ze de opdracht uitlegt. "Schrijf elke emotie op die je gedurende de dag voelt, hoe klein of groot ook. Probeer ze te benoemen en noteer waar je het in je lichaam voelt," legt ze uit. "Zonder oordeel," benadrukt ze.

Ik probeer de frons te verbergen die zich op mijn voorhoofd wilt ontrafelen. Wat gaat een dagboek me erbij helpen?

Elowen vervolgt: "Daarnaast, maak je een lijst van alle emoties die je kent en schrijf je een moment in je leven erbij waarin je die emotie hebt gevoeld." Ze recht haar rug en vouwt haar handen in elkaar.

"Een dagboek en een lijst. Helder," reageer ik knikkend, terwijl ik een glimlach forceer. De woorden klinken zo simpel maar ik voel een oneven wervelwind in mijn borst groeien.

"Je hebt potentie, Nasiah. Je hebt een bijzondere bloedlijn en ik geloof dat je deze uitdaging kunt overwinnen. Maar onthoud, géén oordeel. Emoties mogen er zijn. Ze komen en gaan. Daar oordelen we niet over. Er is geen goed of fout," moedigt ze me glimlachend aan terwijl ze haar hand op mijn schouder laat rusten. "Daarnaast wil ik dat je additionele lessen volgt voorafgaand aan de trainingen die je hebt met Malik."

Ze vertelt me uitgebreid over een benadering genaamd Tactiele Aandacht. Ze houdt mijn aandacht vast met haar woorden, die voelen als een liefdevolle maar ferme hand.

"Deze aanpak is bedoeld om je te helpen je hoofd meer in verbinding te brengen met je lichaam," legt ze uit, haar woorden als een zachte aanraking op mijn ziel. "Het is belangrijk om in contact te staan met je emoties maar ook met je fysieke sensaties. Soms raken we verstrikt in ons denken en verliezen we het contact met ons lichaam."

Ik knik terwijl ik haar woorden overdenk. In verbinding met mijn lichaam, herhaal ik enigszins argwanend in gedachten. Het klinkt allemaal wat zweverig en ik heb moeite er grip op te krijgen.

Plotseling draait de klem in mijn keel strak bij het horen van de giftige cynische fluisteringen in mijn hoofd. *Weet je zeker dat je dit wilt? Je weet wat er in je diepste kamers van je ziel schuilt. Je kunt de monsters voelen. Kun je ze aan? Je hebt ze niet voor niets opgesloten.*

Een schokkerige ademhaling dwingt zich door mijn neus naar binnen. Ik knipper met mijn ogen om me te herpakken.

"Om je te helpen met deze verbinding heb ik professor Thorian benaderd. Hij is een expert in grondingsoefeningen. Samen met hem zul je leren hoe je meer in je lichaam kunt 'zitten', meer in het hier en nu," vervolgt ze. "Het zal niet gemakkelijk zijn maar ik geloof dat het je zal helpen om je emoties beter te begrijpen en uiteindelijk je magische krachten te controleren," sluit ze glimlachend af, terwijl ze me een knikje geeft.

Ik adem diep in terwijl ik probeer de inwendige schaduwen te verdringen met haar woorden. "Ik wil het best proberen, professor." Mijn stem is onzuiver.

Haar vriendelijke glimlach wordt warmer. "Dat is wat ik graag hoor."

20

In een zijgang van de uitgestrekte gangen van de school bevind ik me in een smallere hal. Kroonluchters werpen een zachte gloed over de raamloze hal met houten deuren aan weerszijden.

Terwijl ik nog de laatste kruimels brood tussen mijn tanden probeer weg te halen speur ik naar de deur van professor Thorian. Het vroege uur maakt het zwaar om me voor te bereiden op deze afspraak, zelfs de eetzaal heeft nog niet het genot van zonlicht ervaren.

Met een lichte schudding van mijn hoofd loop ik langs een deur. Mijn vingers glijden vermoeid over mijn ogen. Even pauzeer ik bij een deur die op een kier staat waar het zacht fonkelende licht uit de kamer me uitnodigt.

Ik klop zachtjes op de deur en duw hem voorzichtig open.

"Goedemorgen, professor?" begroet ik vanachter de deur.

"Ah, goedemorgen. Fijn dat je er bent," reageert professor Thorian met een beheerste en zachte stem terwijl hij zich omdraait in zijn stoel.

Zijn verschijning straalt zowel wijsheid als warmte uit waardoor ik even slik. Zijn keurig verzorgde grijze haren en stoppelbaard accentueren zijn bruine ogen.

"Ga maar zitten en maak het jezelf comfortabel. Wil je iets drinken?" vraagt hij vriendelijk terwijl hij naar een stoel wijst.

"Nee, dank u wel. Ik heb net bij het ontbijt een glas jus d'orange gehad," antwoord ik, comfortabel in de stoel zinkend.

De aangename geur van lavendel prikkelt zachtjes mijn neus.

"Prima," zegt hij kalm terwijl hij water voor zichzelf inschenkt.

Zijn eenvoudige crèmekleurige katoenen kleding steekt af van zijn donkere huid en staat in schril contrast met de kleding van andere docenten. Hij beweegt met natuurlijke charme naar zijn stoel.

"Zo, daar zitten we dan." Zijn stem is geruststellend en zacht terwijl hij zich nestelt in zijn stoel.

Mijn hartslag versnelt terwijl ik ongemakkelijk mijn houding probeer te vinden en rondkijk in zijn eenvoudige kamer. Mijn ogen stuiten op zijn boekenkasten.

"Professor Elowen heeft me het een en ander over je verteld, met name over je trainingen met Malik, maar ik hoor graag van jou. Hoe gaat het met je?" begint hij, zijn stem in een rustige cadans waardoor mijn aandacht van de boekenkasten wordt weggetrokken.

Ik schraap mijn keel en verander nog een laatste keer mijn houding. "Ja, wel goed hoor," glimlach ik, terwijl de kamer een oase van rust lijkt te zijn.

"Hoe bevalt het hier op de school van de Orde van Magiërs? Ik heb begrepen dat je eigenlijk bij de Fianna had willen zijn," vraagt hij met empathische ogen die mijn innerlijke monsters recht in de ogen lijken te kijken.

Mijn ogen vergroten en ik knipper ze weer in hun normale stand. "Uhm, ja het bevalt wel prima hoor," reageer ik beleefd.

Er valt een stilte. Hij laat de stilte er zijn, wat me ongemakkelijk maakt.

"Het is alleen niet helemaal wat ik gepland had," breid ik mijn antwoord uit omdat hij de stilte niet vult en me expressieloos en neutraal aankijkt.

"Dat zal zwaar geweest zijn voor je. Dat alles wat je voor ogen had opeens anders is." Hij blijft me aankijken en ik zie zijn ogen lichtjes samenknijpen.

"Ja, nou ja, het is niet anders," zeg ik schouderophalend, terwijl mijn borst zich begint samen te trekken. "Met magie mag je niet meer naar de Fianna... Dus zit ik hier," leg ik stoïcijns verder uit. Mijn stem is zeker door mijn feitelijke onderbouwing.

Hij blijft me aankijken en ik zie zijn ogen verder samenknijpen. "Dat is heel rationeel beredeneerd van je, maar ik kan me voorstellen dat het voelt alsof de grond onder je voeten weg valt. Alles waarvoor je gewerkt hebt doet er niet meer toe," klinkt hij rustig.

Zijn woorden snijden diep in mijn ziel en slaat de lucht uit mijn longen. Ik probeer onopvallend mijn longen te vullen en de verkramping in mijn middenrif te verminderen.

"Het is behoorlijk wennen ja, maar het komt wel goed hoor," zeg ik met een geforceerde glimlach terwijl mijn kaken zich strakker sluiten.

"Goed," knikt hij met een vriendelijke glimlach die iets aanmoedigends heeft. Alsof hij doorheeft dat ik niet alles prijsgeef. "Maar vertel eens, waarom zit je hier?" gooit hij het over een andere boeg terwijl hij zijn steun verplaatst van de linker armleuning naar de rechter.

"Om eerlijk te zijn adviseerde professor Elowen me om met u te praten. Ze gelooft dat u me kunt begeleiden in het ontwikkelen van mijn emotionele magie," leg ik uit terwijl ik mijn scepsis probeer te onderdrukken en mezelf zoveel mogelijk probeer open te stellen voor nieuwe wegen.

Idioot! Je klinkt net zo politiek correct als je moeder!

"Emotionele magie. Dat is heel bijzonder om te bezitten," zegt hij wrijvend over zijn kin met nog steeds die doordringende ogen op me gericht. "Maar goed, wat is de aanleiding geweest voor het advies van professor Elowen?" vraagt hij door omdat mijn antwoord blijkbaar niet voldoende was.

"Ja, dat blijft iedereen me vertellen," reageer ik zuchtend. Ik laat even een stilte vallen en probeer in gedachten een goed antwoord te formuleren. "Maar de aanleiding is dat het nu een kleine drie weken geleden is dat mijn magie is ontketend en sindsdien heb ik niets meer kunnen oproepen. Het lukt me niet er grip op te krijgen," verklaar ik uiteindelijk. Ik blijf hem aanstaren terwijl mijn palmen zweterig worden.

"Hmm en wat doet dat met jou?" gaat hij door. Hij knijpt zijn ogen weer licht samen en neemt een slok van zijn water.

"Hoe bedoelt u?" vraag ik ter verduidelijking en trek mijn wenkbrauwen op. "Wat ik ervan vind?" Mijn hartslag versnelt en ik voel mijn schouders aanspannen.

Hij glimlacht geruststellend naar me en laat een stilte vallen terwijl hij rustig van zijn water nipt.

"Ik kan me voorstellen dat je iets voelt bij het niet kunnen oproepen van magie. Wat voel je in je lichaam?" verduidelijkt hij zichzelf.

Ik wend mijn blik af van professor Thorian en fixeer mijn ogen op de ramen waar de opkomende zon een warme gloed door de dunne gordijnen schijnt. Mijn tanden bijten in de binnenkant van mijn wang en ik worstel om een antwoord op zijn vraag te bedenken. Het blijft ongrijpbaar.

"Eerlijk gezegd, ik weet het niet," fluister ik uiteindelijk in de stilte. Mijn gedachten zijn een warboel. "Ik vind het heel irritant dat het me niet lukt," zeg ik met een frons waarna ik weer oogcontact met hem maak. Een brok in mijn keel vormt zich. "Alsof ik faal misschien?" floept er uiteindelijk zachtjes uit mijn mond. Mijn ogen vergroten iets en ik wend mijn blik snel naar de marmeren vloer die glanst in de eerste zonnestralen.

Falen doe je zeker! Je bent zwak!

Professor Thorian blijft me observeren. "Hmm, ja dat kan ik heel goed begrijpen," klinkt hij kalm. Zijn hele voorkomen draagt bij aan het gevoel van vertrouwen en rust dat hij uitstraalt. "Ik zie dat deze vraag iets met je doet. Wil je er meer over vertellen?" Hij kantelt licht zijn hoofd en kijkt me met opgetrokken wenkbrauwen aan.

Een brok in mijn keel groeit en verplaatst zich hoger en hoger. "Ik weet het niet," reageer ik terwijl speeksel zich opbouwt in mijn mond.

Elke spier in mijn lichaam zegt me weg te rennen maar ik dwing mezelf te blijven zitten. Een woeste zee overspoelt mijn binnenste en de golven botsen wild tegen mijn muren. Ik slik overmatig in een poging de woeste golven terug te dringen. Mijn ogen branden alsof de woeste zee kookt en de stoom naar mijn ogen stijgt.

Ik laat een stilte vallen en pers mijn lippen hard op elkaar, alsof ik ze wil tegenhouden te praten. Maar voordat ik er erg in heb, ontsnappen de woorden uit mijn mond. "Ze dragen me van alles op. Ze verwachten van alles van me. Ze hebben mij nooit iets gevraagd. Ze behandelen me als een breekbaar object en tegelijkertijd een marionet. Het lijkt soms alsof ook zij geen vertrouwen in me hebben. Dat ik deze gave niet aankan. Maar voor mezelf is er nog steeds niets veranderd. Ik voel me niet anders dan voordat ik meedeed met de selectiedagen van de Fianna. Voor mijn gevoel heb ik helemaal geen magie en probeer ik iets op te roepen dat ik helemaal niet bezit. Het lijkt alsof ik het leven van iemand anders leef. Het gaat niet over mij, ik ben geen magiër. Hoe kan ik iets oproepen wat niet van mij is, ik kan dit niet. Geef mij maar gewoon mijn werpmessen, daar ben ik tenminste goed in." Het komt er als een vloedgolf aan woorden uit waarna ik schokkerig inadem en mijn wenkbrauwen trillend samentrekken.

Ik slik hard, in een laatste poging om de sluizen dicht te houden. Maar het lukt niet. Mijn ogen vullen zich met het kokende, bijtende zeewater. Ik frons en ik kijk weg van Thorian. Een voor een rollen de tranen uit mijn ogen.

Ik wrijf hard mijn wangen droog en probeer rustig in te ademen om de tranen terug te dringen. "Ik snap niet waarom ik nu moet huilen. Sorry," zeg ik met een hoge en geknepen stem.

Ik maak de fout om hem aan te kijken.

Mijn ogen lopen weer vol.

"Je hoeft je niet te verontschuldigen voor het laten gaan van je tranen. Het klinkt als een zware periode voor je. En dat mag je laten zien," erkent hij mijn tranen met een kalme en rustige stem.

Hij laat een stilte vallen waarin mijn tranen een voor een over mijn wangen blijven rollen. Het lukt me niet de tranen tegen te houden.

"Het is heel begrijpelijk dat je overweldigd bent door alle veranderingen die hebben plaatsgevonden in je leven. Het is ook niet niets," gaat hij verder terwijl hij me een katoenen zakdoek geeft voor mijn tranen.

Ik slik een paar keer hard in een poging met mijn normale stem te kunnen praten. "Het voelt echt als dag en nacht." Het komt eruit als een geknepen stem die doordrenkt is met water.

"Ja, dat snap ik." Zijn ogen zijn zacht en hij geeft me een moment om iets tot rust te komen. We zitten daar, niets zeggend.

Hij laat het moment er zijn. De stilte wordt gevuld met mijn gesnik en gesnuif.

"Maar mag ik vragen waar je nu iets voelt in je lichaam?" vraagt hij me, wanneer hij ziet dat mijn blik wat helderder is geworden en ik hem weer aankijk.

Ik frons en onderzoek aandachtig elke centimeter van mijn lichaam. In gedachten ga ik alles af. Voel ik iets in mijn onderbuik? Nee. Misschien iets hoger? Ook niet. Mijn borst misschien? Ja, die voelt verkrampt, maar bedoelt hij dat? Dan kom ik bij mijn hals ter hoogte van mijn sleutelbeenderen en mijn keel. Mijn adem stokt. Mijn ogen lopen weer vol.

"Uhm... Hier ergens," zeg ik zacht terwijl ik mijn hand onder mijn keel en hoog op mijn borst leg.

Professor Thorian glimlacht naar me met vriendelijke ogen. "Heel goed," complimenteert hij me oprecht met een geruststellende stem. "En wat voel je daar precies? Kun je er een omschrijving aan geven?" vraagt hij door waardoor hij me dwingt bij dit gevoel te blijven.

Mijn hartslag schiet naar mijn keel.

"Uhm... Ik weet het niet zo goed," zeg ik fronsend met een zoekende blik in mijn ogen.

Je weet dondersgoed wat je voelt. Vertel het hem niet. Hij zal je gestoord vinden. Mijn ademhaling is oppervlakkig en mijn ogen beginnen weer te prikken bij het besef van wat ik voel.

"Het voelt... alsof er een grote bal mijn keel afsluit... Alsof er een strop om mijn nek zit..." krijg ik er gebrekkig uit, waarbij de tranen weer over mijn wangen glijden. Het besef dat dit gevoel niet komt door Toni maar dat dit een gevoel is dat ik van kleins af aan al heb, komt als een mokerslag binnen.

Je bent aangelijnd door het monster in je. Het monster dat je bent!

"Heel goed. Dat mag er zijn. Het is jouw gevoel. Het is ons lichaam dat ons iets wilt vertellen en daar luisteren wij naar. Zonder oordeel," stelt hij me gerust terwijl ik een glinstering zie in zijn ogen.

Ik knik omdat ik er geen woorden uit krijg. De tranen blijven maar stromen en ik kan niet ophouden.

"Laat het maar gaan. Het is goed," bekommert hij zich om me en er valt een lange stilte die ik vul met mijn gesnik.

Inwendig zoek ik een verklaring waarom ik me zo laat gaan bij hem. Een gevoel van schaamte vloeit in me maar ik laat de tranen gaan. Zonder controle. De sluizen zijn geopend en ik doe geen poging ze dicht te krijgen. Ik laat los.

Wanneer professor Thorian ziet dat ik enigszins uitgehuild ben en ik hem enigszins schaamtevol glimlachend aankijk, gaat hij verder.

"Zo, heel goed. Ik ben nu al heel trots op je," glimlacht hij naar me terwijl hij zijn handen in elkaar slaat.

Zijn compliment is onbegrijpelijk voor me maar ik zie aan zijn gezicht dat hij oprecht is. Ik kijk hem vragend aan, zoekend naar een reden dat mijn gejank positief was terwijl ik mijn handen droog veeg over mijn schoot. Maar ik vind geen antwoord en het blijft een raadsel voor me dat mijn schouders lichter voelen.

"Ik denk dat ik je goed kan helpen met mijn aanpak gebaseerd op Tactiele Aandacht. Ik help je bij het bewust worden van je gevoel en jouw voelend vermogen te ontwikkelen. Dat doe ik door middel van aanrakingen. Is dat goed?" legt hij uit, bedachtzaam gebarend met zijn handen die een kalmerend effect op me hebben.

"Ja hoor," antwoord ik. Ik heb hier nu toch al als een klein kind huilend gezeten, dan kunnen we net zo goed doorgaan. Ik heb niets te verliezen. Niet meer. Ik glimlach en het is nog gemeend ook.

"Fijn, dan wil ik je uitnodigen op deze bank," zegt hij, terwijl hij opstaat en wijst naar de behandelbank die in het midden van de kamer staat. De bank is bedekt met zachte, aardetinten kussens en dekens.

"Het werkt het beste als het huid op huid is maar je mag kleding aanhouden als je dat prettiger vindt," gaat hij verder waarbij hij me alle ruimte biedt om zelf een keuze te maken.

"Oké, dank u wel," antwoord ik terwijl ik mezelf begin uit te kleden tot ik op blote voeten in mijn witte onderjurk sta.

Met aarzelende passen beweeg ik me verkrampt naar de behandelbank.

"Je mag op je buik gaan liggen," legt hij me uit terwijl hij een aantal kussens van de bank af haalt en ik gemakkelijk kan gaan liggen.

Ik slik hard en vul mijn longen met een diepe teug zuurstof. Mijn handen zakken in de bank wanneer ik erop leun om erop te klimmen. De stof voelt zacht aan en lijkt haaks te staan op het langzaam verdwijnende eelt op mijn palmen.

Ik ga liggen en verplaats een paar keer mijn hoofd om een

goede plek te vinden zodat mijn spieren in mijn nek niet te veel trekken.

"Lig je goed?" vraagt hij me met een geruststellende stem. Ik hoor hem naar de linkerkant van de bank lopen.

"Ja hoor," antwoord ik, terwijl ik een paar keer knipper met mijn ogen voordat ik ze volledig sluit. Mijn handen voelen gespannen en ik ben me opeens heel bewust van hoe ik lig, hier op de bank, in mijn onderjurk. Lig ik wel goed?

"Heel goed," vult professor Thorian de stilte terwijl ik hem een beetje hoor schuifelen alsof hij klaar gaat staan. "Goed, ik ga mijn hand op je onderrug leggen. Probeer je aandacht bij mijn hand te houden en bij het gevoel dat het je geeft. Als je wilt dat ik stop, moet je het zeggen. Dan stoppen we."

Ik adem even diep in en wacht af.

Dan voel ik zijn hand op mijn onderrug met een warmte die dwars door mijn onderjurk heen gaat.

Mijn hartslag versnelt. Mijn ademhaling schiet hoog in mijn keel en wordt oppervlakkig. Ik moet moeite doen om te ademen, alsof het opeens een bewuste beweging is die ik moet maken. Ik krijg geen lucht. Mijn spieren spannen aan. Ze sporen me aan om weg te rennen. Weg van zijn hand. Weg van steun. Weg van troost. Weg van hulp. Maar ik zeg niets. Ik blijf liggen, wetende dat ik hier doorheen moet om krachtiger te worden.

21

Na mijn intense sessie met Professor Thorian ga ik direct door naar de trainingsvelden voor een sessie met Malik. Een verwarrende wervelwind van gevoelens omhult me. Mijn gedachten vormen een tumultueuze zee waar ik wanhopig doorheen probeer te navigeren.

Ik probeer de betekenis van mijn eigen gevoelens te begrijpen. Mijn lichaam dat zich nog nooit eerder zo heeft laten gelden, blijft een mysterie dat ik tracht te ontrafelen. Ik voel me verloren in de onbekende signalen van mijn eigen lichaam. Ik ben een reiziger zonder kompas in een vreemd landschap.

De sessie met Professor Thorian heeft een emotionele draaikolk in me veroorzaakt. Zijn hand op mijn rug heeft iets in me wakker geschud, iets dat nu als een ongecontroleerde storm raast. Wat ik voelde bij die ene aanraking, het ongemak, de paniek, het verwart me. Ik kan er met mijn hoofd niet bij hoe mijn lichaam zo heftig kon reageren. Het is een confronterende en pijnlijke gewaarwording. Waarom wist ik niet dat mijn lichaam zo zou antwoorden op een lichte aanraking? Is het de plek die hij aanraakte? Of ligt het aan mij? Ik weet dat ik niet het aanhankelijke type ben en dat ik me altijd ongemakkelijk voel als iemand me een knuffel geeft, maar deze reactie had ik niet verwacht. Zo heftig! Alsof mijn lichaam schreeuwt me niet aan te raken.

Mijn gedachten razen door mijn hoofd op zoek naar antwoorden. Het voelt als een klap in mijn gezicht die is gegeven door mijn eigen lichaam, waardoor alle rationaliteit weggeveegd wordt. Mijn innerlijke wereld voelt als een poort die ik heb geopend maar waarvan ik de sleutel niet bezit en ik heb geen controle over de vloedgolf die eruit komt. Toch heb ik mijn voeten nog nooit zo heftig de grond voelen raken met elke stap die ik zet. Het is alsof de aarde me vast zuigt.

Ik haal diep adem en probeer de gedachten te verdrijven, maar het lukt niet. Zijn aanraking blijft nagalmen, een echo van iets onbekends.

Bij de trainingsvelden met Malik lijkt de lucht doordrenkt van een ongrijpbare energie. Ik knipper met mijn ogen en laat ze langzaam wennen aan het licht als ik naar buiten loop. Ik vul mijn longen met de frisse ochtendlucht. Ik heb amper de tijd gehad om bij te komen van de sessie met professor Thorian.

Malik kijkt me met een grijns aan zodra ik bij hem aankom.

"Je hebt net een sessie gehad met Thorian, nietwaar?" zegt Malik, zijn toon doordrenkt van zelfverzekerde arrogantie die me irriteert.

Ik knik zwijgend, mijn ogen ontwijkend. Ik voel de intense energie die door mijn lichaam raast en het is moeilijk om me te concentreren op wat Malik te zeggen heeft.

"Het was gewoon een sessie," mompel ik, mijn stem bijna onhoorbaar terwijl ik even met mijn handen door mijn haren strijk.

"Ah, gewoon een sessie," herhaalt Malik en zijn grijns wordt breder. "Ik wed dat het meer was dan dat. Ik kan het aan je ogen zien. Hij heeft iets in je losgemaakt, nietwaar?" Zijn ogen vernauwen zich op me.

Ik frons. Plotseling besef ik me dat mijn gezicht waarschijnlijk onder de rode vlekken zit van mijn huilbui. "Ik weet momenteel even niet wat er allemaal gebeurt..."

"Misschien heeft Professor Thorian iets bijzonders met je gedaan. Iets dat je training ten goede zal komen, hoop ik." Hij slaat zijn armen over elkaar en wacht op mijn reactie.

Ik bijt op mijn lip om de chaos van emoties binnenin me te verbergen. Malik lijkt mijn verwarring te voelen en glimlacht zelfvoldaan.

"Maar maak je geen zorgen. Het is allemaal bedoeld om je vooruit te helpen, om je krachten te manifesteren," probeert hij me met een vlakkere stem gerust te stellen, wat me verrast. Hij haalt nonchalant zijn schouders op waarna de arrogantie direct terugkeert. "Laat me gewoon zeggen dat je misschien verrast zult zijn door wat er kan gebeuren als je jezelf toestaat om je volledig onder te dompelen in de lessen van Thorian. Wie weet, het zou wel eens de doorbraak kunnen zijn waar je naar op zoek bent."

Zijn zelfverzekerde toon irriteert me maar ik kan de nieuwsgierigheid niet onderdrukken.

"We gaan zien wat het gaat brengen," reageer ik sceptisch.

Hij glimlacht mysterieus waarbij ik de twinkeling in zijn felblauwe ogen niet kan vermijden. "Zolang je jezelf ervoor openstelt komt het wel goed."

De lucht tussen ons lijkt te pulseren met een onuitgesproken uitdaging en ik kan de echo van Professor Thorians aanraking voelen als een mysterieuze schaduw over dit gesprek.

Malik kijkt me strak aan. "Maar dit gevoel dat je hebt. Het is cruciaal. Concentreer je op de Tactiele Aandacht. Houd het vast. Het is de sleutel tot je vooruitgang."

Ik voel de druk in mijn keel toenemen en de strop strakker trekken. Mijn instinct schreeuwt om weg te lopen en deze gevoelens te onderdrukken.

Een zelfverzekerde glimlach speelt om Maliks lippen. "Thorian heeft je in een intense staat gebracht, een staat waarin je de grenzen van je eigen geest verkent. Dit is de volgende stap. Als je dit aankan zullen je vaardigheden exponentieel groeien."

Ik knik slechts als reactie.

Zonder verder woorden eraan vuil te maken probeer ik de warboel van emoties te kanaliseren. Ik klamp mijn gedachten vast aan de herinnering van Thorians aanraking. Ik stort me in een herbeleving van de chaos die ik voelde toen ik op die behandelbank lag.

Met man en macht probeer ik met dichtgeknepen ogen mijn rationaliteit opzij te schuiven en me onder te dompelen in de onstuimige zee die in mij tekeergaat. Maar elke vertrouwde cel in mijn lichaam vertelt me mijn rationaliteit op te zoeken, vertelt me om tegen de stroming in te gaan, om sterk te zijn. Ik weet niet hoe ik dit moet doen.

Twijfels spoken rond in mijn hoofd terwijl ik mijn kaken strak op elkaar klem en hard slik. *Je bent bang. Begrijpelijk, je weet niet welk monster je loslaat. Weet je zeker dat je het aankan? Kijk maar uit.*

Ik weet niet of ik dit wil doen.

Mijn nagels drukken halve maantjes in mijn palmen. Ik heb niets te verliezen. Ik ben alles toch al kwijt. Dit is de enige manier om krachtig te kunnen zijn. De enige weg dat mijn familie me niet opzij kan schuiven. Dat ze me respecteren. Als ik deze magie kan kanaliseren moeten ze wel naar me luisteren. Ik heb geen andere optie. Ik moet dit doen.

Ik laat mijn hoofd hangen en laat de vloedgolf me overspoelen. Ik dompel mezelf helemaal onder.

Een rilling loopt over mijn rug die veroorzaakt wordt door een huiveringwekkende kou die diep doordringt tot in mijn botten.

Ja! Laat het gaan!

Mijn wangen lijken te gloeien. Een vreemd en akelig gevoel lijkt door mijn aderen te sijpelen, als een pijnlijke tinteling die me zowel afschrikt als fascineert. Mijn huid tintelt, een mengeling van prikkelende sensaties en onderhuidse spanning. Mijn handen branden en een zwaarte trekt aan mijn vingertoppen. Het voelt alsof ik ze niet meer kan buigen. Ze zijn volledig gestrekt en ik kan er niets aan doen. Ik heb er geen controle over.

Ik probeer de opkomende sensaties te begrijpen maar het is als proberen de wind te vangen. Het is ongrijpbaar en ik worstel met deze storm die door me heen raast. Zijn dit mijn emoties of iets anders? Komt dit allemaal door één sessie met Thorian?

De chaos in me lijkt een eigen leven te leiden. Ik kan niet zeggen of het goed of slecht is. Het is als een beest dat losgeslagen is. Het is wild en ongetemd.

Mijn hart bonst in mijn keel, niet van triomf maar van de angst voor het onbekende. Het lijkt nog zwarter te worden voor mijn dichtgeknepen ogen, waarna alle spieren in mijn lichaam aanspannen.

"Wat gebeurt er?" vraagt Malik geschrokken als hij blijkbaar het ongemak en de pijn bij me opmerkt.

Ik kan niet antwoorden. Mijn keel is dichtgesnoerd door de ongrijpbare storm die niets van mijn innerlijke wereld lijkt over te laten. De tintelingen lijken mijn spieren te verkrampen alsof de spanning in mijn aderen me strak zet.

Lichtvlekken vormen zich voor mijn ogen en de wereld lijkt te bevriezen. Ik of Thorian heeft een poort bij me geopend en de energie die erdoor stroomt is als een tsunami die me overspoelt. Hoor ik dit te voelen? Voelen andere 'normale' mensen dit ook als ze voelen? En welke emoties zijn dit dan in godsnaam?! Ik begrijp het niet...

Ik voel een pulsatie, als het kloppen van een onzichtbaar hart. Het is koud en duister en het resoneert met mijn eigen hartslag. Ik weet niet of ik het beheers of dat het mij beheerst. De grens tussen mijn wil en dit ontembare gevoel vervaagt.

Mijn handen en wangen gloeien intenser en de hitte is voelbaar tegen mijn huid. Het forceert me mijn ogen te openen.

Met grote ogen en gestokte adem staar ik naar mijn handen terwijl alles om me heen verdwijnt. De duisternis lijkt me op te slokken en het enige wat ik zie, is een oranje met rode gloed die mijn handen omringt. De rest is zwart.

"Nasiah!" roept Malik met een lichte paniek in zijn stem maar ik hoor zijn stem alsof hij ver bij me vandaan staat. Zijn stem is zacht, gemoffeld en buiten bereik.

Paniek vult mijn ogen en verkrampt al mijn spieren. Wat gebeurt er?!

De tranen die mijn ogen verlaten lijken als een druppel op een gloeiende plaat te verdampen op mijn wangen. De strop om mijn nek lijkt strak getrokken alsof een beest me meesleurt zijn hol in. Mijn hartslag echoot in mijn oren.

Malik schreeuwt mijn naam maar zijn stem lijkt nu nog verder weg.

Mijn binnenste brandt en ik weet niet of het de warmte van hoop is of het hellevuur van een ontembaar beest. Ik voel me draaien alsof ik meegesleept wordt door de tornado die tekeer gaat. Mijn gevoel voor oriëntatie ben ik kwijt. Ik kan niets doen dan me mee laten voeren.

Mijn ademhaling stopt abrupt en mijn ogen vergroten, wanneer de inwendige sinistere storm lijkt te spreken. *Hier vind je je echte kracht. Hier is macht, wraak. Laat je gaan.* Mijn borst verkrampt.

Gehaast probeer ik oplossingen te vinden om de controle terug te krijgen over mijn lichaam maar het lukt me niet. Ik weet niet wat ik moet doen.

Mijn hartslag bonkt in mijn keel wanneer een zinderende duisternis me omhelst en me opslokt. Ik wil vechten maar ik kan het niet stoppen.

Het heeft me.

22

In de stilte van mijn bewusteloosheid ontvouwt zich een droom als een zachte nevel die mijn geest omhult. Ik dwaal door een verlichte mist, mijn omgeving vaag en ongrijpbaar. Ik voel mezelf zweven. Ik word gedragen door een onzichtbare kracht.

Ergens in de verte klinkt een zachte stem, een vriendelijk gefluister dat zich vermengt met de mist om me heen.

"Vertrouw op jezelf, mijn kind," zegt de stem, een melodieus ritme brengend in mijn droom. "Elke uitdaging onthult de ware kracht van een persoon."

De stem spreekt woorden die resoneren met een diepe waarheid, iets puurs, maar de betekenis lijkt te dansen op de rand van mijn begrip. Mijn droomomgeving verandert en lijkt als water door mijn vingers te vloeien.

"Je innerlijke kompas zal je leiden," gaat de stem verder, haar woorden als de bries die door de bladeren fluistert.

Ik zweef verder door de mist, een reis door de diepste kamers van mijn ziel. Plotseling wordt de mist intenser en draait het om me heen als een storm. De stem verheft zich boven het geluid van de wervelwind, haar woorden doordringend als zonnestralen door de wolken.

De mist lost op en ik voel een plotselinge duizeling. De stem vervaagt en haar laatste woorden resoneren in de leegte.

Dan, als een zachte val door de lucht, ontwaak ik.

Mijn ogen openen zich langzaam. De blauwe lucht met de sluierbewolking komt langzaam in focus. De stem galmt nog zacht na in mijn gedachten en wordt nu gemixt met Maliks stem die mijn naam roept.

De echo's van de mistige reis vervagen terwijl ik mijn ogen wijd open houd. Een zachte bries streelt mijn gezicht alsof de woorden nog steeds in de lucht zweven. Ik word me bewust van de warmte van de zon op mijn huid en de textuur van het gras onder me.

Malik staat over me heen gebogen met zijn handen uitgestrekt om me overeind te helpen. Zijn gebruikelijke zelfverzekerde blik lijkt vervangen door een zeldzaam moment van oprechte bezorgdheid.

Ik probeer mijn zintuigen te verzamelen terwijl hij me ondersteunt en het duurt even voordat ik me realiseer dat ik op het gras zit.

"Gaat het met je?" vraagt Malik, zijn stem verzacht door een vleugje zorg. Het is een ongewone klank uit zijn mond, ver verwijderd van de gebruikelijke scherpe tonen.

Ik knik.

Ergens diep vanbinnen voel ik een steek van schaamte. Ik ben neergestort, niet tijdens een gevecht maar tijdens het voelen van mijn emoties.

Malik zit geknield naast me en legt zijn hand op mijn schouder.

"Geef het wat tijd," zegt hij met een kalmerende toon, een ongewone uitdrukking van zorg op zijn gezicht. "Het zag er behoorlijk heftig uit. Thorian zei al dat dit kon gebeuren."

Ik sluit mijn ogen en probeer de chaos in mijn gedachten te

temmen. Ik ben niet gewend dat iemand zich echt bekommert om hoe het met me gaat, zeker niet iemand die ik nauwelijks ken. Het maakt me alleen maar meer verward.

"Heb je pijn?" vraagt hij, zijn blik doordringend.

Ik staar even gedachteloos in zijn ogen en schud dan mijn hoofd, maar mijn lichaam voelt nog steeds gespannen.

"Wat is er gebeurd?" mompel ik, mijn stem zwakker dan ik zou willen.

Malik lijkt te aarzelen over hoe hij het moet uitleggen. "Je gloeide... Er kwam zelfs hitte van je af. Je riep magie op. Ik heb zoiets nog nooit gezien. Het was niet zoals ik vuur kan oproepen... Heel je lichaam gloeide... Je was zelf vuur." Hij fronst.

De woorden dringen langzaam door in mijn verwarde geest. Gloeien? Hitte? Het klinkt als iets uit een van de boeken die ik gelezen heb in de bibliotheek, niet als iets dat ík zou kunnen doen. Niet nu al.

"Wat bedoel je?" vraag ik, mijn wenkbrauwen in een diepe frons.

Malik kijkt even weg, zijn blik gericht op iets wat onzichtbaar is.

"Ik heb geen idee. Maar het is duidelijk dat er meer in jou schuilt dan ik dacht. Ik snap nu dat ze zeggen dat we hier voorzichtig mee om moeten gaan," zegt hij bedachtzaam.

Terwijl ik mijn gedachten probeer te ordenen zie ik dat Malik aarzelt. Zijn gebruikelijke vastberadenheid lijkt even plaats te maken voor een innerlijke discussie. Het is alsof hij iets wil zeggen, maar twijfelt.

"Nasiah..." begint hij ten slotte, zijn woorden overwegend.

Hij laat een stilte vallen.

Ik zie zijn adamsappel hard op en neer gaan, waarna zijn ogen zich van me afwenden.

"Kom maar even tot rust." Een frons siert zijn voorhoofd en laat me in argwaan achter of dat daadwerkelijk hetgeen was dat hij wilde zeggen.

Een week kruipt voort in een ritme van intense training en groeiende bekwaamheid. Malik, hoewel nog steeds gereserveerd, begint langzaam zijn scepsis los te laten en erkent de vooruitgang die ik boek. De zon stijgt op en daalt neer maar de velden van de trainingsgrond blijven getuige van mijn zoektocht naar beheersing.

Het ochtendlicht omhelst ons als we opnieuw beginnen en voor een moment schiet mijn gedachten terug naar een moment waar ik Malik voor het eerst iets zag tonen wat leek op kwetsbaarheid.

Tijdens een gesprek een paar dagen geleden vertelde hij me dat de oorlog met Tartarus escaleert, dat ze agressiever dan ooit zijn en terrein winnen. Dananns dorpen worden verwoest en de angst verspreidt sneller dan het nieuws. We verliezen meer mensen dan we oproepen om te vechten aan de frontlinie. Veel van onze burgers zijn wanhopig op de vlucht geslagen. Ze vinden bescherming tussen de hoge bergen en de grote zee. Ze worden dagelijks met boten overgebracht naar Avalon, een Rijk die zich altijd afgezonderd heeft van de oorlog.

Mijn kiezen bijten hard op elkaar wanneer het schaduwachtige besef tot me doordringt dat ons Rijk op de rand van de afgrond staat, bedreigd door duistere krachten. En hier zit ik... worstelend met mijn eigen innerlijke strijd terwijl daarbuiten een echte oorlog woedt. Het voelt alsof hetgeen ik hier doe niet noemenswaardig is vergeleken de echte strijd. Toch zegt een fluistering diep in mijn ziel dat ik hier een rol in te spelen heb. Stimulerende en aanjagende stemmen klinken steeds vaker in mijn hoofd. Ze sporen me aan de diepte van mijn kracht te vinden en de wereld te laten zien wat ik kan. Ze vertellen me dat ik een verschil kan maken. Ze schreeuwen naar me dat ik mijn ouders moet laten zien welke kracht er in me schuilt en dat ik van toegevoegde waarde kan zijn.

De magie gehoorzaamt de laatste dagen beter dan voorheen alsof het mijn intentie nu sneller omarmt. Het voelt alsof ik een partnerschap aanga met een onzichtbare kracht. Het is een dans die begint te synchroniseren met de cadans van mijn eigen hartslag. Mijn handen gloeien terwijl ik een sierlijke spiraal van wind om me heen creëer. Elke beweging wordt begeleid door mijn innerlijke wereld.

Ook nu lukt het me om met een simpele sluiting van mijn ogen magie op te roepen. Malik die de waarnemer van mijn groei is, onderdrukt nauwelijks zijn verrassing.

"Je doet het. Laat de magie door je stromen, maar wortel je voeten aan de grond," moedigt hij me aan.

Ik open mijn ogen en ontmoet de zijne. In zijn ogen glinstert een zeldzame goedkeuring. Het is een moment van erkenning. Het is een kleine overwinning te midden van de overweldigende uitdagingen.

Mijn hart klopt sneller, niet alleen van de inspanning maar van een groeiend besef dat ik, ondanks de chaos binnenin, deze kracht kan kanaliseren.

In de daaropvolgende dagen breiden mijn vaardigheden zich uit als de gebladerte van een ontluikende bloem.

Malik deelt meer van zijn kennis over de complexiteit van magie. Samen verkennen we de grenzen van mijn vermogens en ik ontdek nieuwe facetten van mijn eigen innerlijke landschap.

In mijn bescheiden kamer bij het kaarslicht zink ik neer op de rand van mijn bed. Het notitieboek dat professor Elowen me toevertrouwde rust op mijn schoot. Met een zucht sla ik het open. De lege pagina's vragen om de inkt van mijn gedachten.

Mijn pen glijdt over het papier en legt de woorden van mijn innerlijke reis vast. Terwijl ik schrijf flitsen beelden voor mijn geestesoog. Aedán, de lieve Fianna met het zwaard, is vervangen door Malik, de stugge magiër die de geheimen van mijn eigen wezen onthult.

Ik laat mijn gedachten dwalen naar de sessies en de magie

die als een onderstroom door mijn aderen stroomt. 'Het is als een ontwakende droom,' schrijf ik, mijn pen aarzelend terwijl ik de juiste woorden zoek. 'Elke dag ontvouwt zich als een nieuw hoofdstuk in een verhaal waarvan ik het einde niet ken.'

Het notitieboek is mijn vertrouwde metgezel geworden. Het is een getuige van mijn groei, mijn worstelingen en de onthullingen van mijn magie.

Ik merk de veranderingen op, niet alleen in de manier waarop ik magie benader maar ook in de diepere lagen van wie ik ben.

De opdracht die professor Elowen me gegeven heeft is zo gek nog niet. Het voelt goed om het van me af te schrijven.

'Mijn wereld is verschoven,' schrijf ik met een zekerheid die ik voorheen niet bezat. 'Van de werpmessen naar iets dat ontastbaar is. Van de fysieke kracht naar magische kracht. Ik ben geen leerling meer van Aedán maar van Malik, een meester van de mysteriën die me uitdaagt om mijn eigen mysterie te ontrafelen.'

Het moment van reflectie omarmt me als een oude vriend.

Ik sluit het notitieboek en bewaar de woorden nu veilig tussen de kaften.

In mijn kamer die doordrongen is van gedempte geluiden van de school voel ik mijn veranderingen.

23

eken glijden voorbij in mijn dagelijkse routine. Elke dag begint met een sessie bij professor Thorian die me genadeloos met beide voeten op de grond zet. Zijn hand op mijn onderrug lijkt steeds minder heftige reacties uit te lokken. Ik volg nu soepeler de strijkende bewegingen over mijn lichaam en elke sessie voel ik me dieper in de behandelbank liggen.

Ik voel mijn lichaam steeds beter, dag na dag.

"Ik voel dat je gezakt bent. Heel goed. Je maakt hele goede stappen," is wat Thorian gisteren tegen me zei.

Nog altijd dwing ik mezelf bewust stil te staan bij alles wat ik van binnen voel. Speur ik naar iets wat lijkt op een emotie of een reactie van mijn lichaam op die emotie. Het gaat nog verre van nature en de angst voor wat er schuil gaat achter de deuren van mijn innerlijke kamers is verre van weg. Maar het lukt me steeds beter mijn gevoelens te benoemen en erbij stil te staan.

Daarna sta ik, voordat de eerste zonnestralen het trainingsveld bereiken, klaar voor de eerste trainingssessie met Malik.

Mijn begrip van mijn lichaam stelt me nu in staat om magie te kanaliseren en op commando op te roepen. Het zijn kleine stappen maar ze brengen me onmiskenbaar in de goede richting.

Elke dag groei ik, zowel fysiek als in mijn vertrouwen. Deze groei onderbouw ik met een bezoek aan de bibliotheek, waar ik middagen vul met het bestuderen van diverse boeken. Langzaam maar zeker begin ik de diepgang te begrijpen van wat mijn voorgaande emotionele magiërs beschreven.

De namiddagen worden opgeslokt door extra trainingssessies met Malik, waar ik mezelf tot het uiterste drijf.

De wervelwinden die ik creëer worden krachtiger en de vuurbollen groter, maar Maliks ongeduld blijft als een donkere wolk boven me hangen.

Een kille wind prikt in mijn wangen terwijl de zonnestralen geblokkeerd worden door een deken van grijze wolken. Mijn blik valt op Malik die zijn kraag herpositioneert terwijl hij staart naar de zwaaiende, kale bomen rond het veld. De zomer ligt ver achter ons en het duurt niet lang meer voordat de eerste vorst het land bereikt en Malik draagt inmiddels een grote bontkraag van vossenvacht. De oranjebruine kleur van de vacht geeft zijn blauwe mantel een koninklijke uitstraling. Een bontkraag heb ik niet nodig met alle inspanningen die ik verricht.

Met elke dag die voorbijgaat lijkt Maliks aandacht verder af te dwalen. Zorg en ongeduld tekenen zijn ogen. Zijn gedachten zijn bij de frontlinie en bij zijn troep die nu zonder zijn leiding hun leven op het spel zet om Danann te beschermen. Alles aan hem weerspiegelt zijn afkeer om hier te zijn. Mijn ontwikkeling gaat hem te traag alsof er geen vruchten meer te plukken zijn. Het vertaalt zich in een extra druk op mijn schouders.

Ik schraap mijn keel en strek mijn handen voor me uit met de palmen omhoog. Tussen mijn vingers pulst zachtjes een kracht, een vurig licht als een etherische handschoen om mijn handen. Het gemak waarmee ik de magie oproep verrast me niet meer.

"Voel het," instrueert Malik, zijn stem streng en vlak. "Laat het door je vloeien, maar houd het onder controle. Bouw het langzaam op."

Ik sluit mijn ogen en concentreer op de prikkelende energie in mijn handen. Ik bereid me voor om het te werpen. De magie gehoorzaamt en reageert op mijn wil, maar het blijft hangen. Het blijft plakken aan mijn handen, als een belofte die niet wordt ingelost.

Mijn kaken spannen onbewust aan en voor heel even schiet een gemis van de tastbaarheid van mijn messen door mijn hoofd.

"Stuur het," moedigt Malik aan.

Ik haal diep adem en mijn vingertoppen tintelen van de ingehouden kracht. Een flits van frustratie schiet door me heen. Ik probeer me voor te stellen dat ik de magie als een van mijn messen wegwerp maar het blijft vastzitten, tintelend en ongeleid.

"Het wil niet weg," zeg ik paniekerig, mijn wenkbrauwen in een harde frons.

Malik zucht hard.

In gedachten zie ik hem met zijn ogen rollen.

"Visualiseer het. Schiet het weg," roept hij.

Gefrustreerd open ik mijn ogen. Het trainingsveld strekt zich voor me uit. Ik focus op het doel voor me: een houten vat.

Ik voel de spanning in mijn handen toenemen. De vuurbol wordt groter. Frustratie verkrampt mijn borst.

De vuurbol wordt te groot. Ik vernauw mijn ogen richting het vat en probeer de rest te negeren. Ik adem diep in en probeer al mijn spieren richting het vat te duwen.

De vuurbol verlaat mijn handen.

"Kijk uit!" roept Malik bij het zien van de ongecontroleerde vuurbol. Maar het is te laat.

De vuurbol spat uiteen voordat het zijn doel bereikt. Kleine vuurbolletjes schieten in het rond.

Malik probeert opzij te springen maar een van de vuurbollen raakt zijn schouder. Niet genoeg om schade te veroorzaken maar genoeg om zijn irritatie te voeden.

Een steek van schuldig ongemak kronkelt in mijn buik en mijn ademhaling stokt.

"Oeps! Sorry," verontschuldig ik me, mijn woorden gevuld met schaamte terwijl ik beide handen voor mijn mond sla.

Hij wrijft over zijn geschroeide schouder, een geforceerde glimlach op zijn gezicht. "Dat is vooruitgang... Op een pijnlijke manier."

Met een harde slikbeweging probeer ik het wilde gebons van mijn hart in mijn keel naar beneden te slikken.

De magie voelt als een ongeleid projectiel, een machtige kracht die ik niet volledig begrijp.

Ik probeer het opnieuw, dit keer met de bedoeling het als geheel richting het vat te werpen, maar de magie lijkt een eigen wil te hebben. De vuurbol verliest zijn vlammen en verandert in een draaiende wervelwind die wild om me heen danst.

Mijn spieren spannen zich nog strakker aan.

"Verdomme, doe voorzichtig!" Malik springt achteruit om de wervelwind te ontwijken.

Ik draai me mee, mijn handen nog steeds uitgestrekt en ik probeer de magie onder controle te houden. Mijn adem komt in schokken en zweet parelt op mijn voorhoofd.

"Ik weet niet hoe!" roep ik gefrustreerd terwijl ik de magie weer laat wegebben en mijn haren weer op mijn schouders vallen.

"Je moet de kracht controleren, anders blijf je een gevaar voor jezelf en anderen." Malik fronst en perst zijn lippen samen.

Mijn ademhaling wordt oppervlakkig en mijn borstkas voelt strak aan. Een diepe frons tekent mijn voorhoofd terwijl ik mijn handen laat zakken. Ik voel de zelfopgelegde druk toenemen. Wat heb ik in godsnaam aan mijn magie als ik het niet kan richten?! Ik moet naar de frontlinie. Ik wil helpen. Mijn adem ontsnapt als een zachte zucht en vermengt zich met de spanning in de lucht.

"Rustig aan. Je maakt jezelf helemaal gek zo. Op deze manier krijg je er nooit controle over," zegt Malik, zijn stem nu strenger.

Zijn woorden raken een gevoelige snaar alsof hij een zweepslag geeft aan mijn innerlijke monsters. *Rustig aan?! Je moet je bewijzen. Drijf jezelf tot het uiterste. Laat ze zien wat je kan!*

Ik adem diep in. Mijn handen trillen van spanning. In gedachten open ik een inwendige deur. De magie borrelt gemakkelijk op maar het blijft een mysterie welke magie zich achter de deur verschuilt. Deze keer probeer ik het niet weg te duwen maar het te omarmen.

Een wervelwind begint te vormen. Mijn ademhaling versnelt. Alle spieren in mijn armen zijn aangespannen.

Juist! Voel de macht!

Ik fixeer me op het doel en stuur de wervelwind er naartoe. Mijn hartslag bonst in mijn oren terwijl de tornado mijn handen verlaat richting het vat, die vervolgens uiteen klapt.

Malik strijkt door zijn haar en knikt goedkeurend. "Oké, dat lijkt me wel genoeg voor vandaag."

Mijn spieren voelen als lood, vermoeid van de inspanning.

In een verlangen naar controle bevind ik me weer in de geschreven avonturen van magiërs, waar ik zelf bepaal welke boeken van de boekenlijst ik lees en welke informatie ik tot me neem.

De geur van de oude pagina's van het boek, dat op de grote tafel in de bibliotheek voor me open ligt, geeft de verhalen een extra dimensie.

De donkere wolken die de zon blokkeren laten het avond lijken in de bibliotheek en kaarsen werpen schaduwen op de hoge boekenkasten.

Hoe stil het hier af en toe kan zijn, hoe rumoerig het nu is. De bibliotheek is gevuld met leerlingen. Leerlingen die al weken hun blikken op me rusten, waar ik ook ben. Het is subtiel, een onderdrukte nieuwsgierigheid vermengd met een zweem van onbegrip. Ik ben anders, dat weet ik. Een emotionele magiër te midden van de normale beoefenaars van elementaire magie. Een meid die volledig anders behandeld wordt dan de rest. Een meid met een apart programma, afgezonderd van de rest. En heel eerlijk, ik weet niet of de school me ziet als een dreiging en me daarom apart zet. Wat ik wel weet is dat de professoren me allemaal met fluwelen handschoenen behandelen.

Ik word uit mijn gedachtestroom gehaald door gefluister achter mijn rug, woorden die net niet zacht genoeg zijn om onopgemerkt te blijven.

"Kijk, daar is ze weer. Dat is toch die Nasiah?"

Ik voel hun ogen in mijn rug branden, als onzichtbare priemende naalden. Mijn aanwezigheid lijkt een mysterie te zijn die ze niet helemaal kunnen doorgronden.

Een jongen met sluike blonde haren en een boek over vuur magie kijkt me aan vanaf de overkant van de tafel, zijn frons diep als hij lijkt te proberen mij een positie te geven in heel deze school.

Ik houd mijn hoofd gebogen, mijn donkere lokken vallen als een gordijn langs mijn gezicht. Het is niet de eerste keer dat ik deze blikken voel. Deze onderzoekende en soms kritische ogen lijken me te willen doorgronden. Zij weten alleen niet dat ik hetzelfde wil.

Ik besluit mezelf te verwijderen van de starende ogen en neem een aantal boeken mee naar mijn kamer zodat ik de informatie in alle rust tot me kan nemen.

Ik laat de verweerde pagina's door mijn vingers glijden terwijl ik comfortabel op mijn bed zit. Mijn ogen vernauwen zich op de tekst wanneer ik een passage over de Spiegelbron tegenkom. Wrijvend met mijn wijsvinger over mijn lip lees ik het geschreven stuk.

Het is als een vergeten melodie die opnieuw tot leven komt in de stille kamers van mijn gedachten. De Spiegelbron... Ik heb er niet meer bij stilgestaan.

De beschrijvingen zijn poëtisch en mysterieus, als fluisteringen van een ver verleden dat smeekt om ontdekt te worden.

"De Spiegelbron, gehuld in de nevelen van het onbekende,

is een plaats waar emotionele magiërs hun diepste geheimen en krachten ontwaken. In de reflectie van hun eigen ziel vinden ze de sleutel tot ongekende magie, een kracht die niet alleen uit emoties put maar diep geworteld is in de kern van hun wezen. Maar wees gewaarschuwd, de krachten van de bron zijn ongekend en opent deuren die wellicht gesloten dienen te blijven," lees ik onbewust fluisterend.

Het is een echte plek, concludeer ik. Ik staar bedenkelijk in het niets, weg van het boek.

De woorden resoneren in mijn hoofd als een lokroep.

Het is een mogelijkheid om mijn magie te ontsluieren op een manier die ik me niet eerder had voorgesteld. Zou het?

De gedachte aan de Spiegelbron groeit als een zaadje in mijn geest en ik voel de opwinding van een nieuwe mogelijkheid en extra kracht in mijn buik borrelen.

24

ijdens een zeldzaam moment van pauze tijdens de trainingssessie zitten Malik en ik tegen de brede stam van een van de eeuwenoude eiken aan de rand van de trainingsvelden. De stam is zo breed dat we naast elkaar kunnen zitten. De schemerige ochtendlucht is gevuld met de geur van natgeregend gras en het zachte geluid van de wind.

Het geplante zaadje van de Spiegelbron fluistert de gehele ochtend al hoopvolle melodieën naar me en speelt met mijn nieuwsgierigheid en gretigheid. Verleidelijke fluisteringen roepen me. Ze sporen me aan deel te nemen aan de strijd met Tartarus. Ze vertellen me dat ik het verschil kan maken en dat de Spiegelbron mijn oplossing is.

"Malik," begin ik aarzelend, mijn ogen op het glinsterende water van de vijver gericht. "Heb je ooit gehoord van de Spiegelbron?" Nog voordat de woorden mijn mond verlaten, heb ik spijt en bijt ik mijn tanden op elkaar. Waarom begin ik erover als ik er zelf het fijne nog niet van weet?

Hij draait zijn hoofd naar me. Zijn blik ontmoet de mijne en ik zie een frons van ongemak op zijn gezicht.

"Natuurlijk, dat is een oude mythe. Maar waarom lees je daarover? Het is een sprookje. Het hoort niet bij je programma." Hij duwt zijn kin licht omhoog.

Ik knik terwijl sissende slangen door mijn hoofd spoken. *Je hebt alleen maar gedaan wat ze je vroegen te doen. En wat heeft het je gebracht? Niets! Je bent nog geen stap verder. Je weet wat je nodig hebt. Neem de regie over. Je moet naar de Spiegelbron.* Een brandend gevoel in mijn buik spoort me aan het heft in eigen handen te nemen.

"Nee klopt, maar... Wat als het echt bestaat? Dat het een echte plek is. Wat als het de sleutel is tot mijn controle over mijn magie? Je weet net zo goed als ik dat mijn ontwikkeling niet snel genoeg gaat... Wat als ik daar kan ontdekken hoe ik mijn magie echt kan richten? Misschien kunnen we er samen naartoe gaan," stel ik voorzichtig voor. Mijn stem is doordrenkt met een twijfelachtig sprankje hoop.

Maliks ogen vernauwen zich tot spleetjes, zijn kaakspieren spannen aan en er flitst iets in zijn ogen.

"Naar de Spiegelbron gaan? Ben je gek!? Je weet niet waar je het over hebt." Zijn stem is scherp.

Mijn hartslag schiet omhoog door zijn uitval en ik kijk hem met grote ogen aan.

"Jemig! Doe rustig. Het is maar een idee. Ik denk alleen maar dat de Spiegelbron me zou kunnen helpen... Op een andere manier," probeer ik mezelf te verklaren terwijl de brandende knoop in mijn maag verlangt naar inspraak. Mijn kiezen klemmen op elkaar en ik zucht diep.

Malik ademt hard in en uit voordat hij opstaat en rusteloos heen en weer begint te lopen.

"Ik ben heel de tijd hier geweest. Bij jou. Om jóu te helpen, te trainen. Ze zetten me hier neer als een of andere oppasser terwijl ik bij mijn eenheid aan de frontlinie had kunnen zijn. Waar ik had móeten zijn. Ik ben de helft van mijn team verloren. Besef je dat?! De helft! Ze zijn dood! En jij... Jij stelt voor om naar een of andere mystieke plek te gaan in plaats van te vertrouwen op het programma dat je ouders hebben samengesteld? Wat bezielt je?! Je kan niet weg hier." Zijn handen gebaren wild en zijn hoofd loopt rood aan. Zijn scherpe woorden snijden door de lucht als hete messen. De hitte ervan brandt in mijn borst en ik krijg het er benauwd van.

Ik zit verstijfd, vastgenageld aan de boom. Met grote ogen staar ik naar Malik, die zijn rug naar me toegedraaid heeft. Een diepe frons vormt zich op mijn voorhoofd terwijl ik zijn overdreven reactie een plek probeer te geven.

We zeggen niets.

Ik open mijn mond en sluit hem dan weer.

Plotseling hoor ik zijn stem in mijn hoofd weer zeggen: 'Een of andere oppasser... Je kan niet weg...' Ik voel me gevangen. Het doet mijn handen willekeurig samenknijpen.

"Het is gewoon dat ik denk dat wat we hier doen niet werkt, in ieder geval niet snel genoeg. Ik wil net als jij naar de frontlinie maar daarvoor moet ik mijn magie volledig onder controle hebben. De Spiegelbron kan me helpen," probeer ik mijn standpunt nogmaals te verduidelijken maar de afstand tussen ons lijkt alleen maar groter te worden.

Een diepe ademhaling brengt zijn schouders omhoog waarna hij abrupt omdraait, zijn mantel als een woeste zee meedraaiend. Zijn blik richt hij fel op mij.

"Het gaat gewoon niet. Je moet hier blijven." Hij laat een stilte vallen en kijkt in de verte alsof hij vecht met zijn eigen innerlijke demonen.

Hij zucht diep. "Weet je wat... Wat doe ik hier eigenlijk? Als jij zo graag erachter wilt komen of die Spiegelbron meer is dan een mythe, doe je ding. Ik ben er klaar mee." Zijn stem is zwakker.

De stilte keert terug terwijl zijn woorden tussen ons in hangen als een schaduwachtige muur.

Verstomd kijk ik hem na, zijn gestalte langzaam kleiner wordend als hij me achterlaat.

Na een gebroken nacht waarin mijn bed kil en hard voelde en ik me van de ene zij naar de andere draaide, loop ik mijn kamer uit. De school is stil maar deze stilte heeft nog nooit zo luid gevoeld. Een enkele leerling blijft in de weekenden, zoals ik. Een van de vele afwijkingen van mijn programma met die van anderen, waarbij mijn weekenden gevuld worden met Maliks trainingen.

De ochtendzon werpt lange schaduwen over het trainingsveld als ik met aangespannen spieren naar de vertrouwde plek loop waar Malik altijd op me wacht.

De koele ochtendbries draagt de belofte van een nieuwe dag maar mijn hart voelt loodzwaar. Ik speur het uitgestrekte trainingsveld af maar er is geen spoor van de blauwe mantel. Ik beweeg me richting de vijver en neem plaats op een van de stenen aan de rand.

Ik wacht daar tot ik de bekende stem hoor, maar hij komt niet.

De stilte van zijn afwezigheid wordt te zwaar om te dragen. *Zie je wel, je wordt weer alleen gelaten. Je mag je boontjes weer zelf doppen. Niemand geeft om je.* Mijn innerlijke demonen knijpen met hun ijzige vingers mijn hart fijn.

Een knoop vormt in mijn maag dat mijn hoop verbrijzelt, terwijl ik wacht op Maliks verschijning. De seconden rekken zich uit tot minuten, maar zijn gestalte verschijnt niet.

Regel het zelf. Je hebt niemand anders nodig. Malik al helemaal niet. Hij heeft je alleen maar tegengehouden. Je kunt dit zelf. De schaduwen in mijn gedachten forceren me mijn rug te rechten en op te staan. Met een daadkrachtige golf in mijn binnenste roepen ze me op om het heft in eigen handen te nemen.

Een diepe ademhaling vult mijn longen in een poging mijn hoofd leeg te maken.

Terwijl ik richting een open plek loop strek ik mijn handen uit en voel de magie resoneren in mijn aderen. Het vuur in mijn palmen danst op de maat van mijn ademhaling.

Voor een moment voel ik me krachtig, autonoom. Ik voel me vrij van de schaduw van Malik.

Maar zelfs te midden van mijn eigen triomf blijft de twijfel knagen. Het trainingsveld lijkt leger zonder Malik en ik kan niet negeren dat zijn afwezigheid een diepe leegte achterlaat.

Een brok vormt zich in mijn keel terwijl ik de warrige en oneffen vuurbol tussen mijn handen bekijk. Mijn ogen prikken en voor een kort moment verlang ik naar Maliks begeleidende woorden.

Vergeet hem! Hij heeft zijn keuze gemaakt. Hij heeft je nooit erkend.

Gedachten razen door mijn hoofd als een allesvernietigende tornado. Hoe kan hij mij zo maar achterlaten? En dan tegen mij zeggen dat ik niet weet waar ik het over heb?

Mijn neusgaten verwijden langzaam en ik voel adrenaline door mijn aderen gieren. Ik zal hem bewijzen dat ik het wel kan! Dat ik wel weet wat het beste voor me is!

Ik wrijf mijn lippen hard tegen elkaar. Ik wend mijn blik weer naar de vuurbol tussen mijn palmen die nu een egale bolvorm heeft. Met een grote teug adem vergroot ik de vuurbol, die wild tussen mijn palmen vuurspetters begint te schieten.

Schreeuwend gooi ik hem richting het vat, een schreeuw die anders klinkt. Onbekend. En voor heel even schrik ik van mezelf.

Met strakke kaken en gefocuste ogen volg ik het pad dat de vuurbol in een snelle vaart volgt richting het vat.

Het vat klapt met een explosie uiteen en blijft in brandende stukken verspreid op de grond liggen.

Een zucht verlaat mijn lippen waarna mijn mondhoeken omhoog krullen. Het voelt alsof de monsters in de diepste kamers van mijn lichaam kwispelen terwijl ik met gespreide benen op een verlaten veld sta.

Ik heb de teugels in eigen handen.

25

De dag gaat voorbij waarin Malik alleen een schim in mijn gedachte is. Hij is nergens te bekennen maar het houdt me niet tegen. Nee, het motiveert me alleen maar meer. De vaten zijn inmiddels op. Er is geen hele meer te vinden op het trainingsveld.

De ondergaande zon en mijn droge mond vertellen me dat het tijd is om naar binnen te gaan. In mijn weg naar de poort werp ik nog een trotse blik op de kapotte vaten.

Geritsel in de bosjes verstoort de serene stilte waardoor ik me met een ruk omdraai. Is Malik terug?

Mijn ogen vergroten bij wat ik zie.

Nee...

Mijn hartslag versnelt en mijn ademhaling stokt. Vastgenageld aan de grond kijk ik met grote ogen naar de Nevelwroeters die tevoorschijn komen vanuit de bosjes.

Eén.

Twee.

Drie.

Vier.

Vijf. Vijf Nevelwroeters.

Al mijn spieren spannen aan en ik grijp naar de vakken in mijn leren jack waar mijn messen opgeborgen zitten.

Ik slik hard bij het voelen van de koude, zachte stof van mijn mantel. Mijn ogen puilen haast uit mijn hoofd.

Snel kijk ik om me heen maar ik zie niemand. Niemand die me kan helpen.

Ik ben alleen.

De kleine, zwarte Nevelwroeters bewegen zich snel en behendig door de schaduwen. Ze dreigen met hun scherpe tanden en klauwen. Hun rood gloeiende ogen bezorgen me een rilling over mijn rug, een herkenbare sensatie.

Shit!

Ik haal diep adem en richt mijn handen op de Nevelwroeters. Ik concentreer me op mijn woede en frustratie, op de angst die ik voel. Ik laat die emoties door mijn lichaam stromen en laat ze mijn magie voeden.

Een vuurbol ontstaat tussen mijn handen. Ik richt hem snel op de voorste Nevelwroeter. Mijn ogen volgen het pad dat de vuurbol aflegt richting de Nevelwroeter die op me afkomt.

Ik raak hem!

Maar de euforie is van korte duur.

Mijn lippen komen los van elkaar als ik zie hoe de ogen van de Nevelwroeter oplichten en de vuurbol geabsorbeerd wordt. Een angstaanjagende grijns verschijnt op zijn gezicht.

Mijn voeten lijken van lood gemaakt maar ik dwing ze gereed te staan. Met klamme handen roep ik een wervelwind op maar ik ben niet snel genoeg.

De Nevelwroeter zet zich af van de grond en springt op me af. Tijdens zijn sprong verandert hij in zwarte rook. De koude rook omsingelt me. Het grijpt me bij mijn keel vast.

Mijn ogen knijpen hard dicht en ik voel de angst in mijn hart kloppen. Paniekerig probeer ik wat te grijpen maar de rook sijpelt door mijn vingers. Ik schreeuw het uit maar mijn keel wordt kil dichtgeknepen.

Ik voel hoe de zwarte rook me liefkozend lijkt te strelen over mijn gezicht.

"Mijn parel..." lijkt het verleidelijk naar me te lispelen.

Mijn hart lijkt te resoneren met de fluistering terwijl mijn hoofd hard tegenwerkt.

Met het laatste beetje adem dat ik nog heb probeer ik met man en macht een wervelwind op te roepen.

Het lukt!

Ik voel hoe de rook zijn grip op mijn keel verslapt. Ik hap naar lucht en vul mijn longen. Met een harde schreeuw vergroot ik de wervelwind. De zwarte rook wordt meegezogen in de tornado die zich om me heen manifesteert.

Ik neem een diepe teug adem en strek mijn handen boven mijn hoofd. De frustratie en de angst giert door mijn aderen.

Ik maak de wervelwind krachtiger waardoor de andere Nevelwroeters worden meegesleurd door de wind en om me heen cirkelen.

Angstaanjagend venijnig gelach omringt me. De schrille toon steekt in mijn oren.

Mijn hart bonkt in mijn keel en mijn aderen lijken te kloppen.

De tornado verandert langzaam in een zwart rookgordijn om me heen. Ik wankel op mijn benen door het volgen van de circulerende rood gloeiende ogen om me heen. Mijn hoofd wordt licht terwijl ik in duisternis lijk te staan, omringd door schaduwen.

In een poging mezelf te herpakken dwing ik me omhoog te kijken, op zoek naar de lucht, op zoek naar een lichtpunt. Maar mijn adem stokt bij het zien van het rookgordijn dat zich omhoog beweegt en de tornado in het oog binnendringt.

Voor heel even verstijf ik. Twijfels infiltreren mijn hoofd. Ik heb nog nooit in een echt gevecht gezeten waarbij ik alleen magie kon gebruiken. Ik slik en bijt mijn kiezen hard op elkaar. Ik sluit mijn ogen en keer naar binnen. Ik visualiseer mijn innerlijke kamers en open de deuren zonder een idee te hebben wat er achter zit. Het maakt me niet meer uit. Ik moet íets doen.

Het is alsof de tornado die zich buiten mij bevindt zich nu ook in mijn innerlijke wereld manifesteert. Het voelt alsof mijn ingewanden rondgeslingerd worden en mijn botten nieuwe plekken in mijn lichaam aangewezen krijgen.

Een orkaan van emoties raast door me heen. De frustratie. De angst. De teleurstelling. De haat. De boosheid. Het overrompelt me maar ik begeleid het naar mijn handen die nog altijd hoog boven mijn hoofd gestrekt zijn. Ik duw met al mijn kracht mijn armen opzij en duw de wervelwind van me af.

De Nevelwroeters worden meegesleurd en vliegen met de wind van me weg.

Ik val op mijn handen en knieën. Het zweet van mijn handen mengt zich met het dauw op het gras. Ik knipper snel met mijn ogen.

Dit is nog niet klaar. Ze leven nog.

Ik herpak mezelf en speur over het trainingsveld naar de Nevelwroeters. Ze liggen verspreid om me heen en hebben hun vaste vorm weer teruggekregen.

Eén voor één krabbelen ze overeind.

In een tel razen er duizenden gedachten door mijn hoofd. Op zoek naar een oplossing. Een manier om ze te verslaan. Ik probeer te redeneren terwijl mijn ogen gefocust blijven op de Nevelwroeters.

Het zijn duistere wezens... De vuurbol en de wervelwind deden ze niets... Welke deuren heb ik net geopend? Die werken niet.

Zonder tot een conclusie te komen word ik overvallen door een van de Nevelwroeters die op me af stormt. Ik kan hem net op tijd ontwijken maar zijn scherpe klauw snijdt door mijn mantel.

Een kreet verlaat mijn mond.

Ik grijp naar mijn bovenarm en voel de warmte van mijn bloed over mijn vingers vloeien. Ik voel de koude lucht op mijn huid.

Warmte! Ja, dat is het.

Ik draai me vluchtig om en houd mijn ogen gericht op de Nevelwroeter.

Positieve emoties. Deugden. Die moet ik oproepen!

Vluchtig probeer ik inwendig positieve dingen te zoeken.

Ik haal diep adem en richt mijn handen op de Nevelwroeters. Ik zoek inwendig een deur die er licht uitziet. Ik concentreer me erop en sensaties komen los. Ik laat ze door mijn lichaam stromen. Mijn aderen pulseren. Mijn gezicht tintelt. Ik voel de warmte in mijn borst. Ik voel me gedragen.

Het vertrouwen.

Het vertrouwen dat ik heb in Aedán. Ik visualiseer me hoe we vrij en blij als kinderen speelden in het bos. Zonder zorgen. Zonder angst. De hoop die we destijds hadden. Ik zie zijn vriendelijke smaragdgroene ogen voor me. Ik zie zijn lieve lach. Ik zie mezelf weer overstuur in zijn armen rennen. Ik voel zijn armen om me heen, de genegenheid. Het voedt mijn magie.

Ik stuur het gevoel richting mijn handen.

Een helder licht ontspringt in mijn handen als gouden stralen. Zo fel dat ik geneigd ben mijn ogen dicht te knijpen maar ik zet door.

Ik richt het licht op de Nevelwroeters die wederom op me afstormen.

De Nevelwroeters worden omhuld door een warm licht. Het licht dringt door hun rokerige omhulsels en doorboort hen. Ze beginnen te trillen.

Ze gillen een hoge schrille toon.

Ze verliezen hun vorm en veranderen in een wolk van as.

Ik kijk gespannen om me heen terwijl het licht langzaam verdwijnt, bang voor een Nevelwroeter die achter me staat. Maar er is niemand.

Ik zak op de grond. Mijn hart bonkt nog in mijn keel maar is zijn weg langzaam naar beneden aan het vinden. Ik sluit mijn ogen en verberg mijn gezicht in mijn handen. Mijn mond is droog maar het weerhoudt mijn mondhoeken niet omhoog te krullen.

Ik laat mijn hoofd naar achter hangen en staar naar de schemerige lucht. Opgelucht neem ik een diepe ademhaling waardoor de resterende verkrampingen in mijn borst verdwijnen. Kalmte keert weer terug in mijn lichaam.

De stilte van de naderende avond houdt me in een zachtaardige greep. Voor even zit ik in het gras, verwerkend wat er zojuist gebeurd is.

Mijn bovenarm prikt en ik zie hoe het een bloed een vlek heeft veroorzaakt in mijn gescheurde mantel. Ik pers mijn lippen hard op elkaar, wetende dat ik de wond moet schoonmaken.

Mijn lichaam voelt zwaar en moe als ik mezelf zuchtend overeind hijs maar ik weet mezelf richting de poort te bewegen.

Mijn blik glijdt nog een laatste keer over het verlaten veld. Een soort laatste check om zeker te weten dat er niemand meer is.

Ik verkramp als ik mijn ogen weer richt op de poort. Een donker menselijk silhouet staat in de opening. Mijn adem stopt en als een reflex richt ik mijn handen naar voren, klaar om magie op te roepen.

Verstijfd staar ik met grote ogen naar de silhouet wat me tegemoet komt lopen.

Malik?

26

De silhouet wordt groter naarmate het naar me toeloopt. Het licht wat uit het gebouw komt weerhoudt me ervan het te herkennen. Mijn klamme handen beginnen te tintelen van de magie die ik achter mijn vingertoppen heb klaarstaan.

"Naas!" roept de silhouet opgelucht als het blijkbaar mijn gezicht herkent naarmate het dichterbij komt.

Mijn wenkbrauwen vliegen omhoog. Die stem.

Nee, het zal niet. Hoe dan? H- het is..

"Akhil!" roep ik uit waarna ik opgelucht naar hem toe ren. Zonder erbij na te denken omhels ik hem. Voor het eerst dat ik iemand omhels en dat het goed voelt. Het ongemak is weg.

"Gaat het met je?" Akhil kijkt me bezorgd aan, zijn hoofd enigszins verlagend. Zijn greep om mijn armen is stevig maar verlicht als hij mijn wond ziet. "Sorry, ik kon er niet op tijd zijn. Hebben ze je pijn gedaan?" Zijn grote bruine ogen speuren mijn ledematen af, op zoek naar meer wonden. Een zucht verlaat zijn lippen als hij blijkbaar tot de conclusie komt dat ik verder in goede fysieke staat verkeer.

"Nee hoor, los van mijn arm gaat het goed," glimlach ik naar hem.

Gek genoeg realiseer ik me nu pas hoe graag ik hem wilde zien, hoe erg ik hem gemist heb. De afgelopen periode ben ik zo opgegaan in mijn training, mijn nieuwe pad. Het is alsof mijn grote broer een onderdeel was van een ander leven maar hij is hier. Nu. Waarom?

"Gelukkig," zegt hij zacht en oprecht terwijl hij het trainingsveld afspeurt naar plekken waar gevochten is. "Ik zag net een fel licht hier vandaan komen. Was jij dat?" Hij stelt de vraag maar ik zie aan zijn ogen dat hij het antwoord al weet.

Ik slik even bij de realisatie dat het licht dat ik kon oproepen van zo'n afstand te zien was.

"Ja," reageer ik met een ongemakkelijke frons op mijn wenkbrauwen. Mijn handen voelen klam. Het besef dat ik voor het eerst licht opriep komt nu pas. Ik staar even naar de grond, zoekend naar een reden dat dit niet eerder is gekomen.

Akhil knikt goedkeurend met zijn mondhoeken naar beneden.

"Wauw, heftige dingen! Was je alleen?" Wederom een retorische vraag. Het is alsof hij alles nog een plek moet geven alsof hij niet kan bevatten dat zijn kleine zusje zijn hulp niet nodig had. Hij slaat zijn armen over elkaar en zucht even.

"Ik wist dat ze naar je toe kwamen, vandaar dat ik zo snel mogelijk hierheen ben gekomen. Helaas te laat..." Hij schraapt zijn keel. "Maar blijkbaar had je mijn hulp niet nodig."

"Hoe wist je dat dan?" vraag ik direct met een stevige frons die mijn voorhoofd tekent. "En waarom komen ze naar mij?" Met elke snelle sluiting van mijn ogen verplaatsen mijn wenkbrauwen omhoog en vergroten mijn ogen.

"Een van onze spionnen heeft ons informatie gegeven over de plannen van Rigan. Rigan is blijkbaar te weten gekomen dat je een emotionele magiër bent en wil je magie gebruiken om zelf sterker te worden. Hij ziet het als het missende puzzelstukje waarmee

Tartarus oppermachtig wordt. Hij heeft meerdere schaduwtroepen de taak gegeven om je te halen. Toen Cassius dat te horen kreeg, heeft hij de Fianna gelijk bevolen om je zo snel mogelijk in veiligheid te brengen," legt hij zakelijk uit alsof hij de reden van zijn missie aan een collega Fianna vertelt.

De informatie overrompelt me. Waarom wil de leider van Tartarus mij hebben? Wat moet hij met mij? Wat maakt mij het missende puzzelstukje? En waarom denkt Rigan dat ik hem sterker zal maken met mijn magie? En was dit niet de enige troep die mij probeert aan te vallen? Of te ontvoeren? Zijn er meer? De vragen overspoelen mijn gedachten.

"Mijn magie gebruiken?" is de enige vraag die mijn lippen bereikt. Ik voel mijn rug aanspannen.

"Ja, Rigan weet net zo goed als wij dat een volleerde emotionele magiër met empathische krachten onverslaanbaar is," vervolgt Akhil zijn uitleg.

Ik zie een twinkeling van trots in zijn ogen als hij zijn hand op mijn schouder legt maar zijn wenkbrauwen laten een vleugje bezorgdheid zien. Hij blijft me in mijn ogen aankijken, het zorgt voor een warme golf in mijn buik.

"Maar ik ben nog helemaal niet volleerd," zeg ik verward, knipperend met mijn ogen. De frons op mijn voorhoofd lijkt er voor altijd ingegrift.

"Nee, dat klopt. Dat maakt het perfect om je nu al te kneden," glimlacht hij zacht naar me, zijn hoofd iets zakkend om het oogcontact vast te houden als hij ziet dat ik weg wil kijken naar de grond.

Ik laat een stilte vallen waarin ik mijn gedachten kan ordenen. Ik kan niet anders dan tot een rationele conclusie komen dat het een goede strategie van Rigan is. Hij zou mijn hele trainingsprogramma kunnen vormgeven en een dodelijk wapen van me kunnen maken die hem helpt in zijn missie.

"Oké, klinkt logisch," reageer ik bij gebrek aan een beter

antwoord.

Een leegte in mijn borst lijkt stiekem te genieten. Ben ik dan echt zo belangrijk?

"Fijn dat je het logisch vindt..." zucht Akhil sarcastisch, zijn hoofd schuddend. "Maar dat mag dus niet gebeuren, daarom ga je nu met mij mee. En trouwens, waar de fuck is Malik?!"

Ik rol met mijn ogen. "Geen idee. Hij is gisteren weggegaan maar vraag me niet waarheen," zeg ik schouderophalend.

Ik zie Akhils neusgaten verwijden. "Hij had je nooit alleen mogen laten! Hij had één taak..." slaat hij uit, druk gebarend met zijn handen. Draaiend met zijn nek ademt hij diep in en herpakt hij zichzelf weer. "Maar goed, laten we snel je spullen pakken zodat we weg kunnen hier."

Mijn wenkbrauwen vliegen omhoog. "Wil je nu direct gaan? Kunnen we niet beter wachten tot daglicht?"

Nee schuddend kijkt hij me aan, de pijn in zijn vernauwde ogen is voelbaar.

"Dag of nacht, het maakt tegenwoordig niet meer uit. De schaduwtroepen zijn niet meer beperkt tot het donker. We moeten zo snel mogelijk jou in veiligheid brengen. We hebben een schuilplaats waar je kunt onderduiken," sluit hij af met een glimlach.

Mijn hartslag versnelt. Hoor ik dit goed? Ik sla mijn armen over elkaar en kijk hem fel aan.

"Onderduiken?! Nee, ik wil vechten," zeg ik stellig. Mijn gezicht staat op onweer en elke zenuw in mijn lichaam komt in opstand.

Akhils kaak spant aan maar zijn lichaam blijft kalm. "Je bent er nog niet klaar voor. Het is te gevaarlijk en we kunnen het risico niet lopen dat ze je gevangen nemen en je inzetten tegen ons," verklaart hij maar ik denk een bepaalde belerende toon te horen.

"Ik ga echt niet voor hun vechten. Dat snap je toch?" Mijn bloed klopt steeds sneller in mijn aderen. Mijn handen ballen zich tot vuisten.

"De lijn tussen kwaad en goed is dun. Ze mogen je niet te

pakken krijgen. Zeker niet in de staat waarin je nu verkeerd."
Hij houdt zijn handen voor zijn borst, met de palmen omhoog
gebarend dat in de ene hand het kwaad ligt en in de ander het goede.

Zijn handen maken me woest en alles in mijn lichaam wilt ze
weg slaan.

"De staat waarin ik me bevind? Ben je alweer vergeten dat ik
net vijf Nevelwroeters heb verslagen? In mijn eentje! Ik kan dit.
Laat me vechten." De scherpte in mijn stem is voelbaar voor hem
wat blijkt uit de zucht die zijn mond verlaat.

Als giftige kikkers springen mijn gedachten in mijn hoofd. *Ze
zullen nooit in je geloven. Dit zal nooit veranderen. Je weet wat je kracht is.*
Mijn spieren staan strak.

"Ja ja, oké, genoeg nu. Kom, pak je spullen. We gaan." kapt
Akhil het gesprek kort. Zijn stem vaderlijk zoals ik hem ken.

Ik staar hem met mijn armen over elkaar aan en weet dat het
geen zin heeft. Ik zwijg als een klein kind die haar zin niet krijgt.

Eenmaal aangekomen bij mijn kamer wacht Akhil in de
deuropening op me terwijl ik snel een tas vul met spullen nadat
we mijn wond schoongemaakt hadden.

"Kan ik me nog even omkleden?" vraag ik hem, mijn stem
monotoon waardoor hij zijn blik van de gang naar mij wendt en
een kort knikje geeft.

Hij zet de deur op een kleine kier en blijft in de gang staan.

Ik trek mijn kast open en pluk mijn oude vertrouwde kleding
eruit. Mijn strakke leren broek voelt als een tweede huid. Mijn top
en leren jack omhelzen me als een lang verloren vriend. Het is
alsof een verdronken stukje van mezelf weer naar de oppervlakte
komt. Het tovert een zachte glimlach op mijn gezicht. Tot slot
gooi ik, bij gebrek aan beter, een schone paarse mantel over mijn
schouders, voor de kou.

"Ben je klaar?" klinkt Akhils stem enigszins opdringerig vanuit
de gang.

"Ja, één moment. Ik pak nog wat spullen." Ik pak mijn tas die deels gevuld is met kleding en stop mijn notitieboek erbij, waarna ik nog even rondkijk in mijn kamer en een soort mentale checklist afga. Mijn oog valt op het boek waarin ik las over de Spiegelbron. Snel stop ik het in mijn tas en pak ik mijn ketting die ernaast op mijn nachtkastje ligt.

"Jup," roep ik naar Akhil terwijl ik de ketting vluchtig om doe en erna mijn tas over mijn schouder gooi.

Akhil duwt de deur voor me open en kijkt me met een lichte frons aan als hij mijn kleren ziet. "Oké, kom op."

Zonder te reageren volg ik zijn snelle pas door de gangen richting de hoofdingang van de school.

Zijn lange groene mantel, die versierd is met krullende gouden borduursels op de randen, wappert lichtjes heen en weer met elke stap die hij zet. De bescherming die hij eronder over zijn schouders draagt maakt hem indrukwekkend breed. Groot, breed en sterk, dat straalt hij uit. Toch is hij lichtvoetig genoeg waardoor zijn voetstappen nauwelijks hoorbaar zijn.

Hij stopt voordat we door de deur naar buiten lopen en draait zich naar me toe. Zijn vriendelijke grote ogen, zijn zachte contouren van zijn gezicht en zijn golvende halflange krullen staan in contrast met de harde uitstraling die hij van achteren heeft.

Hij laat zijn volle lippen van elkaar los en vult zijn longen met een diepe ademhaling.

"Luister, er is veel veranderd sinds de selectiedagen van de Fianna," zegt hij zorgelijk terwijl hij naar buiten staart. Hij slikt hard.

"Snap ik. Ik heb ook al dingen van Malik gehoord," reageer ik met een zachte stem terwijl ik me intern afvraag of ik wel echt weet wat ik ga zien als we naar buiten stappen. Ik ben deze muren niet uit geweest sinds ze me hier weggestopt hebben.

"Oké, blijf bij mij in de buurt en zorg ervoor dat je klaar bent om je te verdedigen," instrueert hij me met een autoritaire stem die gemixt is met bezorgdheid terwijl hij zijn zwaard uit de drager om zijn middel trekt.

Ik slik en klem mijn kaken op elkaar wanneer ik hem door de deur naar buiten zie lopen.

Met gespannen borst volg ik.

27

Door de open velden lopen we over smalle modderpaden richting Fionnuala. De stilte om ons heen houdt mijn spieren gespannen. Ik volg Akhil op de voet en blijf dichtbij hem, zoals hij me geïnstrueerd heeft. Mijn ogen scannen voortdurend om me heen maar ik zie haast geen hand voor ogen. Het maanlicht wordt gestremd door dikke wolken die ervoor zweven. Ik vertrouw op mijn gehoor maar los van de melodie van de wind is het muisstil.

In gedachten zoek ik naar momenten in het verleden waarin ik dezelfde weg gelopen heb. We moeten nu toch in de buurt komen van de bewoonde wereld maar ik zie nergens lichten schijnen.

"We moeten er nu toch bijna zijn?" vraag ik, mijn stem fluisterend en verward terwijl ik mijn oriëntatie probeer te vinden.

"Klopt," antwoordt Akhil zacht met een voelbare pijn in zijn stem. Ik hoor hem diep door zijn neus inhaleren.

"Maar waar dan? Waar zijn we?" Ik kijk met geknepen ogen om me heen, zoekend naar huizen. Naar het kaarslicht dat de huizen een romantische uitstraling geeft maar het is donker, waar ik ook kijk.

Akhil zwijgt en loopt gestaag door. Zijn voetstappen daadkrachtig en zelfverzekerd.

Ik pers mijn lippen op elkaar alsof mijn lichaam me wilt tegenhouden de voor de hand liggende vraag te stellen. Mijn hart bonkt zo hard in mijn borst dat ik vrees de stilte te verstoren en onze locatie te verraden.

Mijn blik wendt zich naar de grond voor mijn voeten wanneer ik merk dat de zachte modderpaden vervangen zijn door de harde ongelijke keien. De keien van de straten van Fionnuala. Met ingehouden adem kijk ik op en om me heen.

Mijn lippen komen los van elkaar door wat ik zie. Geen warm kaarslicht dat door de kleine gebogen ramen naar buiten schijnt. Geen groene daken vol met gras. Geen veldbloemen en bloemige struiken die de huizen omringen. Nee, wat ik zie knijpt mijn hart fijn en maakt mijn ademhaling oppervlakkig. Mijn ogen beginnen te prikken.

Het is alsof er een tornado van vuur door het dorp is gegaan. De kleine houten huizen zijn deels ingestort. Het hout is weggebrand. Er is geen burger te vinden. Het is verlaten.

Uitgestorven.

"Oh, nee..." komt er zacht uit mijn mond, geschokt van het confronterende beeld.

Akhil draait zich om en loopt terug naar me. "Ik weet het..." zegt hij, zijn stem zacht en gekwetst terwijl hij naar de huizen voor ons kijkt. "De meeste mensen zijn gevlucht naar Avalon, dus maak je daarover geen zorgen."

Hij laat een stilte vallen.

"Gelukkig heeft Avalon zich buiten deze hele oorlog gehouden en kunnen nu onze burgers daar schuilen. De schaduwtroepen gaan ook de zee niet over, dus daar zijn ze veilig. Gek genoeg het enige humane besluit van Rigan," gaat hij verder waarna hij diep zucht. "Helaas kwam deze aanval heel onverwacht en zijn we veel burgers verloren." Hij laat zijn hoofd hangen en ik zie de verantwoordelijkheid zijn schouders naar beneden drukken.

"Wat erg..." komt er zacht en langzaam uit mijn mond.

Fionnuala is weggevaagd.

Mijn gedachten schieten naar onze vrienden en kennissen. Elara. Onze andere knechten. Aedáns familie.

Ik open mijn mond om te vragen maar ik sluit mijn lippen weer op elkaar. Ik slik. Mijn ogen vullen zich met tranen.

"Is Elara veilig? En de rest?" durf ik uiteindelijk te vragen.

"Ja, zij zijn in Avalon. Maak je geen zorgen," glimlacht Akhil met een zichtbare pijn in zijn ogen terwijl hij zijn hand op mijn schouder legt. "Pa heeft een boot voor ze geregeld toen we steeds meer terrein begonnen te verliezen. Uit voorzorg."

Mijn mondhoeken krullen lichtjes omhoog maar de somberheid drukt mijn gezicht omlaag.

"En..." Ik pauzeer. Mijn hart bonkt in mijn keel en verandert in een klem. Ik vul mijn longen schokkerig. "En Aedán? En zijn familie?"

Akhil kijkt me aan en fronst dan kort. "Aedán vecht nog altijd aan de frontlinie. Hij maakt het goed," stelt Akhil me gerust met een kleine glimlach die zijn ogen verzachten. De ernst keert echter snel terug als hij verder spreekt. "Zijn vader is... Hij is helaas omgekomen tijdens een missie."

Hij pauzeert, een pauze die een eeuwigheid lijkt te duren. Hij wendt zijn blik naar de grond.

"En... Zijn moeder en broertje... Ze konden niet op tijd wegkomen. Ze zijn ook gestorven," zegt hij met een gebroken stem terwijl hij zijn hoofd laat hangen.

Ik sla mijn hand voor mijn mond. Mijn starende ogen vergroten. Ze vullen met tranen. Mijn hart lijkt te verbrijzelen. Ik probeer tevergeefs de klem in mijn keel los te slikken.

Nee...

Nee, nee, nee... Ik bijt hard op mijn lip om de pijn die ik voel te verplaatsen naar een andere plek in mijn lichaam.

In gedachten verplaats ik me in Aedáns schoenen.

Ik slik weer. Zijn hele familie...

Dood...

Een traan ontsnapt mijn oog waardoor ik snel knipper om de opkomende tranen tegen te gaan. Ik haal mijn neus op terwijl ik mijn blik weer wend naar wat er over is van Fionnuala. Ons dorp. Ons thuis.

Ik bal mijn klamme handen tot vuisten. Mijn neusgaten verwijden en een vastberaden knoop ontwikkelt zich in mijn maag. Een mix van gedachten stormt rond in mijn hoofd. We zijn zoveel mensen verloren. Maliks troep, Aedáns familie, weerloze Laaggeborenen en nog veel meer. Het voelt alsof mijn hart verscheurt maar het wordt overheerst door de vastberaden knoop in mijn buik.

"Kom, laten we snel verder gaan. Het is hier niet veilig," oppert Akhil terwijl hij zich omdraait en zijn weg begint te vervolgen richting Fionnuala.

Ik knik maar de knoop in mijn maag verdwijnt niet.

Elke stap die ik hem volg door het verwoeste dorp voedt mijn gevoel iets te moeten doen. Als een roeping vanuit mijn diepste innerlijke kamers.

Door het schrapen van mijn keel wek ik Akhils aandacht.

"Ik kan niet onderduiken, Akhil," zeg ik besluitvaardig.

"Wat bedoel je? Je hebt geen keus. Dit is wat het bevel is," reageert hij trouw en loyaal.

"Jawel, ik heb wel een keus. Ik kan niet onderduiken. Niet met alles wat er gaande is. Ik moet iets doen. Ik wil helpen en naast je staan. Ik weet dat ik kan vechten. Dat heb ik net immers bewezen," ratel ik resoluut, waarna ik diep zucht.

"Nee, dit is een rechtstreeks bevel van Cassius. We moeten door," reageert hij zakelijk zonder me aan te kijken.

Een warm gevoel in mijn borst zegt me dat ik moedig moet

zijn, dat ik moet streven naar gerechtigheid en dat ik uit liefde voor degene om wie ik geef moet vechten.

"Nee! Ik ga niet met je mee," zeg ik vastbesloten. Met elk woord dat mijn mond verlaat lijkt de knoop in mijn maag te schitteren, als een innerlijke aanmoediging.

Zelfverzekerd denk ik terug aan mijn gevecht met de Nevelwroeters. Dat moet ik kunnen herhalen. Ik kan vechten. Ik ben er klaar voor. Ik weet hoe ik mijn innerlijke kamers betreed. Ik weet hoe ik de emotie naar mijn vingers kan begeleiden. Ik kan dit. Als ik nu snel naar de Spiegelbron ga om de laatste puntjes op de 'i' te zetten dan ben ik er klaar voor. Het kan me het laatste duwtje geven die ik nodig heb.

"Luister. Je bent..." probeert Akhil mijn gedachtestroom te doorbreken.

Een vastberadenheid overvalt me. "Nee, jíj moet even luisteren," breek ik zijn zin af, mijn stem streng. "Jij hebt nu een keuze. Ik ga naar de Spiegelbron en je kan kiezen: je gaat met me mee of niet. Maar je kunt me niet tegenhouden. Ik ga." De woorden verlaten zonder filter mijn mond en ik zie de shock in zijn gezicht. Ik frons even alsof ik zelf de uitgesproken woorden in mijn hoofd herhaal en check of ze daadwerkelijk van mij kwamen.

In mijn gedachten concludeer ik dat ik vastbesloten heb naar de Spiegelbron te gaan, met of zonder Akhil. Ik kan mijn woorden nu niet meer terug nemen.

"De Spiegelbron?" vraagt Akhil. Zijn ogen zoeken naar een antwoord.

Ik leg hem uit wat de Spiegelbron inhoudt en wat ik er kan halen. Ik vertel hem dat het de oplossing is voor deze situatie en dat het me nog krachtiger zal maken.

Hij wikt en weegt. Hij stelt kritische vragen en verbergt zijn argwaan absoluut niet. Hij onderhandelt met me en laat met zijn hele lichaam merken dat hij zijn bevel niet wil negeren.

"Maar ga je mee of niet?" kap ik de onderhandeling en discussie af.

Hij zucht diep en lijkt zijn opties nogmaals te overwegen.

"Ze gaan dit niet leuk vinden... Eigenwijze donder ben je," onderbreekt hij het korte moment van bezinning. "Ik ben bang dat ik je gedachten niet kan veranderen en ik kan je niet alleen laten gaan. Niet met wat er schuilt in het donker," lijkt hij meer tegen zichzelf te zeggen dan tegen mij. "Oké, is goed. Ik ga met je mee," zucht hij vervolgens grommend en rollend met zijn ogen, zijn misnoegen niet verbergend.

De knoop in mijn maag lijkt op te lossen in een warme golf en ik glimlach naar hem. "Top! Dankjewel."

"Waar moeten we heen?" vraagt hij me maar hij ziet me zoeken met mijn ogen. "Je weet wel waar het is, toch?" dringt hij aan.

"Ja ja, komt goed," zeg ik zo zelfverzekerd mogelijk maar in gedachten blader ik de pagina's van het boek door, zoekend naar de exacte locatie. "Kunnen we eerst even ergens heen gaan waar we licht hebben? Dan kan ik even dubbelchecken in mijn boek."

Hij zucht hard terwijl hij zijn hoofd afkeurend schudt.

"Ik heb nu al spijt van mijn keuze, denk ik," zegt hij terwijl hij hard met zijn handen over zijn gezicht wrijft. "Ik weet wel een plek. Daar kunnen we gelijk de nacht doorbrengen."

28

Wanneer het eerste daglicht de ramen van de kleine houten hut door komt, zijn Akhil en ik onze tassen alweer aan het inpakken.

Mijn rug voelt stram van het slapen op de dunne mat. Ik draai even met mijn nek in een poging hem wat losser te krijgen. Bij gebrek aan een kussen had ik mijn tas onder mijn hoofd gelegd, maar ik weet niet of ik nog blij ben met die keuze.

Ik stop de laatste spullen in mijn tas en kijk naar Akhil, die op een armlengte van me zijn spullen systematisch in zijn tas doet.

De hut is klein en biedt alleen ruimte voor twee matten die beide met de lange zijde tegen de muur liggen. Er is alleen wat loopruimte in het midden.

Mijn hart slaat twee keer zo snel als normaal, wetende dat we zo naar de Spiegelbron gaan. De weg zal lang zijn en niet bepaald gemakkelijk.

"Weet je zeker dat je niet gewoon naar de schuilplaats wilt? Daar kun je ook trainen. Ik weet niet of het wel zo verstandig is om richting Tartarus te gaan," dubbelcheckt Akhil terwijl hij zijn tas over zijn schouder gooit.

Geen haar op mijn hoofd die me van mijn pad laat afwijken.

"Nee, het is tijd om naar de Spiegelbron te gaan. Ik ben er klaar voor," zeg ik vastberaden. "Het ligt op de grens dus zo ver is het ook weer niet," lieg ik want ik heb hem niet verteld dat het boek over de oude grens gaat.

In de afgelopen 50 jaar heeft Tartarus steeds een beetje extra land toegeëigend. Land dat tot niemand behoorde; het mistige onbekende.

Ik klem mijn kaken op elkaar en duw mijn schouders naar achter.

"Oké dan, maar daarna gaan we direct naar de schuilplaats en wachten we op verdere instructie van pa," knikt hij glimlachend naar me.

Ik antwoord met een glimlach en ik knik als bedankje.

Snel bind ik mijn losse haren nog in een hoge staart voordat ik de deur open en het bos in stap.

De miezer verzamelt zich op mijn gezicht waar ze langzaam transformeren in volwaardige druppels, die langs mijn gezicht naar beneden glijden. Een kille wind verspreidt de geur van natte lariksnaalden en geeft het bos een kille sfeer. Mijn oren gloeien en mijn wangen prikken van de kou.

We lopen nu al een paar uur met een aardig tempo door het bos zonder veel woorden te wisselen. Ik besef me sinds gisteravond pas dat Akhils wereld eigenlijk heel klein is. Hij heeft me veel verteld over de Fianna, over de eerstejaars, over de frontlinie, maar daar blijft het bij. Daar draait zijn leven om, om de frontlinie. Hij heeft weinig sociale contacten, los van zijn mede-Fianna's. Ik heb zijn verhalen vol verwondering aangehoord en in me opgenomen, maar ik heb hem niets verteld over mijn ervaringen van de afgelopen maanden.

Een frons vormt zich op mijn voorhoofd bij de realisatie

dat hij niets aan mij gevraagd heeft. Hij heeft niet eens interesse getoond in mijn magie. Ik weet eigenlijk ook niet hoe hij te weten is gekomen wat er gebeurde tijdens de selectie. Waarom vraagt hij er niet naar?

Ik wend mijn blik even op Akhil die schuin voor me loopt. De capuchon van zijn mantel weerhoudt me ervan zijn gezicht te zien.

Ik slik een opkomende brok in mijn keel weg dat veroorzaakt wordt door de gedachten die door mijn hoofd razen. Is het dan echt zo moeilijk voor hem om te geloven dat ik daadwerkelijk van belang kan zijn? Dat ik belangrijk kan zijn? BEN! Dat ik belangrijk ben. Jemig, zelfs Rigan wil me hebben!

Hard wrijvend over mijn gezicht zucht ik diep om mijn hartslag naar beneden te krijgen. Het heeft geen zin om mezelf op te fokken. Akhil heeft gehoor gegeven aan mijn wil. Voor het eerst in mijn leven. We doen wat ik wil en als we er eenmaal zijn, word ik nóg krachtiger. *Dan zal iedereen naar je luisteren!* Een glimlach krult op mijn gezicht.

Plotseling stopt Akhil en gebaart me hetzelfde te doen, wat me abrupt uit mijn gedachten haalt. Ik imiteer hem en kijk hem met grote ogen aan.

Hij doet langzaam zijn capuchon af en kijkt opzij door het bos.

Ik kijk gespannen dezelfde richting op maar het enige dat ik zie is een bruine vloer van gevallen naalden, de hoge stammen van de lariksen en het goudgele dak van de verkleurde naalden aan de bomen.

Het is stil.

Mijn ogen scannen rond het bos om ons heen. Akhil doet hetzelfde met één hand op zijn zwaard.

Seconden lijken minuten te duren.

Akhil recht zijn rug en kijkt me aan.

"Ik dacht dat ik wat hoorde," verklaart hij zijn gedrag met een zachte stem. "Het zal wel een vogel geweest zijn," glimlacht Akhil geforceerd naar me terwijl hij zijn krullen uit zijn gezicht wrijft.

Ik antwoord zijn blik met een glimlach die mijn ogen niet bereikt. Ik kijk nog een keer om me heen om zeker te weten dat er niets is dat ons achtervolgt. Mijn longen vullen zich als ik concludeer écht niets te zien.

We vervolgen ons pad en het dichte goudgele dak maakt steeds meer ruimte voor de bewolkte grijze lucht. Elke stap die ik zet buiten de gouden bescherming van het bos zorgt voor een snellere circulatie door mijn aderen. Met elke stap dat we de grens tussen Danann en Tartarus naderen voel ik de knoop in mijn maag vergroten. Het moment dat Akhil realiseert dat onze definities van de 'grens' afwijken van elkaar komt met de minuut dichterbij.

De uitgesproken woorden zijn schaars en ik voel de grijze lucht zwaar op me drukken.

De zon heeft zich vandaag niet veel laten zien, maar af en toe zag ik de lichtbol achter de lichtere wolken schijnen als ik de omgeving achter me scande. Inmiddels schijnt de zon niet meer in onze rug, maar lopen we haar tegemoet waar ze haar weg naar beneden vindt.

Mijn benen voelen zwaar en ik vervloek inwendig hoe snel spiermassa en conditie wegebben wanneer je niet meer traint. Ik staar naar mijn zwarte veterlaarzen, ze glimmen van de regen en losse bruine lariksnaalden plakken aan de neuzen.

Ik zucht en baal enigszins van mezelf dat ik een volle dag lopen nu al zwaar vind. En we zijn nog niet eens in Tartarus. Trainen als een magiër heeft mijn lichaam fysiek zwakker gemaakt. Ik voel me alles behalve top fit.

We komen tot een halt wanneer we stuiten op een klein meer. Een natuurlijke brug van enkele grote stenen in het water leidt tot een klein eiland in het midden van het meer. Er staat één goudgele lariks die omringd is door enkele dennenbomen. Aan de overkant van het meer zie ik de kale dode bomen, die gehuld zijn in een angstaanjagende mist die de grond bedekt.

De knoop in mijn maag verkrampt.

De herinnering van het ooit groene bos gevuld met een variatie van loofbomen en dennen, maakt plaats voor de harde realiteit. Het duistere beeld geeft me kippenvel en een rilling verspreidt zich over mijn lichaam.

"Is de Spiegelbron op dat eiland?" vraagt Akhil terwijl hij met strakke ogen naar het meer kijkt. "We zijn nu bij de grens dus het zou hier ergens moeten zijn, toch? Dat ziet eruit als een logische plek."

Mijn hartslag klopt in mijn oren. Mijn handen voelen klam. In gedachten voer ik een heftige discussie met mezelf over het al dan niet vertellen van de ligging van de grens. Het versnelt mijn ademhaling. Het liefst ben ik eerlijk tegen hem, maar herinneringen van de keren dat hij me overrulede houden me tegen. Mijn verlangen om de Spiegelbron te bereiken is groter. Ik kan niets op het spel zetten nu.

"Naas?" haalt Akhil me uit gedachten. "Wat denk je? Is het op dat eiland?"

"Ja, wie weet. Laten we even gaan kijken," reageer ik zonder hem aan te kijken. Ik schraap mijn keel terwijl ik naar de eerste steen in het meer loop.

Blijkbaar heb ik de keuze gemaakt.

Met elke voorzichtige en behendige sprong over de natgeregende stenen richting het eiland voelt mijn hart zwaarder.

Ik bekijk hoe Akhil een rondje loopt over het kleine eiland. Hij is op zoek naar de Spiegelbron. Ik laat hem zoeken maar ik voel dat het niet hier is. Wanneer Akhil verdwijnt achter een van de dennenbomen wend ik mijn blik naar de stenen in het water die verder leiden naar Tartarus. Mijn aandacht wordt getrokken door zwarte met grijze stenen bergen, die in de verte boven de levenloze bomen uitsteekt.

Een tinteling beweegt zich door mijn buik terwijl ik naar de bergen staar. Ik lijk verzonken in gedachten en in trance erdoor, als ik een sirenenzang denk te horen. *Mijn parel, je bent er bijna.*

"Nou, ik zie niets hoor," roept Akhil vanaf de andere kant van het eiland waarna hij weer naar me toe komt lopen. "Weet je wel zeker dat het bestaat?" vraagt hij kritisch.

"Ja," antwoord ik kort. Mijn spieren zijn gespannen. Ik laat een stilte vallen. "Ik denk dat we daarheen moeten," stel ik voor, wijzend naar de bergen.

"Daarheen?!" verheft hij zijn stem die doordrenkt is van ongeloof alsof ik een grap maak. "Waarom?" fronst hij naar me als hij ziet dat ik serieus ben.

"Ik denk dat de Spiegelbron daar is." Met grote ogen staar ik naar de bergen. Ik ben verleid door de machtige en toch sinistere uitstraling.

Hij kantelt zijn hoofd terwijl zijn schouders centimeters lijken te zakken door de diepe zucht die hij uitslaat.

"Je denkt..." begint hij met één wenkbrauw omhoog. Hij sluit zijn ogen en krabt aan zijn neus. "Ik vraag me serieus af of je wel weet waar je heen gaat. Voor hetzelfde geld zijn we op zoek naar een illusie, een verzonnen verhaal, een mythe," vervolgt hij, waarna hij nog een keer diep zucht. De teleurstelling spat van zijn gezicht. "Heb je wel bewijs dat het echt bestaat? Of heb je het alleen gelezen in een van je boeken?" bekritiseert hij, terwijl hij me doordringend aankijkt. "We kunnen daar niet heen gaan, Naas. Het is veel te gevaarlijk. Wat we net hebben gelopen was eigenlijk al te gevaarlijk. Het is een wonder dat we niets zijn tegen gekomen," gaat hij verder, eerst wijzend naar de bergen en vervolgens naar het bos waar we uitgekomen zijn.

Hij schudt zijn hoofd. "We moeten terug. We gaan naar de schuilplaats."

Mijn ademhaling versnelt en mijn bloed begint te koken. Ik wist dat hij me in twijfel zou trekken. Het is niet anders dan normaal. Hij denkt dat ik naïef ben, of zo. De verwijtende gedachten razen door mijn hoofd. Ik ben vastberaden. Er is geen weg meer terug.

Ik duw mijn kin omhoog en kijk hem scherp aan.

"Nee, ik moet erheen. Ik móet naar die Spiegelbron," zeg ik stellig, mijn handen stevig samen geknepen.

Akhil staat recht voor me, zelfverzekerd en autoritair, waardoor ik gedwongen wordt omhoog te kijken. "Kom!" commandeert hij vastberaden en hij pakt mijn pols waarmee hij me terug begeleidt naar de stenen die we net getrotseerd hebben.

Mijn neusvleugels vliegen open. Mijn aderen kloppen van het kokende bloed dat erdoor raast.

Hij luistert niet. Laat hem luisteren! Laat hem volgen!

Ik voel de tintelingen in mijn handen. Ik voel het in mijn vingertoppen. Voor ik er erg in heb lijken mijn onderarmen bedekt te zijn in een warme gloed.

"Nee!!" schreeuw ik uit terwijl de warme gloed transformeert in vlammen. Ik ruk mijn arm los van zijn grip en kijk hem fel aan. De magie pulseert door mijn aderen en stoom lijkt uit mijn oren te komen.

Akhil trekt zijn hand snel terug waarna hij achteruit wankelt.

"Shit! Wat de hell!" vloekt hij, zijn stem hoger dan normaal en zijn ogen groot. Hij wrijft over zijn verbrande palm en kijkt er bestuderend naar.

Mijn adem stokt en met grote ogen kijk ik naar zijn hand. Zo snel als de vlammen kwamen, gaan ze ook weer weg. "Sorry..." zeg ik zacht waarna ik mijn lippen naar binnen vouw. Oeps... Dat was niet de bedoeling. Ik adem even diep in en slik hard, mijn vastberadenheid verzamelend. "Maar ik kan niet met je mee terug.... Ik ben geen klein kind meer. Ik ga verder, of je het nu wilt of niet." Met mijn armen over elkaar sta ik voor hem.

Hij is stil en kijkt me met open mond aan. Hij sluit zijn ogen en wrijft hard over zijn mond. Zijn ogen tonen dat hij inwendig op zoek is naar de juiste woorden. "Luister alsjeblieft naar me. Kom alsjeblieft met me mee. Ik voel me al schuldig genoeg..." smeekt hij.

"Schuldig?" frons ik, mijn hart nog bonkend in mijn oren. Ik knipper snel met mijn ogen. Zijn woordkeuze verwart me.

Ik zie zijn adamsappel hard op en neer bewegen.

"Waarom denk je dat ik tot hier met je meegegaan ben? Denk je dat ik niet weet dat je het moeilijk hebt? Je bent mijn kleine zusje. Je doet alsof niemand je begrijpt maar ik weet precies wat er in dat koppie van je omgaat." Hij pauzeert en slikt hard. "Je hebt moeite met je magie onder controle krijgen omdat je je gevoelens wegstopt. Alsof ik niet weet wat je doormaakt... Mijn hoofd werkt precies hetzelfde, Naas..." biecht hij op.

Hij perst zijn lippen hard op elkaar en ik zie de bezorgdheid in zijn ogen voordat hij ze kort hard dichtknijpt.

"De pijn die je nu doormaakt... H- het komt door mij... Pa was weg, ma was weg. Ik dacht het beste met je voor te hebben maar ik heb het verkloot... Ik ben veel te hard voor je geweest vroeger." Hij wrijft hard over zijn mond en wendt zijn blik naar de grond.

Ik sta vastgenageld aan de grond. Mijn keel strak. Hoor ik dit goed? Inwendig probeer ik zijn woorden een plek te geven. Voelt hij hetzelfde als ik? Nee, hij is juist sterk. Hij is zoals ik wil zijn. Hij is zoals ik altijd al heb willen zijn. Hij heeft niets fout gedaan. Hij was er juist altijd voor me.

De vloedgolf aan emoties zoekt zijn weg omhoog. Mijn ogen worden waterig. Een brok in mijn keel lijkt een mes te zijn geworden die scherp omhoog steekt.

Nee! Niet huilen!

Ik knipper met mijn ogen en adem even diep in om de messteek te verlichten.

Hij ontmoet mijn blik weer, de binnenkanten van zijn wenkbrauwen omhoog, zijn ogen glanzend. "Laat me je alsjeblieft naar een veilige plek brengen," smeekt hij nogmaals, zijn stem zacht en vol liefde.

Ik slik en klem mijn kiezen hard op elkaar in een poging de vloedgolf in bedwang te houden. Mijn hoofd lijkt te gloeien. "Dit is niet jouw schuld..." vul ik de stilte zacht terwijl ik hem met een kleine glimlach aankijk. Een diepe ademhaling vult mijn longen. "Maar geloof me als ik je zeg dat ik naar die Spiegelbron moet. Ik moet sterker worden en dit is de enige manier. Ik moet mezelf confronteren met wat er schuilgaat in me. Ik moet ermee om kunnen gaan. Het is alles of niets nu," vervolg ik waarbij mijn vastberadenheid weer terugkeert.

Er heerst weer een stilte.

Een diepe zucht verlaat uiteindelijk zijn mond. "Weet je het heel zeker?"

"Ja," knik ik glimlachend naar hem en ik laat mijn schouders weer iets kan zakken. "Kom."

We lopen samen naar de stapstenen in het water die ons leiden naar Tartarus.

Ik sta stil op de laatste steen in het meer. Mijn blik is gericht op de spookachtige mist die net boven de grond van Tartarus zweeft. De mist lijkt te vloeien als zacht satijn, als een uitnodigende wolk. Het intrigeert me en tegelijkertijd maakt het mijn botten koud.

Ik bestudeer de golvende rand van de rokerige wolk en de lange smalle kronkels. Het doet me denken aan de rook van een uitgeblazen kaars.

Ik frons en knipper met mijn ogen als ik een mistige lokkende vinger denk te zien maar het is weg als ik weer kijk. Ik schraap mijn keel en kijk richting de bergen. Ik kan alleen het topje nog zien door de kale bomen die ervoor staan.

Het is een bos, maar het is geen bos. In een bos hoort leven te zitten. Hier is het stil, leeg. Dood. Enkel de kille toon van de wind.

Akhil springt op de steen achter me waardoor ik de druk voel om door te gaan. Met ingehouden adem plaats ik zorgvuldig mijn voet op het land en zie hoe de mist zich om mijn enkel hult. Hoe het opgeslokt wordt. Ik slik en zet mijn andere voet ernaast. De kou werkt zijn weg via mijn enkels langs mijn kuiten omhoog.

Een diepe ademhaling vult schokkerig mijn longen. Niet bang zijn, moedig ik mezelf inwendig aan maar mijn angst lijkt alleen rationeel te zijn. Ik focus op mijn lichaam zoals professor Thorian me dat leerde en voel de rust in mijn buik en borst. Ik voel mijn focus en mijn vastberadenheid. Ik houd het vast en sluit mijn ogen. Mijn voeten lijken vanzelf te lopen, alsof ik zo licht ben als een veertje.

Het gekraak van de dorre takken onder mijn voeten wordt herhaald door Akhils voetstappen achter me. De geur van rottend hout dringt mijn neus binnen.

Langzaam maar gestaag volg ik mijn weg langs de bomen.

Mijn hart slaat rustig in mijn borst waardoor mijn hoofd op volle toeren draait. Ik heb nog nooit zo'n vreemde sensatie gevoeld en ik kan mijn vinger er niet goed op leggen. Het zweet zou me moeten uitbreken van de angst. Maar nee, ik lijk aan deze kant van het meer zelfs nog kalmer.

"We kunnen het beste gewoon in één rechte lijn naar de bergen lopen, lijkt me," vul ik de stilte en onderbreek ik mijn eigen gedachten terwijl ik achterom kijk naar Akhil.

"Ja, is prima. Lijkt me wel het snelst," stemt Akhil in met een knikje, zijn hand stevig om zijn zwaard die hij sinds het meer uit de drager heeft gehaald. Hij is gefocust en scant geconcentreerd zijn omgeving.

Mijn mondhoeken krullen omhoog maar intern vraag ik me af waarom ik dat niet doe.

Het is opmerkelijk hoe gemakkelijk we hier nu al even door het donkere woud lopen. Geen enkel teken van schaduwtroepen. Geen enkel spoor van leven. Alleen wij, een Fianna en een magiër die zich op het verboden land begeven omringd door grijze duisternis. De zon is inmiddels achter de bergen verdwenen en het wordt steeds donkerder in het spookachtige woud.

Maar we blijven doorlopen.

De mist lijkt een beetje op te klaren en de grond wordt beter zichtbaar.

Ik baan mijn weg over omgevallen bomen, langs kale struiken en over grote grijze stenen, tot ik in mijn ooghoek iets lichtgevends en kleurigs zie. Iets wat afsteekt van de sombere bedoening.

Verwarring weerhoudt me van lopen en ik kijk nog eens goed.

"Wat is er?" vraagt Akhil die naast me komt staan.

"Kijk nou," zeg ik zonder hem aan te kijken terwijl ik een paarse met gouden gloed aanwijs.

Mijn lippen komen los van elkaar en ik kan mijn nieuwsgierigheid niet bedwingen. Voor ik het weet sta ik ernaast. Op deze plek is geen mist, alsof de gloed het op afstand houdt.

"Zoiets heb ik nog nooit gezien," zegt Akhil bedenkelijk met een zachte stem.

"Nee, het is de mooiste bloem die ik ooit heb gezien. Kijk die lichtgevende nerven in de bloemblaadjes. Wauw... H- het is prachtig," bewonder ik de paarse bloem terwijl ik door mijn hurken ben gezakt om het extra goed te bestuderen. De stamper van de bloem is rijkelijk omringd door meeldraden die sierlijk dansen in de lichte bries. De bloem met zijn kroonbladeren open gespreid is niet groter dan mijn palm.

"Hoe kan zoiets hier staan?" vraagt Akhil verward. Hij kijkt om zich heen om even te checken dat we daadwerkelijk in Tartarus zijn.

"Geen idee," reageer ik fluisterend met mijn blik vastgeketend aan de bloem.

Ik voel mijn lichaam ontspannen en een warm tintelend gevoel mijn buik vullen.

Het lijkt wel magisch...

"Ja! Dat is het!" roep ik lachend terwijl ik overeind spring.

Akhil deinst achteruit, geschrokken door mijn plotselinge uitbarsting.

"We moeten dichtbij de Spiegelbron zijn. Het kan niet anders."

Elke spier in mijn lichaam wilt springen en klappen in mijn handen maar ik beheers me en onderdruk het.

"Klinkt aannemelijk... Zie je er meer?" vraagt hij met geknepen ogen die de omgeving scannen. "Ja, daar zie ik er nog één!"

Ik kijk zijn kant op en volg hem met een onbewuste huppel in mijn pas. Mijn hartslag versnelt uit enthousiasme.

We volgen de magische bloemen die in hoeveelheid vermenigvuldigen naarmate we de stenen bergen naderen. Het is een pad van paarse lichtjes dat ons de weg leidt.

De bomen hebben plaatsgemaakt voor de hoge grijze rotsachtige muren van de bergen. Her en der staat een verlaten kale boom op uitsteeksels van de bergen, die zijn takken spookachtig naar ons zwaait voor de grijze lucht.

Een betoverende aura omringt ons terwijl we ons een weg banen door het schouwspel van kleur en licht tussen de bergen. Mijn voeten voelen licht aan alsof ik zweef over de stenen ondergrond.

Akhil houdt zijn zwaard stevig vast en zijn ogen alert op elke mogelijke bedreiging.

De stilte rondom ons is indringend en ik vraag me af of de natuur hier ooit geluid heeft gekend.

Mijn handen strekken zich uit naar de bloemen. Het voelt alsof ze me roepen. De bloemblaadjes lijken te reageren op mijn aanraking en een zachte gloed verspreidt zich vanuit het hart van de bloem.

Het pad van bloemen leidt ons naar een opening tussen de rotsen waar een zachte nevel lijkt te zweven.

"Hier moet het zijn," fluister ik, mijn stem gedempt door de eerbiedige atmosfeer.

Ik voel een magnetische aantrekkingskracht. Een oeroude kracht lijkt me te roepen en richting de paarse gloed te trekken dat uit de opening komt.

Ik aarzel even, mijn ogen gefixeerd op de betoverende gloed

die uit de duisternis oprijst. Het is vreemd, deze mix van duisternis en licht, die samen een onwerkelijk schouwspel vormen.

Een rilling trekt langs mijn ruggengraat terwijl ik naar de grot staar. De duisternis lijkt me te omarmen en me een veilig gevoel te geven, iets dat ik nooit had verwacht. Maar te midden van die veiligheid voel ik een ongemakkelijke onrust en een nervositeit die sluimert in de schaduwen.

Akhil kijkt me bezorgd aan. "Weet je zeker dat je dit wilt doen?"

Mijn twijfels zijn als schaduwen die mijn vastberadenheid verduisteren. Ik adem diep in en voel de koude lucht mijn longen vullen. De paarse gloed lokt me en trekt me naar binnen als een hypnotiserende kracht.

"Ja, ik moet dit doen," reageer ik, wetende dat hier de sleutel ligt tot het herpakken van de controle en kracht. Dit gaat me compleet maken.

De onbekende en onvoorspelbare aard van wat binnenin wacht maakt me zenuwachtig. Ik slik hard en bijt mijn kiezen op elkaar.

Ik weet niet zeker wat me banger maakt, de Spiegelbron, dat we in Tartarus zijn of het feit dat ik me zo op mijn gemak voel. Het is een plek doordrenkt van kracht en ik ben bang voor wat het met me zou kunnen doen.

Mijn hand trilt lichtjes terwijl ik naar de grot stap. Het is niet alleen nieuwsgierigheid die me voortstuwt maar een honger naar kracht en een verlangen naar iets dat ik nog niet volledig begrijp.

De grot opent zich als een zwarte muil voor me en de paarse gloed wordt intenser naarmate ik dieper ga.

Akhils gestalte vervaagt in de duisternis achter me.

Mijn voetstappen echoën in de holte. Het is een geluid dat ik niet helemaal kan plaatsen. Het is bijna alsof de grot me verwelkomt met een fluisterende melodie.

Een onverklaarbare angst omhult me terwijl ik verder ga, mijn spieren spannen aan. Mijn hand trilt nog steeds maar nu niet meer van nervositeit, eerder van onzekerheid.

De paarse gloed die eerst een belofte leek, voelt nu als een waarschuwing.

Keer terug, het is nog niet jouw tijd.

Ik draai me om en zoek naar de uitgang, maar de duisternis sluit zich als een muur.

Mijn adem stokt terwijl ik besef dat de weg naar buiten niet meer beschikbaar is. Een beklemmend gevoel knijpt mijn keel dicht.

De paarse gloed wordt mijn enige gids maar donkere schaduwen dansen mysterieus om me heen.

Ik aarzel een stap achteruit. Wat ik dacht te begrijpen glipt als zand door mijn vingers.

Een koude rilling kruipt langs mijn rug.

Twijfel overspoelt me. Misschien was dit niet de weg naar kracht...

Mijn lippen trillen om Akhil te roepen maar mijn stem wordt gesmoord door de Spiegelbron.

30

De stenen trap glijdt onder mijn voeten, terwijl ik gedwongen naar een kristalheldere lichtgevende vijver afdaal. De muren van de grot lijken te ademen. Ze zijn deels bedekt met mos en de paarse bloemen winden zich als kronkelende slangen om de stenen. De paarse gloed werpt een betoverend schijnsel op alles terwijl een rokerige mist goed en kwaad omhult.

Met aangespannen spieren volg ik de trap naar beneden. Mijn hand glijdt langs het koude, ruwe oppervlak, zoekend naar houvast in het onbekende. De sensatie die de grot me geeft is moeilijk te bevatten. Het is alsof al mijn gevoelens verdrievoudigd worden in hun sterkte.

Op mijn hoede bestudeer ik de muren, de bloemen, het mos, de mist, alles om me heen. Een knagend gevoel in mijn maag verlangt naar Akhil aan mijn zijde maar hij is onbereikbaar. Zou hij bezorgd zijn? Zou hij proberen naar binnen te komen? Of is er voor hem misschien helemaal niets veranderd? Projecteert de Spiegelbron misschien alleen op mij? In gedachten zie ik hem de ingang bewaken met zijn zwaard in zijn hand.

Een zachte melodie van gefluister bereikt mijn oren, afkomstig van het centrum van de bron, maar ik kan niet opmaken wat het zegt. Ik frons en span mijn kaak aan. Is er iemand? Een ongemakkelijke warmte vult mijn borst wanneer ik weer gefluister hoor. *Mijn kind, vind bescherming in het licht van de bron.* Het is alsof een zachte variant van mijn innerlijke stem versterkt is en van buitenaf lijkt te komen.

Ik wil stoppen met lopen maar het is alsof een magneet me naar de bron toe zuigt. Met grote ogen probeer ik door de rokerige mist heen te kijken, op zoek naar een figuur maar ik zie niemand.

Met elke stap die ik afdaal lijkt de zuigkracht sterker te worden. Mijn geest wil richting de uitgang vluchten maar mijn lichaam is in bedwang van de bron.

In een flits zie ik de oude boeken en de alarmerende teksten over de Spiegelbron voor me. De realisatie dat ik mezelf nog nooit echt heb laten gaan in mijn emotie houdt me gevangen in een vrees voor het weggestopte. De twijfels razen door mijn hoofd maar ik bijt mijn kiezen op elkaar en focus op mijn vastberadenheid.

Weer hoor ik een variant van mijn innerlijke stem. Haar verleidelijke tonen zweven rond alsof het met de wind meebeweegt. *Mijn parel, ontdek de diepten van je kracht. Je bent sterk genoeg.*

Ik slik wanneer een rilling over mijn rug gaat en ik gedwongen word mijn rug te rechten.

De fluisteringen komen van de bron realiseer ik me. Beide fluisteren in mijn oren en omringen me als rivaliserende geliefden.

Mijn hartslag versnelt wanneer ik het einde van de trap bereik. Ik kijk uit over de vijver die omringd is met de paarse bloemen. De stapstenen in het water leiden me verder naar een grote kei in het midden van de bron.

Laat de bron je beschermen. De stemmen intensiveren en elk woord wordt duidelijker dan de vorige. *Laat de bron je transformeren.*

Ik voel me aangetrokken tot de beloofde transformatie, hetgeen waar ik op hoopte. De zachtaardige stem lijkt kwetsbaar. Ik heb geen bescherming nodig.

Ik probeer te herinneren wat ik gelezen heb over de Spiegelbron. Ik probeer mijn verwachtingen te verhelderen. Emotionele magiërs worden hier geconfronteerd met hun werkelijke identiteit, waarbij de uitkomst niet altijd positief is. Opeens herinner ik me Malik die me vertelde dat het resultaat niet altijd het gewenste resultaat is. Mijn borst verkrampt en ik staar naar de bron.

Ik kan niet meer terug, ook al zou ik willen.

Mijn aanwezigheid bij de vijver laat de paarse gloed feller schijnen. Het tegenstrijdige gefluister wordt luider, een dissonant koor dat mijn twijfels voedt.

Mijn hart bonst, niet alleen van angst maar ook van opwinding. Ik word overspoeld met emoties, met alle emoties die ik maar kan hebben. Alles tegelijk, waarbij ik niet meer zeker weet wat ik nu echt voel. Ik probeer mezelf rustig te houden Ik zoek naar controle maar ik ben verdwaald in mijn gevoelens. Ik weet het niet.

Mijn ogen hard dicht knijpend probeer ik mezelf te herpakken en mezelf eraan te herinneren waarom ik hier ben. Een verlangen naar controle, kracht en mijn eigen stem laten horen, doet mijn bloed sneller stromen. Dit is mijn enige manier om mijn droom te verwezenlijken, om sterk te worden, om gehoord te worden, om gezien te worden. Dit is mijn kans om ware kracht te vinden.

Zonder verder te aarzelen zet ik mijn voet op de volgende stapsteen in de vijver.

De grot lijkt te reageren op mijn beslissing. De stemmen, eerst aarzelend, worden nu krachtiger. *Ja, voel de kracht die in je sluimert.* De fluistering is hijgerig.

De volgende stapstenen leiden me dieper de vijver in en met elke stap intensiveert de paarse gloed. Ik denk aan de afgelopen maanden, mijn leven als magiër, het trainingsprogramma dat door mijn moeder tot in detail is vormgegeven, mijn leven die uitgestippeld is door mijn ouders. Ik heb hun droom geprobeerd te verwezenlijken maar diep van binnen wil ik zelf de beslissingen nemen over mijn leven. Mijn wil is vastberaden. Mijn handen ballen tot vuisten, verlangend naar de touwen in eigen handen te hebben.

Dan, als ik de laatste stapsteen betreed, zuigt de bron me op in een mistige droomwereld.

De grot is verdwenen en ik word omringd door een dichte mist, waar ik gek genoeg doorheen kan kijken. Zwarte schimmen zwermen rookachtig om me heen. Het maakt me duizelig waardoor ik knipper met mijn ogen. Ik zoek een punt om op te focussen maar alles draait zo snel om me heen. Het lukt me niet.

Visualisaties van herinneringen in grijswaarden omringen me. Ze starten wazig maar worden al snel scherper voordat ze weer wegvagen en verdwijnen in de mist. Herinneringen van mezelf als kind. Een klein meisje alleen in een groot huis. Een klein meisje huilend in een hoekje van haar kamer. Een klein meisje die niet gehoord werd. Een klein meisje naar wie niet omgekeken werd. Een klein meisje die de longen uit haar lijf wilde gillen om gezien te worden, maar zich inhield want het was niet het gepaste gedrag.

Een inwendige wervelwind van emoties imiteert de tornado om me heen. De emotionele pijn voel ik in elke zenuw. Mijn lichaam voelt zwaar. Mijn spieren zijn aangespannen. Elke hartslag in mijn keel voelt als een messteek in mijn strot. Ik slik hevig maar ik krijg een brok niet teruggeduwd.

De wazige visualisaties van de herinneringen veranderen weer van vorm. Ik zie mezelf als tiener. De tiener die geen magie kreeg. De tiener die zich geen raad wist, die verloren was. De tiener die zichzelf wilde bewijzen. De tiener die erkenning wilde. De tiener die sterk wilde zijn, zoals haar familie. De tiener die diep van binnen haar familie trots wilde maken. De tiener die de lat ontzettend hoog legde om de ogen van haar familie op haar te krijgen. De tiener die vanaf de buitenkant niets mankeerde, maar zich van binnen dood voelde.

Het verleden wurgt me als een spookachtige strop en ik worstel om mijn weg te vinden door de nevel van herinneringen die me overspoelen. Mijn ogen vullen zich met tranen.

De duisternis sluit zich als een verstikkende omhelzing om me heen. De schimmen fluisteren beloftes van kracht en aanzien en ik word me bewust van de krachten die in me sluimeren. Het wakkert mijn gevoel aan dat ik bestemd ben voor meer. Ik bén sterk. Ik heb de kracht in me. De stem wordt luider en dichterbij, haar tonen resoneren met het kloppen van mijn hart. *Omarm het, ontdek je ware aard. Laat je krachten stromen, zoals het vuur dat brandt en de wervelwinden die razen.*

Ik sluit mijn ogen en adem diep in. Wanneer ik ze weer open voel ik de hitte van vuur mijn volledige lichaam bedekken. Ik zie wervelende schimmen van duisternis in een razend tempo om me heen dansen. Het voelt bekend, net als het oproepen van mijn magie tijdens mijn trainingen.

De belofte van kracht vult me met een gevoel van triomf. In deze momenten lijkt alles mogelijk.

De zachtaardige stem doorklinkt plotseling in mijn bewustzijn, als een zacht briesje dat probeert door de donkere storm heen te dringen. *Geef niet toe, mijn kind.* De stem is gemoffeld en in de verte, het overtroeft het geluid van de wervelende wind niet.

De donkergrijze mist wordt langzaam iets lichter en als flikkerende kaarsvlammen worden nieuwe herinneringen gereflecteerd. Een zacht beeld van Aedán, zijn liefdevolle aanraking als een schild tegen de duisternis die me probeerde te vangen in het bos. Een herinnering van Akhil, zijn bezorgde blik toen hij me de ketting gaf voordat hij naar de Fianna vertrok. Die ketting, nu rustend tegen mijn huid, voelt als een anker, een herinnering aan het goede dat ik koester. Een warme golf verspreidt zich over mijn buik en borst, een ongemakkelijk gevoel dat mijn kaken aanspant.

De verleidelijke stem wakkert mijn krachten en verlangens aan maar het weerwoord biedt me een ontastbare kalmte, iets dat ik niet goed begrijp. Het conflict woedt in mijn binnenste, een innerlijke storm die ze tegenover elkaar zet.

Een hees gefluister van beloftes bereikt mijn oor, als verleidelijke zuchten van de wind. *Zie wat je kunt bereiken. Respect, erkenning, de bewondering van degenen die je ooit negeerden. Zie jezelf staan boven anderen, krachtig en onoverwinnelijk.*

Langzaam ontvouwen zich beelden voor mijn geestesoog. Ik zie mezelf, omringd door een menigte die me bewondert. Ze kijken op naar me met eerbiedige blikken, waarderen mijn kracht en buigen voor mijn vaardigheden. Ik ben niet langer het meisje dat in de schaduwen werd achtergelaten maar een kracht om rekening mee te houden.

De beelden worden levendiger. Ik zie scènes van succes en triomf, mensen die me toejuichen als ik mijn krachten demonstreer. De fluistering benadrukt de woorden 'respect' en 'erkenning' als mantra's die in mijn ziel weerklinken. Het is verleidelijk en aantrekkelijk en ik voel de honger naar waardering groeien.

Een reactie volgt. Haar fluisteringen van liefde en geborgenheid proberen door te dringen in de beelden van succes. Ik zie mijn toekomstige zelf, omringd met wit licht. Ik ben krachtig maar bescheiden en niet omringd door anderen maar alleen en vredig.

Mijn hart bonkt tegen mijn ribbenkast aan bij het zien van deze twee tegenstrijdige visies van mezelf.

Op de stapstenen voel ik de druk op mijn schouders, alsof ik een keuze moet maken tussen de twee visies. Ergens in deze dualiteit schuilt de waarheid van wie ik werkelijk ben. Een pijnscheut in mijn hart doet me verkrampen.

De innerlijke storm bereikt een oorverdovende ruis, een kolkende wervelwind van conflicterende krachten die door mijn wezen raast. Mijn gedachten lijken te worden verzwolgen door een duisternis die geen genade kent. Mijn hart wil uit mijn borst scheuren, maar mijn ribben als een kooi houden hem op zijn plek. De druk in mijn hoofd neemt toe, alsof al mijn zenuwcellen in mijn hersenen tegelijk met elkaar in verbinding staan.

Ik grijp met hard dichtgeknepen ogen naar mijn hoofd. Mijn

vingers verstrengelen in mijn haren. De chaos is genadeloos, onhandelbaar.

De schaduwen lijken zich als tentakels om me heen te slingeren. De stemmen verhogen hun volume en worden meedogenloos, elk woord echoënd als een spiraal van waanzin. Ze klinken door elkaar heen en ik kan de stemmen niet meer uit elkaar halen. De ene schreeuwt. *Laat je gaan! Omarm de macht!* De andere stem smeekt. *Vecht terug!*

De druk in mijn hoofd wordt ondraaglijk, als een gigantische bal die klaarstaat om te exploderen. Mijn ademhaling is zuur. Het is overweldigend en mijn lichaam lijkt uit elkaar te klappen.

De stemmen worden krassend in mijn oren. Het is een geschal van aansporingen en waarschuwingen.

Ik kan de realiteit niet meer van de hallucinaties onderscheiden.

Mijn opengesperde ogen gloeien met een onnatuurlijk licht. Mijn vingers die loskomen van mijn hoofd strekken zich.

De vlammen schieten wild alle kanten op. Schimmen wervelen om me heen als lustig beesten. Ze zijn oncontroleerbaar. Destructief.

Mijn voeten komen los van de grond. Ik zweef. Mijn lichaam verkrampt, mijn ledematen strekkend. Ik ben verloren in mijn eigen magische turbulentie.

Op dat moment voelt het alsof iets in me breekt. Een schreeuw vanuit de diepste kamer in mijn ziel verlaat mijn mond. Een schreeuw die al mijn innerlijke deuren opent.

De vlammen reiken hoger. De schaduwen sluiten zich dichter om me heen. Mijn ziel verscheurd door de innerlijke strijd en ik balanceer op de rand van totale ineenstorting.

31

De donkere schimmen sluiten zich om me heen, tastbaar en onontkoombaar. Ze lijken te leven. Ze ademen als levende wezens en ik kan hun aanwezigheid voelen als een koude streling op mijn huid.

Ik probeer mijn omgeving te begrijpen maar de grens tussen wat echt is en wat een illusie lijkt is vervaagd.

De schaduwen tillen me op en het is alsof ik zweef. Ik weet niet meer wat ik voel. Ik voel alles en tegelijkertijd niets.

De zachtaardige stem smeekt, zachter maar doordringender dan ooit tevoren. Haar woorden als een zuchtje die de razernij van mijn magische krachten probeert te kalmeren. *Laat los en keer terug.* De stem lijkt niet enkel vanuit de bron te komen maar als een echo die diep in mijn gedachten doordringt.

Een flits van herinneringen schiet door mijn bewustzijn maar ze zijn onsamenhangend en vervormd, als beelden die door een vertroebelde spiegel worden weergegeven.

Het geluid van mijn eigen schreeuw echoot nog steeds in mijn oren. Het wordt vermengd met de fluisteringen van de tegenstrijdige stemmen die me hebben geleid tot dit punt.

Terwijl ik zweef tussen duisternis en licht voel ik dat de greep sterker wordt. Het tilt me hoger en weg van de vijver, alsof ze me meetrekken naar een andere dimensie. Maar het is niet duidelijk of ik me fysiek verplaats of dat mijn geest zich verliest in een verdraaide realiteit.

De intense ervaring heeft me uitgeput en mijn bewustzijn verdoofd. Mijn gedachten worden opgezogen in een draaikolk van emoties, een maalstroom van angst, triomf, twijfel en verlangen.

Het gevoel van zweven maakt plaats voor een gevoel van tastbare desoriëntatie. Mijn geest betreedt een doolhof van schaduwen waar geen uitweg lijkt te zijn.

Verwarring dringt door mijn verwarde gedachten heen als ik merk dat ik gedragen word. Mijn lichaam voelt zwaar. Het is een lompe marionet in de handen van donkere poppenspelers. Ik kan mijn ledematen niet bewegen. Ze zijn vastgeketend in een verlamming.

De schimmen die me omringen blijken niet slechts producten van mijn innerlijke strijd te zijn. Nee, deze duistere gestalten zijn tastbaar en voelbaar. Ze dragen me met de soepelheid van roofdieren die hun prooi vangen.

Ik herken ze meteen: Schaduwkrijgers, dienaren van Rigan.

Een koude golf slaat over me heen, mijn ogen wijd open. Mijn hart bonst wild in mijn borstkas maar mijn stem blijft gevangen in mijn keel. Ik probeer te schreeuwen en te protesteren maar mijn lichaam lijkt zijn eigen geest te verraden. Het is uitgeput en verlamd door de intense innerlijke strijd die het heeft doorgemaakt.

Mijn ogen zoeken wanhopig een uitweg, maar ik besef al snel dat ik gevangen ben in de duistere klauwen van Tartarus.

Mijn ontvoerders lijken zich niet bewust van mijn ontwaken, of ze negeren het simpelweg.

De zwarte ijzige stalen klauwen van de Schaduwkrijger houden me stevig vast. Mijn lichaam bungelt over zijn schouder als een levenloze pop. Ik probeer me te bewegen en mijn spieren te spannen maar er komt geen reactie. Mijn geest is wakker en scherp maar mijn lichaam geeft geen respons.

Terwijl we uit de Spiegelbron treden overspoelt het felle licht me. Mijn ogen knijpen zich samen tegen het onverwachte daglicht.

De buitenwereld lijkt onwezenlijk en surrealistisch. De stenen muren van de bergen omringen me als reuzen die neerkijken op een nietig wezen dat gevangen is in hun afschijnsel.

Mijn maag draait zich om wanneer de Schaduwkrijger linksaf slaat en mijn blik valt op de dorre vlakte.

Mijn adem stokt.

Mijn hart lijkt te bevriezen.

Daar, op de harde koude grond ligt Akhil.

Roerloos.

Zijn lichaam lijkt gebroken en wordt omhuld door een plas bloed. Zijn zwaard gesmolten naast hem.

Mijn ongeloof verandert snel in een doffe en allesverslindende pijn die mijn hart doorboort bij het zien van zijn verslagen vorm. Tranen wellen op in mijn ogen maar ik kan ze niet laten stromen. Mijn emoties, als gevangenen in mijn eigen lichaam, worstelen om zich te uiten.

"Nee... Nee. Neee! Neeee!! Akhil!" schreeuw ik uit maar de woorden verlaten mijn mond niet. Ze klinken enkel in mijn gedachten. Ik wil schreeuwen en smeken, maar mijn stem blijft gevangen in mijn keel.

"Akhil!!" schreeuw ik nogmaals, mijn stem in mijn hoofd gebroken. Het zicht van hem gewond en weerloos op de grond liggend, snijdt door me heen als een vlijmscherp mes.

Mijn handen willen hem bereiken maar ze hangen roerloos over de Schaduwkrijgers rug.

De frustratie en machteloosheid heerst als een ontembare storm binnenin me.

"Neeee!!" schreeuw ik vanuit de diepte van mijn kern. Mijn

keel brandt van de onderdrukte schreeuw die niet naar buiten kan komen. Ik wil mijn lichaam gebruiken, ik wil mijn benen bewegen, naar Akhil rennen en hem omhelzen, maar ik zit gevangen. Ik kan niets doen. Ik ben machteloos. De tranen lijken over te lopen in mijn hoofd en doordrenkt mijn luchtpijp.

"Akhil..." klinkt het inwendig, zacht en gebroken van de tranen.

De Schaduwkrijger lijkt geen genade te tonen. Hij draagt me verder, zijn schreden krachtig en doelgericht. Terwijl we Akhil passeren worden de details van zijn toestand duidelijker. Zijn gezicht die eens levendig en vol vitaliteit was, is nu getekend door lijnen van pijn. Zijn wonden zijn zichtbaar en elke bloedvlek op zijn kleding lijkt een aanklacht tegen mijn onvermogen om hem te beschermen.

Elke vezel in mijn wezen verzet zich tegen de realiteit die voor mijn ogen ligt. Mijn broer, die er altijd voor me was, als een vader voor me was, ligt machteloos voor mijn ogen.

Door mij... Hij was hier door mij.

Het is mijn schuld.

Mijn lichaam verzaakt mijn handen te ballen tot vuisten en mijn tranen te laten. Het borrelt allemaal in mijn binnenste maar mijn uitdrukking blijft onbewogen. Mijn ogen zijn gefixeerd op het weerloze lichaam van Akhil.

De Schaduwkrijger draagt me verder, ongevoelig voor mijn innerlijke marteling. Het voelt alsof de tijd zelf stilstaat en ik ben gevangen in een eeuwigdurende nachtmerrie waaruit ik niet kan ontsnappen.

Elke stap die de Schaduwkrijger zet echoot als een macabere serenade door de bergen en verwijdert me verder van Akhil. Ik kan alleen maar toekijken.

Mijn hart is gebroken. Het is omhuld met tranen.

"Akhil..."

Het is de prijs van je macht.

De lucht om me heen lijkt te verdikken en is gevuld met een dreigende spanning die mijn zintuigen prikkelt. Het koude staal van de Schaduwkrijgers greep snijdt in mijn middel maar mijn lichaam weigert te reageren op de pijn.

Ik staar naar de grond en vermijd hun gezichtloze hoofden. Ik hoor enkel hun ijzeren schoenen kletteren met elke stap. Ik heb verhalen gehoord en omschrijvingen gekregen, maar het in levende lijve ondervinden maakt mijn botten koud.

Het vuur dat onder hun zwarte helmen met puntige lange hoorns brandt, is angstaanjagend. Hun scherpe lange klauwen, die met gemak je hoofd van je romp kunnen scheiden, zijn gruwzaam. Er is niets menselijks aan ze, behalve de vorm van hun stalen omhulsel. Ze spreken geen woord, ze voeren enkel duistere opdrachten uit. Het meesterwerk van Rigan. De ultieme krijger. En nu zijn ze hier, zes Schaduwkrijgers, in opdracht van Rigan om mij te vinden en te overhandigen.

We doorkruisen een somber landschap waar de donkere contouren van de bergen gehuld zijn in de schaduwen van de naderende nacht. De Schaduwkrijgers lijken als schimmen te versmelten met de duisternis en voeren me mee naar een onbekende bestemming.

Langzaam doemt in de verte een sinister silhouet op. Het kasteel van Rigan. Zijn torens rijzen op als grijpgrage klauwen tegen de nachtelijke hemel. De geur van regen op de modderige keien weg is grimmig.

De Schaduwkrijgers treden de poorten van het kasteel binnen. Hun aanwezigheid lijkt bekend bij de duistere wachters die hen zonder aarzeling binnenlaten. Het zijn burgers net als de burgers in Danann, maar volledig in zwart gekleed. Het kasteel lijkt te leven met een eigen onheilspellende ademhaling en ik ben gedwongen om getuige te zijn van de duisternis die mijn toekomst beheerst.

De binnenplaats is doordrenkt van een beklemmende stilte die enkel verbroken wordt door het ijzige geklingel van voetstappen.

De Schaduwkrijger leidt me door de donkere gangen van het kasteel. Mijn ogen nemen elk detail van de grimmige sfeer in zich op.

Na een trap omhoog te zijn gegaan bereiken we een donker vertrek, waar de Schaduwkrijger me met een ontnuchterende efficiëntie op een bed laat zakken. Ze brengen me naar een volwaardige kamer. Het laat me inwendig fronsen. De grote kamer is gevuld met een zwak en spookachtig licht van flikkerende kaarsen. Elke vezel in mijn lichaam was zich aan het voorbereiden op een vochtige en donkere cel. Maar nee, mijn lichaam voelt eindelijk de ondersteuning van het zachte oppervlak.

Ik voel me aangetrokken tot een hoek van de kamer, alsof een kompas me richting het Noorden stuurt.

Mijn ogen vergroten bij het zien van een donkere gestalte gehuld in een mantel. De contouren van zijn gelaatstrekken zijn verborgen onder de schaduwen.

"Ah, Nasiah, de emotionele magiër," klinkt een sissende stem die doordrongen is van een onheilspellende tevredenheid.

Rigan stapt naar voren. Zijn ogen glinsteren als vurige sterren in de duisternis. "Het is een eer je eindelijk in ons midden te hebben."

Mijn hart bonst bezeten in mijn borst. De realiteit van mijn gevangenschap dringt met volle kracht tot me door. Ik voel me verloren in mezelf. Ik ben gevangen in de handen van Tartarus.

R igan stapt langzaam naar voren. Zijn gestalte is gehuld in een zwarte mantel die als een schaduw om hem heen krult. Zijn askleurige huid en puntige baard steken af tegen de duisternis om hem heen. Zijn ogen gloeien als hellevuur en zijn doordringend en hypnotiserend. Hij lijkt de ruimte met een sinistere aura te vullen en ik voel hoe zijn aanwezigheid als een loodzware last op mijn borst weegt.

"Ik had je niet op een beter moment kunnen treffen," sist hij, zijn stem glijdend als een grimmige fluistering. "Je hebt altijd geweten dat er meer is, nietwaar? Dat er een beest ergens in je ziel verlangt naar bevrijding uit zijn kooi."

Zijn woorden glibberen als alen in mijn geest en resoneren met de verleidelijke stem van de Spiegelbron.

De duistere stem in mijn hoofd fluistert dat dit de kans is waarop ik heb gewacht. De kans om eindelijk te laten zien dat ik ertoe doe en dat ik betekenisvolle dingen kan bereiken.

"Je gretigheid naar kracht," vervolgt Rigan. Zijn ogen doorboren de mijne. "Je hebt altijd geweten dat je anders bent, dat je bedoeld bent voor meer."

Zijn woorden omhullen mijn lichaam als een tedere streling. Ik voel een drang en een verlangen naar iets groters dan mezelf. Het is alsof Rigan mijn diepste verlangens leest en ze voor mijn ogen ontvouwt.

"De mensen om je heen hebben je altijd onderschat," zegt Rigan doordringend. Hij nadert met elk woord die hij spreekt. De zwarte leerachtige stierenhoorns doen me huiveren. "Ze hebben getwijfeld aan je potentieel, aan je ware kracht. Maar ik zie het. Ik zie wie je werkelijk bent en wat je werkelijk kunt zijn. Jij en ik, we verschillen niet zo veel."

Ik probeer hem tegen te spreken maar mijn lichaam blijft onbewogen. Mijn stem is gevangen in mijn verlamde lijf en mijn blik is gevangen in de hypnotiserende vurige gloed van Rigans ogen.

"Hier, in Tartarus, zullen we naar je luisteren. We zullen je horen. De ongetemde kracht in je loslaten." Zijn woorden zijn een streling die langs mijn ruggengraat glijdt. "Denk aan degenen die je in twijfel trokken, die je over het hoofd zagen. Ze waren bang voor het monster dat zich roert in je. Nu is het moment om hen te bewijzen dat hun angst terecht is. Je kunt niet alleen machtig zijn, maar je kunt ook gerechtigheid brengen aan degenen die je hebben onderschat."

Zijn woorden resoneren met de diepste vezels van mijn wezen. Er flitsen beelden voorbij van gezichten die twijfelden en van momenten waarop ik me onbegrepen voelde. Het zijn de herinneringen die ik zag in de Spiegelbron. En dan zie ik Rigans gezicht met een glimlach die belooft dat ik eindelijk degene kan zijn die triomfeert.

"Waarom zou je je vastklampen aan een wereld die je niet begrijpt?" vraagt Rigan bijna hypnotiserend. "Waarom niet toestaan dat je kracht zich volledig ontvouwt? Samen kunnen we de wereld herschrijven. Jouw naam kan geschiedenis schrijven, niet als een pion maar als een heerser. Ik weet dat je het voelt kloppen in je aderen, in je bloed. Je bent bestemd voor meer.”

Een golf van opwinding en zelfvertrouwen vloeit door mijn slappe lichaam. Het is afkomstig uit de diepste innerlijke kamers die ik zo ver mogelijk weggestopt had. Deze belofte om te kunnen bewijzen wat ik kan komt verleidelijk bij me binnen.

“En begrijp,” fluistert Rigan met een angstaanjagende kalmte. “Ik strijd niet enkel voor macht. Mijn doel is groter dan dat. De wereld is een chaotische symfonie die ik wil dirigeren naar een nieuwe orde. Een orde waarin kracht en rechtvaardigheid heersen.”

Terwijl Rigan praat vang ik flitsen op van iets diepers in zijn ogen. Hij heeft een motivatie die verder gaat dan eigenbelang alleen. Maar zelfs in die flitsen zie ik schaduwen en ik vraag me af of hij de waarheid spreekt.

“Sta toe dat je krachten vrijkomen,” zegt Rigan, zijn stem nu een fluistering die echoot in mijn ziel. “Kies voor jezelf, voor je ware potentieel. De wereld wacht op iemand zoals jij.”

De donkere kamer omhelst me als een graf waarin het kaarslicht lijkt te aarzelen en danst op de grens tussen duisternis en helderheid.

“Rust, Nasiah,” fluistert hij, zijn woorden als een sluier van bedwelming. Zijn ogen blijven me doorboren, zelfs nu hij zich terugtrekt. “Ik spreek je morgen wanneer de duisternis zich volledig in je heeft gevestigd. En dan zul je begrijpen wat het betekent om te kiezen voor je ware zelf.”

De intensiteit van zijn blik verzwakt enigszins alsof de verbinding tussen onze geesten vervaagt. Mijn lichaam blijft echter onbeweeglijk.

Rigan draait zich om en stapt de kamer uit. Het geluid van zijn voetstappen in de gang lost op in de stilte en ik blijf achter. Ik ben omringd door de duisternis die als een zware deken over me ligt.

Mijn gedachten razen als een storm door mijn geest. Rigans stem versmelt met de fluisterende stem van de Spiegelbron en echoot door mijn geest. Iets in me zegt dat Rigan me tot het bot kent. Iets in me is aangetrokken tot zijn duisternis en ik kan niet bevatten wat het is. Rigan is onze vijand met een onvoorstelbaar lange lijst aan lugubere en moordlustige daden achter zijn naam. Ik hoor me niet op mijn gemak te voelen in zijn woorden die mijn ziel raken.

Ik lig op het zachte oppervlak van het bed maar het voelt als een steen onder mijn rug. Mijn geest trilt van de niet-uitgesproken emoties maar mijn lijf blijft onbewogen.

Ik dwing mezelf te denken aan de rationaliteit van mijn situatie maar de verleiding van Rigans woorden is als een zachte melodie die mijn emoties bespeelt. Ze weerklinken met de geopende deuren van mijn weggestopte innerlijke kamers. De Spiegelbron heeft me kwetsbaar gemaakt en de grens tussen goed en kwaad is vervaagd.

Ik wankel.

De kamer lijkt zwaar en klam te ademen. Ergens in mijn geest weet ik dat ik hier niet hoor te zijn maar ik worstel met de tegenstrijdigheden. Ik ben een gevangene en toch lijkt er een vreemde vorm van vrijheid in de lucht te hangen. De vrijheid om mijn krachten te laten floreren en om de wereld te laten zien dat ik meer ben dan dat ze dachten.

Ik sluit mijn ogen wat een vruchteloze poging is om de wereld buiten te sluiten. Rigan motiveert me te kiezen voor mezelf, maar waarom? Waarom zou hij me willen helpen? Nee, hij wil me niet helpen. Hij wil me als wapen inzetten voor Tartarus. Ik moet zijn woorden niet geloven. Maar een gevoel diep in mijn hart zegt me te luisteren naar hem en dat er meer schuilt achter zijn daden.

En terwijl mijn bewustzijn langzaam vervaagt in de grenslanden van de slaap, blijft het zaadje van twijfel groeien, zijn wortels dieper en dieper plantend in de vruchtbare grond van mijn onzekerheid.

Ik zak weg in een droomloze slaap maar al snel onthult de duisternis nieuwe werelden. Het zijn nachtmerries die me grijpen en mee zuigen in een spiraal van angst.

Een ijzige wind streelt langs mijn gezicht als ik me bevind in een grijs en mistig landschap gehuld in donkere schaduwen. De contouren van de omgeving vervormen en buigen zich naar de grillige wil van de duisternis. De lucht lijkt doordrenkt met een onheilspellende energie en ik voel dat ik niet alleen ben.

Een verleidelijke stem snijdt door de stilte, een stem doordrenkt van donkere verlokking. *Mijn parel. Je hebt je kracht nog niet volledig omarmd. Laat me je de weg tonen.*

Ik draai me om en zie een schim, een donkere gestalte gehuld in de schaduwen. Het gezicht blijft vaag maar de vrouwelijke contouren suggereren een gestalte die zowel verleidelijk als angstaanjagend is. De gestalte lijkt zwevend te dansen met de duisternis zelf.

Ze houden je zwak. Ze hebben je nooit gezien. Jij hebt jezelf nooit volledig geaccepteerd, je hebt jezelf weggecijferd. Als je jezelf eerder gezien had voor wie je bent, had je Akhil kunnen beschermen. Had je niet zo wanhopig gezocht naar kracht. Je hebt gefaald en zijn bloed kleeft aan je handen.

Ik neem haar woorden in me op terwijl mijn lichaam zweeft in het niets. Een golf van schuld spoelt over me heen en ik kijk omlaag naar mijn handen. Ze zijn doordrenkt met donker bloed. Het is een onuitwisbaar merkteken van mijn vermeende zwakte. De wereld om me heen lijkt te trillen en de schaduwen dansen gillend als demonen om me heen.

Je past niet in je familie. Als giftige slangen kronkelen de woorden langs mijn oren. *Je bent een vreemde, een buitenstaander. En dat is waarom ze je hebben verbannen. Ze wilden niets met je te maken hebben. Ze weerhouden je van je volledige potentieel te ontketenen, bang voor het monster dat je bent. Ze wilden je niet onderduiken, ze wilden je wegstoppen.*

Elk woord van de verleidelijke stem snijdt dieper dan een fysiek mes. Ik voel me naakt en blootgesteld aan de donkere waarheden die mijn diepste innerlijke kamers belichamen.

Ze verachten je. Ze hebben je nooit de moeite waard gevonden. Je hebt ze teleurgesteld. En dat is de reden dat niemand zich ooit om je bekommerde.

Mijn ogen vullen zich met tranen en mijn keel verstikt door de beklemmende greep van de nachtmerrie. De pijn in mijn borst lijkt fysiek, het is een barstende wond die zich niet laat helen.

Maar het ligt niet aan jou. Je bent nooit in de juiste omgeving geweest om je ware potentieel te ontketenen. Je verlangt naar een stem, naar kracht, waarom denk je anders dat je de fysieke pijn voelt in je keel. Je stem wordt gesmoord. Haar toon verandert in een verleidelijke zachtheid. *Ik kan je die kracht geven. Laat me je leiden en je zult nooit meer zwak zijn. Ze zullen je stem horen. Je zult wraak nemen op degenen die je hebben verstoten.*

Ik voel de lokroep van de duisternis. De schaduwen strekken zich uit naar me en omarmen me als oude vrienden die me verwelkomen in hun mysterieuze rijk.

Kies voor mij. De gestalte lijkt te smeken. *Kies voor jezelf. Laat de wereld zien dat je niet langer gebonden bent aan zwakte en teleurstelling. Omarm dit gevoel en je zult eindelijk de controle hebben die je altijd hebt verlangd. Dit is de juiste omgeving voor je.*

De nachtmerrie bereikt zijn hoogtepunt en ik voel mezelf verdrinken in een zee van schuld, verdriet en verlangen naar kracht. De schaduwen lijken me op te slokken als hongerige geesten die zich voeden met mijn zonden. Het landschap vervormt zich tot een schilderij van waanzin. De grenzen tussen droom en werkelijkheid vervagen en ik worstel om mijn ware zelf te herkennen in de spiegel van duisternis.

Een scherpe ademhaling doorbreekt de verstikkende duisternis van mijn nachtmerrie. Mijn ogen schieten wagenwijd open en ik staar naar het plafond. Mijn hart bonst wild in mijn borstkas. Mijn lichaam is doordrenkt van zweet en voelt zwaar aan alsof het een eeuwigheid gevangen heeft gezeten.

Een bevrijdende golf van opluchting overspoelt me als ik merk dat ik mijn ledematen weer kan bewegen. De magische ketens die me eerder gevangen hielden lijken te zijn verbroken. Mijn handen trillen als ik ze naar mijn gezicht breng.

De herinneringen aan de nachtmerrie blijven als spookbeelden hangen in mijn bewustzijn. Ik sluit mijn ogen maar de beelden blijven. De woorden van de verleidelijke stem echoën nog steeds in mijn hoofd. *Zijn bloed kleeft aan je handen.* De schuldgevoelens steken als messen in mijn binnenste.

Akhil ligt ergens daarbuiten, gewond of misschien dood en ik kan mezelf niet bevrijden van de gedachte dat het mijn schuld is. Ik had eerder mijn eigen plan moeten trekken dan was ik sterker geweest.

Mijn handen trillen nu niet alleen van fysieke vermoeidheid maar ook van emotionele uitputting. De realiteit en de nachtmerrie lijken met elkaar te vervloeien waardoor een beklemmende mix van schuld en woede ontstaat.

Ik duw mezelf overeind waarbij mijn lichaam zich verzet tegen de inspanning. Mijn ogen zoeken koortsachtig de donkere ruimte af alsof ze op zoek zijn naar een bevestiging van de gruwelen die ik zojuist heb ervaren. Maar de kamer is stil.

Een zucht ontsnapt aan mijn lippen. Ik kan de verleiding nog steeds voelen en het resoneert met iets diep van binnen, maar mijn hoofd blijft me vertellen dat Rigan slecht is.

De Schaduwkrijgers lijken afwezig maar ik weet dat ze ergens in de schaduwen wachten, gehoorzaam aan de wil van hun meester.

N a een slapeloze nacht klinkt er een resolute klop op de deur, dat gevolgd wordt door het gedempte geluid van een sleutel die soepel in het slot wordt omgedraaid. Als de deur van mijn kamer open zwaait onthult het schemerige licht de gestalte van een grote man.

"Nasiah," zegt een menselijke strijder. Zijn stem is doordrenkt met zelfverzekerdheid terwijl zijn ogen de mijne ontmoeten. Zijn blik lijkt een ondoordringbare schaduw en onthult dat er meer achter zijn zwijgzaamheid schuilt dan ik kan bevatten. Hij draagt geen emotie op zijn gezicht maar zijn aanwezigheid is doordrenkt met duisternis. Hij is net een schim die uit de schaduwen is opgedoken. Hij is een krijger, volledig gekleed in zwarte cargo broek en t-shirt, een bondgenoot van de duisternis. Eén met de schaduwen. Hij lijkt iets ouder dan ik maar hij draagt zijn kracht als een kroon. Zijn gitzwarte haar dat aan de zijkanten opgeschoren is, valt aan zijn linkerkant als puntige schaduwen langs zijn gezicht tot net aan zijn oor. Hij doet me denken aan een raaf.

"Het is tijd. Rigan wil met je spreken. Hij wacht in de troonzaal."

Zijn woorden dragen de vastberadenheid van een leider, autoritair en streng. Hij lijkt niet gemaakt voor de rol van boodschapper maar eerder voor die van een bevelhebber.

Tatoeages, gebrand in zijn blanke huid, kruipen onder zijn shirt naar zijn nek en ontblote armen als stille getuigen van zijn verbondenheid met deze duistere wereld.

Ik slik en span mijn kaken aan maar ik sta op van de rand van het bed. Mijn gedachten zijn nog verstrikt in de duistere visioenen van mijn nachtmerrie.

Terwijl ik hem volg door de gangen van het kasteel, bestudeer ik hem met aangespannen spieren. Zijn tred is vastberaden en angstaanjagend. Hij beweegt met de zekerheid van iemand die de schaduwen niet vreest, maar ze eerder als bondgenoten beschouwt. Hij zegt geen woord maar zijn houding spreekt boekdelen. Hij is op zijn gemak.

De gangen die gehuld zijn in een zweem van duisternis wekken een gevoel van mysterie op. Flauwe lichten werpen schaduwen op de stenen muren terwijl de geur van vochtige aarde versmolten met kaarsvet zich mijn neus binnendringt.

Mijn hart bonst als een gevangen vogel in mijn borst. Mijn handen voelen klam. De duisternis lijkt tastbaar en uit zich als koude rillingen over mijn huid.

Voor de deur van Rigans troonzaal blijft hij staan.

"Wees alert," fluistert hij zonder me aan te kijken, bijna als een waarschuwing, zijn stem diep. "Rigan is niet altijd eenvoudig te doorgronden maar hij heeft een visie die verder gaat dan de meesten kunnen zien."

Ik frons enigszins verward door zijn woorden.

De deur gaat open en door een duwende hand van de zwijgende raaf, betreed ik de kamer waarna hij me volgt.

Rigan zit op zijn troon van schaduwen waar de ronddwalende mist mijn blik vasthoudt. De zwarte troon die schemert door de rookachtige schaduwen is duister met doodshoofden en botten.

Rigans ogen ontmoeten de mijne. "Ah, goedemorgen. Heb je goed geslapen? Hoe voelt het om thuis te komen, hier in het hart van de duisternis?" Hij glimlacht, een schaduw van cynisme danst in zijn ogen.

Ik reageer niet, mijn ogen scherp op hem gefocust, als een meesteres in het onderdrukken van haar emoties. Gespannen sla ik mijn armen over elkaar.

Rigan leunt nonchalant achterover en is omgeven door een wervelende mist van schaduwen. "Oh, maak je geen zorgen. Ik bedoel alleen maar dat je een bijzondere nacht achter de rug lijkt te hebben."

Verwarring walst door mijn gedachten, als stofdeeltjes die dansen in een zonnestraal.

"Ik weet dat je vragen hebt," zegt Rigan, zijn toon doordrenkt van vertrouwen. "Over je magie en over wie je werkelijk bent. Het is grappig, nietwaar? Hoe de antwoorden altijd binnen handbereik zijn maar weigeren tevoorschijn te komen." Hij blijft me aankijken, zijn ogen doordringend als hij spreekt. "Heb je jezelf ooit afgevraagd waarom je training met Malik zo moeizaam verliep?"

Hij laat een stilte vallen. De benoeming van Malik overrompelt me.

"En waarom denk je dat vuur en storm als eerste ontstonden bij je, zelfs voordat je echt leerde hoe je je magie moest richten?" Hij vernauwt zijn ogen.

Zijn vragen hangen in de lucht als zoeklichten die schijnen op de donkerste hoeken van mijn gedachten. Plotseling herinner ik me mijn gloeiendhete werpmessen op mijn bureau na mijn woedeaanval toen mijn moeder me verbandde naar de Laaggeborenen. Kwam dat door mijn magie? Ik vond het al raar dat ze zo heet konden worden door de zon. Zo heet dat het een brandwond op mijn palm achterliet. Riep ik toen al magie op? En hoe weet hij dit allemaal? Ik frons en probeer een antwoord te vinden maar zijn woorden komen hard binnen, als scherpe punten die dwars door mijn ziel boren. Ik weet niet wat ik moet antwoorden.

In gedachten ga ik terug naar de trainingsvelden. De moeizaamheid kwam niet door Malik. Het kwam door mij. Ik was degene die moeite had om mijn emoties onder controle te krijgen. Ja, het ging steeds beter, maar het ging bij lange na niet snel genoeg.

Rigan glimlacht, zijn ogen gloeien op van genoegen. "Malik begreep niet wat er werkelijk gaande was. Je magie, je kracht, het komt niet voort uit eindeloze oefening. Het komt voort uit iets diepers, iets dat in je wezen ligt, iets dat je altijd hebt geprobeerd te onderdrukken."

Ik voel een zachte druk op mijn borstkas als een beklemmend gevoel van herkenning maar ik blijf hem met grote ogen aankijken. Mijn gedachten razen door mijn hoofd. Het besef dat hij meer over me weet dan de gemiddelde persoon komt als een mokerslag binnen.

Rigan glimlacht maar zijn rood gloeiende ogen blijven serieus. "Je duistere kant en die schaduwachtige nachtmerries die je had, de momenten waarop je jezelf afvroeg waarom je anders was. Dat is de bron van je ware kracht. Je bent net als wij."

Een rilling loopt over mijn rug. "Ik ben niet zoals jullie. Ik zal nooit zoals jullie zijn!" De woorden verlaten verdedigend mijn mond, scherper dan ik bedoeld had.

"Je hebt het misschien nog niet geaccepteerd maar het beest in je is hier thuis," bevestigt Rigan met een griezelige glimlach op zijn bleke gezicht. "Je hebt altijd gedacht dat het iets was om te vrezen, om te onderdrukken. Maar ik zeg je dat het de sleutel is tot je volledige potentieel."

Ik worstel met de woorden en probeer de betekenis ervan te bevatten. "En waarom zou ik dat doen? Ik hoor hier niet. Jullie maken alles kapot. Jullie verspreiden haat en chaos." Mijn stem is scherp en kritisch, alsof ik een sprankeltje vertrouwen ergens in me vind.

Rigan stapt van zijn troon en komt dichterbij. Zijn blik is

vastberaden. "Omdat, Nasiah, de wereld aan de vooravond van verandering staat. Een nieuwe orde staat op het punt te ontstaan en jij, met je magie, hebt de kracht om die verandering te leiden."

Ik voel me verward en overweldigd door de implicaties van zijn woorden. "Leiden naar wat? Vernietiging?! Moord?" reageer ik, mijn stem argwanend. Ik vernauw mijn ogen. "Jullie slopen de wereld-"

"Naar gerechtigheid," onderbreekt Rigan me. "Naar een wereld waarin kracht en rechtvaardigheid heersen. Maar om dat te bereiken moet je eerst begrijpen wie je werkelijk bent." Rigans stem is als een sirenenzang, verleidelijk en gevaarlijk.

"Waarom ik? Waarom zou ik moeten leiden?" vraag ik, mijn argwaan gemixt met een verlangen om helderheid.

"Omdat jouw kracht uniek is. Omdat jij de sleutel bent tot wat komen gaat." Zijn woorden resoneren in de zaal, als een voorspelling die de lucht met spanning vult. Rigan kijkt me ernstig aan. Zijn ogen zijn als poorten naar een onbekende wereld. "Je ontwikkeling gaat nu pas echt beginnen. Calyx, hier, zal je aanspreekpunt zijn. Hij zal je de weg wijzen in deze nieuwe fase." Rigan wijst naar de raaf die tegen de muur geleund staat met zijn armen over elkaar.

Ik kijk naar Calyx, zijn heldere amberkleurige ogen zijn gevuld met een vreemde mix van vastberadenheid en hoop. Het feit dat hij een krijger is maakt de situatie niet minder vreemd, maar er is iets in zijn stoïcijnse houding dat mijn aandacht vasthoudt.

"Je moet je volledige potentieel bereiken. Alleen dan zul je begrijpen wat het beste is," vervolgt Rigan vastberaden. "Ik ben ervan overtuigd dat je hier op de beste plek bent maar ik ga je niet dwingen. Je zal zelf de komende periode wel merken dat je hier hoort. Neem de tijd om na te denken," vult hij aan, zijn toon nu kalmer. "Calyx zal je bijstaan in deze reis. Vertrouw op hem."

Calyx die tot nu toe zwijgend heeft toegekeken knikt kort als bevestiging terwijl hij zich losmaakt van de muur. Waarom zou ik hem in godsnaam vertrouwen?!

Mijn ogen volgen hoe de raaf richting de deur loopt en hem opent.

Terwijl ik Calyx de troonzaal uit volg voel ik het gewicht van Rigans woorden op mijn schouders rusten. De raaf begeleidt me zwijgend door de donkere gangen van het kasteel en de stilte tussen ons is beladen.

Mijn gedachten razen als een storm en de herinneringen aan mijn nachtmerrie lijken te dansen met de realiteit. Het beest in mij wordt plotseling naar de voorgrond geduwd als een verborgen kracht die smeekt om bevrijding. De verleiding om mijn ware potentieel te omarmen roert zich in mijn binnenste en ik worstel met de dualiteit van mijn gevoelens.

We bereiken mijn kamer en de deur valt met een doffe klik achter ons dicht waardoor een beklemmende stilte achterblijft. De raaf staat zwijgend bij de deur. Zijn aanwezigheid is voelbaar in de donkere kamer.

De woorden van Rigan echoën in mijn gedachten als een verontrustend refrein dat weigert te vervagen. Het besef dat ik een keuze heb en dat ik niet gedwongen word door Rigans wil, staat haaks tegenover mijn ervaring met de Schaduwkrijgers die me genadeloos ontvoerden. Een frons lijkt niet alleen mijn wenkbrauwen te tekenen maar mijn hele ziel.

Terwijl ik in de stilte van mijn kamer sta dringt de aanwezigheid van de raaf tot me door. Zijn amberkleurige ogen lijken me te doorgronden. Hij is een man van weinig woorden maar zijn zwijgzaamheid draagt een aura van kracht en zelfverzekerdheid.

Ik voel een onrustige verwarring in mijn binnenste. Het beest dat daar lag te sluimeren, lijkt nu ontwaakt. Het is alsof hij zich een weg door de muren van mijn ziel wil krassen. Mijn verlangen naar kracht is sterker dan ooit. Het is een smeulend vuur dat diep van binnen brandt. Tegelijkertijd weerklinkt de twijfel, een zacht gefluister van mijn rationele zelf dat ik Rigan niet moet geloven.

Ik loop naar het raam en staar naar de inktzwarte duisternis die het kasteel omhult. De raaf zijn ogen branden in mijn rug en houden me nauwlettend in de gaten. Ik vraag me af of ik daadwerkelijk een keuze heb. Misschien is het een valstrik.

In de stilte van mijn kamer waar alleen het zachte geluid van mijn ademhaling hoorbaar is voel ik me verloren in het onbekende. De zwijgzame raaf als toeschouwer.

Rigan belooft me dat ik mezelf kan zijn en mijn volledige potentieel te kunnen ontwaken. Het verlangen naar kracht weerklinkt in zijn woorden maar ik kan de schaduwen van zijn motieven niet volledig doorgronden. En waarom spreekt Rigan met een zekere beheerstheid? Hij komt op me over als een welbespraakte man. Oké, zijn uiterlijk straalt duivel uit maar de woorden die zijn mond verlaten lijken geen kwaadheid te bevatten. Het strookt niet met alle verhalen die ik gehoord heb over hem en Tartarus.

Ik draai me om en kijk met samengeknepen ogen naar de zwarte raaf, die een ondoorgrondelijk expressie heeft. Hij lijkt zonder woorden te begrijpen dat mijn innerlijke strijd verre van eenvoudig is. Desalniettemin, ben ik beperkt tot deze kamer.

34

De volgende dag word ik gedwongen om de raaf te volgen door de gangen van het kasteel. De beknopte informatie die hij me geeft over de trainingszaal, eetruimte en andere kamers die ik me niet meer kan herinneren, blijft niet hangen.

Terwijl ik hem met vernauwde ogen bestudeer speelt een mix van nieuwsgierigheid en achterdocht met mijn hoofd. De stoïcijnse raaf, Calyx, de mysterieuze krijger, blijft onbewogen in zijn zwijgen. Als een azende raaf die wacht tot ik breek, tot ik opgeef. Een man gehuld in schaduwen en ik kan niet ontkennen dat hij me intrigeert, hoewel het vuur van wantrouwen in mijn borst smeult.

Ik snak naar antwoorden in deze onduidelijke en onbekende omgeving.

"Je zegt niet veel hè," doorbreek ik uiteindelijk de stilte, mijn stem scherp en doordringend. Ik onderzoek zijn gezicht op zoek naar sporen van waarheid achter die zwijgzame façade. Naar waarheden over Rigans motieven.

Hij ontmoet mijn blik met een intensiteit. Ik slik terwijl

zijn gezicht onbewogen blijft. "Er is altijd meer dan wat aan de oppervlakte verschijnt," antwoordt hij cryptisch, zijn stem diep en galmend door de gang. "Soms is het de kunst om de juiste vragen te stellen."

"En wat zijn dan de juiste vragen?" vraag ik, mijn vastberadenheid schijnend in mijn ogen. Ik wil antwoorden, duidelijkheid te midden van de duisternis die me omringt. Ik heb feiten nodig.

De raaf zwijgt wederom, zijn blik strak maar afgedwaald alsof hij de juiste woorden kiest. "Dat hangt af van wat je zoekt. Wat wil je echt?"

Mijn mond opent zich om te antwoorden maar ik aarzel. Mijn middenrif trekt samen en ik klem mijn kaken op elkaar. Wat wil ik? De vraag is zo simpel maar hij snijdt dieper dan ik had verwacht en ik voel de greep van mijn eigen onzekerheid. Het verlangen naar kracht en zeggenschap botst met de angst om te falen.

"Waarom ik? Waarom nu?" vervolg ik. Een frons tekent mijn voorhoofd en mijn borst verkrampt kort als ik mezelf de vraag hoor stellen. Ik snap niet waarom ik überhaupt een gesprek aanknoop met hem maar ik word geleid door mijn innerlijke beest en die is geïntrigeerd.

De raaf stopt met lopen en draait zich naar me toe. Zijn ogen knijpen kort samen als hij me aankijkt. "Tja, het waarom is niet altijd simpel. Soms word je vanzelf ergens naartoe geleid, zonder dat je het doorhebt. Maar of je die weg ook echt wilt bewandelen, dat is helemaal aan jou."

Ik knipper even met mijn ogen en wrijf mijn lippen over elkaar terwijl ik de onverwachte wijze woorden van de zwijgzame raaf in me opneem.

Mijn gedachten tuimelen in een wirwar van emoties en ik kan de gedachten niet tegenhouden dat de Spiegelbron me wellicht hier naartoe geleid heeft.

Een diepe ademhaling vult mijn borst, me klaarmakend voor de volgende vragen die ik wil stellen. "Leg mij eens uit, waarom zou ik Rigans woorden in godsnaam vertrouwen? Waarom zou ik dit 'beest' in mij loslaten? Hij gelooft toch niet dat ik het ga toelaten dat hij een wapen van me maakt?" Ik staar hem aan met een licht gekanteld hoofd en mijn ogen samengeknepen.

Calyx lijkt mijn vraag te overdenken, zijn ogen vastberaden. "Vertrouw Rigan niet blind maar hij heeft wel een punt over die kracht van jou. Je kunt dat beest in je temmen, sturen naar waar je wilt."

Een frons tekent zich op mijn voorhoofd. "Temmen?" De woorden klinken als een uitdaging en mijn nieuwsgierigheid vecht tegen mijn angst. "En wat als ik ervoor kies om dat niet te doen?"

Calyx lijkt niet verrast door mijn weerstand. "De keuze is aan jou. Maar vergeet niet, de wereld om ons heen verandert voortdurend. Of we dat nou leuk vinden of niet. En soms moeten we mee veranderen... om te overleven. En laat me jou een vraag stellen, hoe rechtvaardig vind je Dananns heerschappij?"

Ik span mijn kaken aan en frons terwijl ik zijn confronterende vraag in me opneem. Een vraag die ik mezelf nog nooit eerder gesteld heb. Ik zwijg, maar inwendig ben ik heftig op zoek naar een antwoord die ik niet kan vinden.

- - - - - - - - - -

Een week passeert waarin ik de raaf negeer en weiger naar Rigan te gaan. Rigan wil me spreken, me waarschijnlijk proberen te overtuigen van zijn 'goede intenties' maar ik geef er geen gehoor aan. Ik sluit me op in mijn kamer waar ik verzeild raak in mijn turbulente innerlijke wereld.

De ogen van de raaf houden me nog altijd nauwlettend in de gaten vanuit een donkere hoek in mijn kamer, maar hij zegt geen woord. Hij wacht simpelweg geduldig tot ik me overgeef.

Maar ik kan me niet overgeven. Niet aan Rigan, niet aan Tartarus, niet aan deze duisternis die me van binnenuit verteert.

Rigan is onze vijand en ik weiger zijn wapen te worden. Maar waarom dwingt hij me niet? Waarom laat hij de keuze aan mij? En erger nog, waarom wil ik de keuze niet nemen om hier weg te gaan? Waarom is het gebrul van mijn innerlijke beest luider dan mijn rationaliteit?

Mijn gedachten malen voortdurend terwijl ik in mijn kamer ben. Het is alsof er twee stemmen in mijn hoofd vechten om de controle. De ene stem is rationeel en fluistert dat ik hier niet thuishoor. Tartarus is een duistere plek, vol gevaar en corruptie. Dat is wat ons geleerd is in Danann. De andere stem roept me tot de duisternis. Het belooft me om mijn ware potentieel te ontgrendelen. Het fluistert dat ik hier eindelijk mezelf kan zijn, zonder de grenzen en regels van Danann. Ik ben verscheurd tussen deze twee stemmen. Ik ben verlamd door twijfel.

Ik weet wat ik zou moeten doen maar ik kan mezelf niet ertoe brengen om te vertrekken. Ik houd mezelf gevangen in Tartarus want er is hier iets dat me aantrekt. Iets houdt me vast.

Uit het niets spreekt de raaf vanuit de hoek van mijn kamer. "Laat me je iets voorstellen," zegt hij met zijn diepe, raspende stem.

Mijn ogen vergroten bij het horen van zijn stem, die tot nu toe maar enkele keren de stilte doorbroken heeft.

Ik kijk hem argwanend aan. "Wat?"

"Training," antwoordt hij. Hij loopt langzaam uit de donkere hoek en slaat zijn armen over elkaar. "Je kracht is nog ruw en niet verfijnd. Je moet blijven trainen om je ware potentieel te ontgrendelen."

Ik vernauw mijn ogen en staar hem aan. Ik aarzel. Mijn logica geeft hem gelijk. Ik moet inderdaad blijven oefenen om mijn magie krachtiger te maken, maar het idee om te trainen in Tartarus klopt niet. Het hoort niet.

De raaf merkt mijn twijfel. "Het is jouw keuze," zegt hij terwijl hij een enkele wenkbrauw optrekt. "Blijf hier in je zelfopgelegde gevangenschap of kom met me mee en train je kracht."

Ik staar hem lang aan en houd zijn intense blik vast. In zijn amberkleurige ogen zie ik geen kwaad of manipulatie. Ik zie alleen een oprechte wens om me te helpen.

"Ik weet niet..." Een diepe zucht ontsnapt aan mijn lippen.

De raaf zet zijn borst uit. "Doe het op z'n minst voor jezelf," zegt hij en het lijkt of er een kleine glimlach op zijn gezicht te zien is. "En, ik ben zelf ook wel benieuwd naar wat je kunt."

Ik kijk nogmaals naar hem en weeg zijn woorden af. Er heerst een korte stilte waarin ik zijn ogen voel branden in mijn huid. De waarheid is dat ik ernaar verlang om te groeien en om mijn kracht te beheersen.

"Oké," zeg ik met vernauwde ogen. "Zolang je maar weet dat ik het niet voor jullie doe."

De raaf duwt zijn kin omhoog. "Goed."

De trainingszaal strekt zich voor me uit als een ruimte van mogelijkheden. De lucht is doordrenkt van spanning terwijl ik samen met de raaf de ruimte betreed. Kil licht valt door de kleine ramen en werpt scherpe schaduwen op de muren. De geur van zweet en metaal hangt in de lucht, een bekende maar onuitgesproken geur van inspanning en voorbereiding.

De raaf staat aan de rand van de zaal met zijn armen over elkaar en zijn blik is gefixeerd op mij terwijl ik het midden van de ruimte betreed. Zijn gezichtsuitdrukking blijft onveranderd, als een masker dat zijn gedachten verborgen houdt. De atmosfeer voelt elektrisch geladen wanneer de zwijgzame raaf me aangeeft te doen wat ik wil.

Door mijn lichaam golft terughoudendheid maar de nieuwsgierigheid om mijn ware potentieel te ontdekken en Calyx' woorden over het temmen van het beest overwint mijn angst. De azende ogen van de raaf volgen elke beweging die ik maak.

Aarzelend hef ik mijn hand op en focus op het oproepen van mijn magie. Een flits van vuur omringt mijn vingertoppen en dansen als een levende entiteit. De warmte ervan streelt mijn huid terwijl ik mijn hand met beheersing beweeg om de vlammen in toom te houden. Ik glimlach bij de sensatie. Ik had nooit verwacht dat ik mijn magie zo zou missen.

Calyx' gezichtsuitdrukking blijft onveranderd maar ik voel de intensiteit van zijn observatie.

"Krachtig," merkt hij op.

Ik focus me weer op mijn magie. Ik voel het beest tegen zijn bijna gebroken kooi springen, gretig naar vrijheid. De lucht om me heen begint te trillen en een windvlaag vult de zaal. Stormachtige energieën gehoorzamen mijn wil en ik blik op de zwarte raaf. Ik lijk te zoeken naar zijn genoegen. Of naar goedkeuring... Zijn ogen verraden geen oordeel of emotie maar ik kan het onuitgesproken vraagteken zien dat in zijn gedachten ontstaat.

"Interessant," mompelt hij, bijna voor zichzelf. "Maar, Rigan beweert dat je nog meer in je hebt," spoort hij me aan, zijn stem is luider om door de wervelwind heen te komen.

De woorden resoneren in mijn gedachten en mijn blik daalt naar mijn handen. Iets houdt me tegen, alsof het beest met een ketting terug op zijn plaats gezet wordt.

Calyx kijkt me vragend aan alsof hij mijn terughoudendheid proeft. "Waar wacht je op? Laat het zien."

Een mengeling van twijfel en verlangen borrelt in mijn binnenste. Mijn handen trillen lichtjes terwijl ik mijn magie oproep maar ik aarzel. Langzaam ebt de tintelende sensatie in mijn vingers weg. De wind gaat liggen.

De zaal wordt stil.

"Nee," is het enige wat ik tegen de raaf zeg terwijl ik blijf staren naar mijn handen.

Het gevoel van de kille lucht in de trainingszaal hangt nog in mijn herinnering terwijl ik me in de duisternis van mijn kamer terugtrek. Mijn handen trillen lichtjes, niet van fysieke inspanning maar van de innerlijke strijd die ik zojuist heb gevoerd onder het oog van Calyx. De intensiteit van zijn blik krijg ik niet uit mijn gedachten. Ik vraag me af wat hij werkelijk denkt en waarom hij me niet forceert zoals Malik dat deed.

Het lijkt alsof er een barrière is, iets dat me tegenhoudt. Mijn rationaliteit vertelt me dat ik hier niet hoor te zijn. Mijn hele leven was ik tegen Tartarus en nu... Nu ben ik hier aan het trainen.

Het is hier anders dan ik had verwacht en de mensen hier, zoals Calyx, brengen een onverwachte wijsheid en openheid mee. Waarom behandelen ze me niet als een gevangene maar eerder als een gelijke. Met respect. Ik heb hier daadwerkelijk iets te zeggen over mezelf, ze luisteren naar me, respecteren mijn grenzen. Tartarus wordt in een heel ander daglicht gezet. Het is totaal niet zoals ons verteld wordt op de basisschool. De schaduw die me omhult voelt niet langer angstaanjagend maar eerder als een luisterend oor.

Mijn gedachten dwalen af naar de hypnotiserende fluisteringen van Rigan. Hij heeft me een pad getoond om mijn potentieel te ontgrendelen. Maar mijn innerlijke redenering roept tegenstrijdige waarschuwingen. Het suggereert dat de verleiding van de duisternis gevaarlijk kan zijn. Dat het een pad is dat leidt naar onbekende bestemmingen. Maar waarom zegt iets in me dat ik hier op mijn plek ben? Waarom geniet ik dan van de kille rillingen die over mijn rug lopen? Waarom ben ik zo nieuwsgierig? Waarom lijkt zwart mijn lievelingskleur te zijn?

Ik open mijn ogen en kijk naar de donkere muren van mijn kamer. Ik realiseer me dat ik niet gevangen ben in Tartarus maar dat ik mezelf gewurgd houd. Ik voel me gevangen tussen het verlangen om mijn krachten te begrijpen en de innerlijke strijd die me waarschuwt voor mogelijke gevaren.

35

Na de training met Calyx en mijn angst voor het loslaten van het beest kon ik mezelf niet opbrengen om nog een keer naar de trainingszaal te gaan. De hele dag heb ik in mijn kamer gespendeerd. Vanochtend zat de raaf zwijgzaam in de hoek van mijn kamer, maar in de middag werd hij opgeroepen om blijkbaar Rigans taken uit te voeren. Ik heb nog steeds geen flauw idee wat hij nu eigenlijk doet, wat zijn rol is. Hij werkt voor Rigan en voert opdrachten voor hem uit waarna hij terugkeert met wonden. Dat is het enige dat ik weet.

Een nieuwsgierigheid knaagt aan mijn binnenste, een verlangen naar duidelijkheid en feiten. Ik zoek naar een onderbouwing van mijn twijfels over het beeld dat ik nu van Tartarus te zien krijg. Maar het lukt me niet, ik heb meer informatie nodig.

Uit eigenbelang heb ik gehoor gegeven aan Rigans oproep om me te spreken. Diep verzonken in gedachten terwijl ik op mijn bed zat, kwam ik tot de conclusie dat Rigan de persoon is die me meer informatie kan geven.

Nu bevind ik me op precies dezelfde plek in zijn troonzaal als mijn eerste dag in dit donkere kasteel. Deze keer is Calyx er niet bij en gek genoeg voel ik me kwetsbaar zonder hem in de buurt.

Rigans vurige ogen observeren me terwijl ik met aangespannen spieren voor hem sta. Zijn schaduwen dansen als rokerige wolken om me heen en lijken de kleinste vibraties in mijn lichaam op te pikken.

Ik slik maar ik laat mijn kin niet zakken. Ik blijf hem doordringend aankijken terwijl de schaduwen om me heen me kippenvel bezorgen. Het is alsof het beest in me zich geroepen voelt en heftig reageert op de duisternis om me heen.

Rigan zit achterover op zijn troon en laat zijn armen rusten op de armleuningen. "Hoe is je eerste week bevallen? Anders dan je verwacht had, nietwaar?" vraagt Rigan met een cynische ondertoon in zijn stem. Hij vernauwt zijn ogen en een kleine glimlach verschijnt op zijn gezicht.

Ik blijf hem strak aankijken maar inwendig probeer ik met man en macht het beest te bedwingen.

"Nasiah," gaat hij verder, zijn woorden gehuld in een aura van geheimzinnigheid. "Je vraagt je misschien af waarom de schaduwen anders zijn dan de verhalen die je hebt gehoord. Waarom Tartarus niet de duistere afgrond is die Danann je heeft wijsgemaakt."

Hij zwijgt even en zijn ogen doorboren de mijne alsof hij mijn gedachten wil lezen voordat ik ze zelf kan formuleren. Hij trekt een been op en laat zijn enkel rusten op zijn andere knie. "Danann en Tartarus hebben nooit op dezelfde golflengte gezeten, dat weet je. Maar ik betwijfel of je de volledige waarheid kent."

Wederom laat hij een stilte vallen en observeert hij mijn reactie op zijn woorden. Hij wrijft zijn akelig bleke handen over zijn baard terwijl hij me aanstaart.

Een rilling loopt over mijn rug bij zijn opmerking. Wat bedoelt hij met 'volledige waarheid'? Tartarus heeft alleen maar lijden en verderf gebracht. Rigans daden en bevelen laten niets dan een spoor van bloed achter. Ik ken de waarheid. Danann wordt aangevallen door Tartarus. Tartarus wil ons overnemen, hun duisternis verspreiden. Tartarus is pure kwaadheid.

"Aangezien je nog steeds in ons midden bent, ga ik ervan uit dat we je interesse hebben gewekt," gaat Rigan verder terwijl ik in gedachten mijn kennis van de oorlog herkauw.

Voordat ik de kans krijg om te reageren, gaat Rigan door. "Mijn bedoelingen zijn niet kwaadaardig en ik vermoed dat je inmiddels hebt ontdekt dat de burgers van Tartarus streven naar iets goeds. Iets dat je misschien niet had verwacht. Ik streef naar gelijkheid, naar rechtvaardigheid. Mensen moeten verantwoordelijk worden gehouden voor het kwaad dat ze verspreiden. Openheid en eerlijkheid zullen zegevieren. En dat betekent dat Danann op zijn plek gezet moet worden."

Mijn hart bonst sneller bij het horen van zijn hatelijke toon wanneer hij de naam van mijn rijk uitspreekt. "Wat heeft Danann jullie ooit aangedaan?!" confronteer ik Rigan.

Rigan lacht minachtend. "Het zal je wellicht verbazen, maar Danann probeert al jarenlang bij ons binnen te dringen. Ze zaaien haat en verzet in de vorm van rebelse groeperingen. Ze onderdrukken mensen tot zwijgen. Ze vermoorden onze burgers. Misschien is dat hoe het gaat in het misselijkmakende hiërarchische Danann, maar hier zal ik het niet tolereren. Iemand moet opkomen voor de burgers," onderbouwt Rigan zijn verhaal. Zijn ogen gloeien van haat en de schaduwen worden donkerder naarmate zijn woede stijgt. De schaduwen lijken mijn borst te beklemmen.

Ik knipper een paar keer met mijn ogen en probeer zijn woorden in me op te nemen. Rigan schildert Danann, de bron van licht en rechtvaardigheid, af als een schaduw van bedrog en onderdrukking. Alsof Danann hier de slechterik is. Rigan is gestoord. Hij is zichzelf verloren in zijn duivelse plannen. Hij is geesteziek als hij zichzelf werkelijk als de goede ziet. Hij is juist verantwoordelijk voor duizenden doden in Danann. Het enige wat onze Fianna's doen is ons beschermen tegen de vijand, tegen Tartarus. Wij vallen zelf niet aan, daar heb ik mijn vader of Akhil nooit over horen praten.

Akhil...

Plotseling zie ik hem in gedachten roerloos op de grond voor de Spiegelbron liggen. Mijn adem stokt en mijn ogen beginnen te prikken. Hard knijp ik ze dicht en blokkeer ik het beeld.

Nee... Rigan liegt, hij is de pure kwaadheid die mijn broer vermoord heeft.

En toch sluipt er een twijfel in mijn hoofd. Als mijn ouders mij kunnen verbannen naar de Laaggeborenen... Dat ze hun eigen dochter, hun eigen bloed, kunnen wegstoppen alsof ze nooit bestaan heeft... Hoeveel wijkt dat af van kwaadheid? Of was het een bevel van Cassius? De schande van de familie wegstoppen...

"Nee, dat kan niet," breng ik uit, mijn stem zwakker dan ik zou willen. De geloofwaardigheid van mijn woorden wankelt. Mijn handen trillen en mijn ademhaling versnelt bij de gedachte aan de implicaties van Rigans beschuldigingen. Hoe zou mijn grootvader zoiets kunnen doen? Zulke gruweldaden begaan? Het idee alleen al doet mijn maag omdraaien. Maar Rigans woorden echoën in mijn hoofd, als spoken uit een verontrustend verleden.

"Ik begrijp je ontkenning, maar Cassius is een sluwe man," zegt Rigan als hij schijnbaar mijn innerlijke conflict opmerkt. "Hoe langer je hier zal zijn, hoe meer het tot je zal doordringen. Ik weet dat je zal bijdraaien. En wanneer dat gebeurt, ben jij de persoon die dit allemaal kan stoppen. Jij bent de persoon die met haar krachten rechtvaardigheid kan brengen."

"Mijn grootvader is een goede leider," sputter ik tegen, mijn stem scherp van frustratie. "Je verdraait de waarheid. En waarom hoop je in godsnaam op mij? Ik zal nooit jouw kant kiezen."

"Ik vraag je niet om voor mij te vechten," antwoordt Rigan, zijn stem kalm maar doordringend. "Ik wil dat je voor jezelf kiest. Ontketen je volledige potentieel, Nasiah. Alleen dan zal alles op zijn plek vallen, daar heb ik vertrouwen in. Ik ken je beter dan je denkt." Rigan kantelt zijn hoofd schuin naar achteren en kijkt me met vernauwde ogen aan. Een sinistere glimlach krult om zijn lippen, zijn ogen vol van een duister vertrouwen in een toekomst die ik niet kan bevatten.

Een knagende onzekerheid voel ik in me opkomen. In Rigans woorden en houding zie ik geen leugens en toch weerhoudt mijn rationaliteit me hem te geloven. Rigan probeert me te bespelen. Ik mag me niet laten meeslepen in zijn spel. Dit is juist wat Rigan wil. Rigan is corrupt en ik kan hem niet vertrouwen. En toch kan ik niet negeren hoe erg ik me in Tartarus thuis voel. Hoe aangenaam de schaduwen om me heen voelen. Hoe respectvol de mensen naar me zijn. Het doet me twijfelen.

Terwijl ik midden in mijn gedachtegang zit, trekt een onbekende bewaker me aan mijn bovenarm mee de zaal uit. De vervanger van de raaf begeleidt me weer terug naar mijn kamer.

In de vroege avond keert de raaf terug naar zijn nest in de hoek van mijn kamer. De hele middag heb ik Rigans woorden laten bezinken. Ik heb nagedacht over de rebellen in Tartarus en hoe ze zijn ontstaan. Hoe meer ik erover nadenk, hoe meer ik me begin in te leven in de burgers hier. Het is vreemd dat Rigan zich bekommert om hen. Het botst met mijn overtuigingen. Hoe kan een kwaadaardig persoon zulke moralen hebben? Hoe kan hij opkomen voor de zwakken? Het past niet in het beeld dat ik van hem heb. En hoe kan het dat Rigan me precies de antwoorden gaf die ik zocht, zonder dat ik een vraag had gesteld? Het is alsof hij precies weet wat er in me omgaat.

"Calyx?" wek ik de raaf zijn aandacht. Ik slik even bij de onzekerheid die ik voel.

Hij gromt, bevestigend dat hij me hoort.

"Mag ik je iets vragen?" vraag ik hem met een zachte stem, nerveus voor zijn reactie.

De raaf verlaat zijn nest en loopt naar mijn bed, waar ik tegen de muur zit met opgetrokken knieën.

"Is het een goede vraag?" Zijn stem klinkt diep en kritisch. Hij blijft voor mijn bed staan met zijn handen in zijn zakken gestoken.

Mijn blik valt op zijn met verband bedekte onderarm, waar een rode vlek doorheen schijnt.

"Dat hangt af van het antwoord dat je me gaat geven," reageer ik met een enkele opgetrokken wenkbrauw.

"Oké, schiet maar," zegt hij met een scheve glimlach, die zijn ogen niet bereikt.

"Je zei dat ik Rigan niet blindelings moet geloven. Dat ik alert moet zijn in zijn bijzijn. Dat hij moeilijk te doorgronden is," reciteer ik, terwijl ik terugdenk aan de enkele gesproken woorden die de raaf met me gedeeld heeft. "Waarom zei je dat?" Mijn blik boort zich in die van hem.

Calyx spant zijn kaken aan terwijl hij in gedachten staart naar de muur achter me.

"Er is iets met Rigan en ik weet niet precies wat het is. Ik kan mijn vinger er niet op leggen. Het lijkt af te hangen van hoe hij uit bed stapt. De ene dag kun je een goed gesprek met hem voeren, en de andere dag lijkt hij volledig afwezig, alsof hij er niet helemaal bij is en alleen maar bevelen uitdeelt."

Inwendig kom ik tot de conclusie dat ik eerder vandaag een gesprek heb gehad met de heldere variant van Rigan. Ik frons kort en wend mijn blik op de grond. Als zelfs een wezen zoals Calyx twijfelt aan Rigans stabiliteit dan moet ik waakzaam zijn. Je zou denken dat een heldere variant beter te vertrouwen is. Of niet?

"Maar ik werk al jaren voor Rigan en ik heb absoluut geen spijt van mijn keuze. Ik sta achter zijn visie," gaat de raaf verder, zijn stem zeker en vastberaden.

"Wat drijft jou dan? Waarom doe je dit allemaal? En wat doe je eigenlijk?" De vragen verlaten mijn mond als een ongecontroleerde vloedgolf.

Ik word getroffen door een scherpe blik van de raaf. Het dwingt me mijn adem in te houden. Mijn middenrif trekt samen en ik besef me dat hij niet gediend is van deze persoonlijke vragen.

"Dat is iets wat je niet hoeft te weten," reageert hij kil en hij kijkt me strak aan. In zijn ogen zie ik een flits van woede.

"Sorry," zeg ik met een geschrokken stem. "Ik wilde niet..." Ik onderbreek mezelf, wetende dat meer woorden niet specifiek een toegevoegde waarde zijn.

Er heerst een korte ongemakkelijke stilte.

"Mag ik morgen wel weer met je mee naar de trainingszaal?" vraag ik hem enigszins twijfelachtig waarmee ik het gesprek over een andere boeg probeer te gooien en de ongemakkelijke sfeer probeer te doorbreken. Ik kan de afleiding wel gebruiken, want hier in mijn kamer word ik alleen maar gek van de stemmen in mijn hoofd die mijn gedachten op hol slaan.

"Prima," antwoordt hij met een vlakke stem, waarna hij weer plaatsneemt in zijn hoek en het gesprek afkapt.

36

Vele trainingen hebben inmiddels plaatsgevonden en het is inmiddels een welbekend beeld binnen het kasteel: de raaf en ik die samen door de gangen lopen. De bedreigende ambiance in de hal begint te wennen. Het beest in me voelt zich op zijn gemak.

Calyx, ruim een kop groter, loopt wederom naast me. Zijn duistere aanwezigheid is voelbaar, getekend door de nieuwe wonden op zijn armen en een blauw oog.

Mijn hoofd draait zich naar hem en mijn blik valt op de tatoeage in zijn nek, het volgend tot het zich verstopt onder zijn shirt die strak zijn brede schouders bekleedt. Mijn ogen vernauwen terwijl ik de zwarte kronkels bestudeer. Een tatoeage, een schaars iets in Danann en al helemaal in Fionnuala.

"Hoe kom je aan die tekeningen?" ontglipt mijn mond enigszins aarzelend maar doordrenkt van nieuwsgierigheid. Na zijn kille blik toen ik hem de persoonlijke vragen stelde in mijn kamer, durfde ik de eerste dagen niets meer te vragen. Maar ik kan simpelweg mijn nieuwsgierigheid niet onderdrukken en ik bestookte hem al snel weer met vragen. Ik zuig alle informatie op als een spons. Ik denk dat hij zich erbij neergelegd heeft dat ik de irritante meid ben die veel vragen stelt.

Calyx stopt en kijkt me met opgetrokken wenkbrauwen aan, zijn hoofd licht gekanteld. Overduidelijk verrassen mijn directe vragen hem nog steeds. Zijn adamsappel beweegt op en neer terwijl zijn blik daalt naar zijn ontblote arm. Hij perst zijn lippen kort op elkaar en streelt over zijn tatoeages.

"Elke tekening hier, elke tatoeage, vertelt het verhaal van de levens die ik heb genomen. Ze zijn mijn kracht, mijn bewijzen." Hij spreekt met een ijzige kalmte. "Maar ik ben geen moordenaar zonder hart. In elke lijn, elk detail, zie je de resten van degenen die ik heb omgebracht. Hun as is ingebrand en draag ik voor altijd met me mee als een getuigenis van mijn doelgerichtheid."

Mijn adem stokt en kippenvel trekt over mijn huid terwijl ik hem blijf aanstaren. De tatoeages zijn geen kunstwerken. Ze zijn eerder een grimmige catalogus van moorden die hij heeft gepleegd.

"Oh..." is het enige dat ik eruit kan brengen voordat ik slik. Mijn borst verkrampt bij de visualisatie dat de raaf het leven uit anderen pikt. Hij zegt geen moordenaar te zijn, maar dit klinkt behoorlijk luguber.

"Het herinnert me aan mijn redenen... Waarom ik dit allemaal doe," voegt hij nog toe waarna hij iets vertoont wat lijkt op een glimlach als hij weer mijn ogen ontmoet.

De glimlach die ik teruggeef bereikt mijn ogen niet, het is eerder een vorm van beleefdheid. Maar mijn ogen vernauwen als ik pijn in zijn ogen lijk te zien. Ik realiseer me dat zijn tatoeages een diepere betekenis hebben; ze vertellen het verhaal van zijn plicht, zijn roeping en de prijs die hij bereid is te betalen. Alhoewel ik geen idee heb wat hij allemaal uitspookt als hij niet mij bewaakt.

Ik span mijn kaken aan, niet wetende hoe ik moet reageren op dit onverwachte sinistere inkijkje onder zijn stoïcijnse schild.

Hij begint weer te lopen terwijl ik voor heel even verstijfd blijf staan, knipperend met mijn ogen.

"Kom," instrueert hij me, zijn onverstoorbare houding weer terugkerend.

Een diepe ademhaling vult mijn borst wanneer ik mijn plek aan zijn zijde weer vind. Inwendig herhaal ik wat hij zojuist gezegd heeft. Ik gluur naar zijn arm en merk dat ik graag door wil vragen. Nieuwsgierigheid borrelt in me op maar ik houd me deze keer in.

- - - - - - - - - -

Enkele dagen later neemt Calyx me mee naar de rand van Tartarus, waar een zwakke kille bries door de lucht glijdt. Voor ons ligt een dorp dat lijkt op een gestorven Fionnuala. De huizen zijn vergelijkbaar maar het dorp voelt dood aan. Geen bloemen of gedierte in bosjes. Het is een sombere bedoening. Alhoewel de schaduwen die ons omringen in het kasteel van Rigan hier niet te vinden zijn, lijkt dit dorp grimmiger. De lucht lijkt gevuld met angst die zwaar op mijn borst drukt. De vredigheid die ik voel in Rigans kasteel is hier nergens te bekennen.

"Hier groeide ik op. Dit is Toati," zegt Calyx terwijl hij naar het grijze dorp wijst. "Ik ken deze plek beter dan mijn eigen gedachten."

Ik kijk naar Calyx, naar de scherpe lijnen van zijn gezicht die oplichten in het zwakke licht van de maan. Zijn blik is doordrongen van vastberadenheid en pijn.

"Waarom zijn we hier?" vraag ik hem, terwijl ik rondkijk.

Ik heb een bepaald gemak gevonden in zijn bijzijn. Ik stel hem vragen zonder erbij na te denken. Het gaat vanzelf. Het is niet zoals bij Aedán, waar ik continu alert was op de woorden die mijn mond verlieten. Dat ik elke mogelijke reactie van hem afwoog voordat ik hem überhaupt iets vertelde. Het voelt alsof ik bij Calyx geen muren om me heen heb. Ik voel me vertrouwd in zijn duisternis.

"Tartarus is meer dan het plaatje dat de wereld van ons schetst, een rijk van duisternis. Het is van oudsher een rijk van ideologie, van eerlijkheid en rechtvaardigheid. Ik geloof in Rigans streven naar een nieuwe harmonie," vertelt Calyx, zijn woorden doordrenkt met overtuiging. "De wereld zoals die nu is... Het is een chaos van egoïsme, verwarde stemmen, aannames en blinde volgelingen. Rigan heeft zich de afgelopen decennia bewezen als een krachtige en nobele leider. Hij probeert een evenwicht te herstellen dat verloren is gegaan."

Fronsend kijk ik hem aan. Zijn geplande openheid overrompelt me. Ik luister aandachtig terwijl hij zijn levensverhaal deelt, hoe hij opgroeide te midden van angst en onderdrukking. Zijn woorden dragen de last van een persoonlijke tragedie, een ervaring die diepe wonden sloeg in zijn hart en zijn wereldbeeld vormde.

"Er is iets gebeurd, jaren geleden, het tekende en veranderde mijn leven voorgoed," fluistert Calyx, zijn stem gebroken door de herinneringen, de kwetsbaarheid voelbaar in zijn ogen. "Toati is al jaren een basis voor de rebellen. Het lijkt alsof deze plek duisterder is dan elk ander dorp in Tartarus. Mijn moeder heeft mijn zusje en mij van kleins af aan altijd gewaarschuwd. We moesten onze meningen voor ons houden om het lot van mijn vader niet te laten herhalen. Maar mijn zusje, een creatieve ziel die droomde van een wereld vol mogelijkheden, gelijkheid en eerlijkheid, kon zichzelf niet inhouden... De daden van de rebellen gingen in tegen elke overtuiging die ze had. Ze opende haar mond."

Hij laat een stilte vallen en wendt zijn blik naar de grond.

Mijn gedachten gaan vluchtig terug naar Rigans bewering dat de rebellen afkomstig zijn uit Danann, dat Cassius verantwoordelijk is voor hun bestaan.

"Ze werd veroordeeld... Afgeslacht door de rebellen... Omdat ze weigerde te buigen voor hun normen. Haar enige misdaad was haar verlangen naar vrijheid, haar weigering om zich neer te leggen bij de beperkingen die ons opgelegd werden." Zijn ogen dragen een diepte van pijn terwijl hij vertelt over de onrechtvaardigheid, over de stemmen die werden gesmoord en de dromen die werden vernietigd. Zijn zus verdween uit zijn leven, haar vrijheid afgenomen door degenen die vasthielden aan een hypocriet systeem.

Met grote ogen luister ik naar zijn verhaal. Ik kan niet geloven dat Danann verantwoordelijk is voor deze macabere acties, maar het bewijs ligt voor mijn neus. Calyx' tragedie is het bewijs. Ik frons. Ik kan het niet bevatten. Is Cassius daadwerkelijk een sluwe man zoals Rigan beweert? Houdt Cassius elke burger in Danann voor de gek? Is hij echt zo hypocriet? De verschillende rangen binnen mijn rijk schieten door mijn hoofd, hoe de Laaggeborenen onderdrukt worden. Hoe ze gediscrimineerd worden... Mijn hartslag versnelt terwijl ik mijn innerlijke discussie voer. Is dat het onrecht die Rigan bestrijdt?

Ik wend mijn blik weer naar Calyx, zoekend naar oprechtheid in zijn ogen. Ik probeer antwoorden te vinden, maar een rilling loopt over mijn huid als ik zie dat Calyx' neusvleugels zich verwijden en de blik in zijn ogen veranderd is.

"Hierdoor ontwaakte er een vuur in mij," vervolgt Calyx, zijn stem nu gevuld met vastberadenheid. "Een overtuiging om een wereld te creëren waarin we onszelf mogen zijn, waarin het niet afgestraft wordt dat je een andere mening hebt. Ik geloof niet in verschillende rangen binnen een maatschappij, zoals dat in jouw rijk het geval is. Ik geloof in vrijheid, mogelijkheden en potentie. En... Ik geloof dat heftige maatregelen soms nodig zijn om de samenleving te dwingen haar ogen te openen. Ik wist dat ik weg moest uit Toati om dit te kunnen bereiken. Ik sloot me aan bij Rigan om tegen de rebellen te vechten. Ik moet afmaken wat mijn zusje begonnen is. Haar dood en de dood van mijn vader mogen niet voor niets zijn geweest."

Hij kijkt me aan met een intensiteit die mijn ziel lijkt te doorboren. De lucht lijkt zwaarder te worden. Ik voel de diepgewortelde overtuiging in zijn woorden resoneren met mijn eigen verlangen naar een stem te hebben die gehoord wordt. Ik denk aan Elara en hoe ook haar mond gesnoerd wordt in mijn ouderlijk huis. Iets waar ik altijd tegenin ben gegaan, maar waarom mijn ouders niet? Ze volgen klakkeloos de bevelen van Cassius. Zijn ze dan net zo hypocriet als hij?

"Duistere magie is ons middel, niet ons doel," haalt Calyx me uit gedachten, zijn blik intens terwijl hij tegen een afgebroken boomstam leunt. "Soms is er een flinke schok nodig om de boel te resetten. Rigan snapt dat en ik ga met hem mee." Hij pauzeert en haalt zijn hand door zijn gitzwarte haar, dat glimt in het maanlicht als ravenveren. "Rigan ziet iets in jou, Naas," vervolgt hij, zijn stem laag en zacht maar vastberaden. "Hij ziet dat jij de boel weer in balans kunt brengen, een nieuwe start kunt maken. En ik, ik denk dat hij het bij het rechte eind heeft." Hij knijpt zijn ogen tot spleetjes, één mondhoek speels omhoog gekruld. Een twinkeling verschijnt in zijn ogen als een hernieuwde hoop die ontwaakt.

Een tinteling vult mijn buik en ik voel hoe de hitte naar mijn wangen stijgt door de blik die hij me geeft. Zijn uitdagende glimlach, dwingt me mijn blik op de horizon te richten terwijl ik mijn lippen even op elkaar pers. Mijn hart slaat onregelmatig in mijn borst.

Net als Rigan, spreekt Calyx niet zoals de schaduwen die ik verwacht had. Hij is menselijk, met een complexiteit die me fascineert. Zijn gehele voorkomen is sterk, zeker, duister, en wordt versterkt door de volledig zwarte outfit. Maar ondertussen is hij een man van principes, discipline en schuilt er een zachtheid in hem.

Calyx straalt uit wat ik zelf altijd ambieerde en ik kan me vinden in zijn overtuigingen. Ik haat het dat mensen in hokjes worden gestopt. Iedereen is uniek. Iedereen is gelijk. Waarom labels plakken? En in Danann is iedereen bereidt zichzelf in een hokje te plaatsen, alsof ze maar al te blij zijn een label op zichzelf te plakken. Het slaat de plank van gelijkheid volledig mis. Is de heerschappij in Danann dan echt zo krom?

Blijkbaar...

- - - - - - - - - -

Ik bevind me nu ruim een maand in het kasteel van Rigan en het voelt als een reis door de schaduwen van mijn eigen twijfels. Mijn volledig uitgeruste slaapkamer met de aansluitende badkamer begint een veilige haven te worden. De verhalen en motieven die ik te horen krijg botsen met mijn ervaring en kennis binnen Danann, waar duizenden krijgers en magiërs bruut vermoord zijn door zijn aanvallen. Hoe kunnen Rigans daden iets goeds vertegenwoordigen? Het klopt nog altijd niet. Het strookt niet met mijn rationaliteit.

Toch lijkt de heersende duisternis hier steeds meer terrein te winnen binnenin mij, aangesterkt door mijn groeiende twijfels over Cassius' heerschappij en Dananns structuur. De schaduwen resoneren heftig met mijn innerlijke fluisteringen en verlangens. Het beest in me slaagt er steeds beter in om door mijn innerlijke muren te krassen.

Nadat Calyx me toeliet in zijn persoonlijke verhaal zijn onze gesprekken een dans van woorden geworden, een choreografie van vertrouwen die elke dag complexer wordt. We praten over zijn jeugd, over de onderdrukking en donkere krachten die hij kende. Ik voel mijn eigen innerlijke conflicten resoneren met zijn verhaal. We delen alles met elkaar en voor het eerst in mijn leven spreek ik openlijk, zonder me in te houden. Niets wat ik zeg, is te gek. Ik vertel hem over mijn leven, over hoe ik op dit punt terecht ben gekomen. Ik voel me gehoord, begrepen. In Calyx zie ik een sterke kracht gecombineerd met een zekere zachtheid, iets dat nieuw voor me is. Het is iets dat ik altijd voor onmogelijk had beschouwd.

Zijn overtuiging in Rigans streven naar een nieuwe harmonie infiltreert diep in mijn gedachten, als schaduwen die hun weg vinden in de donkere hoeken van mijn ziel. Ik keer me steeds meer tegen Dananns heerschappij.

Mijn magie tonen aan Calyx is nog altijd een confrontatie met de duisternis die in mij sluimert. Hij kijkt me aan met ogen doordrongen van trots en vastberadenheid, terwijl ik mijn krachten ontketen en ik zie hoe de opgeroepen vlammen vonkelen in zijn irissen. Telkens durf ik een beetje meer los te laten. Elke dag word ik sterker en zekerder. Elke dag groeit de hoop in Calyx' ogen. Elke dag groei ik dichter naar hem toe, naar Tartarus toe. Elke dag wordt de aanwezigheid van het monster in me groter, verbonden met de duisternis.

Het volk van Tartarus kijkt naar me op en bewondert me als hoop in de duisternis. De sleutel. Ik voel me belangrijk, een symbool van verandering dat wordt omarmd door degenen die de schaduwen als hun bondgenoot beschouwen.

Toch vraag ik me af of de wereld echt zo erg is als Rigan zegt dat het is. Iets in me fluistert twijfels toe over Rigans woorden. Ik heb nooit eerder stilgestaan bij de rechtvaardigheid van Cassius' motieven. Ik heb Danann nooit als kwaad gezien. Maar waarom kunnen mijn ouders me dan zo makkelijk verbannen, me uit hun leven snijden als een ongewenst gezwel? Dat zou je toch nooit je dochter aan doen? Ook al is het een regel binnen Danann, waarom hebben ze niet voor me gevochten?

In Tartarus word ik gezien voor wie ik ben. Ze stoppen me niet in een hokje. Ze zien me als iemand die uniek is en dat die uniekheid juist mijn kracht is. Ik heb hier daadwerkelijk iets te zeggen. Toch fluistert het kleine stemmetje in mijn achterhoofd dat deze duisternis niet de oplossing is, dat ik verblind ben door de schijnbare warmte van acceptatie en erkenning. Maar de schaduwen omarmen me en het voelt als de knuffel van erkenning waar ik al jarenlang naar verlang.

37

Enkele dagen later, bevind ik me na de lunch met Calyx in de trainingszaal, klaar voor een nieuwe trainingssessie. We staan tegenover elkaar wanneer de lucht in de trainingszaal plotseling zwaarder aan voelt. De deur zwaait open en de temperatuur in de kamer lijkt te zakken.

Met een ruk draai ik me om, mijn spieren aangespannen, mijn magie wegebbend in mijn handen. Een donkere magiër, een sinistere figuur met ogen die dieper lijken te graven dan de diepste schaduwen, komt aangelopen.

Mijn mond valt open bij het zien van drie schaduwachtige kettingen die leiden naar drie lijkbleke gevangenen met angstige blikken in hun ogen. De aanwezigheid van het imposante donkere gestalte laat een rilling over mijn rug lopen en ik kan de duisternis die hem omringt bijna tasten. Met gespannen spieren zie ik hoe Calyx hem groet met een diepe buiging. Deze magiër is niet zomaar iemand.

"Dit is Meester Valthor," zegt Calyx met een ernstige ondertoon. "Hij is een van onze meest bedreven donkere magiërs."

Valthor bekijkt me met een koude, doordringende blik, alsof hij mijn ziel probeert te doorgronden. Zijn stem klinkt als een fluistering van de schaduwen. "Jij bent de nieuwe hoop van Tartarus, zo beweert men. Laten we eens zien of je werkelijk het potentieel bezit waar iedereen over praat."

Calyx, een mix van respect en vrees in zijn ogen, staat naast me terwijl de gevangenen onzeker naar ons kijken. Met grote ogen probeer ik de gevangen te plaatsen. Ze lijken burgers.

"Zie je deze zielen, deze hopeloze rebellen?" Valthor wijst naar de gevangenen met een kille glimlach. "Ze zijn niets meer dan speelgoed voor mijn schaduwen."

Met een simpele handbeweging laat Valthor de schaduwen dansen. De ruimte vult zich met een kille duisternis, de kaarsen flikkeren. Het wordt donker en kippenvel verspreidt zich over mijn lichaam.

De schaduwkettingen die gebonden zijn om de nekken van de gevangenen slingeren voor me omhoog. De rebellen bungelen in de lucht, wild spartelend en met hun handen grijpend naar de schaduw strop om hun nek. Hun hoofden lopen rood aan.

Gorgelende, kermende kreten vullen mijn oren. Het verstijft mijn lijf. Met grote ogen zie ik hun bewegingen verslappen. De gevangenen vallen levenloos op de grond wanneer Valthor de kettingen loslaat.

Mijn adem stokt en een huivering trekt over mijn rug. De angst knijpt mijn keel dicht en laat mijn hart bonzen in mijn borst.

Een arrogante grijns speelt om Valthors lippen. "Zie je," zijn stem als een gif dat langzaam mijn oren binnendringt. "De duisternis kan de zwakken vernietigen, maar zij die haar omarmen, zullen triomferen."

De schaduwen trekken zich terug en ik sta verstijfd, mijn ogen zijn gefixeerd op de levenloze lichamen voor me. Dit waren mensen uit mijn rijk...

Calyx kijkt me aan maar zijn blik verraadt geen emotie. De

zachtheid die ik eerder in zijn gelaat zag is nergens meer te bekennen. Het is alsof hij wil zien hoe ik reageer op deze macabere demonstratie. Om te kijken of ik daadwerkelijk kan zijn wat Rigan ze belooft.

Een ijzeren greep van angst omklemt mijn hart terwijl Valthor me met doordringende ogen observeert. "Angst is alleen een zwakte als je niet weet hoe je het kan gebruiken." Zijn ogen boren zich in de mijne, zijn blik een meedogenloze uitdaging. "Angst is een wapen. Je kunt het omvormen tot kracht. Het is de sleutel tot ware macht over de duisternis."

Hij stapt dichter naar me toe, zijn donkere gestalte lijkt de schaduwen om zich heen te laten dansen. Een koude rilling trekt wederom over mijn huid terwijl ik zijn onheilspellende aanwezigheid voel.

Ik wil iets zeggen maar ik krijg er niets uit. Het is alsof ik zelf een schaduw strop om mijn keel heb.

"Laat me je leren hoe je een van de meest krachtige magiërs wordt," zegt hij en met een vloeiende beweging roept hij schaduwen op die zich om mijn gestalte wikkelen als een verstikkende mantel.

Ik voel de duisternis zich om me heen sluiten. Mijn ademhaling versnelt terwijl ik een stap achteruit wankel. De angst in mijn keel lijkt een echo te vinden in de schaduwen.

Valthors hand raakt mijn schouder en ik verstijf onder zijn aanraking. In mijn gedachten zie ik mezelf aan een van zijn schaduw kettingen bungelen. "Laat de angst toe. Voel het tot in het diepste van je wezen," fluistert hij, zijn stem als een giftige melodie.

Met elke seconde lijkt de angst in me te groeien.

Valthor drukt me verder. "Angst is geen zwakte, laat het je kracht voeden. Zet het om in woede."

De schaduwen trekken zich samen, ze knijpen me fijn. Mijn borst wordt samengeknepen. Mijn longen branden.

Ik snak naar adem.

Valthor kijkt me aan, zijn gitzwarte ogen doordrongen van

verwachting. "Voel het!" commandeert hij, knijpend in mijn schouder waardoor het bloed in mijn aderen bevriest.

Mijn ademhaling is oppervlakkig maar ik voel een vreemde koude energie door mijn aderen stromen. Ik dwing mezelf te voelen en om stil te blijven staan bij de emotie. Ik focus op de tornado die in mijn lijf tekeergaat. Ik knijp mijn ogen dicht en speur mijn innerlijke wereld af.

Mijn vingers tintelen.

Plotseling voel ik een weerstand, een innerlijke kracht die opwelt. *Laat je niet kleineren!*

De duisternis binnenin mij begint te roeren. Het beest weigert vastgeketend te blijven.

Mijn woede borrelt op en duwt de angst weg. Mijn hartslag versnelt en abrupt openen mijn ogen. De tornado in mijn binnenste verlaat mijn mond als een schreeuw. Een woeste explosie van energie barst uit mijn lichaam.

De schaduwen verbrijzelen terwijl ze van me af schieten. Valthor deinst verrast achteruit, de schaduwen ontwijkend.

Met grote ogen kijk ik hem geschokt aan. Een diepe ademhaling vult mijn longen en een golf van kille kalmte vloeit door mijn lichaam.

Valthor herstelt zich snel maar een frons tekent zijn gezicht. "Interessant. De duisternis in jou is sterker dan ik vermoedde." Zijn ogen knijpen lichtjes samen, alsof hij intern puzzelstukken samenvoegt en conclusies trekt.

Ik knipper een paar keer snel met mijn ogen. Inwendig vraag ik mezelf af wat er gebeurde. Ik probeer een rationele verklaring te vinden. Hoe kan ik de magie van iemand als Valthor overmeesteren? Maar ik besef me dat het niets te maken heeft met rationaliteit. Nee, het zijn mijn emoties die ik steeds beter kan omzetten in kracht. Het is het monster in me die mij als een trouwe hond bewaakt.

Terwijl de schaduwen om ons heen weer tot rust komen, besef ik dat ik een grens heb doorbroken. Mijn spieren ontspannen en een diepe teug adem vult mijn longen. Een glimlach van triomf speelt om mijn lippen en ik besef me dat het beest in me sterker is dan ik dacht.

Valthor kijkt me met een nieuwe intensiteit aan, een mengeling van verrassing en goedkeuring. "Misschien ben je wel meer geschikt voor de duisternis dan ik aanvankelijk dacht. En dat voor iemand uit Danann. Blijkbaar nestelt de duisternis zich al dieper in je dan ik kon voorzien."

Mijn kin gaat iets hoger de lucht in. Mijn binnenste tintelt alsof het beest kwispelt. Het voelt alsof ik één ben met mijn omgeving die geladen lijkt met een andere energie.

Mijn lijf trilt nog licht van de losgelaten donkere magie. De euforie giert door mijn lijf.

Het smaakt naar meer.

Die avond bevind ik me met Calyx in een van de sombere tuinen van het kasteel, gevuld met zwarte en donker grijsgroene planten, gehuld in een schemering van schaduwen en mist. De stenen bank in de kasteeltuin voelt koud door mijn gewaad, maar de hitte die van Calyx uitgaat verwarmt me van binnenuit. Het is een plek waar we steeds vaker te vinden zijn.

"Dat was ongelofelijk," raspt Calyx, zijn ogen glinsterend in het maanlicht. "Je weerstand tegen Valthor was... Het was indrukwekkend. Ik had nooit gedacht dat je zijn kracht zou evenaren."

Trotsheid borrelt op in mijn aderen. De woorden van Calyx strelen mijn ego en voeden de honger naar de kracht die in me sluimert. De verleiding is groot. De belofte van verandering onweerstaanbaar. Een pad dat ik met open ogen wil bewandelen.

Calyx glimlacht, een glimlach die meer onthult dan hij wil laten zien. "Dit is precies wat we nodig hebben," zegt hij terwijl hij zich naar me toe draait en een enkele been opgetrokken op de bank legt. "Rigan zal blij zijn te zien dat je zijn vertrouwen waard bent."

Zijn blik houdt de mijne vast maar ik zie meer in zijn ogen dan tevredenheid. Er is een glans, een diepere emotie die ik niet kan duiden. Het maakt me onrustig, maar ook nieuwsgierig. Het laat mijn hart onregelmatig kloppen.

"Je bent uniek," fluistert hij, zijn stem hees en zijn ogen licht samengeknepen. Met onverwachte zachtheid strijkt hij een lok van mijn haar achter mijn oor. Het lijkt alsof zijn amberkleurige ogen in vlammen zijn veranderd.

De aanraking, zo onschuldig, stuurt een schok door mijn lichaam. De intensiteit in zijn ogen maakt het beladen. Een onbestemde spanning hangt tussen ons die zwaarder is dan de vochtige nachtlucht.

Calyx' ogen fixeren op mijn lippen, waarna ze mijn ogen weer vinden. Hij glimlacht. Een verleidelijke glimlach vol lust en gevaar.

"En je hebt nog niet eens volledig losgelaten," zegt hij, zijn stem laag en sensueel. "Je kan oppermachtig worden."

- - - - - - - - - -

Nog een week vordert en Calyx is steeds vaker weg. Ik vind zelf mijn weg door de gangen en houd mezelf bezig. Dagen worden gevuld met Valthors trainingen en eindeloze verhalen over Tartarus en Rigan. Ik ontmoet veel mensen met ieder zijn eigen verhaal. Vele verhalen die lijken op die van Calyx. Het vertrouwen dat ze in me hebben groeit met de dag, waarbij mijn eigen vertrouwen meegroeit.

Ik heb een bepaald ritme gevonden in mijn dagen. Een ritme die resoneert met mijn verlangen naar kracht en waarheid, die onderbouwd wordt met een gevoel van erkenning. Het is alsof ik mijn volledige zelf kan zijn. Ik hoef me niet voor te doen als iemand anders.

Mijn masker is af.

Ik voel rust, een doel. Ik voel me erkend.

De winterse avond valt over de tuinen van het kasteel. Een

zachte koude bries speelt met de losse plukken van mijn haar, terwijl ik mijn weg baan tussen de weelderige planten en zwart met gouden beelden die de grindpaden flankeren. De tuinen ogen sinister maar geven me een behaaglijk gevoel, als de sereniteit van een begraafplaats. Gek genoeg is het mijn favoriete plek om terug te blikken op mijn dag. Een moment van reflectie voor mezelf, waarbij ik in mijn notitieboek schrijf.

In de stille gloed van de maan loop ik verder langs de met klimop bedekte muren van het kasteel. Het geluid van kleine stenen die tegen elkaar worden geduwd onder de kracht van mijn voetstappen doorbreken de stilte. Ik bewonder hoe de grijsgroene planten met zwarte bloemen een combinatie van sereniteit en kracht uitstralen. Zwart is mooi.

Mijn hartslag schiet abrupt omhoog bij het horen van rennende voetstappen over het grind, dat achter me klinkt. Vluchtig draai ik me om.

Mijn ogen vergroten als ik Calyx in een haastige sprint naar het kasteel zie komen. Zijn normaal rustige tred is nu vervangen door een ongekende urgentie.

Ik haast me naar hem toe, in de hoop hem te treffen voordat hij bij de ingang van het kasteel is.

Naarmate ik dichterbij kom, onthult het scherpe maanlicht dat zijn kleding doordrenkt is, een sinistere aanblik die mijn hart doet overslaan.

"Calyx!" roep ik, mijn stem doordrenkt met bezorgdheid terwijl ik naar hem toe ren en tussen hem en de ingang mijn positie kies.

Mijn borst verkrampt, mijn ogen staren naar zijn verschijning.

Hij stopt abrupt voor me, zijn ogen doordringend en vastberaden, maar getekend door de schaduwen van iets dat onuitsprekelijk is. Zijn hoekige lippen op zijn bebloede, gehavende gezicht zijn los van elkaar. Zijn borst beweegt snel op en neer. Zijn kleding is verzadigd met bloed dat langs zijn handen druipt en zijn weg vindt naar het bebloede handvat van zijn zwaard. Het contrast met zijn normaal gesproken onberispelijke voorkomen is verontrustend.

"Nu even niet!" krast de doorweekte raaf met ernstige toon. Hij kijkt alweer van me weg, duwt me opzij en begint zijn weg te vervolgen naar het kasteel.

Ik slik hard en probeer mijn ademhaling kalmer te krijgen. "Wat is er gebeurd?" vraag ik hem, terwijl ik hem met een versnelde pas achtervolg.

Een zware stilte hangt tussen ons in. Calyx reageert niet.

Mijn grote ogen vallen op de bloeddruppels die hij achterlaat op het grind. Een knoop vormt zich in mijn maag. Ik bijt mijn kiezen op elkaar. Ik móet weten wat er gebeurd is.

"Calyx!" roep ik streng.

Hij stopt en draait zich om. Hij kijkt me recht in mijn ogen aan. Zijn gezicht zo strak, zo vlak. Emotieloos. Een bebloede diepe snee loopt van zijn voorhoofd naar zijn linkerwang. Zijn linkeroog lijkt te huilen, dichtgeplakt met rode tranen.

Mijn adem stokt. Zijn houding en blik in zijn ogen geeft me een rilling over mijn rug. Ik schud inwendig mijn verstijfde lichaam wakker en kijk bezorgd naar zijn verwonding in zijn gezicht.

"Je..," begin ik maar hij kapt me af.

"Geen zorgen," kalmeert hij me, met een glimlach die zijn strakke ogen niet bereikt. Hij ademt diep in. "Gewoon een opdracht."

"Maar al dat bloed... Je- je bent gewond," stamel ik, terwijl mijn ogen een ongeschonden stukje proberen te vinden.

"Het meeste is niet van mij. Geen paniek. Het is oké." Zijn stem is vlak, alsof hij me afwimpelt. Zijn adamsappel beweegt op en neer en zijn linkeroog trekt even samen. "Maar ik moet gaan."

Hij laat me achter in de tuinen.

Ik sta verstijfd en vraag mezelf af of hij pijn heeft. Die snee... Al dat bloed... Zo heb ik Calyx nog nooit gezien. Ik weet dat hij lugubere dingen doet als hij niet bij mij is, maar de hardheid die hij nu in zijn houding had is als dag en nacht met de wonderlijke zachtheid die ik in de afgelopen weken gezien heb. Wat doet hij precies als hij niet aan mijn zijde is? Hij vecht tegen de rebellen, maar hij praat er nooit over. Heeft Rigan hem een opdracht gegeven? Heeft hij iemand vermoord? Van wie is dat bloed?

Ik kijk om me heen, op zoek naar anderen maar ik zie niemand. De knoop in mijn maag trekt samen. De razende gedachten in mijn hoofd versnelt mijn ademhaling.

De tuinen lijken plotseling gevuld met de echo van harde beslissingen en duistere offers, dat haaks staat op de gemoedelijke sfeer die ik tot nu toe gezien heb.

Mijn gefronste blik wendt zich weer naar de ingang van het kasteel, waar de raaf naar binnen vloog. Een prikkend gevoel achter mijn ogen doemt op wanneer ik zijn gezicht weer in gedachten voor me haal.

38

En volledige dag gaat in stilte voorbij waarbij mijn zorgen met de minuut vergroten. Calyx is nergens te bekennen en het gemis van zijn aanwezigheid voelt als een holte in mijn dag. Ik heb veel op mijn kamer gezeten, rondgelopen in de tuinen en geluncht en gepraat over koetjes en kalfjes met andere mensen aan een grote eettafel in de eetzaal van het kasteel.

Scenario's betreffende mijn confrontatie met Calyx die avond spelen zich als een eindeloze lus af in mijn hoofd. Een onbehaaglijk gevoel krioelt in mijn buik; iets zegt me dat er iets niet klopt. Het groeit met elk verzonnen scenario.

Ik frons en ik bijt even op de binnenkant van mijn lip, terwijl ik leunend tegen de koude muur op mijn bed zit. Mijn haren zijn nog nat van het bad dat ik net genomen heb.

In bad drong het besef tot me door van het immense contrast tussen mijn leven een half jaar geleden, voor de selectiedag van de Fianna, en mijn leven nu. Mijn leven is volledig op zijn kop gezet, 180 graden gedraaid. Als iemand me dit toen had verteld, had ik ze nooit geloofd. Wat doe ik hier eigenlijk? De moordzuchtige acties die ze uitvoeren lijken haaks te staan op hun overtuigingen. Hoe kunnen ze van die gruwelijke dingen doen en zeggen dat het voor een goed doel is? Ze laten overal lijken achter. Ze hebben veel meer schade aangericht dan Danann ooit bij hen heeft gedaan.

Mijn middenrif trekt samen bij een visualisatie van het roerloze lichaam van Akhil bij de Spiegelbron en dwingt me mijn ogen hard dicht te knijpen. Wat doe ik hier?! Ik wil niets te maken hebben met hun bloederige acties. Moet ik terug naar Danann?

In Danann ben je nooit gehoord. Niemand begreep je. Teruggaan naar Fionnuala betekent een eenzaam leven in een hokje. Hier word je echt gezien, echt erkend! Giftige fluisteringen bestoken mijn hoofd en resoneren met mijn diepste innerlijke kamers.

Plotseling wordt er op mijn kamerdeur gebonkt en voordat ik iets kan roepen gaat de deur open. Mijn gedachtestroom wordt ruw onderbroken en een zucht van opluchting verlaat mijn mond bij het zien van het zwarte glanzende haar van Calyx.

"Hey," klinkt zijn diepe stem enigszins hees terwijl hij de deur achter zich dicht doet en er met zijn rug tegenaan leunt. Een glimlach verschijnt op zijn gezicht die voor de helft bedekt is met een zwart masker dat de snee bedekt.

Ik beantwoord zijn glimlach en voel mijn hart racen. Het lijkt alsof een magneet in mijn binnenste me naar hem toe trekt, maar ik onderdruk de behoefte. Ik geef hem een bezorgde blik.

"Goedemorgen." Mijn ogen vallen op zijn arm die in een zwarte mitella rust. "Shit! Wat hebben ze je aangedaan?" Het komt er rotter uit dan gehoopt waardoor mijn kaken zich strak op elkaar klemmen, mezelf dwingend mijn mond te houden.

Hij stopt een hand in zijn broekzak en lacht kort. Aan zijn gezicht te zien kon hij mijn toon waarderen. "Dat is wat ik je inderdaad wil komen vertellen," begint hij, zijn stem serieus en één oog gefocust op mij.

"Ja graag. Maar, gaat het wel goed met je?" onderbreek ik hem met een bezorgde blik in mijn ogen, terwijl ik loskom van de muur en naar de rand van mijn bed schuif.

"Ja, het gaat prima met me. Maak je geen zorgen, ik kan wel wat hebben. Een paar hechtingen en kneuzingen," verklaart hij met een rustige stem terwijl hij naar me toe komt lopen en naast me gaat zitten. "Het meest vervelende is nog dat ik met één oog geen diepte zie."

Hij straalt een bepaalde kalmte en tegelijkertijd onverstoorbaarheid uit. Zijn zwarte masker volgt de contouren van zijn voorhoofd en jukbeenderen alsof het een tweede huid is. Zijn amberkleurige oog lijkt erdoor nog feller te zijn.

"Gelukkig... Ik schrok me rot." Mijn stem is zacht, mijn blik op zijn gezicht gevestigd. De gedachten aan de hoeveelheid bloed dat over zijn gezicht liep schiet een koude rilling over mijn rug. Ik pers vluchtig mijn lippen stevig op elkaar om de visualisatie weg te duwen. Ik knipper snel met mijn ogen en focus me weer op de antwoorden die ik wil hebben.

"Het was niet mijn bedoeling om je tegen te komen. Ik had liever gehad dat je me niet gezien had," zegt hij serieus met een zwaarte.

Ik kijk hem fronsend aan. "En hoe bedoel je dat?" komt er argwanend uit mijn mond.

Abrupt kijkt hij me weer aan, zijn hoofd schuddend. "Nee, ik probeerde je niet te ontlopen... Of iets te verbergen." Hij zwijgt even en haalt diep adem. "Ik wilde gewoon niet dat je me zo zou zien. Alle kennis hebben is niet altijd goed voor je."

Het onbehaaglijke gevoel in mijn buik keert terug en intern bevestig ik dat mijn vermoeden klopt. Het besef dat er meer moet spelen laat mijn aderen kloppen op het versnelde ritme van mijn hart. Ik weet dat hij vecht tegen de rebellen, maar ik heb geen idee wat het inhoudt. Zijn de opdrachten die hij krijgt puur ter verdediging van de zwakken? Of is hij een sluipmoordenaar die één voor één de rebellen afslacht? Ik weet het niet en het baart me zorgen. De onzekerheid maakt me gek. Ik verlang naar feiten zodat ik de controle voor mezelf een beetje terug kan krijgen.

"Stop eens met dat cryptische gedoe. Waarom zou ik je zo niet mogen zien? Wat is er dan aan de hand?" opper ik met een zekere stem.

Er volgt een korte stilte en ik voel de spanning in de lucht groeien.

"Dit is dus precies wat ik wilde voorkomen," beschuldigt hij zichzelf.

"Serieus, Calyx, vertel me gewoon wat er is." Mijn stem is streng, verlangend naar duidelijkheid.

Hij kijkt me lang aan, zijn oog gehuld in bezorgdheid.

"Oké." Een diepe ademhaling laat zijn borst omhoog komen en wrijft hard over zijn mond. "Je weet dat ik de afgelopen tijd wat vaker weg ben geweest. Dat heeft ook hiermee te maken. Rigan heeft me een nieuwe opdracht gegeven. Ik ben nu onderdeel van een eenheid... Een eenheid die jou moet beschermen," legt hij uit.

Ik frons waarna ik mijn wenkbrauwen omhoog trek. "Mij beschermen?" In gedachten zoek ik redenen voor zo'n eenheid maar ik kan geen conclusie trekken. "En waarom zou ik dan bescherming nodig moeten hebben?" Mijn stem enigszins hoogmoedig.

Calyx verandert zijn houding en lijkt de juiste woorden te zoeken. Hij leunt voorover en rust een enkele elleboog op zijn knie, zijn blik wendend naar zijn voeten.

"Er zijn mensen die je willen stoppen. Ze zien je als een bedreiging. Je bent gevaarlijk in hun ogen en ze mogen niet bij je komen," vertelt hij met een ernstige toon. Hij richt zijn blik op de deur, alsof er ieder moment iemand binnen kan komen die een gevaar voor me kan zijn.

Met ingehouden adem kijk ik met grote ogen naar de achterkant van zijn hoofd. In gedachten probeer ik zijn woorden een plek te geven. Ik, een bedreiging?

"Huh? Waarom zouden ze mij nou weer als een bedreiging zien. En wie dan?" tracht ik naar duidelijkheid te zoeken.

Calyx komt weer overeind zitten en draait zijn gezicht naar mij. "Naas..." Hij laat een stilte vallen en zijn adamsappel beweegt heftig op en neer. De spanning is haast tastbaar. "Danann is degene die achter je aan zit."

Mijn lichaam verstijft. Het is alsof de grond onder me vandaan zakt. Een golf van ongeloof en verwarring overspoelt me. Danann? Onmogelijk. Mijn eigen Rijk? Nee, dat kan niet. Ze zouden me nooit als vijand zien.

"Nee," zeg ik, mijn stem vol ongeloof. "Dat is onmogelijk."

Calyx zucht, zijn ogen vol ernst. "Ik weet dat het moeilijk te geloven is."

Woede borrelt op in mijn aderen. "Je hebt het over mijn familie hè? Ik ben helemaal geen gevaar voor hen." Ik schud mijn hoofd. Mijn stem is krachtiger dan ik me voel. "Danann kan het niet zijn. Het moeten anderen zijn."

Calyx' hand reikt naar de mijne en knijpt erin. De warmte van zijn aanraking stuurt een golf door mijn lichaam.

"Je moet me geloven. Ik zou nooit tegen je liegen. Danann heeft speciale eenheden samengesteld om je te elimineren," dringt hij aan, zijn stem krachtig en toch vol medeleven.

Ik trek mijn hand terug. "Cassius zou nooit een bevel geven om mij te vermoorden. Ik ben zijn familie. Ze moeten dan met een reddingsmissie bezig zijn of zo. Het kan niet dat ze me willen doden. Dat kan gewoon niet," zeg ik fel, zijn woorden in twijfel trekkend.

Calyx zucht hard. Een diepe rimpel verschijnt tussen zijn wenkbrauwen. "Luister naar me!" spreekt hij me streng toe, zijn stem scherp.

Hij staat abrupt op van het bed en kijkt me doordringend aan. "Je bent in gevaar. Ik heb oog in oog gestaan met ze. Ze zijn hier niet om je te redden. Hun enige doel is om je uit te schakelen. Kijk naar mijn gezicht. Denk je dat dit een liefdevolle reddingsactie is? Nee! Ze willen je kapot hebben." In zijn ogen flitst een vastberadenheid als hij ze vernauwt naar me. Hij laat een stilte vallen en ademt gefrustreerd in.

Ik zwijg. Mijn blik is vastgeketend aan de zijne terwijl ik omhoog kijk. Ik slik en vul mijn longen oppervlakkig met schokkerige ademhalingen. Ik probeer leugens in zijn ogen te vinden maar ze lijken oprecht. Spreekt hij echt de waarheid? Nee, het kan niet... Mijn vader zou zo'n bevel nooit toelaten. Ik sluit mijn ogen en laat mijn hoofd hangen.

Ze hebben je eerder verbannen. Weet je nog?! Ze hebben nooit vertrouwen in je gehad. Ze willen je naam wegvagen uit de familieboom. Ze hebben je nooit bij hen willen hebben. Je bent altijd al een teleurstelling voor ze geweest. Ze wilden dat je nooit geboren was. Mijn gedachten worden overspoeld door woeste en wraakzuchtige fluisteringen.

Calyx' vinger onder mijn kin kantelt mijn hoofd weer omhoog en onze ogen ontmoeten elkaar. Hij glimlacht, maar er is iets in zijn vurig amberkleurige ogen dat me huiverig en gerustgesteld tegelijk maakt.

"Tartarus zal je veilig houden. Je staat er niet alleen voor en ik ben hier om je te beschermen," zweert hij terwijl hij met zijn duim mijn wang streelt. Hij pauzeert en lijkt elke porie in mijn gezicht in zich op te nemen. "Nasiah," begint hij waarbij hij zijn hand om mijn nek plaatst, alsof hij er zeker van wil zijn dat ik hem aankijk. "Ze zullen over mijn lijk gaan voordat ze jou ook maar aanraken." De toon van zijn stem is zacht maar er is een ijzige vastberadenheid in zijn woorden.

Er is iets in zijn blik en in de manier waarop hij mijn naam uitspreekt dat me doet duizelen. Ik voel de warmte van zijn hand als een inwendige golf zijn weg naar mijn borst vinden.

"Waarom?" vraag ik, mijn stem nauwelijks hoorbaar. "Waarom zou je me beschermen?"

Calyx laat me los en knielt voor me neer. Zijn blik is een mengelmoes van vastberadenheid en haat. "Dit is precies de reden dat Tartarus het gevecht met Danann aangaat. Deze actie van

Cassius bevestigt al onze motieven. Hij ziet je kracht, je macht. Hij ziet je onafhankelijkheid. En als hij ergens niet tegen kan, is het de controle verliezen. Je bent een gevaar voor hem omdat hij geen controle over je heeft en dan rest hem nog één uitweg... Jou uitschakelen."

Ik wend mijn blik naar de grond naast Calyx. Hoe kan Cassius zoiets doen? En erger nog, hoe kunnen mijn ouders in hun posities hiermee instemmen? Mijn middenrif verkrampt.

Inwendig neem ik de afgelopen periode door en alle veranderingen die hebben plaatsgevonden. Mijn levensdoel was vechten als een Fianna en mijn Rijk redden van Tartarus, maar de maanden in Tartarus hebben me een keerzijde laten zien. Alle verhalen die ik gehoord heb waarin Danann in een ander daglicht geplaatst werd, scheppen een ander beeld. Mijn loyaliteit naar Danann en Cassius hangt aan een zijden draadje.

Ik kijk nog een keer naar Calyx' masker en verwondingen die zijn opofferingen weerspiegelen. In gedachten zie ik weer de bebloede snee die over zijn gezicht liep, een verwonding die hij opliep omdat hij mij wilde beschermen.

Ondanks mijn twijfels over Dananns beweegredenen voel ik een verbondenheid met Calyx. Hij voelt voor mij meer als thuis dan Danann ooit gedaan heeft. Hij heeft me zoveel bijgebracht. Door hem kan ik mijn volledige zelf zijn. Ik hoef me niet meer voor te doen als iemand anders. Ik ben ik. Ik heb me nog nooit zo goed gevoeld over mezelf in iemands bijzijn. Calyx ziet mij, inclusief imperfecties, inclusief mijn donkere kant. Hij is mijn innerlijke rust.

Ik voel een inwendige storm manifesteren. Opeens besef ik me dat hij zijn leven op het spel zet voor mij en dat ik het risico loop hem te verliezen. Nee, ik heb al verzaakt Akhil te beschermen... Dat mag niet nog een keer gebeuren. Calyx mag geen gevaar lopen door mij. Ze hebben hem al gepijnigd. Ik zou hém moeten beschermen. Ik ben hier de magiër. Ik ben sterker.

Ik sluit mijn ogen en adem diep in. Langzaam recht ik mijn rug en duw mijn kin omhoog met een hernieuwde vastberadenheid. Ik zal Calyx beschermen en met mijn eigen ogen zien wat Dananns motieven zijn met zijn eenheden.

Ik sta op van het bed en positioneer mezelf tegenover Calyx. Mijn ogen vangen de zijne.

"Ik wil je helpen," bied ik aan.

39

Op verzoek van Calyx bevind ik me die middag in de troonzaal, oog in oog met Rigan. We zijn alleen, omgeven door de bekende schaduwen. Rigans ogen boren in de mijne wat het beest in me aanwakkert. Het is gek hoe erg mijn innerlijke wereld reageert op zijn aanwezigheid.

De lucht lijkt samen te trekken terwijl hij me bestudeert. Zijn woorden doordringen mijn gedachten als scherpe dolken. "Onze parel in de duisternis," zegt Rigan, zijn stem als een donkere symfonie. Er heerst een trotse blik in zijn ogen, maar ik betwijfel of ik de oorzaak ben. "Je bent goed ontwikkeld, gegroeid in je magische krachten. Je bent sterk, krachtig. Machtig zelfs. Alsof je altijd al bij Tartarus hebt gehoord."

Ik kijk hem aan, mijn zintuigen zijn gespannen terwijl zijn woorden resoneren in de holte van mijn wezen. Ik heb aangeboden Calyx te helpen, maar Rigans blik bezorgt me kippenvel. De toon in zijn stem klinkt anders, alsof de duivel rechtstreeks vanuit de hel tegen me praat via Rigan.

Rigan vervolgt knikkend en met een zelfvoldane glimlach.

"Mijn besluit om jou naar Tartarus te halen heeft zijn vruchten afgeworpen. Ik heb positieve verhalen gehoord." Zijn ogen lijken elk detail van mijn reactie te absorberen. "Zelfs meester Valthor spreekt lovend over je. Dat zegt wat. Dat Calyx zo over je zou spreken, had ik wel verwacht." Hij haalt zijn schouders laconiek op, Calyx' mening neerhalend. "Je bent waardevol voor ons geworden."

De vermelding van Calyx roept een wervelwind van emoties op. Zijn afwezigheid in de afgelopen dagen, zijn verwondingen, zijn woorden, zijn aanrakingen, het bevestigt waarom ik hier sta. De aangedane staat waarin de raaf terugkeerde naar zijn nest, laat mijn handen ballen tot vuisten.

"Calyx zal vanaf nu nog minder aanwezig zijn," onthult Rigan, zijn ogen zijn vernauwd alsof hij aanvoelt wat er in me omgaat. "Hij moet vechten om je veilig te houden, om jouw doel te beschermen. Het is zijn missie, zijn opdracht van Tartarus. Begrijp je dat?"

Een siddering kruipt langs mijn ruggengraat. De angst voor Calyx' veiligheid nestelt zich als een gif in mijn gedachten, wetende dat ik sterker ben dan hem. Mijn kiezen staan strak op elkaar.

Rigan vervolgt zijn verhaal, bespeelt me als een meesterlijke marionettenspeler. "Het is naar om te zien dat Danann je ziet als een bedreiging. Het Rijk waar je bent opgegroeid, dat je thuis had moeten zijn. Maar het was te verwachten." Hij pauzeert en ademt diep in wat de lucht uit mijn longen lijkt te halen. "Je bent nu hun grootste vijand, een last die ze van zich af willen werpen. Ze hebben geprobeerd je klein te houden, maar het is hun verlies dat ze niet gezien hebben wat je potentie is."

Zijn woorden resoneren met de diepste snaren van mijn woede en verdriet. Mijn ademhaling wordt oppervlakkig. De mogelijke waarheid dat ik misschien nooit thuis hoorde in Danann en dat ze me willen vermoorden, snijdt als een mes door mijn ziel.

"Cassius. Je ouders," gaat Rigan verder, zijn toon vol venijn, "zijn bang. Je bent te sterk voor ze. Ze zijn bang dat de geschiedenis zich opnieuw zal voordoen in jou. Ze hebben geen controle meer over je. Ze hebben je verstoten en toen je magie ontketende, hebben ze je nauwlettend in de gaten gehouden. Hebben ze ervoor gezorgd dat je magie nooit volledig tot uiting zou komen. Spijtig...”

Mijn knokkels worden wit en woede zwelt op binnenin me, een vlam die gevoed wordt door de afwijzing diep in mijn kern. Het beest in me beukt tegen al mijn overtuigingen, getriggerd door Rigans schaduwen. Mijn ouders, mijn thuisland, hebben me nooit gezien. Ik heb zo hard gewerkt om aan hun eisen te voldoen. Een brok wilt zich vormen in mijn keel, maar mijn kiezen die strak op elkaar staan verbieden het. Ik had het kunnen weten, maar het verlangen naar hun erkenning knijpt mijn hart fijn. Ik knijp mijn vuisten harder samen. Ik wil mezelf wakker schudden uit deze neerwaartse spiraal met de pijn van mijn nagels in mijn palmen. De realisatie dat ik nooit hun liefdevolle blik zal zien voor wie ik daadwerkelijk ben, voelt als een wurggreep om mijn keel. Ik vernauw mijn ogen en kijk Rigan fel aan, alsof ik mijn eigen ouders aankijk.

Een kleine grimmige glimlach speelt om Rigans lippen. Hij lijkt mijn verschuiving te voelen, alsof zijn schaduwen mijn innerlijke waarheden naar hem fluisteren.

“Zoals je weet is Calyx gewond geraakt als gevolg van de strijd die hij voert om jou te beschermen. Eigenlijk verbaasde het me niet toen Calyx zichzelf als eerste opofferde om bij de eenheid te horen. Jullie denken elkaar te versterken maar je bent zijn zwakte. Hij lijdt voor jou. Door jou.”

Mijn adem blijft vast hangen. Een schuldgevoel, als een loden last, drukt op mijn schouders. In een flits zie ik Akhils lichaam weer voor me. De woorden van Rigan prikken in mijn huid, een venijnige injectie die mijn band met Calyx verandert in een bron van pijn.

Rigan observeert me en lijkt te genieten van het gevecht dat ik voer met mijn innerlijke demonen. “Jij bent degene die dit kan stoppen, Nasiah. Je weet dat je sterker bent dan wie dan ook in de eenheid die je wilt beschermen. Wees niet de oorzaak van hun dood."

De woorden van Rigan hangen als een zware mist om me heen en doordringen mijn gedachten. Ze sturen schokgolven door mijn ziel. Zweet kruipt in mijn palmen, als het kwijlen van het hongerige beest in me. Mijn kiezen bijten hard op elkaar en mijn spieren spannen aan.

Calyx, de schaduw in mijn hart, wordt helderder in mijn gedachten. Ik herinner me zijn speelse lach, zijn vertrouwen in me, de hoop in zijn ogen, de pijn die hij geleden heeft, de erkenning die ik bij hem vind, de verbondenheid die ik met hem voel.

Mijn geest reist terug naar mijn jarenlange vriendschap met Aedán in Danann, een vriendschap gebaseerd op loyaliteit en gedeelde avonturen. Maar zelfs bij Aedán kon ik nooit mijn masker volledig afdoen. Ik liet het mezelf niet toe. Ik was bang voor een afwijzing. Hij zag slechts de oppervlakte, de glimlach die mijn innerlijke chaos en pijn verhulde. Calyx, daarentegen, doorgrondde mijn duisternis, omarmde mijn schaduw alsof het de zijne was. Bij Calyx ben ik wie ik echt ben.

Ik staar naar de schaduwen die zich verstrengelen in mijn handen, mijn vingers als dansende silhouetten in de duisternis. Ik zucht zacht terwijl de waarheid zich openbaart. Mijn gevoelens voor Calyx gaan dieper dan vriendschap. Hij is mijn anker in de storm van mijn emoties. Hij is de enige die me begreep zonder oordeel. Hij omarmde mijn chaos en pijn, hij zag het als iets goeds.

Rigans woorden hebben de verborgen lagen van mijn hart blootgelegd, de zekerheid ontwaakt. Het hongerige beest, gretig naar de wijde wereld, doorboort mijn geloof en neemt de leiding over. Het is alsof Rigan hem versterkt. Mijn ogen glinsteren met vastberadenheid en razernij.

Ik kijk fel naar Rigan. Ik haat hem voor wat hij gedaan heeft. Hij zegt op te komen voor de zwakken, maar ondertussen heeft hij weerloze burgers van Danann vermoord. Het is een diepe woede die ik in mijn kern voel, maar het versterkt mijn wil. Ik moet Calyx helpen en als dat betekent dat ik Tartarus moet bijstaan, zij het zo. Calyx is degene die me bevrijd heeft. Ik ben hem verschuldigd.

Een glimlach krult om mijn lippen, doordrenkt met een vleugje duisternis. "Ik wil Calyx helpen," zeg ik vastbesloten in de donkere leegte, een besluit dat resoneert met de schaduwen rondom me. "Ik zal vechten aan de zijde van Calyx," verkondig ik aan Rigan. Mijn hartslag dreunt in mijn oren terwijl ik mijn keuze bevestig, wetende dat ik de weg van de duisternis ben ingeslagen. Calyx verdient mijn steun, mijn kracht.

De schaduwen lijken te dansen op mijn beslissing, als een stille goedkeuring van de duisternis zelf. Het beest in me wordt wild.

Rigans stem, doordrenkt met een triomfantelijke toon, doorklieft de stilte. "Goed gekozen," zegt hij met een kil lachje dat weerkaatst tegen de donkere muren. "We gaan nu pas echt beginnen. Welkom bij Tartarus."

Hij strekt zijn armen opzij en laat de schaduwen intensiveren, ze circuleren om hem heen en stuurt ze dan richting mij. Zijn goedkeuring hangt als een zware mantel om me heen, een mengeling van triomf en duistere voldoening.

In de schaduwen manifesteert zich een onheilspellende aanwezigheid en Rigans duistere magie kruipt als een koude nevel over mijn huid. Het voelt als prikkelende vingers die diep doordringen, als een symbool van mijn toelating tot dit rijk van duisternis.

Een herkenbare duistere stem weerklinkt in mijn geest. *Mijn parel.* Een fluistering die doordrongen is van wijsheid en duistere kracht. *Je hoort hier thuis, een kind van de schaduwen, geboren om te vechten. Je ware aard.*

Een storm lijkt te razen door de zaal. Het omcirkelt mijn lichaam. Zwarte rook en schaduwen omhelzen me als oude vrienden en ik voel de sinistere kracht resoneren met mijn eigen magie. Het wordt donker voor mijn ogen, als een dichte zwarte mist waar ik niet doorheen kan kijken. Ik voel ijzige strelingen over mijn huid, over mijn wangen.

"Ze vinden je een monster. Laat zien dat ze gelijk hebben!" Rigans woorden fokken mijn innerlijke demonen op. Het beest brult. Zijn invloed als een symbiotische relatie, vervult me met een gevoel van oppermachtige vastberadenheid.

"Laat je leiden door de zonden van de duisternis!" Rigans schelle gelach vult de ruimte.

Alsof mijn lichaam een eigen leven leidt neemt het een diepe teug adem. Ik voel de rook mijn mond en neus binnendringen.

Mijn hartslag vertraagt en een kilte lijkt te vloeien door de poorten die geopend zijn. Een nieuw gevoel van volledigheid doordrenkt mijn wezen. De schaduwen slokken me op en transformeren me. Mijn ogen gloeien even op met een onheilspellend licht als een reflectie van de duistere magie die nu in mijn kern woont.

Het beest in me is woest, gretig, lustig en uit op wraak. Het is niet langer geketend. Het monster is los.

Nee, ik bén het monster.

Ik ben niet langer een buitenstaander, ik ben de schaduw zelf.

Ik richt mijn blik op de duisternis om me heen. Mijn ogen die net nog glinsterde met een onheilspellend licht zijn nu volledig mat wit, levenloos. Ik recht mijn rug en duw mijn schouders naar achteren. Ik voel me één met de duisternis, een wezen van kracht en dreiging.

Mijn hatelijke gedachten zijn als stormachtige golven, voortgestuwd door een vurige wens om te laten zien wat Danann en mijn familie hebben geprobeerd tegen te houden. Een gevoel van wraak kolkt in mijn borst. Ik wil dat ze voelen wat ik heb gevoeld, dat ze beseffen wat ze hebben genegeerd. Gretigheid neemt me over.

Mijn hart slaat angstaanjagend rustig in mijn borst. Mijn vingers strekken zich uit en de helse magie reageert onmiddellijk op mijn gebaren. Een zachte maar krachtige fluistering omringt me terwijl ik mijn intenties in de schaduwen weef. De ruimte trilt van mijn ongekende kracht, een macht die ik nooit voor mogelijk had gehouden.

Ik ben ontketend.

Een trotse glimlach krult om mijn lippen, een teken van mijn hernieuwde vastberadenheid. Ik ben niet langer het machteloze meisje die door Danann werd genegeerd. Nee, ik ben de verleidelijke duistere kracht zelf en ik ben gretig om te oogsten wat ik verdiende.

Cassius zal getuige zijn van mijn opkomst. Hij zal de gevolgen van zijn keuze zien.

De schaduwen vormen mijn schild en de duisternis mijn wapen. Ik voel me krachtig, vastberaden en onoverwinnelijk.

De oude Nasiah is verdwenen.

40

De troonzaal van Rigan is doordrenkt met een bedwelmende duisternis wanneer ik de gang in stap. De schaduwen klampen zich vast aan mijn nieuwe vorm. Trotsheid, lust, gulzigheid en wraak, ze kolken als een storm in mijn borst. Ik voel me oppermachtig. Ik ben een entiteit van duisternis en verderf. Mijn rug heeft nog nooit zo lang gevoeld.

Buiten de troonzaal staat Calyx en zijn blik ontmoet de mijne.

"Je ziet er... machtig uit," observeert Calyx, zijn stem laag en doordringend. Hij knippert een paar keer met zijn enkele zichtbare oog en laat hem over mijn lichaam glijden.

Een zelfvoldane glimlach krult om mijn lippen. "Ik heb me nog nooit zo goed gevoeld." Al mijn onzekerheden en twijfels zijn weg. Trotsheid giert door mijn aderen en ik geniet van het gevoel van overheersing.

Calyx stapt dichterbij. Zijn handen, gehard door strijd, strelen zachtjes langs de strengere contouren van mijn gezicht. Zijn aanraking is teder en mijn innerlijke wereld resoneert met zijn intentie. Mijn hart blijft rustig kloppen in mijn borst, terwijl mijn aderen onder mijn huid vandaan bonzen van lust en macht.

"Duisternis staat je goed," mompelt hij met een ondeugende glimlach terwijl zijn blik nog een keer over mijn lichaam glijdt.

Ik laat een zacht lachje horen terwijl ik mijn ogen licht samen knijp van zwoelheid. Al mijn remmen zijn weg. Het is alsof de zonden rechtstreeks spreken vanuit mijn schaduwachtige ziel. "Misschien is het tijd dat je ontdekt wat mijn duisternis werkelijk inhoudt."

Zijn oog flitst met een ongekende intensiteit, een mengeling van nieuwsgierigheid en verlangen. Mijn veranderde zelf lijkt iets in hem aan te wakkeren.

De schaduwen zijn mijn nieuwe metgezellen en reiken uit als rokerige tentakels. Ze gehoorzamen mijn diepste verlangens. Ze ervaren geen drempels en gaan doelgericht te werk. Ze strelen zijn gezicht en omhelzen hem hebberig. Ik voel Calyx' versnelde hartslag bonzen dat geleid wordt door de schaduwen. Ze resoneren met mijn aderen. De duisternis tussen ons lijkt te pulseren.

"Bedankt," zeg ik, mijn stem doordrenkt met gulzigheid naar wraak, "jij bent degene die me bevrijd heeft."

"Je bent duister en je lijkt sterker dan ooit tevoren. Ik zie het aan je." Hij staart me diep in de ogen, zijn blik zoekend naar de grote bruine ogen die ik had. "Ik wist dat je een duistere kant had, maar dit... Dit is pure perfectie." Hij bijt kort op zijn onderlip terwijl hij zijn enkele oog vernauwt.

Een gretige opwinding stijgt in mij op als een oplaaiende vlam. Mijn nieuwe krachten roepen om actie. Wraak is als een zoete vrucht die binnen handbereik hangt en ik wil proeven van de duisternis die door mijn aderen stroomt.

"Calyx," eis ik zijn blik weer naar mijn ogen, mijn stem doordrongen van vastberadenheid, "breng me naar de plek waar de mensen zich bevinden die mij willen uitschakelen. Dan gaan we eens kijken of ze dat daadwerkelijk willen doen."

Calyx kijkt me aan, zijn ene oog gehuld in schaduw door het

zwarte masker dat de helft van zijn gezicht bedekt. Er schuilt een mix van verbazing en bewondering in zijn blik.

"Serieus?" Zijn stem is beheerst maar er sluipt een zweem van twijfel doorheen. "Maar je hebt net je transformatie ondergaan. Je krachten zijn nieuw. Weet je het zeker?"

Ik kijk hem diep in de ogen. Vastberadenheid brandt in mijn binnenste. "Ik moet met mijn eigen ogen zien of hun verraad waar is."

Calyx fronst achter zijn masker, zijn ene oog onderzoekend. "Ik vertel het je nu: het is waar. Ik verzin dit niet. Maar we kunnen ons geen roekeloze acties veroorloven."

"Roekeloos?" herhaal ik, mijn lippen krullend in een zelfverzekerde glimlach. "Nee, dit is pure volharding. Ik moet het zien. En mocht blijken dat je gelijk hebt, zullen ze spijt krijgen dat ze me afgestoten hebben. Ze kunnen niet tippen aan de kracht die nu door mijn aderen stroomt. En jij..." Mijn stem daalt tot een fluistering. "...Jij gaat me daarbij helpen."

Een vibratie wordt geleid door mijn schaduwen en pulseren in mijn binnenste. Ze absorberen Calyx' emoties en ik voel ze heftig in mijn lijf. De twijfel in Calyx raakt me. Het is niet gericht op mijn capaciteiten, maar op zijn eigen onvolkomenheid door zijn gehavende zicht en verwonde arm.

"We doen dit samen," spreek ik met kalmte, mijn ogen gericht op de zijne. "Jij staat naast me, waar je hoort te staan."

Calyx zwijgt, maar er is iets in zijn houding, een stille acceptatie. Een verandering. Hij lijkt zich thuis te voelen in mijn donkere aura. Mijn getransformeerde wezen resoneert met hem, een spiegel van zijn eigen schaduwzijde.

"Je bent anders, Naas," fluistert hij uiteindelijk, waarna hij slikt.

Ik neem zijn hand in de mijne, mijn donkere kalmte stroomt door hem heen. "Wen er maar aan," zeg ik zachtjes. "De tijd voor verandering is gekomen. En jij bent mijn rechterhand."

Hij kijkt me aan, zijn blik een mengelmoes van verbazing en

een sprankje hoop. Mijn duistere magie voelt de twijfels in zijn hart, maar mijn standvastigheid is als een vuur dat brandt in de koude schemering van zijn ziel.

"Kom eens hier. Dan doen we eerst hier wat aan." Mijn vingers strekken zich uit naar het zwarte masker dat zijn gezicht bedekt. De schaduwen volgen elke beweging die ik maak. Ik haal diep adem.

Zijn oog ontmoet de mijne en een kleine frons beweegt vluchtig over zijn wenkbrauw. Enigszins twijfelachtig kantelt hij zijn hoofd naar beneden, zodat zijn masker binnen mijn handbereik is.

Het leer van het masker geeft mee onder mijn aanraking en onthult de snee die van zijn voorhoofd over zijn linkeroog en wang loopt. De gehechte wond is diep en zijn linkeroog is dichtgeplakt. Het is een teken van de strijd die hij heeft gevoerd om mij te beschermen, een teken van het mogelijke verraad van Danann. Zijn gezicht is getekend door littekens en striemen maar onder de ruwheid schuilt een menselijkheid die diep geworteld is in zijn ziel.

Zijn blik, ooit gehuld in mysterie, is nu open en bloot. Ik kijk recht in zijn ziel en voel het alsof het de mijne is.

Calyx' blik volgt mijn hand, zijn oog glinsterend en gevuld met hoop en afwachting.

Ik bestudeer de snee en laat mijn magie resoneren met de duisternis die lustig op zoek is naar schoonheid. Calyx' huid pulseert onder mijn vingers, een subtiele vibratie die het verlangen naar genezing verraadt.

Mijn magie komt tot leven, als een donkere gloed die uit mijn handen vloeit. De schaduwen gehoorzamen mijn wil en omcirkelen de wond als zorgzame minnaars die hun geliefde koesteren.

Ik voel de diepte van de snee en de pijn die Calyx voelde, maar mijn verlangen naar een ongehavend gezicht wint het van de pijn.

Onze blikken ontmoeten elkaar en ik gun hem een kleine glimlach. "Ontspan," fluister ik, mijn stem doordrenkt met belofte.

Hij sluit zijn ogen.

Een moment van stilte heerst als een ademloze verwachting.

De schaduwen lijken hun adem in te houden terwijl mijn magie zijn werk doet. Ik zie de hechtingen in de schaduwen verdwijnen, waarna de wond sluit en zijn huid herstelt.

Calyx' ogen knijpen lichtjes steviger dicht. Hij voelt de magie die door zijn huid trekt, de genezing die plaatsvindt.

Mijn ogen blijven op de wond gericht en mijn handen geleiden de dans van de schaduwen.

De magie voltooit haar taak en als de laatste sporen van duisternis verdwijnen, onthult Calyx' gezicht een gave en ongeschonden huid. De snee is verdwenen, als uitgewist door de donkere kant van mijn magie.

Calyx opent zijn ogen en beweegt met zijn hand over de plek waar de wond zat. Hij kijkt me fronsend aan maar zijn blik is gevuld met een zekere dankbaarheid. Zijn lippen komen los van elkaar maar er komt geen geluid uit zijn mond.

Ik geef hem een trotse glimlach en voel hoe overrompeld hij is. Maar ik stop niet. Ik plaats mijn handen op zijn linkerschouder en laat wederom mijn donkere magie haar werk doen.

"Oké, nu houdt niets je meer tegen om mij de weg te wijzen," zeg ik stellig, kijkend naar het masker en de mitella die ik op de grond gegooid had. "Laten we gaan."

De kaarsen langs de gang werpen een gouden schijnsel op de koude stenen vloer terwijl Calyx en ik door de duistere gangen van het kasteel lopen richting de uitgang.

Mijn nieuwe gestalte wordt weerspiegeld in het dansende licht. Ik voel de schaduwen me geruisloos achtervolgen, net als de schaduwen die Rigan omhullen. Mijn uiterlijk is veranderd sinds de duistere transformatie. Mijn huid lijkt gehuld in een bleke gloed en de voorste lok van mijn haar is veranderd in een askleur, dat afsteekt van mijn donkere lokken.

Met een rechte rug en mijn hoofd die nog nooit zo hoog op mijn romp heeft gestaan, kijk ik even op naar Calyx die als een donkere krijger naast me loopt. Ik voel me groter dan hem, sterker, machtiger. Mijn grote lichtbruine ogen die eens doorspekt waren met een verlangen naar erkenning, stralen zelfvertrouwen en doelgerichtheid uit. De schaduwen hebben mijn gedaante getransformeerd en ik omarm deze nieuwe verschijning met een gevoel van bevrijding.

Ik voel de kracht van de schaduwen als een tweede huid om me heen. Mijn blik valt op de asgrijze lok die als een zucht van rook uit mijn haar valt, waarna mijn aandacht wordt getrokken door Calyx' tatoeages in zijn hals. Het is een token van onze overeenkomsten terwijl onze verschillen enorm zijn.

Calyx en ik zijn opgegroeid in uiteenlopende werelden. Zijn leven is doordrenkt van geweld en harde keuzes. Ik ben grootgebracht in een wereld waarin alleen succes en aanzien ertoe deden. Het deed er niet toe wat je intern voelde, zolang je maar voldeed aan de verwachtingen van anderen en hetzelfde succesvolle pad van je familie volgde. Zelfs als dat niet bij je paste.

Zijn zusje, een creatieve ziel die droomde van een wereld vol mogelijkheden, werd niet alleen verbannen maar vermoord omdat ze weigerde te buigen voor de heersende normen. Haar enige misdaad was haar verlangen naar het uitspreken van haar meningen en overtuigingen en haar weigering om zich te conformeren aan de beperkingen die de samenleving oplegde. Het is een hartverscheurend verhaal dat me raakt. Het is een verhaal waarin ik mezelf zie, verlangend naar gehoord te worden. Ik voel een vuur dat brandt in mijn aderen. De gedachte aan onrecht voedt mijn wraakzucht.

Mijn aandacht wordt getrokken door Calyx als ik zijn versnelde hartslag voel kloppen in mijn aderen. Ik voel zijn ogen als gretige tintelingen over mijn lichaam glijden. Ik hoef hem niet eens aan te kijken. Ik voel het pulseren in mijn lichaam. De lust wordt geleid door de schaduwen die me omringen.

"Eén met de schaduwen," fluistert hij, zijn stem schor. "Ja, dat ben je nu. En het staat je verdomd goed." Hij stopt met lopen en ik voel de tintelingen intensiveren.

Een rilling van opwinding giert door mijn lichaam, waardoor ik me naar hem toe draai. Genot vult mijn poriën door zijn obsessie die ik oppik.

"Ik ben dit diep van binnen altijd al geweest," antwoord ik, mijn stem krachtig en meedogenloos. "Je hebt me alleen nog nooit zo gezien." Een ondeugende glimlach speelt rond mijn lippen terwijl ik zachtjes op mijn onderlip bijt.

Calyx' ogen flitsen bij het zien van de blik in mijn ogen. Hij stapt dichterbij en dwingt me een stap achteruit te doen. Ik laat het toe en vernauw mijn ogen naar hem.

Nog een stap.

Zijn lichaam is zo dichtbij het mijne dat ik de warmte van zijn spieren kan voelen. De hitte in zijn lichaam steekt af tegen de kou afkomstig van de grove stenen muur achter me.

"Ik heb altijd geweten dat er iets in jou sluimerde," gromt hij, zijn ogen brandend van verlangen. "Iets wilds, iets onvoorspelbaars." Hij plaatst zijn hand tegen de muur boven mijn hoofd en zijn lichaam lijkt samen te smelten met het mijne. Hij plaatst zijn andere hand rond mijn nek. "Laat me je duisternis proeven," fluistert hij.

Ik voel zijn hete adem tegen mijn nek waardoor een inferno ontvlamd in mijn binnenste.

Zijn lippen strelen langs mijn oor. "Laat me mezelf verliezen in de diepte van je schaduw."

Ik bijt op mijn lip en sluit mijn ogen kort. Mijn innerlijke inferno laat mijn bloed koken van lust. Ik voel de duistere aantrekkingskracht tussen ons, een onweerstaanbare magneet die ons samensmelt.

"Weet je zeker dat je dat aandurft?" zeg ik met een lage, sensuele stem. "Je weet niet waar je aan begint. Ik zou je verslinden."

Calyx' ogen vernauwen zich tot spleetjes en zijn ademhaling wordt diep. "Kom maar op," raspt hij als hij zijn lichaam gespannen van verlangen tegen me aan duwt en zijn grip om mijn nek verstevigt. "Maak mij onderdeel van je duisternis."

Ik glimlach, een sensuele glimlach die belooft en tegelijk ontkent. "Geduld," fluister ik.

Mijn hand glijdt langs zijn lichaam. Ik streel zijn gespierde borstkas, zijn armen en volg de tatoeage in zijn hals. Ik voel zijn grip om mijn nek verstevigen.

"Ik zal je laten zien wat ware duisternis is," fluister ik in zijn oor met een belofte in mijn zwoele stem, terwijl ik hem zachtjes van me af duw. "En je zult er nooit meer van weg willen."

Mijn vinger glijdt langs zijn lip, streelt de harde lijn van zijn kaak. "Maar eerst," zeg ik, mijn ogen vol duistere belofte, "gaan we kijken wat Dananns intenties werkelijk zijn."

Zijn ogen knijpen kort samen waarna hij knikt.

Een glimlach speelt om mijn lippen terwijl ik me van Calyx afwend. De duisternis roept me en ik kan haar lokroep niet weerstaan.

Met een sensuele zwaai van mijn mantel glijd ik door de donkere gangen van het kasteel. De koude stenen muren omhelzen me terwijl ik mijn weg naar de buitenlucht vervolg.

Calyx' voetstappen volgen me op de voet. Ik voel zijn gespannen ademhaling en zijn verlangen dat als een donkere wolk om me heen hangt. De adrenaline giert door mijn aderen en ik voel me levendiger dan ooit tevoren.

41

De winterse kou knaagt aan mijn huid terwijl ik met Calyx door het dode bos trek. De bomen staan als sinistere wachters in de grond, hun takken kronkelend als versteende vingers die de hemel proberen te doorboren. Onze voetstappen klinken dof op de bevroren ondergrond en een zilveren ijzige waas hangt in de lucht.

Mijn ogen schieten geconcentreerd heen en weer bij het horen van een fluistering in mijn hoofd, alsof het gedragen wordt door de wind. *Voel je het?* Haar woorden zijn als fluweel, een zachte rilling diep in mijn gedachten. *De aanwezigheid van de Schaduwkrijgers. Ze wachten op je roep.*

Ik frons en mijn blik schiet van boom naar boom, op zoek naar enige aanwijzing van hun aanwezigheid. De vorige ontmoeting met deze ultieme krijgers was allesbehalve aangenaam.

Maar nu, met een doel voor ogen lijkt de angst te zijn vervangen door mijn zonden. De kracht voel ik door mijn lichaam razen. Al mijn zenuwen vertellen me dat ik maar hoef te blazen en de Schaduwkrijgers zijn verslagen. Ze kunnen me niets maken. Ik ben nu de ultieme krijger. Ze vormen bij lange na geen dreiging voor me. Niet meer.

"Calyx," zeg ik zachtjes terwijl ik halt houd. "Schaduwkrijgers. Ze zijn hier ergens."

"Schaduwkrijgers? Waar?" Hij kijkt geconcentreerd om zich heen. Hij kent de Schaduwkrijgers door en door en heeft met ze samengewerkt, maar hij weet ook dat ze werken op basis van een bevel van Rigan. Ze dwalen niet zo maar rond.

Ik knik, mijn mond voelt droog van anticipatie. "Ik voel het. Ik weet het."

De stem fluistert opnieuw in mijn hoofd. *Fluit voor ze, mijn parel. Ze zullen je dienen.*

Ik adem diep in en sluit mijn ogen. Mijn lippen vormen een smalle spleet en ik produceer een simpele en zuivere fluittoon, waardoor Calyx verbaasd zijn hoofd naar me toe draait. De klank snijdt door de stille lucht en ik voel de vibratie ervan resoneren met de magie die Rigan heeft losgelaten in me.

Na een ogenblik van ijzige stilte beweegt er iets tussen de bomen. Schimmen nemen langzaam vorm aan. De Schaduwkrijgers manifesteren zich in reactie op mijn roep.

Calyx' ogen zijn gefixeerd op de opdoemende entiteiten. "Dit meen je niet!?," mompelt hij, zijn waardering nauwelijks verhuld en toch zijn hand klaar om zijn zwaard te trekken.

Het vuur dat onder hun ijzeren omhulsel vandaan schijnt brengt een duivelse glimlach op mijn gezicht. Ze komen dichterbij en ze zijn nieuwsgierig naar en gehoorzaam aan mijn oproep.

"Heb je controle over hen?" vraagt Calyx die nog niet helemaal gelooft dat ze gaan doen wat ik hen opdraag te doen.

"Ja," antwoord ik zelfverzekerd, mijn kin omhoog duwend. "Ze dienen mij. Ze gehoorzamen mij."

Met een knik instrueer ik de Schaduwkrijgers ons te volgen, als een gedachten die ik in hun hoofd injecteer.

Ik zie Calyx' blik heen en weer glijden tussen mij en de

gehoorzame Schaduwkrijgers die nu achter ons hun positie vinden. Ik voel dat hij overrompeld is door deze gebeurtenis.

We vervolgen onze weg. Het ijzeren gekletter van de Schaduwkrijgers als een strijdlied.

Na enige tijd lopen doemen in de verte de contouren van de stenen puntige bergen op. De rotsachtige bergen staan als een scheidingslijn tussen de verschillende werelden.

De Schaduwkrijgers bewegen met ons mee en hun aanwezigheid is een constante herinnering aan de duistere krachten die we hebben opgeroepen. Calyx, hoewel bekend met hen, kijkt naar de entiteiten met een mengeling van respect en verwondering.

"Wat je doet is bizar," fluistert hij terwijl we gestaag maar doelgericht doorlopen. "De Schaduwkrijgers hebben altijd gediend als Rigans handlangers, maar nu... Nu luisteren ze naar jou."

Ik glimlach, de voldoening van deze onverwachte alliantie strelend. "Niets zal me tegenhouden." Een sinister lachje verlaat mijn mond.

De Schaduwkrijgers bewegen als een sinistere golf voor me uit wanneer ik ze een knikje geef. Ik hef mijn hand op en geef een subtiel teken voor het vinden van de krijgers van Danann. We lopen nu al enkele uren en we moeten in de buurt komen.

Met het geluid van ijzeren platen die over elkaar schuiven buigen de Schaduwkrijgers zich en verdwijnen tussen de bomen.

Calyx kijkt me aan met zijn ogen vol spanning. "Weet je zeker dat je het op deze manier wilt aanpakken? Ze zullen je aanvallen hè."

Ik ontmoet zijn blik, mijn gezicht strak. "We zullen zien," reageer ik stoïcijns. "Dan maken ze een fout en zal mijn wraak zoet zijn. Dit is het moment van de waarheid." Het monster in me flitst in mijn ogen.

Terwijl de Schaduwkrijgers van ons weg marcheren, hun ijzeren hulsel kletterend met hun voetstappen, lijkt de lucht te trillen van verwachting. Calyx staat nog naast me. Zijn aanwezigheid is een geruststellende warmte, als het hellevuur dat licht schijnt op mijn zwarte ziel.

Calyx lijkt even verdwenen in gedachten terwijl hij terugkijkt naar de plek waar het kasteel zich bevindt, ver uit ons zicht en kilometers van ons vandaan.

"Jij mag er misschien nog niet zeker van zijn, maar ik voel dat dit het moment is. Alles waar ik voor gewerkt heb. Alle opofferingen die ik heb gedaan... Dit is de ontknoping," mompelt hij, diep verzonken in een reis naar het verleden.

Hij laat een stilte vallen als hij weer naar mij kijkt, zijn blik gevuld met een zekere zachtheid en diep reikend in mijn ziel. "En het komt door jou." Hij glimlacht, een glinstering in zijn ogen.

Zijn woorden en de blik in zijn ogen raken een lustige snaar. Een zwoele glimlach krult om mijn lippen. Ik knik maar mijn gedachten dwalen af naar de vurige intensiteit van mijn verlangens. Mijn arrogantie wordt aangevuld met een onmiskenbare lust, een brandend vuur dat tussen ons smeult. Voor heel even bevind ik me weer in de gang, waar zijn lichaam tegen het mijne drukte. Ik bijt kort op mijn lip waarna een trotse glimlach om mijn mond krult. Mijn aderen kloppen onder mijn huid maar mijn lichaam is omhuld met een psychotische kalmte.

Calyx lijkt de vlammen van mijn verlangens te begrijpen en stapt naar me toe, waardoor ik zijn hartslag kan voelen in mijn eigen borst. Ik kantel mijn hoofd naar achteren om het amberkleurige vuur in zijn ogen te zien. Mijn lippen komen los van elkaar.

Calyx' kaken spannen aan en zijn handen glijden langs mijn wangen. Zijn ruwe vingers strelen mijn gezicht, vegen met een sensuele aanraking een askleurige lok voor mijn ogen weg.

"Dit is voor iedereen die de mond gesnoerd werd. Dit is voor vrijheid," zegt hij, zijn stem zacht maar diep.

Ik glimlach en er schuilt een bezeten schittering in mijn ogen. "Voor je zusje," voeg ik eraan toe, mijn stem daadkrachtig, wetende dat dit zijn vastberadenheid alleen maar versterkt. Het fokt hem op.

Zijn ogen vernauwen en doorgronden de mijne.

Ik voel de intensiteit van het moment als een elektrische lading in de lucht. Een golf van hitte overspoelt mijn lichaam wanneer ik mijn handen op zijn onderarmen plaats en zijn armen in een ijzeren greep houd. Zijn aderen pulseren onder mijn palmen.

Plotseling scheurt een oorverdovende explosie de stilte open.

Strijdkreten en geschreeuw vullen de lucht.

Onze handen glijden van elkaar af. Onze hoofden wenden zich abrupt in de richting van de knal. De lucht kleurt bloedrood, vermengd met de grijze wolken.

De Schaduwkrijgers hebben ze gevonden.

Calyx kijkt weer naar mij terwijl ik nog de andere kant op kijk. Zonder een woord te wisselen grijpt hij mijn gezicht vast. Zijn grote handen omsluiten mijn hals en kaak. Ze dwingen me hem aan te kijken. Kort kijkt hij me met een intense blik aan.

Zijn lippen raken vol overtuiging de mijne.

De kus is ruw en hongerig, een versmelting van duisternis en verlangen. Calyx' tong dringt diep in mijn mond, proeft aan mijn duisternis. Hij bijt op mijn lip terwijl hij stevig grijpt naar mijn haar bij mijn nek, mijn hoofd verder naar achter kantelend. Zijn andere hand trekt mijn rug hol, mijn lichaam verdwijnt in het zijne. Onze tongen zijn verstrengeld in een wilde passie die resoneert met de explosie die de lucht doet trillen. Zijn handen glijden langs mijn lichaam en strelen mijn ruggengraat. Ze grijpen mijn rondingen. Een kreun verlaat mijn lippen en verdwijnt in zijn mond.

Mijn zachte handen glijden onder zijn shirt, langs zijn gespierde lichaam. Ze strelen zijn harde borstkas en buikspieren. Ik voel de kracht die in hem schuilt onder mijn vingers. Mijn schaduwen omringen ons en grijpen hem gulzig.

Mijn lichaam reageert wild en de inwendige inferno wordt te veel voor mijn lichaam. Het dringt in een stomende explosie van schaduwen naar buiten. Ze cirkelen om ons heen als een wervelwind, een samensmelting van lust en daadkracht.

Tussen de kussen door, kreunt Calyx zachtjes. "Verdomme, Naas," gromt hij, zijn stem hees van passie. "Je maakt me gek."

Ik glimlach, mijn lippen nog steeds geopend van de kus. "Is dit alles wat je kan?" plaag ik hem, mijn ogen twinkelend van duistere uitdaging.

Calyx' ogen glimmen gevaarlijk. "Oh, ik kan veel meer," hijgt hij, zijn lippen strijkend langs mijn oor. "Ik zou je met plezier uit elkaar trekken. Ik laat niets van je over."

Ik forceer Calyx weer naar me toe met mijn nagels in zijn rug en neem de leiding in de kus. Mijn tong verstrengelt met die van hem, maar dit keer is er meer dan passie. Er is kracht, er is dominantie. Ik laat hem mijn duisternis proeven, de rauwe energie die door mijn aderen stroomt. Het is een duel om de controle.

Calyx kreunt in mijn mond. Hij duwt me tegen een boom. Zijn handen strelen mijn lichaam met een ruwheid die grenst aan pijn en zijn bezitterige vingers graven diep in mijn huid. Ik hap naar adem tussen de kussen door. Heel mijn lichaam klopt.

Hij pakt me vast bij mijn hals en duwt me harder tegen de boom. Zijn tong volgt mijn sleutelbeen. Zijn andere hand trekt grof mijn been omhoog, waardoor ik naar adem hap. Zijn heup duwt hard tegen de mijne. "Je bent van mij," gromt hij, zijn stem hees van passie. "Elk. Klein. Stukje. Van. Je." De woorden worden afgewisseld met hongerige bewegingen van zijn lippen over mijn hals.

Mijn ogen flitsen, net zo fel als de explosies om ons heen, verlangend naar de teugels in mijn handen. Ik trek mijn been van hem af en kijk hem doordringend aan. "Nee," zeg ik, mijn stem krachtig en onverbiddelijk. "Ik ben van niemand."

De kracht in mijn stem doet Calyx' ogen vernauwen. Zijn handen bevriezen. Zijn ogen zijn gefixeerd op de mijne.

Dan, met een onverwachte zachtheid, ontdooien zijn handen en knikt hij langzaam. "Vertel me wat je wilt," zegt hij, zijn stem raspend terwijl hij mijn billen vastpakt. "Jíj bent de schaduwprinses."

Een zachte sinistere lach ontsnapt aan mijn lippen. Mijn ogen vernauwen tot spleetjes. "Een prinses? Ik ben de fucking koningin van de duisternis," zeg ik, mijn stem krachtig en mijn nagels krassend over zijn rug.

Hij zuigt schokkerig naar adem waardoor zijn rugspieren aanspannen.

We kussen opnieuw, dit keer met een woede die de grond onder onze voeten doet trillen.

Ik bepaal.

Ik heb de macht.

De explosies en het geschreeuw van de strijd vervagen tot achtergrondgeluiden. De enige realiteit is de duisternis die ons omhult en de passie die ons samensmelt.

Wanneer we ons eindelijk terugtrekken blijven onze lippen geopend, verlangend naar meer. De echo van onze passie hangt in de lucht.

Calyx kijkt me intens aan. Zijn ogen gloeien van passie. Hij knikt zijn hoofd richting de stenen bergen, de bron van de explosies.

Ik glimlach en begin mijn weg richting het dal tussen de bergen. Mijn benen lijken gevoelloos alsof ik zweef. De adrenaline giert nog steeds door mijn lichaam, vermengd met de nasmaak van de kus.

Ik voel me opgeladen.

42

De stenen bergen rijzen majestueus op aan de horizon en tussen hun puntige pieken ontvouwt zich een onheilspellend schouwspel. Donkere wolken aan de hemel volgen als loyale schaduwen mijn tocht richting het dal.

Ik fluit weer de zuivere toon en roep de Schaduwkrijgers terug. In gedachten instrueer ik ze om de leider van Dananns troep mee te nemen naar mij.

Ik wacht terwijl Calyx naast me hetzelfde doet.

De geluiden van de strijd verminderen en een stilte keert terug, los van de kermende geluiden van getroffen krijgers.

De Schaduwkrijgers keren terug met een gevangene. De pijn en angst is zichtbaar in zijn ogen.

Ik kijk hem aan met een verheven kin en mijn neusvleugels wijd open. Mijn ogen vernauwen op zijn zwakke gestalte. Hij kermt door de stevige greep die een van de Schaduwkrijgers op hem heeft.

"Vertel me, wat is jullie missie?" eis ik een antwoord met een kille stem.

Hij weigert te reageren en knijpt zijn ogen hard dicht.

"Wat. Is. Jullie. Missie?" roep ik dreigend. De schaduwen om me heen intensiveren. "Zeg het me!"

Hij schreeuwt het uit wanneer de Schaduwkrijger zijn greep verstevigt en de pijn ondraaglijk wordt voor hem. "Stop! Alsjeblieft," smeekt hij.

"Ik vraag het niet nog een keer." Mijn stem is rustig maar krachtig en zeker. Mijn woorden komen haast niet boven zijn gekrijs uit.

"Oké, oké... Stop!" smeekt hij weer.

Ik laat de Schaduwkrijger zijn greep verlichten zodat de leider kan spreken.

"We... We zijn hier voor een missie..," begint hij terwijl hij naar zijn doorboorde schouder grijpt. "Een missie om de emotionele magiër te doden."

Mijn ogen vergroten. De woorden van de leider slaan in als een bom. In shock staar ik hem aan en herhaal ik zijn worden in mijn hoofd. Mijn lippen zijn hard op elkaar geperst. De grond onder mijn voeten begint te trillen van de woede die in me opborrelt en ik zie in mijn ooghoek dat Calyx zijn benen steviger positioneert. De lucht om me heen wordt ijzingwekkend koud. De kou voel ik als ijspegels in elke zenuw van mijn lijf steken.

Het is waar... Ik ben het doelwit.

Mijn neusvleugels verwijden. De kou in mijn lichaam wordt langzaam warmer. Een vurige woede giert door mijn lichaam en vult mijn aderen met gloeiende lava. Het is een vurige en allesoverheersende razernij die me van binnenuit verteert. De koude lucht in mijn longen verandert in vlammen. Ik voel het branden. Mijn zonden vloeien samen in een dodelijke cocktail.

De leider van de eenheid, die gebroken is door angst, zakt op zijn knieën. "Jij... Jij bent degene die we moeten doden," stamelt hij.

Ik zie mijn gloeiende gestalte in zijn vergrote pupillen.

Mijn hartslag bonst in mijn hoofd als een oorverdovende drum die mijn bloeddorst aanwakkert.

Ik glimlach, een ijzingwekkende glimlach die geen ruimte laat voor twijfel. "Nee," zeg ik met een stem die niet van mij lijkt te zijn. "Jullie zijn degenen die gaan sterven."

Met een snelle beweging richt ik mijn hand op de leider voor me. De donkere schaduwen stromen uit mijn lichaam en wurgen hem langzaam. Extra langzaam.

Hij spartelt en gilt, maar zijn lot is bezegeld. Ik voel de lucht uit zijn longen trekken en zie het leven uit zijn ogen verdwijnen. De kracht van mijn woede is te groot en ik voel geen genade.

Met een knik stuur ik de Schaduwkrijgers weer richting het dal en ik geef ze de opdracht om niets over te laten van de simpele zielen in het dal.

"Fuck, Naas!" ontglipt Calyx' lippen terwijl zijn blik van de levenloze leider op de grond naar mij schiet.

Ik adem diep in en de hitte in mijn lichaam begint langzaam af te koelen. "Dit is pas het begin."

Juist! Proef het! Het voelt als een koude liefdevolle streling op mijn ziel die me kippenvel bezorgd, heerlijk.

Ik glimlach naar Calyx waarna ik kalm en vastberaden hetzelfde pad als de Schaduwkrijgers volg.

Calyx loopt achter me aan en ik voel hoe hij mijn meedogenloze actie een plek moet geven. Ik voel zijn ogen in mijn rug branden. Hij moet nog wennen aan deze variant van mij.

We blijven even staan op de rand van het slagveld, onze ogen gericht op het chaotische schouwspel dat zich beneden ons ontvouwt. De Schaduwkrijgers zijn heftig in strijd met de krijgers van Danann.

Een groot kamp die eens gevuld was met het gepraat van krijgers en magiërs, ligt nu in chaos. Rookkolommen stijgen op als duistere sluiers die de hemel betreden, terwijl smeulende resten van tenten en kampvuren de grond vervuilen. De strijdige geuren van rook en verschroeid vlees vullen de lucht.

De Schaduwkrijgers strijden met ongeëvenaarde vaardigheid.

Ze zijn als scherpe dolken in de duisternis, doordringend en ongrijpbaar. De jonge onervaren krijgers en magiërs van Danann worden overrompeld door de schaduwen. Ze vechten radeloos tegen de demonische verschijningen en ik proef hun wanhoop en angst. Het veroorzaakt een tinteling in mijn buik.

Ik voel me als een roofdier dat zijn prooi heeft gevonden. De mensen die mij kwaad willen doen, die mij als een monster beschouwen, beseffen niet dat de lucht trilt van de onuitgesproken belofte van wraak. De belofte die ik in mijn aderen voel stromen als een wild kolkende rivier.

De stenen bergen die getooid zijn in een mantel van sneeuw lijken op te rijzen als eeuwenoude getuigen van de strijd die zich tussen hen afspeelt. Hun ruige pieken steken scherp af tegen de steeds donkerder wordende hemel. De koude wind huilt als een verwelkomde symfonie voor degenen die de strijd aangaan.

Mijn hart bonst in mijn borstkas. Niet alleen van opwinding maar ook van een onverzadigbaar verlangen naar wraak en gerechtigheid, naar meer. De noodkreten, de magische explosies, het geluid van ijzer tegen ijzer en de vonken die oplichten tegen de donkere hemel, doen mijn bloed sneller stromen. Ik lach zachtjes terwijl ik de chaos omarm als een oude vriend.

Calyx staat achter me, zijn blik gefocust op de vurige dans beneden. Zijn aanwezigheid is als een anker in deze storm van geweld. Ik voel zijn ogen observerend wisselen tussen mij en de strijd.

"Wauw, intens," concludeert Calyx, zijn stem gedempt door de geluiden van strijd. Ik voel hem zijn torso tegen mijn rug drukken waarna hij zijn arm, waarmee hij zijn zwaard vast heeft, om mijn hals heen slaat. Mijn ademhaling synchroniseert met de zijne en ik voel me één met hem.

Ik glimlach, mijn ogen gericht op de Fianna's die bebloed en levenloos op de grond vallen. "We laten ze huiveren."

We naderen het kamp waar we door de rotsachtige bergen

omringd worden. De bevroren grond kraakt onder onze voetstappen. De schaduwen dansen om Calyx en mij heen als loyale beschermers. Ze vormen een ondoordringbaar schild tegen elke mogelijke dreiging van buitenaf.

We doorkruisen het slagveld.

Mijn daadkracht wordt gevoed door de angst en onmacht die ik oppik van de hopeloze strijders.

Een van de Schaduwkrijgers beweegt zich naar me toe, het helse vuur schijnend onder zijn zwarte helm. Ik hef mijn hand op, een stille instructie om een magiër naar me toe te brengen.

Ik ontvang een gehoorzame knik waarna de demonische entiteit verdwijnt.

Een diepe ademhaling vult mijn borst en een glimlach speelt om mijn lippen als ik om me heen kijk en de geluiden van razernij en dood mijn oren vullen. Ik zie de gemartelde en levenloze lichamen van de jonge Danann strijders. De waarschijnlijk tweedejaars Fianna's liggen verspreid door het kamp en zijn omringd door afgebrande tenten en chaos. Ze hebben geen schijn van kans.

De Schaduwkrijger keert terug met een magiër gevangen in zijn greep. Zonder een woord te wisselen grijp ik de magiër met mijn schaduwteugels en dwing hem voor me te knielen.

Hij probeert te spreken maar het lukt hem niet om geluid te produceren. Zijn grote ogen ontmoeten de mijne, zijn lichaam trilt en een ijzige stilte vult de lucht.

Mijn mond vult zich met speeksel. Een hongerig beest in me verlangt naar meer.

Met een subtiele handbeweging instrueer ik de Schaduwkrijgers te verdwijnen. Ze gehoorzamen.

De lucht om ons heen begint te trillen en donkere wolken verzamelen zich als een duistere mantel boven ons. Ik hef mijn hand op en met een enkele beweging ontstaat een draaikolk van schaduwen rondom de gevangen magiër, mezelf en Calyx. Mijn aderen kloppen van donkere magie. Het beest in me brult. De schaduwen vatten vlam waardoor een magische wervelwind van helse inferno ontstaat.

De resterende levende krijgers en magiërs, geschokt door het plotselinge geweld, rennen op ons af om hun kameraad te redden.

Ik kan alleen maar lachen, wetende dat deze vurige wervelwind meedogenloos is. Ze rennen hun dood tegemoet. Deze vurige storm kent geen genade.

De wervelwind vergroot en verzwelgt hen bruut. Het laat geen ruimte voor ontsnapping. De laatste kreten sterven weg in de razernij van schaduwen en vuur.

De geur van urine prikt in mijn neus terwijl ik de geknielde magiër bekijk. De enige overlevende. Hij trilt en heeft waterige ogen vol angst.

Mijn lip krult omhoog in een grimmige glimlach.

Mijn schaduwteugels glijden van zijn lichaam en veranderen in messcherpe punten die zich in zijn schouder boren.

Vlees scheurt open, een echo van de scheur in mijn eigen hart toen mijn ouders me verbanden, me verraadden.

De geur van bloed dringt mijn neus binnen, bitter als mijn verdriet toen Akhil roerloos achterbleef bij de Spiegelbron.

Spieren knappen met een geluid dat klinkt als de zweepslagen die mijn hoop verbrijzelden.

Botten breken, elk een echo van mijn gebroken dromen.

Een oorverdovende kreet ontsnapt aan de diepte van de magiërs ziel en scheurt door de lucht.

De tinteling van pijn trilt door mijn vingers als een scherpe sensatie die door mijn lichaam raast. Ik lik mijn lippen en slik het speeksel weg. De zilte geur van bloed en het krakende geluid van brekende botten maken me hongerig. Woede borrelt als magma op in mijn aderen en verschroeid mijn eigen pijn.

"Ga," grom ik, mijn stem doordrenkt met duistere kracht. "Laat Danann weten dat Nasiah op hen wacht."

Ik laat hem los en stap achteruit, mijn dodelijke blik op hem gericht.

Hij blijf onbewogen met vergrote pupillen en zijn slap hangende verbrijzelde schouder. Bevend en gebroken krabbelt hij overeind en struikelt weg van het slagveld.

Een huivering van extase giert door mijn lichaam terwijl ik de magiër zie weg strompelen. De pijn die ik hem heb aangedaan en de angst die ik heb gezaaid, voedt de duisternis die in me woedt. Het is als een hongerige wolf die vers vlees proeft, geil en onverzadigbaar.

Met elke kreet en elke smeekbede, zwelt mijn potentieel. De duisternis omarmt me. Het vult me tot aan de rand met pure energie. Ik ben herboren, getransformeerd in het wezen dat ik altijd al had kunnen zijn. De grenzen die me beperkten zijn verdwenen en zijn vervangen door een allesoverheersende kracht.

Ik glimlach, een brede en zelfverzekerde glimlach die de glorie van mijn nieuwe bestaan weerspiegelt. Danann zal sidderen voor mijn naam. Ze zullen buigen voor de onmetelijke kracht van mijn duisternis. Ze zullen spijt krijgen van hun keuzes.

Calyx staart me aan, zijn ogen wijd opengesperd. "Je bent wreed," fluistert hij.

De schemering zakt als een donkere mantel over het slagveld en ik sta samen met Calyx op een hoger plateau tussen de stenen bergen. De rookpluimen stijgen nog steeds op, een spookachtig gordijn dat het schouwspel van verwoesting omhult.

We wachten met smart op de komst van de troepen van Danann. Het duurde even maar ik voel nu de vibraties van hun naderende aanwezigheid in de aarde, alsof de stenen bergen zelf reageren op het tumult van het naderende leger.

"Ze zijn er bijna," zeg ik tegen Calyx. Mijn hart klopt angstaanjagend rustig onder mijn ijskoude ribben.

In plaats van te wachten tot de schemering ons met de avond verwelkomt, versnel ik de komst van de nacht. Een sinister lachje ontsnapt aan mijn lippen terwijl ik de schaduwen oproep om de lucht te verduisteren. Ik creëer een hel voor de naderende troep. Mijn handen reiken omhoog en een vloedgolf van schaduwen stroomt uit mijn vingertoppen.

Calyx die erbij was gaan zitten, staat op en kijkt me met een kleine frons aan terwijl de wereld om ons heen in duisternis wordt geguld. "Wat doe je?"

"Ik wil dat ze lijden," fluister ik, mijn stem doordrenkt met een demonische extase. Ik versterk de duisternis en laat schaduwen dansen als spookachtige figuren tussen de bergen. Ze bereiken de troepen en mijn krachten voeden zich met hun angst. Ik voel de energie pulseren door mijn aderen. Ik wil dat ze vrezen voor wat er komen gaat.

De vibraties verminderen en ik voel hoe de troepen van Danann strompelen door het duister. Tevergeefs proberen ze met hun fakkels het licht terug te brengen, maar mijn schaduwen zijn onvermurwbaar. De schaduwen klampen zich vast aan hun wanhoop. Angst weerklinkt in de nacht als een lugubere symfonie van kreten. Een kille tevredenheid nestelt zich in mijn borst terwijl ik hun lijden observeer.

Ik haal diep adem. Mijn lippen vormen een smalle spleet en ik fluit. De klank snijdt door de lucht en bereikt de Schaduwkrijgers. Ik voel de macht pulseren door mijn lichaam als een sensatie die me doordringt van genot.

De Schaduwkrijgers, gehoorzaam aan mijn fluittoon, laten zich zien. Het vuur onder hun ijzeren helmen als enige licht in het donker. Ik voel hun kracht en hun ontembare honger naar vernietiging.

In een oogwenk vallen de Schaduwkrijgers aan. Ze bewegen als een helse storm en vegen door het dal met ongeëvenaarde vaardigheid. Wanhopige kreten vermengd met het geluid van doeltreffende zwaarden vult de stilte van de te vroege nacht.

Ik kijk toe vanaf het plateau. Adrenaline giert door mijn lijf en het wilde beest lijkt onverzadigbaar. Ik bijt heel even op mijn lip terwijl mijn ogen vernauwen.

Mijn hartslag versnelt terwijl ik de schaduwen om mij heen laat verzamelen. Mijn donkere magie laat mijn huid tintelen. Een helse spiraal omhult me als een mantel. Mijn spieren spannen zich aan wanneer ik de spiraal vergroot. Mijn huid vibreert door de explosie van donkere magie die uit mijn poriën stroomt. Mijn lichaam wordt lichter. Mijn voeten verliezen contact met de grond. Een magische vurige storm van krachten draagt me omhoog in de lucht.

Calyx deinst achteruit, zijn ogen vol met een mix van ontzag en verontrusting.

Een lach verlaat mijn mond die wordt meegenomen door de wind. Ik zweef boven het plateau en ben omringd door een wervelwind van schaduwen en vuur. De lucht is doordrongen van spanning en dreiging als ik mijn vingers opnieuw strek om de duisternis om me heen te verdichten. De wind huilt als een bezeten geest en de lucht zelf lijkt te gillen van de magische krachten die worden ontketend.

De wervelwind vormt zich tot een woeste orkaan van vuur en schaduwen en ik laat hem neerdalen in het dal tussen de bergen waar de troepen van Danann zich bevinden.

De vurige wervelwind verslindt de troepen van Danann als een allesvernietigende draak. Vlammen likken aan hun lichamen terwijl ze uiteengerukt worden door de razernij van de elementen. De lucht vult zich met het geluid van gekwelde kreten en de geur van smeulend vlees terwijl de orkaan meedogenloos voortraast. Het vernietigt alles op zijn pad.

Ik kijk neer op het toneel terwijl ik zacht neerdaal op de grond. Mijn witte ogen glinsteren van genot.

De krijgers en magiërs van Danann worden gemarteld, hun strijdkreten gedempt door het geweld van de natuur. Dit is mijn wraak, mijn rechtvaardigheid en ik voel de macht kolken in mijn aderen. De duisternis viert feest in mijn ziel en ik word één met de vernietiging die ik ontketen.

Naast me staat Calyx terwijl hij de vernietiging aanschouwt die ik heb losgelaten. Ik voel zijn innerlijke onrust als een zachte trilling die zich vermengt met de vibraties van mijn eigen ziel. Mijn lippen persen tegen elkaar. Hij twijfelt aan me. Hij is verontrust door het onheilspellende kwaad dat ik op de troepen van Danann uitoefen.

Een frons van zorgen tekent zijn voorhoofd en ik vang een flits van afschuw in zijn blik.

"Naas!" roept hij boven het geluid van de storm uit. "Stop! Dit is te veel."

Zijn woorden snijden als messen door mijn ziel en ik voel een golf van woede en frustratie opwellen. Mijn neusvleugels verwijden. Stoppen?! Dit is wat hij wilde. Hij wilde gerechtigheid. Dit is hoe we dat doen. Hoe durft hij mij in twijfel te trekken? Mijn lichaam reageert op de innerlijke turbulentie en schaduwen wervelen wild om me heen.

"Nee," grom ik, mijn stem doordrenkt van giftige emoties. "Dit moet! Ze moeten lijden zoals wij hebben geleden." De lucht trilt met elk woord dat ik schreeuw.

Calyx probeert te spreken maar ik laat hem niet toe. Mijn spieren spannen aan en de blik in mijn ogen is dodelijk. "Dit is de manier om macht terug te krijgen. Ze zullen weten wie ik ben!!" schreeuw ik uit.

Calyx stapt naar voren, zijn ogen nu gevuld met vastberadenheid. "Nee! Dit heeft niets meer met gerechtigheid te maken! Dit is een slachterij."

De woorden echoën in mijn bewustzijn maar ik ben verloren in de duisternis die me opgeslokt heeft. Mijn ogen veranderen in gloeiend vuur en mijn gestalte wordt gehuld in een aura van woede.

Ik breng mijn handen nog een keer omhoog en manifesteer eenzelfde tornado, maar nog krachtiger. Mijn ademhaling versnelt. Mijn handen trillen. Mijn huid staat in brand. De wereld wordt zwart.

Een angstaanjagende orkaan van hellevuur en duisternis blaast uit mijn lichaam.

Hoewel ik de tornado richting het dal stuur is hij te groot en schampt hij Calyx. Hij wordt weggevaagd als een veertje in een storm. Zijn gestalte wordt door de lucht gesmeten als een weerloze pop in de greep van een ontembare kracht. Een seconde lang zweeft hij door de lucht. Zijn contouren vervagen in het donker en hij verdwijnt van het plateau.

In mijn geest klinkt de zachte fluistering. *Laat je woede los. Je bent machtiger dan ooit. Laat ze zien wie de ware heerser is. Proef het bloed.*

Ik ben overgenomen door een ontembaar beest. Ik kraak mijn rug en grijns, een grimmige grijns die de duisternis in mijn hart weerspiegelt.

44

Het geschreeuw van de orkaan is verstomd, de vurige wervelwind verdwenen en de stilte daalt neer als een sinistere deken. Mijn voeten raken nauwelijks de grond als ik het plateau verlaat en naar het dal zweef. Ik word gedragen door mijn schaduwen. De schaduwen in het dal trekken zich terug en onthullen het verwoeste slagveld.

Calyx ligt daar. Zijn lichaam is half begraven onder het puin. Hij hoest en probeert wanhopig adem te halen te midden van de chaos die ik heb ontketend. Mijn blik ontmoet de zijne. Een mengeling van pijn en verraad schemert door in zijn ogen. Een giftige grijns speelt om mijn lippen terwijl ik zijn lijden observeer.

"Je kunt me niet stoppen. Ik heb je gewaarschuwd," mijn stem is doordrenkt van kilte.

Zijn reactie is een zwakke kreun en geeft aan dat hij nauwelijks in staat is te begrijpen wat er gebeurt.

"Dit is nog maar het begin," ga ik verder, mijn stem ijzingwekkend kalm. Ik glimlach kil. Mijn ogen vlammen met een duistere gloed.

Ik keer me af van hem en richt mijn aandacht op het slagveld.

Ik ben lustig naar het verderf dat ik gezaaid heb.

Het zicht is een symfonie van vernietiging. De overblijfselen van de troepen van Danann liggen als levenloze poppen verspreid over het slagveld. Hier en daar hoor ik wat gekreun. Sommigen zijn verbrand, hun lichamen gehuld in een groteske dans van vlammen en schaduwen. Anderen zijn verminkt door de kracht van de elementen, hun ledematen verdraaid en gebroken.

Mijn ogen glijden over de ongelukkige krijgers en magiërs. De stilte is oorverdovend na de razernij van de orkaan. Een warm gevoel zwelt op in mijn borst als ik de resultaten van mijn wraak aanschouw.

Geniet ervan. Ruik het. Proef het.

Sommige van hen liggen daar als stille getuigen van hun wanhopige pogingen om te ontsnappen. Hun ogen die eens gevuld waren met moed zijn nu dof en glazig. Het leven is uit hen getrokken door de genadeloze krachten die ik heb losgelaten. De geur van verbrand vlees vermengt zich met de koude berglucht en ik adem het in als een bedwelmend parfum.

Ik stop bij een groepje krijgers, hun lichamen verkrampt in een laatste daad van verzet. Nutteloos liggen hun wapens verlaten naast hen. Ze waren geen partij voor mijn wraak. Mijn schaduwen dansen om hun levenloze vormen. Mijn trouwe dienaren die de triomf vieren.

Met elke stap door het dal groeit de duisternis in mijn hart. De kracht borrelt op in me. Het is een onverzadigbaar verlangen naar meer vernietiging maar ik beheers mezelf. Niet uit mededogen maar om te genieten van de angst en het lijden dat ik kan veroorzaken.

Zacht gekreun stijgt op uit de stapels levenloze lichamen. Degenen die nog een sprankje leven in zich hebben verdienen geen compassie. Mijn ogen flitsen in het duister terwijl ik me naar hen toe draai. Mijn schaduwen zijn als dodelijke sluiers om me heen gewikkeld.

"Hmm," grom ik.

De overlevenden staren me aan met doffe ogen, hun krachten uitgeput. Hun enige hoop is verlossing van hun lijden.

Mijn handen heffen zich op. Schaduwen vormen messcherpe punten die neerdalen als dolken van duisternis als ik mijn handen naar beneden beweeg.

Geen genade voor de restjes leven.

Kreunen worden gesmoord en de laatste levensadem geblust onder de genadeloze kracht van mijn schaduwen. Het aanzicht van dood en verderf kalmeert mijn hartslag.

Een stervende magiër kreunt zwak en zijn handen tasten naar zijn verwondingen. Hij heeft de kracht niet meer om magie op te roepen.

Ik glimlach en vernauw mijn ogen. Mijn schaduwen omsluiten hem als een kille omhelzing en trekken de laatste adem uit zijn vermoeide longen.

De overblijvende overlevenden kijken machteloos toe terwijl ik mijn weg vervolg. Hun smeekbeden om genade verstommen in mijn ondoordringbare hart. Elke kreun en elk zuchtje hoop wordt genadeloos vernietigd door mijn duistere krachten.

Ik ben niet langer een magiër van wraak maar een beul van de nacht. Mijn lach weerklinkt in het dal terwijl ik doorga met mijn macabere taak. De schaduwen fluisteren me toe en ik luister met kille extase naar hun lofzang.

Het dal die eens gevuld was met het geluid van strijd is nu een dodenrijk.

Ik ben de heerser van deze verlaten vlakte.

De vernietiging en dood die ik heb gezaaid zijn een ode aan de duisternis die in mijn ziel woedt. De duisternis verdiept zich met elke stap. Mijn ziel is verstrengeld met de schaduwen die me volgen.

De stilte in het dal wordt plotseling doorbroken door een zwakke stem, een stem die ik al lang niet meer heb gehoord.

"Naas..."

Het is een stem die diep in mijn herinneringen gegrift staat.

Mijn pas vertraagt terwijl ik mijn hoofd draai naar de bron van de stem.

Daar, half verborgen tegen de steile bergwand.

Het is Aedán.

Zijn gestalte is vaag zichtbaar in het zwakke maanlicht, zijn lichaam gehuld in de schaduwen van de verwoesting die ik heb aangericht. Gehavend. Bloed doordrenkt zijn kleding.

Mijn hart slaat een onregelmatige cadans en een mengeling van emoties golft door me heen. Ik sta daar, mijn schaduwen als waakzame schilden om me heen en mijn ogen gefixeerd op Aedán.

Maar de duisternis wint de korte innerlijke strijd. Hij betekent niets meer voor me. Het feit dat hij hier is, zegt genoeg. Hij wil mij ook dood hebben. Helaas voor hem liep hun plan iets anders. Hij is slechts een simpele ziel die vernietigd moet worden, zoals de andere krijgers die zich tegen me gekeerd hebben.

"Naas," klinkt zijn zwakke stem nogmaals.

Zijn stem raakt een gevoelige snaar diep in mijn ziel. Het is alsof mijn oude zelf zich uit haar graf lijkt te graven. Verwarring vecht met de duistere krachten die me beheersen. Voor even lijkt het beest te verstommen. Mijn ogen keren terug naar hun volledig witte staat. Ik loop sluw op hem af. Mijn schaduwen kronkelen zich om me heen als hongerige slangen.

Zijn ogen ontmoeten de mijne en ik zie de pijn en de bezorgdheid die daarin weerspiegeld worden. Een frons, afkomstig van een lang verloren emotie, tekent mijn voorhoofd. Maar mijn innerlijke demonen fluisteren naar me. *Aedán is hier om je te doden. Iedereen is tegen je. Toon geen zwakte. Maak hem af!* Mijn duistere instincten razen en eisen zijn vernietiging.

Toch is er iets, een flikkerend lichtje in mijn ziel, een zweem van herinnering, een restje vertrouwen. Iets houdt me tegen alsof mijn jarenlange band met Aedán niet volledig is verbroken. Mijn oude zelf is uit haar graf gekropen, hoewel zwak.

Vlak voor hem blijf ik staan, mijn schaduwen trekken zich terug alsof ze de aarzeling in mijn hart voelen.

Aedáns stem breekt door de duisternis. "Alsjeblieft... stop! Ik wil je geen pijn doen. Ik ben hier om je te redden."

Mijn lach is een kille echo in de nacht. "Redden? Jij, hier om mij te redden?" Mijn woorden glijden als ijs uit mijn mond, doordrenkt van sarcasme en bitterheid. "Dacht je echt dat ik niet door zou hebben wat jullie doen? Jullie willen me kapot maken, Danann wil me dood hebben. En jij, jij bent slechts een uitvoerder."

Aedán schudt zwak zijn hoofd en tast met zijn hand naar zijn verwondingen aan zijn zij. "Nee... Nou ja, oké... Maar luister alsjeblieft naar me... Ik wil je helpen... Er is iets dat je moet weten." Hij hapt naar adem, zijn smeekbede gebroken door hoestbuien.

Ik snuif minachtend. "Ik luister heel mijn leven al naar anderen. Ik heb niet anders gedaan dan vechten voor andermans goedkeuring. Nu is het tijd dat ik omarm wie ik werkelijk ben. Ik heb jullie niet meer nodig. Ze zullen zien wie ik ben, wat ik kan!"

Hij kijkt me recht in de ogen. Zijn blik is gevuld met vastberadenheid dat in contrast staat met zijn gebroken lichaam. "Nee, niet op deze manier. Dit is niet wie je bent. Luister alsjeblieft naar me."

"Dit ís wie ik ben. Jij hebt me nooit gekend, nooit echt gekend. Eindelijk is mijn masker af. Ik hoef me eindelijk niet meer te conformeren aan een voorgekauwd plaatje. Dit is de ware Nasiah." Ik kijk hem fel aan, mijn ogen zijn vernauwd.

"Nee, dit ben je niet... Alsjeblieft, ik ken je... Door en door, al sinds we klein waren. Stop hier alsjeblieft mee." Tranen wellen op in zijn ogen. Zijn woorden zijn gefluisterd als een laatste wens.

Ik sta vlak voor hem, gehuld in een aura van duistere macht. Het beest in mij snakt ernaar hem te vernietigen, om mijn donkere magie op hem los te laten. Maar ergens diep in mijn ziel fluistert een stem dat ik moet luisteren. Een knoop vormt zich in mijn maag. Flarden van herinneringen dringen zich op: Aedán en ik als jonge kinderen in de straten van Fionnuala. Voor een moment laat ik mijn schaduwen zakken.

Aedán haalt diep adem en voelt de ruimte om te spreken. Zijn woorden komen aarzelend alsof ze gewogen worden op de grens van leven en dood.

"Cassius," begint hij voorzichtig, alsof de woorden die hij uitspreekt breekbaar zijn, "en je ouders hebben iets verborgen. Een waarheid die zowel jouw toekomst als die van de wereld kan bepalen." Hij trilt van vermoeidheid en opwinding. "Het heeft te maken met je bloedlijn, Naas. Met je grootmoeder. En Rigan heeft hier heel slim misbruik van gemaakt."

I k frons, mijn ogen zijn vernauwd tot spleten. "Verborgen? Wat bedoel je?"

Aedán staart me diep in de ogen. "Je grootmoeder was een krachtige emotionele magiër. Net als jij. Ze heeft jarenlang gestreden om haar krachten onder controle te krijgen, maar uiteindelijk.. Uiteindelijk werd ze verscheurd," fluistert Aedán. Zijn woorden komen langzaam. "Toen je grootmoeder worstelde met haar innerlijke demonen, met de duisternis die haar dreigde te overweldigen, heeft ze een wanhopige keuze gemaakt. Ze splitste zichzelf in tweeën. Ze verdeelde haar magische essentie. Ze behield het lichte deel, haar kracht en goedheid, maar liet haar schaduw, haar duistere helft, vrij."

Mijn adem stokt terwijl ik de implicaties van zijn woorden verwerk. Mijn grootmoeder die ik nooit gekend heb was ook een emotionele magiër? Waarom heeft mijn moeder me dit niet verteld toen mijn magie ontwaakte? Ik blijf hem fronsend maar strak aankijken. Het beest in me is in genadeloos verzet.

"Die duistere schaduw werd niet vernietigd...," vervolgt Aedán.

"Rigan absorbeerde haar. Hij voedde zich met die duisternis. Dat is waarom hij zo'n onmetelijke macht heeft. De duistere kracht van je grootmoeder heeft Rigans oorlogsvoering met Danann aangezweept. Daardoor is de oorlog geëscaleerd en kreeg Tartarus steeds meer de overhand. Rigan bespeelt je... Hij moet geweten hebben dat je duistere kant zich aangetrokken zou voelen tot de duisternis van je grootmoeder, die in hem leeft. Het is je eigen bloed." Aedán hapt naar adem en knijpt zijn ogen pijnlijk samen. "Maar ik weet niet of ik te laat ben... Naas... Wat je hier hebt gedaan... Je bent op het verkeerde pad en ik weet niet of je nog terug kunt komen. Misschien ben je al te ver..." Zijn blik wendt naar de gevallen Fianna's en magiërs die ons omringen. Een traan rolt over zijn wang. Zijn gebroken hart weerspiegelt zich in zijn ogen. "Maar het mag niet te laat zijn. Jij, als emotionele magiër, bent de enige die haar kan verdrijven uit Rigan. Die hem van zijn kracht kan ontnemen. Jij hebt het goede deel, de essentie van liefde en compassie, nog ergens in je. Je... Je moet het nog ergens hebben. Je behoort niet alleen tot de duisternis." Zijn stem klinkt krachtiger alsof hij zichzelf probeert te overtuigen, zichzelf hoop probeert te geven.

Ik slik de informatie met moeite door. Mijn grootmoeder was een krachtige magiër en is verscheurd tussen goed en kwaad, haar duistere helft verenigd met Rigan. Rigan, Dananns vijand. Mijn grootmoeder de aanstichter van de oorlog...

Aedáns ogen smeken me om hem te begrijpen. "Als je haar van Rigan kunt scheiden dan kan Danann bevrijd worden. Er kan vrede zijn, vrijheid." Hij pauzeert. Hij hoest hard en is duidelijk vermoeid door de vele woorden die hij spreekt. "Ik ben al zoveel kwijtgeraakt door deze domme oorlog. Ik zal jou niet ook verliezen. Jij bent alles wat ik nog heb..."

Mijn gedachten razen als een onstuimige zee waarbij elk woord van Aedán een verwarrende golf is die tegen de rotsen van mijn overtuigingen beukt. De herinnering aan Akhil die me vertelde over

Aedáns omgekomen familie spoelt over me heen als een vloedgolf. Maar een ijzige kilte klimt langs mijn ruggengraat alsof ijskoude vingers me proberen te omhelzen. Ik schud mijn hoofd en frons.

"Nee," grom ik binnensmonds, meer tegen mezelf dan tegen Aedán.

Mijn gedachten tollen als een storm en zijn verstrikt in Aedáns onthullingen. Onthullingen over de geschiedenis van mijn familie, over de leugens die ze me verteld hebben, over de waarheid die ze voor me hebben achtergehouden. De elite heeft heel Danann voorgelogen over de escalatie van de oorlog. Mijn familie heeft het bestaan van mijn grootmoeder, die schijnbaar de zondebok van de familie was, weggeveegd. Ze hebben gedaan alsof ze nooit bestaan heeft, terwijl ze een cruciale rol gespeeld schijnt te hebben in de oorlog. Mijn vertrouwen en loyaliteit voor Danann hing al aan een zijde draad, maar deze informatie laat me nog meer twijfelen over de integriteit van Cassius.

Ik wrijf hard over mijn gezicht in een poging de informatie op de juiste plek in mijn hoofd te krijgen.

Maar terwijl Aedán daar gebroken ligt, zijn bezorgde ogen op de mijne gericht, wordt er iets diep van binnen in me wakker. Mijn handen worden klam. Een fluistering sist in de krochten van mijn ziel. *Mijn parel.* Een sluipende echo van kilte. *Zie je wel, Danann is corrupt. Het is een rijk van bedrog en manipulatie. Jij kan het tij keren. Toon ze hoe machtig je bent.*

Aedán kijkt me vragend aan en ik herinner me de woorden van Rigan. Danannns rebellen die kwetsbare burgers van Tartarus vermoorden als ze zich niet buigen naar hun normen. Zijn overtuigingen die hij deelde over een eerlijke samenleving waar openheid, rechtvaardigheid en individualiteit centraal staan. Het is een visie op een wereld zonder hypocrisie en bedrog. Een wereld waarin niemand de mond gesnoerd wordt.

"Rigan heeft gelijk," mompel ik. "Danann is verrot, doordrenkt van leugens en manipulatie. Wat je me vertelt bewijst het! Heel

Danann is gevuld met bedrog. Rigan wil een eerlijke wereld, een plek waar mensen niet worden misleid door schijnheiligheid."

Aedáns frons verdiept zich en zijn ogen dringen door tot in mijn ziel. "Begrijp je het dan niet? Rigan misbruikt de kracht van jouw grootmoeder. Hij manipuleert de duisternis in jou om zijn eigen agenda te bevorderen. Het is geen nobel streven; het is een duivels plan. Hij wil helemaal geen eerlijke wereld. Ben je vergeten hoeveel van onze mensen hij heeft vermoord?! Mensen die we kennen. Mijn familie! Hij wil Danann overnemen en jij bent zijn oplossing. Met jou aan zijn zijde kan hij ons rijk kapot maken. Hij wil van jou het ultieme monster maken."

De duistere stem fluistert opnieuw, dit keer met razernij. *Wij begrijpen tenminste de noodzaak van kracht, de echte aard van de wereld. Sluit je bij ons aan en jij zult de ware heerser worden. Ze zullen je niet langer kunnen ontkennen, verbannen. Ze zullen weten wie je bent.*

Het beest in me is woest maar lijkt geketend te zijn. Aedáns woorden resoneren met de ketenen, terwijl Rigans beloften en streven me roepen om ze te verbreken. Ik kan niet ontkennen hoe vaak Rigan gelijk heeft gehad over Danann en hoe sluw ze zijn. Ik heb net nog oog in oog gestaan met Dananns troepen die me wilden uitschakelen. Dananns rebellen die kinderen vermoorden. Rigan heeft me geholpen de waarheid te zien van de werkelijke aard van mijn rijk. In Tartarus heb ik mezelf gevonden, mijn krachten ontketend. Mijn innerlijke duisternis toegelaten. Ik word niet meer beperkt door externe verwachtingen. En aan de andere kant heb ik net tal van Fianna's vermoord als een ongecontroleerd monster van Rigan... Was dat altijd al Rigans plan? Of rest mij hetzelfde lot als mijn grootmoeder? Is dit gewoon wie ik hoor te zijn, een moordlustig duister monster? De kracht, de donkere magie, die ik door mijn aderen voel is immens.

Ik kijk Aedán aan en mijn ogen zoeken naar de waarheid. "Ik voel me eindelijk mezelf. Ik voel me vrij en ik kan deze vrijheid niet weggooien. Ik wil niet met een masker op door het leven gaan. Ik kan het niet meer. Dit is misschien gewoon wie ik ben... En ik kan niet negeren wat Rigan zegt over deze wereld. Hij heeft een punt."

Aedán probeert rechter op te zitten maar grijpt met samengeknepen ogen naar zijn zij, waar het bloed tussen zijn vingers sijpelt. "Je kunt Rigan niet vertrouwen, Naas! Hij is ziek in zijn hoofd. Hij is een giftig monster. En dit is niet wie je bent, dat weet ik zeker. We kunnen samen vechten. Je staat er niet alleen voor. Je weet dat ik naast je zal staan in de stromende regen, zelfs als ik weet dat ik ergens anders droog kan staan. Je weet dat ik alles voor je over heb. Jij bent mijn leven..."

De schaduwachtige interne stem sist en verdraaid tot een waarschuwing. *Laat je niet misleiden! Kies de kracht die je bezit, de kracht die je grootmoeder je heeft nagelaten. De kracht die IK je heb nagelaten. Laat het niet verloren gaan in de dwaasheid van hun licht. Dit is wie we zijn, dit is onze erfenis, wij zijn duisternis zelf.*

Mijn ogen verwijden zich terwijl het besef tot me doordringt bij het horen van de stem in mijn hoofd. Ik frons en mijn lichaam lijkt verlamd. Hoorde ik dat goed? Die zíj me heeft nagelaten... Mijn grootmoeder? Hoor ik mijn grootmoeders stem?

De fysieke vorm van je grootmoeder kon dit deel van zichzelf niet aan. Ze kon niet overweg met haar duistere kant. Maar jij, jij bent anders. Jij bent krachtiger, jouw ziel is sterker. Doe wat je grootmoeder niet lukte. Omarm haar donkere kant, omhels de kracht die je bezit. Samen kunnen we deze wereld herscheppen, bevrijd van corruptie en geregeerd door de sterken. Ze zullen nooit meer vergeten waar onze familie om draait. Niemand zal ons meer als geheimen wegstoppen. Voeg je bij mij. De verleidelijke woorden echoën in mijn geest en resoneren met al mijn zonden.

Mijn handen trillen, niet alleen door de impact van Aedáns woorden, maar ook door de verscheuring die mijn wezen doorklieft. De kilte die omhoog klimt langs mijn ruggengraat lijkt te vechten tegen de brandende woorden die Aedán spreekt. Elke vezel in mijn lichaam is gespannen. Ze staan klaar om uit elkaar te barsten door de conflictueuze krachten die binnenin woeden.

46

Te midden van de tumultueuze gevoelens, voel ik plotseling hoe mijn gevoel resoneert met die van Aedán. Mijn ogen staan wijd opengesperd en ik zoek naar zijn blik. Het is als een onzichtbare verbinding die ontstaat, alsof zijn strijd en twijfels naadloos samensmelten met de mijne. Zijn compassie vloeit door mijn lichaam. De trillingen van zijn pijn doorkruisen mijn wezen en een enorme pijnscheut schiet in mijn zij. Het dwingt me mijn ogen hard dicht te knijpen.

Net op het moment dat ik lijk te bezwijken onder de last van de onthullingen, word ik inwendig toegesproken door een zachte vrouwelijke stem. Haar fluisteringen klinken als een balsem voor mijn gekwelde ziel. *Mijn kind, luister naar Aedán. Vind de balans in jezelf, het evenwicht tussen de duisternis en het licht. Je hebt de kracht om dit te overwinnen.* De warmte van haar woorden omhult me als een warme deken en ik voel een warme golf in mijn borst.

Aedáns verklaringen die doordrongen zijn van liefde en oprechtheid vormen een kompas te midden van de innerlijke storm. De twijfels blijven knagen maar de lieve stem in mijn hoofd biedt een zekerheid die ik wanhopig nodig heb.

"Hoe weet je dit allemaal?" vraag ik, mijn stem trillend maar vastberaden. "Hoe kan ik er zeker van zijn dat je me niet voor de gek houdt. Dat dit niet een laatste list van mijn familie is?"

Aedáns smaragdgroene ogen boren zich in die van mij. Vastberadenheid glinstert in zijn vochtige blik, een stille belofte die mijn hart verwarmt.

"Ik snap dat je twijfelt, Naas," fluistert hij met een gebroken stem. "Maar ik zweer je bij alles wat mij heilig is, ik ben hier om je te helpen, te beschermen, te bevrijden. Nooit zou ik je kwetsen, nooit zou ik je verraden. Nooit!" Een diepe zucht ontsnapt aan zijn gehavende lichaam die getekend is door de pijn van mijn marteling. "Toen we het bevel kregen om jou uit te schakelen, om jou te doden..." Hij aarzelt, zijn ogen dwalen af naar de wond in zijn zij en hij tilt zijn hand even op om de wond goed te zien. "Ik kon het niet. Het idee om jou pijn te doen was ondraaglijk. De gedachte om jou te verliezen, te missen... Het brak mijn hart. Ik zou nog eerder mijn eigen leven geven."

Er valt een stilte waarin hij naar adem hapt.

Met nog een diepe trillende ademhaling gaat hij verder. "Ik ben gaan zoeken zonder dat anderen het wisten. Naar alternatieven, naar een manier om jou bij me te houden. En ik vond ze. Geheime documenten die verborgen waren door Cassius en de elite van Danann, inclusief je ouders," vervolgt hij zijn uitleg waarna hij even pauzeert om mijn reactie te peilen, maar ik blijf stil. "Ze hebben deze geschiedenis van jouw familie en Danann onder het tapijt geschoven zodat niemand erachter kon komen waar de oorlog werkelijk door gekomen is. Ze wilden niet dat men erachter kwam dat je grootmoeder de reden van de oorlog is. De schuld werd volledig bij Tartarus neergelegd. En iedereen geloofde het. Maar dit is de waarheid. En toen ik erachter kwam dat je grootmoeder ook een emotionele magiër was, wist ik dat jij de enige bent die Rigan kan verslaan. De enige die ons kan redden."

Ik blijf hem aanstaren.

Aedáns stem daalt tot een fluistering die geladen is met passie en diepe emotie. "Ik ben bereid alles te doen om je te beschermen. Om je te helpen je lot te volbrengen. Zelfs als het me mijn leven kost."

Mijn wijd opengesperde ogen blijven aan de zijne gehecht, op zoek naar enig teken van bedrog. Maar Aedán lijkt oprecht en zijn woorden resoneren met iets diep binnenin mij. Ik bijt op mijn wang en mijn wenkbrauwen fronsen. Mijn borst verkrampt terwijl ik probeer te verwerken wat hij zegt.

Het beest in me beukt tegen alle muren aan, vechtend om vrij te komen. Hoe kunnen Cassius en de elite niet alleen mij, maar heel Danann hebben voorgelogen? Is mijn familie echt de aanstichter van de oorlog? Nee... Dat kan niet kloppen. Het mag niet kloppen. Maar de rebellen zijn ook afkomstig uit Danann... Hoe kunnen mijn ouders dit allemaal voor me achtergehouden hebben?

Ik staar naar de grond en sluit mijn ogen. Gedachten overspoelen mijn hoofd, mijn hele leven in twijfel trekkend. Ik heb altijd naar ze op gekeken en in hun voetstappen willen treden. Ik was jaloers op hun succes en verlangende naar hetzelfde. En dat is allemaal gebaseerd op leugens?! Alles wat ik heb gedaan om hun aandacht te trekken, al die tijd een tevergeefse strijd... Ik heb nooit een kans gehad bij ze. Ze hadden hun oordeel al klaar op het moment dat mijn magie ontwaakte...

De woorden van Rigan schieten door mijn hoofd en hoe hij me vertelde dat ze me klein wilde houden. In Tartarus lijkt Danann de boosdoener. Heeft Rigan altijd de waarheid tegen me gesproken? Hij weet immers van mijn grootmoeder. Is zij echt de reden van de oorlog? En wat is er dan waar van Rigans motieven voor de toekomstige samenleving?

Mijn hartslag versnelt en mijn spieren spannen aan. Ik word innerlijk heen en weer gesleurd tussen Aedán en Rigan, tussen de zachte stem en de verleidelijke stem. Het lukt me niet tot een conclusie te komen.

"Maar hoe kun je nog achter Danann staan nu je dit allemaal weet?" confronteer ik Aedán, zoekend naar duidelijkheid.

"Ik realiseer me dat Danann dubieuze dingen heeft gedaan in het verleden. Dingen waar ik niet achter sta. Maar ik weet dondersgoed wie de ware slechterik is en dat is Rigan. Het is altijd al zijn plan geweest om je grootmoeder te misbruiken en Danann over te nemen. Hij is een duivel, een meester in manipulatie," antwoordt hij met een hervonden zekerheid. "Ik snap dat het veel is, Naas," gaat hij verder, zijn stem doordrenkt met zachte geruststelling. "Ik zou je willen zeggen dat je zelf de documenten kan doorlezen en de verborgen geschiedenis zelf kan achterhalen, maar we hebben geen tijd. Je moet me geloven. Jouw grootmoeder heeft deze strijd doorstaan. Net zoals jij nu doet. Het is jouw erfenis maar het betekent niet dat je gedoemd bent tot hetzelfde lot."

Ik zucht hard en het besef dat deze wereld kapot is dringt goed tot me door. Wie de boosdoener is, weet ik eerlijk gezegd niet. Wat ik wel weet is dat ik twijfels heb over beide partijen. Het vertrouwen is geschonden, maar Rigans streven naar gelijkheid en rechtvaardigheid echoot in mijn hoofd. Hij zei dat openheid en eerlijkheid zouden moeten zegevieren. Maar sprak hij de waarheid? Streeft hij dat echt na?

Ondertussen verdiept de band tussen Aedáns gevoelens, zijn hoop en vertrouwen met die van mij alsof we samen een cruciaal moment delen in de ontrafeling van de waarheid. Mijn handen trillen nog steeds maar nu voel ik iets warms groeien, wat wordt gevoed door de woorden van de zachte fluisteringen.

Mijn blik glijdt naar de plek waar ik Calyx gebroken heb achtergelaten, buiten mijn zicht. Wat weet hij hiervan? Weet hij van mijn erfenis? Als Rigan echt het ultieme monster van mij wilt maken, wat weet Calyx daar dan van? Was ik een opdracht voor hem? Heeft hij dan alles gespeeld? Pijnlijke herinneringen aan mijn duistere verlangens flitsen door mijn gedachten. Beelden schieten in mijn hoofd voorbij van zijn lichaam tegen het mijne en zijn vingers hard dringend in mijn huid. Schaamte overspoelt me. Ik dacht dat er iets was tussen ons. Heb ik mezelf vernederd voor hem? Heb ik me aan hem overgeleverd terwijl mijn hart geil was naar controle en macht? Was het alleen lust? Wat waren mijn ware motieven?

En Calyx... Wat waren zijn bedoelingen? Was hij oprecht in zijn gretige aanrakingen, in de plaatsing van zijn vochtige lippen op mijn hals? Of gebruikte hij me voor zijn eigen duistere doeleinden om Rigan te dienen? Was het alleen maar om mij over de streep te krijgen, om me over te geven aan de duisternis? Maar waarom bekritiseerde hij dan mijn aanpak? Een frons tekent mijn voorhoofd als ik geen duidelijkheid in mijn gedachten weet te vinden.

Terwijl ik verward worstel met deze vragen word ik afgeleid door een geluid. Het is een zwak gekreun, gevolgd door struikelende voetstappen.

Mijn hart slaat over terwijl ik een gestalte zie verschijnen uit de schaduwen, strompelend in het dal richting ons.

Het is Calyx, de onverwoestbare raaf van de nacht.

Zijn gezicht is vertrokken van pijn, de pijn die ik hem heb aangedaan toen ik me verloor in mijn eigen gecreëerde hel.

De binnenkanten van mijn wenkbrauwen krullen omhoog en ik bijt hard op mijn wang. Wat heb ik hem aangedaan?

47

ijn middenrif trekt samen en een golf van schuld en angst overspoelt me. Mijn innerlijke wereld resoneert met de gevoelens van zowel Aedán als Calyx en ik word overrompeld door pijn. Mijn ogen knijpen hard samen bij het voelen van de pijn die ik hen heb aangedaan.

"Naas," mompelt Calyx met een ingehouden kreun, zijn ogen gekneld van de pijn. "Stop alsjeblieft."

Ik bijt op mijn trillende onderlip, de chaos in mijn binnenste nu ook fysiek voelbaar.

Aedáns blik wisselt tussen Calyx en mij. Zijn ogen vol haat en verwijt zijn gericht op Calyx, maar hij is tegelijkertijd verward door de woorden die Calyx spreekt.

"Kap hiermee. Dit gaat te ver," kreunt Calyx terwijl hij zich met moeite naar ons voortsleept. "Je verliest jezelf..."

Tranen wellen op in mijn ogen. De tsunami aan emoties dreigt me te overspoelen. Mijn wenkbrauwen trillen in een frons, mijn blik strak op Calyx. Honderden vragen borrelen in mijn hoofd maar geen enkele komt over mijn lippen. Schuldgevoel en spijt doet mijn lichaam verstijven.

Ik kijk naar Aedán, zijn ogen vol wantrouwen jegens Calyx. Hij perst zijn lippen samen en bestudeert me met zijn doordringende blik. "Wie is hij?"

Mijn maag is verstrengeld in een knoop terwijl ik probeer de juiste woorden te vinden. "Calyx... Hij is... Hij heeft me geholpen mezelf te vinden," mompel ik, mijn ogen zijn gefixeerd op de gekwelde gestalte van Calyx. "Of... Of hij heeft me voorgelogen, me geforceerd mijn donkere kant te... Ik weet het niet..." Ik wend mijn blik naar de grond. Ik wrijf mijn handen hard over mijn gezicht maar het is een tevergeefse poging mijn gevoel van me af te vegen.

Calyx hoest en kreunt, heftig grijpend naar zijn verwonde schouder. "Nee, ik heb nooit gewild dat je jezelf aan de duisternis zou overgeven. Jij bent juist het lichtpuntje geweest dat mij uit mijn duisternis heeft gehaald. Je bent mijn hoop."

Zijn woorden raken me als een zweepslag. Zijn liefde en hoop raken me diep. De verwarrende gevoelens voor Calyx, de onzekerheid over zijn ware motieven, de woorden van Aedán, de onthulling over mijn familie, mijn levensovertuiging, alles stort ineen als een kaartenhuis. Calyx' gekreun roept medeleven en ongemak op wat de innerlijke verscheuring intenser maakt. Ik wil mijn verdriet in woede omzetten maar de zachte stem fluistert me het tegendeel te doen.

Calyx bereikt eindelijk onze plek, zijn knieën trillend onder zijn gewicht. Hij ontmoet de afkeurende blik van Aedán maar zijn ogen zoeken de mijne met een smeekbede. "Ik wilde je echt helpen. Je weet hoe ik over je denk. Ik weet dat je het voelt. Ik ben altijd oprecht geweest naar je. Ik zou de hel trotseren voor je." Een golf van woede trekt door zijn lichaam, zijn stem daalt tot een donkere grom. "Rigan... Ik snap nu waarom hij zijn zinnen op je gezet had, waarom de focus zo erg op jou lag. Ik wist niet dat hij zover zou gaan, dat dit is waar hij op uit was... Hij beloofde ons vrijheid. Hij zei dat hij voor de zwakken wilde opkomen maar ik zie nu dat het een misselijkmakende propaganda is geweest. En ik... Ik heb hem geholpen... Ik dacht dat ik iets goeds nastreefde, maar hier sta ik niet achter. Dit gaat te ver. Het leed en verderf dat je net gezaaid hebt... Zo hoort de wereld niet te zijn. Dat is niet goed te praten. Duisternis is niet mijn doel." Calyx' blik brandt met een intense vlam. "Maar ik zal niet toestaan dat Rigan je misbruikt. Nooit. Je kracht, je passie, dat is waar ware vrijheid in zit. Laat je niet meesleuren door Rigans leugens zoals mij is overkomen. Laat je niet verleiden door de duisternis. Je was al perfect zoals je was."

Een huivering trekt door mijn lichaam. De duistere kant van Calyx die ik heb ervaren wringt zich om mijn hart. Keert hij zich werkelijk tegen Rigan nu? Hoe kan hij zo makkelijk zijn gedachten vormen? Oké, Calyx is een man van principes maar dit is vrij rap.

"Geloof je echt dat Rigan slechte intenties heeft nu?" Nog altijd probeer ik duidelijkheid te vinden.

"Ik ben altijd al voorzichtig geweest met hem, dat weet je. Ik vertrouw hem niet blindelings, maar ik hoopte dat zijn goede dagen waarop hij zijn goede intenties uitsprak de overhand hadden." Hij laat een stilte vallen en lijkt weer even op adem te willen komen van de woorden die hij uitspreekt. "Maar dit... Nee, dit is pure kwaadheid. Hoe ver hij je de duisternis ingeduwd heeft... Ik twijfel of hij daadwerkelijk meent wat hij zegt."

Ik laat zijn woorden even bezinken. Mijn vertrouwen, mijn loyaliteit, mijn overtuiging, ze lijken te worden vermorzeld door de pijnlijke waarheden die nu aan het licht komen. Ik zoek naar feiten waar ik me aan kan vasthouden, maar waar ik ook zoek vind ik corruptheid en leugens. Het lijkt alsof mijn overtuiging zweeft in het niets. Maar de zachtaardige stem fluistert. *Vind de waarheid in jezelf. Kijk diep in je hart. Laat je niet leiden door externe factoren.*

De inwendige tsunami vermengt zich met een orkaan diep in mijn ziel. Het geschreeuw in mijn hoofd, mijn verlangen naar de waarheid, naar feiten, het wordt te veel. De tsunami overspoeld mijn ogen en maken mijn wangen nat.

"Ik weet het niet meer," fluister ik, mijn stem bevend en gebroken. Ik sla mijn handen voor mijn gezicht en val op mijn knieën, heftig probeer ik de innerlijke storm te kalmeren.

Terwijl ik gebroken en ineengekrompen op de grond zit, hoor ik Calyx verder praten, zijn stem smekend. "Ik wilde altijd dat je je volledige zelf kon zijn en dat je de kracht kon vinden. Ik wilde niet dat je jezelf zou kwijtraken in de duisternis. Ik... Ik wil je niet verliezen. Alsjeblieft, geloof me. Ik had beter moeten weten... Ik had Rigan beter moeten kennen. Ik had je moeten beschermen. Ik had je nooit naar Rigan moeten sturen vanochtend. Ik voel me zo stom..."

Zijn woorden raken een snaar diep in mijn ziel. De tsunami verwarmt en borrelt maar ik blijf zitten. Ik zeg geen woord. Ik ben verstopt in mijn eigen handen.

Aedáns afschuw echoot door de ruimte. "Ze gelooft je niet zomaar, gast. En eerlijk gezegd, ik ook niet."

De spanning tussen Aedán en Calyx is voelbaar en snijdt door de lucht als een scherp mes. Hun woorden, beladen met emotie en overtuiging, slaan tegen me aan als vuisten. Twee mannen, twee waarheden, twee versies van mijn verhaal. De duisternis die hen omringd wringt zich naar de oppervlakte en neemt vorm aan in hun woordenwisseling. En ik ben gedwongen te kijken.

Calyx' ogen flitsen met een mengeling van woede en zelfverdediging. "Houd je bek! Je hebt geen idee. Ik heb alles geprobeerd om haar te beschermen, om haar te leiden naar rechtvaardigheid en vrijheid. Maar jullie... De elite van Danann... Jullie hebben haar verstikt met jullie regels en geheimen. Jullie hebben haar nooit gezien, nooit erkend. En toen haar ware kracht, haar emotionele magie, aan het licht kwam zagen jullie alleen het kwaad. Jullie hebben haar nooit als persoon gezien, haar nooit een kans gegeven!"

Aedán ondanks zijn vermoeidheid en pijn vecht terug. "En jij denkt dat jij haar wel begrijpt?! Jij hebt haar duistere kant ontketend, haar bijna verloren aan Rigan. Wat voor begrip is dat?! Jij bent degene die haar ziet als een instrument voor je eigen doelen."

Mijn binnenste trilt van de intensiteit van hun woorden. De felle discussie tussen Aedán en Calyx gaat verder dan mijn lot; het gaat om de toekomst van onze samenleving, Danann en Tartarus, de balans tussen licht en duisternis. Mijn innerlijke storm woedt en verlangt naar vrijheid. Ik verlang naar mijn eigen stem.

Calyx bijt zijn woorden af. "Misschien heb ik gefaald maar ik heb tenminste geprobeerd haar te bevrijden van jullie verstikkende greep. Jullie hebben haar juist in een donker hoekje gedreven. Nasiah is slechts een symptoom van jullie falen."

Aedáns ogen branden van woede. "Je hebt geen recht om over falen te spreken. Jij bent degene die haar liet dwalen in de duisternis. Ik ben hier om haar te redden van jullie beide, van Rigan en van jouw zogenaamde rechtvaardigheid."

De golven van hun woorden en hun emoties slaan om me heen en dreigen me te overspoelen. Pijnlijke waarheden vliegen me om de oren maar diep van binnen vind ik stabiliteit. De fluisterende stem in mijn geest, de herinneringen aan Aedán, de verbondenheid met Calyx, de resonantie met hun innerlijke werelden. Ze vormen een kompas dat me door de chaos leidt.

Ik adem diep in wat warmte en kracht door me heen laat stromen. Zelfbewustzijn. Zelfcompassie.

Aedán en Calyx, beiden getekend door mijn duisternis, blijven elkaar bestoken met beschuldigingen.

Frustratie borrelt op in mijn maag, maar ik weiger me te laten meesleuren door hun verdeeldheid. Nee, ik zie het nu. Hun strijd is om mij. Het is een uiting van hun pure liefde. Voor mij.

Een golf van mededogen spoelt door me heen. Aedáns onbevreesde moed en Calyx' hoop en gepassioneerde beschermingsdrang. Ik voel de echo van deugden in hun verhitte woorden.

Met die realisatie komt er een diepe rust over me. De storm in mijn hoofd bedaart. De duisternis in mijn hart vervaagt. Ik ben niet langer een speelbal in hun strijd maar een getuige van hun innerlijke conflict.

Hun woorden die zojuist als messen op me afvlogen, worden nu smeekbeden. Het zijn gefluisterde liefdesverklaringen. Aedáns onvoorwaardelijke trouw, Calyx' tomeloze loyaliteit. Ze verwijten me niet eens de pijn die ik ze heb aangedaan. Ze vechten om mijn hart, niet met wapens maar met hun zielen.

En ik begrijp het. De kracht die ze in me zien en de potentie die ze in me voelen, het is diezelfde kracht die me nu vult. Het is de kracht die me nu van binnenuit verlicht.

"Stop!!!" De kreet scheurt uit mijn keel, een onstuitbare schreeuw die de mannen en de duisternis in mij doet verstommen.

Mijn lichaam trilt. Het tintelt van energie.

Beiden kijken me geschrokken aan, hun beschuldigingen verstommen in de echo van mijn stem.

De fluisterende stem spoort me aan. *Voel het, mijn kind. Voel de liefde die in je stroomt, je waarde, waar je voor staat. Laat je stem horen.* Tranen wellen op in mijn ogen. Mijn kaken klemmen vastberaden op elkaar. Langzaam kom ik overeind en recht ik mijn rug.

"Ik ben geen speelbal!" Mijn stem klinkt krachtig, onverwachts hard en volkomen zeker. Mijn handen ballen zich tot vuisten, klaar om te vechten voor wat van mij is. "Dit gaat over mij, mijn leven. Jullie hebben geen zeggenschap over wie ik ben. Ik weet wie ik ben, wat ik ben. Ik weet wat er in me schuilt en wat ik kan. Ik bepaal hoe ik dat inzet."

Aedán en Calyx zwijgen, hun ogen gefixeerd op mij. De innerlijke stem vult me met moed. *Vind je eigen waarheid, mijn kind. Laat je niet leiden door de strijd van anderen.* Mijn lichaam straalt. Het is een baken van licht in de duisternis, een zichtbare manifestatie van de kracht die van binnenuit stroomt.

Ik kijk hen beiden aan en de woorden van de stem in mijn

hoofd resoneren diep in mijn ziel. Ze versmelten met mijn eigen overtuiging. "Ik ben geen verlosser en ik ben geen wapen. Ik kies niet voor Tartarus of voor Danann! Ik ben niet van jou of jou," zeg ik fel terwijl ik ze één voor één aanwijs. "Ik ben Nasiah en ik zal mijn eigen pad bepalen. Ik kies mezelf." Zelfliefde overspoelt me als een warme gloed die van binnenuit straalt en mijn hart vult met kracht.

Calyx lijkt getroffen door de ernst in mijn stem, zijn ogen dwalen over mijn stralende lichaam.

Aedáns haatdragende blik verzacht en er glinstert een sprankje herkenning in zijn ogen.

De innerlijke kracht die ik voel overstijgt de verdeeldheid om me heen. Het verenigt me met mijn eigen waarheid te midden van de conflicterende werelden.

"Ik zal doen wat ik moet doen, maar op mijn eigen voorwaarden," verklaar ik vastberaden. "Ik zal de strijd aangaan met de duisternis in de wereld, ongeacht waar het vandaan komt. En daar heb ik jullie allebei voor nodig. Allebei!"

De stilte die volgt is gevuld met de echo van mijn woorden. Aedán en Calyx, hoewel nog steeds beladen met hun eigen pijn, lijken een moment van bezinning te ervaren.

Ik adem diep in en ben me bewust van de kracht die van binnenuit opborrelt. Mijn binnenste kalmeert. Een gevoel van vrede en controle daalt over me neer. Eindelijk heb ik de teugels in mijn eigen handen.

Er heerst een stilte.

Calyx, met vergrote ogen, spreekt als eerste. "Naas...Je ogen... Je bent terug." Zijn stem zacht en hees van de duisternis die hij heeft doorstaan, is gevuld met trots. "Je weet dat je op me kunt rekenen. Ik sta aan jouw kant, altijd."

Een glimlach siert mijn mond, mijn ogen verzachtend, terwijl ik Calyx aankijk. Ik loop op hem af, mijn handen gereed om mijn magische krachten te laten stromen. Om mijn fouten te herstellen.

"Laten we eerst zorgen dat je weer recht overeind kunt staan. Ga even zitten," instrueer ik hem terwijl ik naast hem kniel. Ik richt mijn magische krachten op hem en ik voel de liefdevolle warmte van mijn helende energie zich als een zachte gloed om hem heen verspreiden. Geen schaduw in zicht.

Zijn pijnlijke grimas ontspant geleidelijk en ik zie de spanning in zijn lichaam verminderen.

De fluisterende stem in mijn hoofd lijkt te juichen als een aanmoediging dat ik op het juiste pad ben.

Calyx' ogen blijven op de mijne gericht terwijl mijn magie zijn verwondingen geneest. Zodra de pijn uit zijn gelaat verdwijnt neemt een uitdrukking van opluchting bezit van zijn trekken. Ik voel hoe zijn vertrouwen in mijn krachten groeit en tegelijkertijd stijgt er een onbekende sensatie op in mijn eigen hart.

Als mijn helende magie zijn werk heeft gedaan staart Calyx me met een intense blik aan. Niet de hongerige blik van eerst maar iets diepers, iets duisters en toch vol passie.

Zijn lippen raken de mijne in een tedere kus terwijl zijn hand mijn nek vasthoudt. De wereld om ons heen lijkt te vervagen. De warmte van zijn lippen voel ik op de mijne. Het is een kus doordrenkt van emotie. Het is een samensmelting van dankbaarheid, liefde en een vleugje duistere passie.

Terwijl hij mijn nek vasthoudt trekt hij zijn hoofd terug en kijkt me met een mengeling van trots en berouw aan. "Je blijft me verbazen." Hij vernauwt zijn ogen en verstevigt zijn grip. "En ja," fluistert hij hees in mijn oor, "ik wil nog steeds dat je me verslindt."

Mijn hart slaat kalm in mijn borst, synchroon met het zijne. Ik voel de diepgang van zijn gevoelens, de pure liefde die hij voor me heeft en de passie die in hem woedt. Een warme gloed vult me en verdrijft alle twijfels die me ooit kwelden. Ik glimlach liefkozend naar hem en haal speels mijn wenkbrauwen op.

Terwijl ik naast Calyx opsta richt ik mijn aandacht op Aedán. Zijn blik, die verbazing en een onverwachte glans van jaloezie verbergt, ontmoet de mijne. Ik glimlach zwak, wetende dat er talloze onuitgesproken vragen in zijn gedachten spoken.

Hij schudt zijn verbazing van zich af en richt zich tot mij. "Dat was... Onverwacht. Ik... Ik wist niet... Dat je zulke krachten bezat," zegt hij stotterend, zijn wenkbrauwen in een frons gekruld.

Ik glimlach lichtjes en wrijf mijn lippen over elkaar, mijn hart gloeit nog steeds na van de kus. Zonder te reageren loop ik zijn kant op. Knielend naast hem op de grond laat ik mijn helende energie op hem los. Het gloeit als een zachte gloed terwijl het zijn wonden dicht en zijn vermoeidheid verlicht.

Een zucht van opluchting ontsnapt aan zijn lippen en hij kijkt me dankbaar aan.

"Dankje," mompelt hij, zijn stem minder getekend door pijn. Zijn handen tasten de plekken waar eerst de wonden zaten.

"Oké, gaan jullie met me mee? We zullen ze laten zien dat licht altijd duisternis zal verdrijven," stel ik voor en begin te lopen, ervan uitgaande dat ze me zullen volgen.

Aedáns blik glijdt van mij naar Calyx en dan weer terug naar mij. Een ondefinieerbare emotie flitst door zijn ogen maar hij knikt kort. "Natuurlijk," zegt hij, zijn stem gespannen.

Calyx zwijgt maar volgt ons zonder aarzeling.

De spanning tussen de twee mannen is voelbaar. Het is een stille strijd om de positie aan mijn zijde. Ik slik even bij deze onuitgesproken rivaliteit maar ik weet dat ik er niet omheen kan.

We lopen in stilte verder. De enige geluiden zijn onze voetstappen en het zachte gefluister van de wind. Ik voel de kracht van mijn magie stromen door mijn lichaam.

48

De nacht valt als een donkere deken over het land terwijl we onze weg vervolgen richting Tartarus. De lucht is doordrongen van spanning en de schaduwen dansen mysterieus op de verre horizon. De stenen bergen liggen ver achter ons en we worden weer omringd door de kale afgestorven bomen. We lopen nu al geruime tijd terug richting Rigans kasteel en in mijn hart huist een mengeling van vastberadenheid en angst.

Ik heb besloten dat ik geen partij wil kiezen. Zowel Danann en Tartarus lijken onvergeeflijke dingen te hebben gedaan. Met elke stap groeien mijn twijfels, maar één ding weet ik zeker. Elke cel in mijn lichaam wil het onrecht uit de wereld halen. Ik verlang naar de waarheid en de enige manier dat ik dat kan krijgen, is Rigan confronteren. Ik moet oog in oog staan met de duisternis van mijn grootmoeder. Als ik haar kan verdrijven uit Rigan keert hij wellicht terug naar een gezondere variant waarin licht weer de overhand krijgt. Wellicht dat hij dan zijn oorspronkelijke nobele motieven kan nastreven. Als Tartarus' aanvallen op Danann stoppen, zal Danann hopelijk ook zijn rebellen tot halt roepen. Burgers zullen dan weer kunnen leven in vrede, zonder angst.

Calyx loopt rechts van me, zijn blik gefocust op de duisternis voor ons. Ik voel dat hij op zijn gemak is terwijl Aedán links van me met een getrokken zwaard continu alert zijn omgeving afspeurt.

Ik voel dat we Rigan naderen door het groeien van de onrust in mijn binnenste. Het is alsof de duisternis in mijzelf ontwaakt, klaar om te ontsnappen. De schaduw van mijn grootmoeder lijkt sterker te worden met elke stap die we dichterbij komen.

Mijn maag draait, mijn handen trillen en een ijzige kou trekt door mijn aderen. De duisternis in me fluistert en zaait twijfel in mijn gedachten. Kan ik dit? Zal ik niet bezwijken onder de kracht van de duistere entiteit van mijn grootmoeder? Nee! Ik moet onze familiegeschiedenis rechtzetten. Ik laat het niet toe dat het bezitten van emotionele magie een negatief ding is. Ik zal zorgen dat er weer harmonie in de wereld is.

"Ik ga de Schaduwkrijgers oproepen," fluister ik, mijn stem wankel ondanks mijn vastberadenheid. De woorden smaken bitter in mijn mond en de twijfel brandt als een vlam in mijn keel. Ik slik en dwing mezelf om Calyx aan te kijken. "We hebben ze nodig om Rigan te vinden. Ze kunnen ons leiden naar waar hij is."

Calyx fronst zijn wenkbrauwen. "Weet je het zeker? Denk je nog steeds volledige controle over ze te hebben?"

Voordat ik kan antwoorden mengt Aedán zich in het gesprek. "Je maakt een grap, toch?" Hij bijt de woorden uit, zijn blik vol scepsis.

"Nee ik ben serieus, ik moet dit doen. We moeten een plan hebben. We kunnen niet zomaar naar binnenlopen en hem uit zijn troon halen. Voor hetzelfde geld is hij ergens anders. We hebben geen informatie nu," onderbouw ik mijn besluit, meer tegen mezelf pratend dan tegen hen. Mijn woorden klinken hol.

De twijfel dreigt me te overspoelen maar ik voel de drang om mezelf te herpakken. Met een diepe zucht fluit ik de zuivere toon, een krachtige roep die door de stilte snijdt. De duisternis lijkt te reageren, trilt en golft om ons heen. De onzichtbare aanwezigheid van de Schaduwkrijgers wordt sterker.

Aedán die op het geluid van mijn fluit reageert, kijkt me gespannen aan met grote ogen. "Wat doe je?!"

De Schaduwkrijgers manifesteren zich langzaam vanuit de duisternis. Ze bewegen demonisch om ons heen. De koude bries van hun komst doet me huiveren, een huivering die dieper gaat dan angst. Het is de herinnering aan de onlosmakelijke band tussen mijn eigen duisternis en de kracht van de Schaduwkrijgers.

Aedán schudt heftig zijn hoofd, zijn stem gebroken door paniek. "Dit is te gevaarlijk."

Ik negeer hem en richt mijn blik op Calyx. Ik zoek steun in zijn ogen. Ik hoop op een teken van moed.

Hij voelt mijn blik, glimlacht kort naar me en knikt.

Die kleine glimlach is genoeg.

Ik knik en mijn blik glijdt over de Schaduwkrijgers die ons omringen. "Ik weet het, Aedán. Maar we hebben geen tijd te verliezen." Een zweem van irritatie kleurt mijn stem, het is een poging zijn angst te weren.

Terwijl de Schaduwkrijgers zich om ons heen verzamelen, borrelt er een onbestemd verlangen in mijn aderen. Macht, wraak, de drang om mijn grootmoeders erfenis te omarmen. Het klopt als een duister hart in mijn borst, maar ik weiger me te laten meesleuren door de duisternis.

Calyx legt zijn hand op mijn schouder als een geruststellende druk die mijn voeten stevig op de grond aardt, zoals professor Thorian me dat leerde. Dankbaarheid stroomt door me heen.

Met een diepe ademhaling richt ik me op de Schaduwkrijgers. "Waar is Rigan?" vraag ik, mijn stem nauwelijks hoorbaar boven de duisternis. Ik weet dat ik enkel hoef te denken om mijn boodschap aan de Schaduwkrijgers over te brengen, maar ik voel dat Aedán grip wil krijgen op de situatie dus ik zeg het hardop. De angst voor het antwoord zit diep in mijn keel.

Ze antwoorden zonder woorden maar door middel van een directe verbinding in mijn hoofd.

De intense blikken van Calyx en Aedán voel ik op me gericht. De dreiging is groot en de tijd dringt, maar mijn vastberadenheid wint aan kracht.

"Oké, we kunnen verder," verkondig ik met een knik en een resoluut gebaar. De Schaduwkrijgers wuif ik weg.

Calyx' ogen doorboren me. "Wat zeiden ze? Wat is het plan? Hoe gaan we Rigan confronteren?"

Mijn spieren spannen aan terwijl ik razendsnel een strategie probeer te smeden. "Rigan is onderweg naar Danann. Dit is onze laatste kans om hem te stoppen. Hij heeft al zijn troepen opgeroepen voor één laatste aanval, voortbouwend op de vernietiging die ik heb gedaan in het dal. Rigan voelt dat het einde van de oorlog in zicht is en hij is ervan overtuigd dat hij gaat winnen." De realiteit dringt tot me door: ik ben de katalysator voor Rigans ultieme offensief. Zo grootmoeder, zo kleindochter...

Calyx kijkt me bezorgd aan, zijn hand nog steeds op mijn schouder. "Fuck! Dat kunnen we met ons drieën niet aan."

Ik knik en ben me bewust van de enorme uitdaging die voor ons ligt. "Ik weet het. Daarom hebben we een plan nodig." Mijn blik verschuift naar Aedán, die nog steeds met een mengeling van verbazing en zorg naar me kijkt. "Aedán, ik heb meer informatie nodig over hoe ik mijn grootmoeders duistere invloed uit Rigan kan drijven. Jij hebt de geschriften gelezen. Vertel me alles wat je weet."

Aedáns ogen flitsen naar Calyx die zijn handen in zijn broekzakken stopt. "Het is een gevaarlijk proces. De duisternis van je grootmoeder zit diep in Rigan geworteld. Het enige dat sterk genoeg is om het te verdrijven, is het licht dat in jou schuilt."

Verwarring trekt mijn wenkbrauwen omhoog. "Wat bedoel je precies met 'het licht in mij'?"

Aedán legt uit: "Je bezit een krachtige lichte kant, Naas, maar het zal een enorme inspanning vergen om die te gebruiken. Die lichtheid is je wapen tegen de duisternis. Het is het licht dat je ons net liet zien. Toen je ons genas. Dat is wat je onderscheidt van je grootmoeder en Rigan. Als je jezelf volledig kunt omarmen met al je goede intenties: de liefde die je voelt, je hoop en moed, je verlangen naar gerechtigheid, je compassie. Dan kun je Rigans greep losmaken. Maar het zal niet gemakkelijk zijn."

Calyx knikt instemmend en kijkt me met een intense blik aan. "Je moet jezelf volledig accepteren. Zowel het goede als het kwade. Dat is wie je bent, wie we allemaal zijn. Door het kwade te erkennen, kun je jezelf met het goede verzetten."

Ik slik en luister aandachtig, mijn gedachten geconcentreerd op het begrijpen van dit proces. "Hoe kan ik mijn lichte kant sterker maken dan mijn donkere kant?"

Aedán zucht diep en steekt zijn zwaard in de bevroren grond. "Je moet je volledig focussen op de liefde, op het goede in jezelf en in anderen. De duisternis kan niet bestaan in de nabijheid van pure, onbaatzuchtige liefde."

Mijn hartslag versnelt bij het idee om mijn duistere en lichte kanten te omarmen. "Oké, duidelijk, maar hoe weet ik dat het zal werken?"

Aedáns glimlach bereikt zijn ogen niet. Zijn adamsappel beweegt zichtbaar in zijn keel. "Dat weten we niet... Eerlijk gezegd is het een gok die ik neem. Jij bent als emotionele magiër de enige die een andere emotionele magiër kan verslaan. Of het werkt, weet ik niet zeker. Je zal het op vertrouwen en moed moeten doen."

Ik staar naar de duisternis voor me, mijn gedachten een wervelwind van emoties en twijfels. Mijn innerlijke strijd krijgt een nieuwe dimensie en ik voel de schaduwen in mijn eigen ziel fluisteren. Het is alsof ze me uitdagen. Ze testen me op mijn vastberadenheid. Twijfel begint als een sluipende mist mijn gedachten binnen te dringen maar ik weiger toe te geven.

Calyx' ogen doorboren de duisternis die in me woedt. "Naas," fluistert hij, zijn stem een zachte bries die mijn gejaagde gedachten kalmeert. "Je bent sterker dan je denkt. Geloof in jezelf, zoals ik dat doe."

Zijn woorden dringen door tot in mijn kern als een melodie van kalmte te midden van de chaos.

Aedán observeert ons zwijgend, zijn blik is ondoordringbaar. "Het zal niet vanzelf gaan," zegt hij met een diepe ernst. "Maar je kunt dit. Geloof in de liefde die je voelt en in de rechtvaardigheid van je missie. Jij bent onze hoop."

Ik sluit mijn ogen en concentreer me op de vlam van vastberadenheid die diep in me brandt.

Ik voel dat Rigan steeds dichterbij komt. De schaduw van mijn grootmoeder wordt sterker, maar ik weiger me te laten overwinnen. Nooit meer zal ik me laten meesleuren door andermans woorden, nee, ik zal de waarheid in mezelf vinden. Ik ben klaar met deze manipulatieve spelletjes.

In gedachten hoor ik Rigans woorden weer en hoe ze inspeelden op mijn onzekerheden en mijn diepste verlangens. Was het allemaal een leugen, een misleiding? Hij beloofde me een stem, macht, respect en aanzien, alles wat ik dacht te willen. Maar nu realiseer ik me dat ik enkel rust, kalmte en liefde in mijn hart verlang. Ik wil doen wat mij gelukkig maakt, vrij zijn van andermans goedkeuring. De erkenning die ik zoek zit in mezelf, niet in de woorden van anderen. Mijn besluit staat vast: ik kies voor mezelf, ik laat me niet langer bespelen.

Mijn blik gaat van Calyx naar Aedán. "Aedán, wil je zo snel mogelijk naar de troepen van Danann gaan? Waarschuw ze voor Rigans aanval. Zorg dat ze zich voorbereiden. Rigan mag niet zien dat je bij ons bent. Hij mag niet weten dat we van zijn plan afwijken. We moeten hem overvallen."

Aedáns wenkbrauwen trekken even samen. "Zeker?" vraagt hij met aarzeling in zijn stem. Een bezorgde blik tekent zijn ogen en ik voel dat hij me niet wil achterlaten.

Ik kijk hem doordringend aan en knik aanmoedigend.

Aedán knikt, hoewel zijn ogen twijfel verraden. "Ik zal ze waarschuwen. En jullie?"

Ik richt mijn aandacht op Calyx, mijn rechterhand in deze strijd. "Calyx, wij gaan naar Rigan. We moeten hem stoppen voordat hij Danann bereikt. We moeten mijn grootmoeder verdrijven voordat hij tot actie kan komen."

Calyx knikt vastberaden, zijn zwaard al getoond. "Je weet dat ik naast je zal staan."

Aedán trekt me plotseling van Calyx weg en omhelst me stevig, zijn zwaard bungelend tegen mijn rug. Hij knijpt me kort samen. "Wees voorzichtig," fluistert hij tegen mijn kruin, waarna hij zijn mond erop drukt. Geen kus, maar ik voel zijn liefde. De omhelzing voelt als een afscheid en een grimmige realiteit dringt zich op: we staan op de rand van het onbekende. Eerlijk gezegd weet ik niet of we heelhuids door deze strijd zullen komen.

Een mengeling van dankbaarheid en vastberadenheid vult mijn hart. Samen met Calyx en Aedán zal ik de confrontatie aangaan met de donkere erfenis die in mijn eigen bloedlijn sluimert.

Ik knik en ben me bewust van de gevaren en onzekerheden die ons pad bezaaien.

Zodra Aedán is vertrokken kijk ik naar Calyx. In zijn ogen zie ik daadkracht maar ook een glimp van de bezorgdheid die hij voor me voelt.

"We moeten opschieten," zeg ik met een zekere stem. "Rigan mag niet weten dat we komen."

Mijn hart bonst in mijn keel maar ik weiger toe te geven aan de angst. Dit is mijn strijd. Dit is mijn gevecht voor zelfbeheersing.

49

De stilte van het dode woud omhult ons als een verstikkende deken, versterkt door de afwezigheid van Aedán. Calyx loopt naast me, zijn tred vastberaden, terwijl we onze weg vervolgen langs de rottende bomen. De geur van natte boomschors dringt mijn neus binnen. Het krakende gefluister van de bevroren aarde onder onze voeten lijkt de echo van mijn eigen gedachten te zijn. Ik voel mijn duisternis vibreren met de naderende aanwezigheid van Rigan en ik voel de spanning in de lucht als een zwaard dat boven ons hoofd hangt.

"Calyx," begin ik, mijn stem gedempt door de omringende duisternis. "Waarom? Waarom heb je van die verschrikkelijke dingen gedaan, wetende dat je doel uiteindelijk rechtvaardigheid is?"

Hij kijkt me aan, zijn ogen doorspekt met herinneringen die diep geworteld zijn in zijn ziel. "Ik weet niet beter dan dat mijn leven is doordrenkt van schaduwen en duisternis. Ik ben er niet bang voor. Maar ik heb wel altijd hoop gehad. Hoop voor een betere wereld. En ik weet niet, misschien was de dood van mijn zusje wel mijn olie op het vuur. Ze gaf me een doel, een doel om rechtvaardigheid na te streven." Hij zwijgt even om de opborrelende pijn door te slikken. "Haar dood gaf me eigenlijk de vastberadenheid die ik tot op de dag van vandaag voel. Ik zag dat ik bepaalde dingen moest doen, geen goede dingen, die me uiteindelijk zouden helpen een mooiere wereld te creëren. Ik besefte dat ik mijn eigen duisternis moest omarmen om het licht te brengen. En begrijp me niet verkeerd, de hel die ik doorgemaakt heb na haar dood was onbeschrijfelijk maar het leidde me uiteindelijk naar waar ik nu ben. Ik ken daardoor mijn grenzen, mijn capaciteiten. Mijn doel is altijd gelijkheid, vrijheid en rechtvaardigheid geweest, maar de weg daarnaartoe is bezaaid met offers."

Ik staar hem aan, zijn woorden resoneren in de holte van mijn ziel. Calyx, de man die eens verstrikt was in zijn eigen schaduwen heeft zichzelf bevrijd om anderen vrijheid te schenken. Ik denk terug aan de stoïcijnse man die ik leerde kennen en de gepelde variant die nu naast me loopt. Zijn verhaal doet me denken aan de dunne lijn tussen goed en kwaad en hoe soms het kwade in onszelf gebruikt kan worden om het licht te vinden.

"Maar hoe dan?" vraag ik gefascineerd en nieuwsgierig. "Hoe kon je jezelf zo diep laten vallen en toch de goede kant behouden? Waarom ben je jezelf niet verloren in wraakzucht?"

Calyx glimlacht, zijn kin nog altijd hoog geheven en een strakke blik, maar zijn glimlach is doordrenkt met weemoed en wijsheid. "De sleutel is erkenning. Het accepteren van alle facetten van wie je bent, zowel de duisternis als het licht. Pas als je je eigen schaduwen omarmt kun je ze sturen. Ze maken deel uit van jou, maar ze definiëren je niet."

Ik absorbeer zijn woorden als een droge spons, mijn gedachten een wirwar van reflecties.

"Je bent een levende paradox," fluister ik terwijl ik glimlach.

Hij glimlacht naar me. "Iedereen draagt duisternis in zich. Het is onze keuze hoe we die duisternis gebruiken, of we haar laten overheersen of haar leiden naar een nobel doel."

In de schaduwen van het dode woud fungeert de duister ogende Calyx ironisch genoeg als een lichtpuntje. Een gids in de diepe duisternis. Zijn aanwezigheid is een constante bron van kracht en ik vraag me af hoe hij zijn innerlijke demonen heeft getemd. Hij lijkt een evenwicht te hebben gevonden tussen duisternis en licht, zijn kwade en goede kanten in harmonie.

Ik kijk stilletjes naar hem op en bewonder hoe hij zijn innerlijke strijd heeft omarmd en getransformeerd. De vastberadenheid waarmee hij de duisternis beteugelt zonder zijn ware aard te verloochenen raakt me diep. Ik probeer diezelfde harmonie in mezelf te vinden. Ik zoek naar een stukje hoop, naar een vonk van moed diep binnenin mij. Een glimp van inspiratie doet mijn hart sneller kloppen. Als hij dit kan, kan ik het ook. Toch?

Mijn ogen vallen op de grond voor mijn voeten en ik keer naar binnen, op zoek naar de vergeten hoekjes van mijn ziel waar goede herinneringen sluimeren.

Mijn gedachten dwalen af naar mijn jeugd, naar de warmte van de zon op mijn gezicht tijdens zorgeloze dagen bij de beek. Ik herinner me Akhil die altijd zorgzaam naar me keek en me behandelde als iemand die ertoe deed. Hoe Aedán er altijd voor me was ook al deed ik alsof ik hem niet nodig had en ik me voor hem afsloot. Ik herinner me hoe ik in zijn armen rende toen ik het bos uit vluchtte voor de Nevelwroeter, hoe ik in hem een veilige haven vond. Ik herinner me hoe vastberaden ik was in mijn training voor de Fianna. De moed die ik als klein meisje had om uit het diepe, eenzame gat van gebrek aan magie te komen. Hoeveel kracht ik toen al bezat, de vastberadenheid die me toen al dreef.

Ik realiseer me hoeveel stappen ik in de afgelopen periode heb gezet. Hoe professor Thorian me geholpen heeft mijn lichaam beter te leren kennen, hoe ik mijn emoties moet voelen. Hoe ik mijn emoties nu zie als een kracht in plaats van een zwakte. Hoe het luisteren naar mijn lichaam mij rust in mijn hoofd geeft.

In deze reflectie ontwaak ik de herinneringen aan mijn eigen kracht, wellicht niet altijd met de juiste onderliggende reden maar de kracht was er altijd. De wijze lessen resoneren als een kalmerend lied en ik besef dat deze herinneringen de sleutel zijn tot het omarmen van mijn eigen innerlijke licht.

Calyx merkt mijn stille zoektocht op en glimlacht bemoedigend. Zijn ogen doordrongen van begrip moedigen me aan door te gaan.

Met elke stap die we zetten voel ik een groeiende vastberadenheid in mijn hart. Mijn pad is misschien donker en bezaaid met uitdagingen maar ik begin te geloven dat ergens in mijn ziel een licht brandt dat de duisternis kan overwinnen.

Enkele uren verstrijken en ik voel de duisternis in me woelen. Als een spiegel van de nacht borrelen de schaduwen van mijn ziel op als woede. Verlangens naar macht en wraak gieren door mijn aderen en mijn gretigheid neemt toe.

Rigan is heel dichtbij. Ik voel het.

Een ijzige wind fluistert door de krakende bomen als een belofte van naderend onheil. Ik klamp me vast aan Calyx' woorden, aan de gedachte dat licht en schaduw in balans kunnen zijn waarvan hij het levende bewijs is.

Plotseling worden de herinneringen aan warmte en liefde overspoeld door golven van onrust en verlangen naar macht. Herinneringen aan mijn ouders die er nooit voor me waren en me nooit echt zagen. Die mij aan mijn lot overlieten. Ik herinner me de teleurstelling die ik voor hen ben, die ik voor hen altijd al geweest ben. Hoe ik dacht mijn moeders aandacht te krijgen toen magie ontwaakte maar zij mij alleen maar wilde beperken. Hoe ze geen vertrouwen in me hadden. Het doelwit dat Cassius op mijn rug heeft geplaatst, de leugens die ze me hebben verteld. De waarheid die ze hebben verzwegen voor heel Danann. Ik voel het schuldgevoel voor de dood van Akhil, hoe ik hem machteloos achtergelaten heb bij de Spiegelbron.

Het laat mijn greep op de positieve herinneringen wankelen.

Een donkere fluistering diep van binnen, een giftige sissende stem klinkt. Het voelt als een vertrouwde omhelzing, een oude bekende die fluistert in de donkerste hoeken van mijn ziel. *Je kunt niet ontsnappen aan wie je werkelijk bent.* Ze sist rauw en verleidelijk. *Je draagt mijn erfenis in je bloed, jij hoort bij mij. Denk je echt dat je boven de kracht van de schaduw kunt staan? Het monster in je zal je verscheuren.*

Ik ril onder de aanval van deze duistere innerlijke stem en mijn hartslag versnelt. Een vloedgolf van donkere emoties dreigt me te overspoelen maar ik weiger toe te geven aan de verleiding. Ik bijt op mijn lip en negeer de stem. Maar een deel van mij wil toegeven, wil zwichten voor de macht die de duisternis belooft.

Calyx' bezorgde blik vangt de verandering in mijn houding.

Het gefluister gaat gestaag door. *Je zoekt naar licht in herinneringen, maar herinneringen vervagen, mijn parel. Wat je nodig hebt is kracht, machtige en ongeëvenaarde kracht. Alleen dan kun je overwinnen. Alleen dan zullen ze je zien.*

Ik wankel terwijl de duisternis me probeert te omarmen als een verstikkende mantel. Maar ergens diep van binnen voel ik een andere kracht ontwaken, een licht dat niet volledig is gedoofd. Een zachte stem, warm en geruststellend, begint te fluisteren te midden van de duisternis. *Je bent sterker dan je duisternis. Herinner je de liefde, de moed, de hoop. Ze zijn je wapens tegen de duisternis. Je hebt al zoveel overwonnen. Verlies jezelf niet in de schaduwen. Laat je niet verleiden.*

De duistere stem wordt luider en scherper. Een donkere melodie die het licht probeert te overstemmen. *Denk je echt dat je successen mogelijk waren zonder mijn invloed? Zonder de kracht van de schaduwen?*

Mijn stappen vertragen en ik voel mijn hart verscheuren.

Ik schud mijn hoofd en vecht tegen de stem. "Nee," mompel ik zachtjes tegen mezelf, een mantra tegen de duisternis. "Ik ben meer dan mijn bloed. Ik ben meer dan de schaduw."

Calyx grijpt me vast en dwingt me te stoppen. Hij kijkt me aan, zijn bezorgdheid tastbaar. "Wat is er?"

Ik slik, mijn keel is droog. "De stemmen maken me gek," zeg ik en ik dwing mezelf om verder te lopen. Maar de duistere stem blijft fluisteren als een onuitwisbare schaduw die mijn gedachten besmet.

Calyx fronst en kijkt me verward aan.

Ik krul mijn lippen naar binnen en realiseer me nu pas dat ik hem voor het eerst iets vertel over de stemmen in mijn hoofd. Maar ik leg het naast me neer. Dat is een zorg voor later.

Ik adem diep in en probeer mijn blik op de horizon te houden. De duisternis en het licht botsen, elkaars tegenpolen, in een tumultueuze dans. Mijn ziel is een slagveld waar beide krachten vechten om dominantie.

Plotseling voel ik een trilling in de grond en een dreunend geluid dat resoneert met de kracht van voeten. De stemmen in mijn hoofd worden ermee tot halt geroepen.

Calyx staart naar de grond en zijn ogen zijn gefocust op iets wat ik nog niet kan zien. Een frons tekent zijn voorhoofd terwijl de dreunende cadans dichterbij komt.

"Naas," zegt Calyx met ernst terwijl hij zijn zwaard trekt. "We zijn er."

Ik voel de grond onder mijn voeten vibreren. Mijn hart bonst in mijn borstkas. De demonen in mijn binnenste worden luider en eisen bevrijding. Ze beuken tegen al mijn goede bedoelingen.

Calyx kijkt me aan. "Wat ga je doen als we hem tegenkomen?"

Calyx' bezorgde blik boort zich in de mijne en mijn mond voelt droog terwijl ik worstel met een antwoord.

De dreigende voetstappen komen steeds dichterbij en ik voel de duisternis als een verstikkende deken om me heen.

"Ik... Ik weet het niet," fluister ik, mijn stem slechts een schaduw van de vastberadenheid die ik eerder voelde.

Calyx pakt mijn hand stevig vast. Het is een bemoedigende grip te midden van mijn groeiende onzekerheid. "Je hebt meer kracht dan je denkt. Je kunt dit." Zijn woorden voeden mijn motivatie.

De dreigende aanwezigheid van Rigan is voelbaar in de lucht. Ik zet mijn borst uit. Mijn gedachten zijn een warboel van emoties en twijfels. De duistere stem fluistert onophoudelijk en is verleidelijk en meedogenloos. Het licht in me probeert te schijnen maar de schaduwen dreigen het te overschaduwen.

Met trillende wenkbrauwen poog ik een antwoord te vinden in Calyx' ogen.

Hij kijkt me doordringend aan. "Je moet jezelf herinneren aan wie je werkelijk bent. Laat je niet verscheuren tussen de twee. Erken de duisternis, maar kies voor het licht."

De trillingen in de grond versterken. De tijd lijkt te vertragen. Elke seconde lijkt een eeuwigheid van twijfel en angst.

"Naas," zegt Calyx met onverbiddelijke vastberadenheid. "Wat er ook gebeurt, je hebt de kracht om je eigen lot te bepalen. Je bent niet je grootmoeder. Ik weet dat je dit kunt." Hij geeft me een bemoedigende glimlach en knijpt zijn ogen kort samen.

De voetstappen zijn nu bijna oorverdovend dichtbij, de dreiging is voelbaar in de lucht.

De strijd in mijn binnenste is immens en ik voel me als een schip op woeste golven, stuurloos maar vastbesloten om niet te zinken.

Ik knik naar Calyx maar mijn blik is gericht op de duisternis die zich voor ons ontvouwt.

Het gefluister in mijn hoofd lacht venijnig om de loze woorden van Calyx. *Geef je over aan de duisternis. Er is geen ander pad voor je.*

De verscheuring in mijn hart wordt pijnlijker.

De grip van Calyx' hand verzwakt.

Hij laat me los.

De schaduwen verdoezelen het licht in mijn lijf. De druk in mijn hoofd bereikt een hoogtepunt en dwingt me mijn ogen dicht te knijpen.

Wanneer ik ze weer open zie ik Rigan, versterkt door enkele donkere krijgers

Ik verstijf, vastgeketend in mijn eigen schaduw.

50

De wereld bevriest als ik Rigan in de ogen kijk, zijn gestalte gehuld in schaduwen die als duivelse geesten om hem heen dansen. De grond lijkt onder zijn voeten te trillen en een onheilspellend gevoel van macht vult de lucht.

Rigan glimlacht, een griezelige grijns die zijn askleurige gezicht verlicht met een sinistere gloed. "Ah, Nasiah," zegt hij, zijn stem doordringend als een fluistering uit de duisternis. Een afkeurend en herhaaldelijk klik geluid verlaat zijn lippen. "Je dacht toch niet dat je hier onopgemerkt zou kunnen komen?"

Zijn woorden resoneren met de demonen in mijn binnenste. Ze resoneren met het gefluister dat ik probeerde te negeren. Rigans ogen lijken de donkerste hoeken van mijn ziel te verkennen en ik voel me naakt. Ik ben blootgesteld aan zijn doordringende blik.

"Ik ken je, mijn parel," vervolgt hij zelfvoldaan. Zijn woorden snijden als vlijmscherpe messen door de stilte van het dode woud. "Ik ken de diepten van je verlangens, je twijfels, je plannen. We delen meer dan je denkt. Je bent toch niet vergeten wie de duisternis in je heeft ontwaakt? Een deel van mij leeft in jou, Nasiah, jij bent onderdeel van mij, onderdeel van je lieve grootmoeder." Zijn toon is cynisch en laat me walgen terwijl het tegelijkertijd erkenning vindt in mijn ziel.

Ik voel me als een muis gevangen in de klauwen van een roofdier. Mijn poging om ongezien dichterbij te sluipen is volledig tenietgedaan. Een koude rilling trekt over mijn rug en mijn spieren verstarren terwijl ik zijn intense vurige blik onderga.

Calyx, die naast me staat, zwaait zijn zwaard. Hij staart Rigan recht in de ogen en zijn blik is even fel en doordringend als die van Rigan maar zonder de duisternis.

"Was dit altijd al je plan?!" eist Calyx een verklaring.

Rigans zelfvoldane grijns breidt zich uit en negeert Calyx volledig. De grond onder mijn voeten lijkt te trillen met zijn onderdrukte kracht.

Ik wil spreken maar ik krijg er geen woorden uit. Het lukt me niet om woorden te geven aan de werveling van emoties en gedachten die in me razen. Ik had gehoopt Rigan te verrassen, hem te overvallen voordat hij de kans had om zijn duistere krachten volledig te ontketenen richting Danann. Maar Rigan gehuld in schaduwen en doordrenkt met de kracht van het duister, doorziet mijn plannen met verontrustende nauwkeurigheid, alsof hij mijn gedachten leest. De verbindingen tussen mij, mijn grootmoeder en Rigan is sterker dan ik vermoedde.

"Je onderschat me," zegt Rigan, zijn stem een sissende melodie die de duisternis zelf lijkt te omarmen. "Je denkt dat het kleine sprankeltje licht dat je nog in je hebt genoeg is om mij te overmeesteren? Schattig, maar uiterst naïef."

Ik bijt op mijn lip en ik voel me machteloos tegenover de duistere magie die Rigan beheerst, alsof ik tegen mezelf vecht. Ik probeer de angst weg te slikken maar mijn vastberadenheid brandt als een zwakke vlam in mijn zwarte ziel.

De schaduwen lijken zich om Rigan te verheffen terwijl hij me met minachting aankijkt. Zijn vernauwde ogen gloeien felrood en zijn doordrenkt met een duistere arrogantie en triomf.

"En dan hebben we de geweldige en trouwe Calyx," vervolgt Rigan waarmee hij zijn aandacht verschuift.

Calyx die eerder vastberaden en vol hoop was lijkt plotseling klein en kwetsbaar te midden van Rigans duistere aanwezigheid. Zijn ogen flikkeren van woede. Hij lijkt te voelen hoe Rigans woorden als zware slagen op hem neerkomen.

"Je hebt werkelijk alles geloofd, nietwaar?" spot Rigan, zijn stem doorspekt met minachting. "Je dacht dat je handelde uit rechtvaardigheid, uit het streven naar een betere wereld. Wat een prachtig sprookje."

Calyx' versterkt zijn grip op zijn zwaard maar hij beheerst zichzelf en houdt zijn reactie onder controle. Hij fronst, alsof hij hard op zoek is naar een duidelijk overzicht. "Geef antwoord. Wat is je streven echt?," eist hij, zijn stem trillend van ingehouden woede.

Rigan vernauwt zijn ogen. "Het uitschakelen van Cassius is altijd mijn enige doel geweest. Om hem langzaam te laten verteren in het verderf die ik verspreid in zijn rijk. Het was alleen even uitzoeken hoe ik iedereen in Tartarus mee kon krijgen om dit doel voor mij te behalen. En toen kwam jij in beeld," legt hij uit terwijl zijn blik kort op mij valt. "Alle puzzelstukken vielen op zijn plek. Hoe memorabel zou het zijn dat Cassius wordt uitgeschakeld door zijn eigen kleindochter, die ironisch genoeg dezelfde magie bezit als zijn verloren Elyndra, je grootmoeder." Hij lacht verwaand.

"En alles wat je zei over onze samenleving in Tartarus? Was daar niets van waar?" Calyx' lichaam is volledig aangespannen.

Rigan slaat zijn armen onoverwinnelijk over elkaar. "Alles leidt naar dit punt. Je inzet was uiterst waardevol om Nasiah zover te krijgen." Een sinistere grijns verschijnt op zijn gezicht.

"Al die tijd deed ik wat ik dacht dat juist was terwijl jij in de tussentijd je eigen agenda volgde. Je hebt me gebruikt als een werktuig! Je hebt me laten geloven dat ik iets goeds deed," verheft

Calyx zijn stem.

Rigan lacht, een onheilspellend geluid dat weerkaatst tussen de bomen. "Ach, Calyx, zo simpel. Je dacht werkelijk dat je een verschil kon maken, dat je iets kon veranderen. Maar je bent altijd al een pion in mijn spel geweest. Een nuttige, maar eenvoudige pion."

Calyx' ogen flitsen van irritatie naar woede. "En ik dacht dat we aan dezelfde kant stonden," bijt Calyx hem enigszins sarcastisch toe. "Je hebt me laten geloven dat we vochten voor gerechtigheid, voor vrijheid. Maar het was allemaal een leugen. Ik haat je!" Zijn neusvleugels verwijden.

Rigan haalt nonchalant zijn schouders op. "Natuurlijk was het een leugen. Hoe denk je anders dat ik zo ver ben gekomen? Jij was simpelweg mijn marionet die dacht dat hij zelf de keuzes kon maken. En toen jullie elkaar dachten te vinden in elkaar en jullie liefde bloeide, jullie alles opofferden voor elkaar..." Een neerbuigende gniffel verlaat akelig zijn mond. "Ach, het maakte het allemaal zo makkelijk. Liefde heeft jullie zwak gemaakt. Jullie stapten precies in de sporen die ik had klaargelegd voor jullie."

Calyx' gezicht vertrekt van woede, het gevoel van verraad nu naar buiten geprojecteerd. Het is een Calyx die ik niet eerder gezien heb. De woede en haat die hij uitstraalt is volledig nieuw voor me. Ik zie een zelfverzekerde krijger. Een strijder die niet bang is tegen de stroming in te gaan.

"Je hebt me alles laten doen. Ik heb elk vuil klusje opgeknapt. En waarvoor? Voor jou egoïstische droom om als alleenheerser de wereld te veroveren?! Je bent een zak! Een gore bedrieger!" Calyx' stem trilt van bitterheid en haat.

Rigan knikt grijnzend en hij gaat niet eens in op Calyx' verwijten. "Slimme jongen. Je begint het eindelijk te begrijpen. Je bent altijd al minder geweest dan je dacht. Een simpele ziel gemotiveerd door het verlies van zijn kleine weerloze zusje en verblind door liefde. Zo simpel. En weet je wat nog het mooie is?" Rigan pauzeert en lijkt even te overwegen of hij door moet praten.

Ik vernauw mijn ogen op Rigan en voel mijn demonen inwendig sinister lachen.

"Ach, het maakt nu toch niet meer uit. Het is niet dat je het kan navertellen na vandaag. Er bestaan helemaal geen rebellen vanuit Danann. Het zijn groeperingen die ik zelf heb samengesteld om chaos te zaaien, om mensen tegen Danann te keren. Om aanhang te winnen. Zoals jij." Rigan duwt zijn kin in de lucht en een zelfvoldane glimlach verschijnt op zijn lijkbleke gezicht.

Ik staar Rigan verbijsterd aan. De tijd lijkt stil te staan. Hoor ik dat goed? Danann heeft helemaal geen rol gespeeld in de rebelse lugubere acties in Tartarus? Mijn lichaam verstijft. Maar dat betekent dat Rigan Calyx' familie vermoord heeft... Mijn ogen puilen haast uit hun kassen. De hoeveelheid informatie die ik vandaag krijg is overrompelend. Mijn lichaam voelt lamgeslagen. Mijn inwendige kompas draait ongecontroleerd terwijl het zoekt naar de waarheid.

Mijn blik valt op Calyx, die trilt van woede, terwijl Rigan verdergaat. "Mensen zijn zo simpel, het zal je verbazen wat mensen bereid zijn te doen als hun geliefden worden vermoord, zoals je zusje en vader. Denk je echt dat ik nog geef om de zwakken? Mijn enige doel is Cassius kapot te maken en alles van hem af te pakken." Hij lacht schaamteloos, overduidelijk trots op zijn meesterplan. "En ja," Rigan vernauwt zijn ogen richting mij, "jouw grootmoeder helpt me daarbij. Geloof het of niet, Cassius is nog veel duisterder dan ik en hij moet terechtgesteld worden. Hij heeft te lang de schijn op kunnen houden. Hier eindigt het!"

51

Mijn hoofd wordt overspoeld door de informatie die binnenkomt en ik probeer heftig alle puzzelstukken op hun plek te leggen. Het lijkt alsof mijn bonkende hartslag in mijn hoofd de gedachten heen en weer duwt.

Alles is een groot schaakspel voor Rigan geweest. Hij heeft iedereen erin getuind, alle burgers van Tartarus, Calyx, mij... Hij heeft zelf de rebelse aanvallen opgezet en iedereen dacht dat het van de vijand kwam. Maar er is geen vijand. Danann heeft zich altijd simpelweg verdedigd. Al dat bloed kleeft aan Rigans eigen handen.

Mijn hartslag versnelt en mijn handen ballen tot vuisten. Hoe durft hij?! Hoe durft hij burgers zomaar op te offeren voor zijn egoïstische plannen?! En ik, ik geloofde hem. Hij keerde me tegen Danann. Allemaal voor zijn eigen streven. Mijn neusvleugels verwijden en mijn bloed giert door mijn lijf.

Maar als de rebellen niet afkomstig zijn uit Danann, waarom wilde mijn rijk mij dan wel uitschakelen? Aedán vertelde me dat het inderdaad hun bevel was. Is Rigans haat jegens Cassius dan terecht?

Ik word bruut uit gedachten gehaald door een schreeuw van

Calyx. "Fuck jou! Hoe durf je?!" Stoom lijkt uit Calyx' oren te komen door de figuurlijke dolk die in zijn rug snijdt. Zijn knokkels zijn wit van zijn stevige grip op zijn zwaard. Hij verliest zijn controle en wordt overmand door emoties. "Sterf!" schreeuwt hij terwijl hij zich van de grond af zet en richting Rigan snelt met zijn zwaard getrokken. "Ik zal je..."

Nog voordat Calyx zijn zin kan afmaken wordt hij onderbroken door Rigan. Mijn adem blijft vast hangen in mijn keel als ik getuige ben van Rigans genadeloze aanval op Calyx.

De schaduwteugels, soortgelijk als die van mij, wurgen Calyx' nek en tillen hem van de grond. Door de plotselinge weder aanval verliest Calyx zijn grip op zijn zwaard en komt het met een doffe klap op de grond terecht. Zijn gezicht vertrekt van pijn en woede. Zijn handen tasten tevergeefs naar de ongrijpbare draden die hem verstikken.

"Calyx!" roep ik geschrokken. "Nee!!" schreeuw ik, mijn stem doordrenkt van zowel angst als woede. Maar mijn roep lijkt te verdrinken in Rigans venijnige lach, een lach die de machteloosheid in mijn binnenste versterkt.

Ik voel de duisternis in mij borrelen als een reactie op mijn falen, mijn naïviteit en de machteloosheid die me overweldigt. Een plotselinge golf van woede en schuldgevoel overspoelt mijn ziel en zonder bewust na te denken, laat ik mijn magische krachten vrij.

De lucht om me heen vibreert en is doordrongen van mijn opkomende toorn. Mijn handen gloeien op met een intens vurig licht terwijl ik mijn magie ontketen. Ik stuur het naar de schaduwen die Calyx gewurgd houden.

Rigans duistere schaduwen lijken te weifelen in het aangezicht van mijn kracht maar het is slechts een kortstondige aarzeling.

Met een wilde zwaai van mijn armen stuur ik nog een uitbarsting van donkere magie richting Rigan. Ik ben al lang vergeten dat mijn originele plan was om mijn grootmoeder uit hem te drijven. Mijn ogen verwijden wanneer ik zie dat mijn krachten slechts oppervlakkige schrammen achterlaten op zijn duistere schild.

Hij kijkt me spottend aan alsof mijn poging tot aanval niet meer was dan een onschuldige bries. "Alsjeblieft! Snap je dan niet dat donkere magie mij niets doet?" Rigan spreekt alsof hij tegen een klein kind praat. Het verwijdt mijn neusgaten nog verder.

De duisternis in mij wordt intenser en stoom drukt heftig uit mijn oren. Het is alsof de monsters in mijn ziel wild uit zijn op wraak.

Rigan laat een hooghartig geluid horen, bijna alsof hij me uitdaagt om meer te proberen. Zijn schaduwteugels knijpen harder om Calyx' nek en ik hoor Calyx worstelen om adem te krijgen. Mijn ogen ontmoeten die van Calyx en ik lees de smeekbede in zijn blik. "Li..." Het lukt hem niet om meer eruit te krijgen.

Mijn ogen vullen met machteloze tranen en een nieuwe golf roept me op om harder te vechten, om niet op te geven. Rigan moet boeten voor wat hij gedaan heeft. Ik wil wraak! De duisternis in mijn ziel is sterker dan ooit tevoren.

In een wanhopige poging strek ik mijn handen uit naar Rigan. Heel mijn lichaam tintelt van de spanning en energie. Mijn magie is als een wilde storm vergezeld door donkere schaduwen en vurige vlammen, maar het lijkt slechts Rigans amusement te wekken.

Hij draait zijn aandacht weer naar mij, zijn rode ogen doorboren mijn ziel. "Je bent zwak," zegt hij, zijn stem sissend als een serpent. "Je kunt je eigen demonen niet eens beheersen, laat staan mij verslaan."

Calyx' gezicht wordt langzaam roder. Zijn lichaam wordt zwakker.

De duisternis in me fluistert dat ik gefaald heb, dat ik dom ben en dat ik Calyx' lot heb bezegeld door mijn zwakte. Dat alleen duisternis me de kracht kan geven die ik verlang. Tranen stromen over mijn wangen als ik besef dat mijn innerlijke strijd niet alleen mijn eigen lot bepaalt, maar ook dat van degenen van wie ik hou.

In een laatste wanhopige poging om Calyx te redden

concentreer ik me op alles wat in mijn ziel rondspookt. Mijn borst beweegt heftig op en neer door de inspanning die mijn magie vergt. Mijn handen trillen van woede en verdriet terwijl ik mijn magie opnieuw loslaat, dit keer met een intensere focus en verlangen naar de vernietiging van Rigan. Ik ben verblind door angst om Calyx te verliezen en woede voor hetgeen Rigan zowel Calyx en mij als de burgers in Tartarus en Danann heeft aangedaan.

De duistere energie golft om me heen en neemt vorm aan als donkere heftige orkaan, klaar om Rigan te vermorzelen.

Een scherpe en doordringende klank snijdt door de lucht als mijn duistere magie de schaduwteugels rond Calyx raakt.

Een huiveringwekkende grom ontsnapt aan Rigans lippen terwijl de schaduwen die hem omringen beven onder de kracht van mijn aanval.

Zijn grip op Calyx verslapt voor een kostbaar moment en Calyx, bevrijd van de verstikkende greep, valt op zijn knieën. Hij hapt naar adem en ik zie de lucht terugkeren in Calyx' longen terwijl hij hard hoest.

De woede in Rigans ogen is nu vermengd met verbazing en irritatie als hij zijn blik naar mij snijdt.

De schaduwen in mijn magie dansen als hongerige demonen op zoek naar een prooi. Naar wraak op Rigan voor wat hij Calyx aandeed, voor wat hij burgers aandeed, voor wat hij mij aandeed.

Rigan herstelt zich snel van de verrassing en grijpt weer naar zijn duistere krachten. Zijn gestalte lijkt te pulseren van duisternis en de sinistere glinstering in zijn ogen verraadt een groeiende woede. "Hier kom je niet mee weg, Nasiah," sist hij, zijn stem doordrenkt van venijn.

De schaduwen in mijn magie lijken te smeken om meer, om Rigan te verteren en te vernietigen. Mijn emoties die een storm van woede, angst en vastberadenheid zijn, voeden de duisternis in mijn wezen.

Ik sluit mijn ogen en verlies me in de donkere krachten die ik heb ontketend. Met een wilde beweging van mijn armen stuur ik een golf van duistere magie naar Rigan. De schaduwen kronkelen om hem heen en ik zie hoe zijn gestalte wankelt onder de druk. Het lijkt alsof de duisternis in mij probeert te bewijzen dat ze onoverwinnelijk is. De verleidelijke stem lacht luidt in mijn hoofd, alsof ze geniet van de duistere magie die ik kanaliseer.

De wereld lijkt te vervormen en te trillen terwijl mijn donkere magie en die van Rigan met elkaar botsen als we heen en weer onze duistere magie loslaten. Een oorverdovend geluid vult de lucht als een strijd tussen titanen die de realiteit zelf lijkt te doen wankelen. De schaduwen dansen wild om ons heen, verwoestend en meedogenloos.

Calyx, bevrijd van de verstikkende greep van de schaduwteugels, krabbelt moeizaam op zijn voeten. Zijn ademhaling is zwaar, maar de vastberaden blik in zijn ogen verraadt dat hij niet van plan is op te geven. Zeker niet met Rigans krijgers die op hem af stormen. Zijn hand omklemt het zwaard dat op de grond lag en hij is klaar om weer deel te nemen aan de strijd.

Terwijl ik me concentreer op Rigan hoor ik Calyx moeizaam roepen. "Licht!" Zijn stem schor. "Liefde!" schreeuwt hij weer.

Plotseling besef ik me dat ik me volledig laat gaan in mijn duisternis en ik de magie put uit al mijn innerlijke donkere kamers. Ik probeer Calyx' advies te volgen en mijn gedachten te richten op de liefde en de banden die ons verenigen. Mijn lichaam trilt. In me woedt een gevecht tussen mijn donkere impulsen en de lichte krachten diep van binnen. De schaduwen in mijn magie lijken even te aarzelen alsof ze de opkomende lichte tegenkracht voelen.

Rigan, echter, kent geen genade. Zijn duistere krachten reageren met een verwoestende intensiteit. De grond splijt onder de druk van onze magie en bomen wijken uiteen alsof ze zelf angstig zijn voor de krachten die we ontketenen.

"Je denkt werkelijk dat je me kunt stoppen?" gromt Rigan, zijn stem doordrenkt van haat. Zijn gestalte lijkt te vervagen in de duisternis, een schim die oplost in de schaduwen. Met een angstaanjagende snelheid komt hij op me af, zijn handen doordrenkt met duistere energie. Zijn ogen gloeien met een genadeloze vastberadenheid terwijl hij zijn handen naar voren strekt. Hij is klaar om mijn ziel te verzwelgen.

Ik voel de druk van zijn duistere kracht op me afkomen, een verstikkende golf van negativiteit die mijn innerlijke licht probeert te doven.

Hij nadert te snel en grijpt me.

Ik raak verstrikt in zijn greep, een donkere greep die me dwingt om te kijken naar wat er zich afspeelt achter me. Mijn ogen worden gedwongen weg te draaien van Rigan en zich te richten op Calyx, die nog steeds worstelt met de krijgers die Rigan vergezellen.

De grond lijkt te beven onder de intensiteit van het gevecht. Ik zie Calyx vechten met een vastberadenheid die dieper lijkt te gaan dan de fysieke kracht, maar hij is in de minderheid. Hij gebruikt zijn zwaard als een verlengstuk van zijn wil maar ik kan de vermoeidheid in zijn bewegingen zien. Een brok vormt zich in mijn keel. De schaduwen van Rigan die Calyx omringen en de aanvallen van de donkere krijgers, dreigen hem te overspoelen.

Rigan die nog steeds in mijn perifere visie is, lijkt te genieten van mijn machteloosheid. "Kijk!" commandeert hij, zijn stem akelig dichtbij mijn oor. "Kijk hoe je geliefde Calyx vecht voor een verloren zaak. Hoe zijn liefde voor jou zijn dood zal zijn."

Mijn spieren spannen zich aan terwijl ik kerm en worstel tegen zijn greep die me gevangen houdt. Mijn innerlijke stem schreeuwt om actie maar ik kan me niet losrukken. De angst voor het lot van Calyx vervlochten met mijn eigen onmacht drijft me tot het uiterste.

Calyx die aan de rand van uitputting is, kijkt me recht in de ogen. Zijn blik smeekt om hulp, om iets wat ik op dit moment niet kan bieden. In zijn ogen zie ik niet alleen de strijd tegen de vijanden voor hem maar ook de strijd tegen de duisternis die zich in mij manifesteert.

"Laat haar gaan!" schreeuwt Calyx met al zijn overgebleven kracht. Door zijn focus op mij verliest hij grip op zijn eigen gevecht en wordt gesneden door een zwaard. Hij schreeuwt het uit. De onmacht om te handelen voelt als een ijzeren ketting die mijn wezen vasthoudt.

Rigan grijnst genadeloze en verhoogt de druk van zijn duistere magie dat zijn krijgers bijstaat. Calyx wordt gedwongen om op zijn knieën te zakken onder de overweldigende kracht.

De schaduwen lijken hem te verslinden.

Zijn hartverscheurende kreet gevuld met pijn doet me huiveren. Tranen rollen onophoudelijk over mijn wangen.

Ik voel mijn eigen wanhoop groeien terwijl ik gedwongen word om machteloos toe te kijken hoe Calyx' lichaam toegetakeld wordt.

52

Het beeld van een schreeuwende Calyx breekt mijn hart. Ik voel me kansloos in de greep van Rigan en het duistere gewicht van zijn magie drukt steeds zwaarder op me. Ik huil onophoudelijk als ik Calyx nog een keer geraakt zie worden door een zwaard.

Dit is het. Dit is het einde...

Het geschreeuw van Calyx echoot in mijn hoofd en raakt verstrengeld met mijn eigen innerlijke kreten van machteloosheid. Ik krijg mezelf niet los van Rigans greep. Mijn magie is niet sterk genoeg. Ik ben niet sterk genoeg. Ik kan dit niet aan.

Hier eindigt het.

Ik wil opgeven, maar in een moment van vertwijfeling flitst er plotseling beweging aan de rand van mijn gezichtsveld. Ik zie twee mannen aanrennen. Ze hebben hun zwaarden getrokken en zijn op weg naar Calyx.

Ik focus mijn ogen.

Aedán!

Aedán is terug! En hij heeft versterking bij zich. Ze raken

verstrengeld in gevecht met Rigans krijgers waardoor Calyx zijn kracht kan hervinden.

Rigan, even verrast als ik, lijkt zijn grip op mijn geest en lichaam te verslappen. Zijn aandacht verschuift naar de naderende bedreiging. De verwarring in Rigans ogen is slechts van korte duur maar het geeft me een kostbaar moment van ademruimte.

De twee mannen, ongeremd vechtend, zijn gehuld in wervelende schaduwwolken, maar één van hen trekt mijn aandacht.

Een schok gaat door me heen als de contouren van zijn gezicht duidelijker worden. Mijn ogen vergroten. Het kan niet waar zijn. Het kan niet... Maar de gelijkenis is onmiskenbaar.

Mijn broer.

Akhil, staat daar. Levend en wel. Vechtend aan Aedáns zijde.

Ik verstijf, mijn adem gevangen in mijn borst, bang dat bij een enkele sluiting van mijn oogleden Akhil zal verdwijnen.

Een werveling van emoties overspoelt me en doet mijn hartslag versnellen. Mijn broer die ik dacht te hebben verloren, staat hier als een levende getuigenis van hoop te midden van de duisternis. Hoewel mijn geest weigert het te geloven, herkent mijn hart hem onmiddellijk.

Mijn keel voelt droog aan terwijl ik probeer te bevatten wat er voor mijn ogen gebeurt. Een flits van herinneringen schiet door mijn hoofd. De dag dat ik dacht dat hij stierf, de pijn van dat verlies, het schuldgevoel. Maar hier staat hij. Levend. Vastberaden en moedig. Nee, dit kan niet...

Terwijl de strijd zich voortzet tussen de twee kampen, voel ik de duistere greep rond mijn geest langzaam verslappen. Een hernieuwde kracht borrelt in mij op, een warmte vult mijn buik en omringt mijn hart. Het schuldgevoel dat eens in de diepste kamers van mijn ziel rondzwierf transformeert tot een warme vloedgolf van hoop.

Mijn aandacht richt zich op Rigan, wiens blik heen en weer schiet tussen mij en de ontvouwende strijd. De duisternis in mijn ziel lijkt te wijken voor het opkomende licht, aangewakkerd door de aanwezigheid van mijn broer. Mijn handen trillen niet langer van machteloosheid maar van hernieuwde vastberadenheid.

Juist, mijn kind, voel de liefde. Laat het licht toe. Haar woorden stralen op me als een warme zon. Het is alsof ze mijn woede en twijfels wegvaagt met haar kalmerende aanwezigheid. Ik laat de woorden van de innerlijke stem tot me doordringen en het voelt alsof er een nieuwe vastberadenheid in me ontwaakt. Mijn ogen blijven gericht op de strijd waar Aedán en Akhil samenwerken om Rigans krijgers te overmeesteren.

Calyx, zij het gewond en uitgeput, krabbelt overeind, vastbesloten om opnieuw deel te nemen aan de strijd.

Je draagt de kracht van liefde en hoop in je. Gebruik het om de duisternis te overwinnen. Haar woorden zijn als een zachte bries die door mijn gedachten waait.

Ik adem diep in. De woorden resoneren met een diepe waarheid. In mijn hart voel ik de liefde voor mijn broer, voor Calyx, voor Aedán. Relaties en verbondenheid. Die liefde is mijn kracht, een kracht die sterker is dan de duisternis die Rigan probeert te verspreiden.

Rigan lijkt te voelen dat er iets verandert. Zijn grijns wordt minder zelfverzekerd terwijl zijn ogen heen en weer blijven schieten. De duisternis in hem lijkt te reageren op mijn hernieuwde kracht.

Terwijl ik me concentreer op mijn innerlijke licht, zie ik Aedán en Akhil succesvol de overhand krijgen in het gevecht. De schaduwen die Rigans krijgers omringen beginnen te wijken onder de impact van hun doorzettingsvermogen. Een met bloed doordrenkte Calyx, aangemoedigd door de veranderende dynamiek, hervat zijn gevecht met hernieuwde energie. Het vertaalt zich in een hernieuwde vastberadenheid in mezelf. Het is de moed gecombineerd met hoop die ik nodig heb om mijn rug te rechten.

Een golf van kracht stroomt door me heen. Mijn huid tintelt alsof het gestreeld wordt door een geliefde. Mijn magie wordt intens, helder.

De schaduwen rond Rigan krimpen onder mijn energie. Zijn zelfverzekerde houding wankelt. De duisternis in hem vecht tegen de opkomende gloed.

In een plotselinge impuls laat ik mijn magie los. Een zacht schijnsel, een warme gloed die zich uitbreidt. De schaduwen wijken, gedwongen door de kracht van mijn deugden.

Het licht groeit, intenser en stralender. Een weerspiegeling van de liefde en hoop in mijn hart. Als een golf, een aura van zuiverheid, doorboort het de duisternis. De kracht pulst door mijn aderen en mijn lichaam trilt op de frequentie van deze nieuwe energie.

Rigan deinst terug en vernauwt zijn rode ogen tegen het verblindende licht. Zijn duistere krachten sidderen onder mijn stralende magie. Mijn innerlijke licht confronteert de schaduwen. Het verzwelgt ze.

De verblindende explosie van licht bereikt zijn hoogtepunt. Het is een cascade van kleuren die dansen en zich vermengen. Het is een magisch schouwspel dat de hele omgeving doordrenkt. Gouden stralen schieten uit mijn handen als vurige pijlen die de duisternis doorboren. Het licht wordt vergezeld door een zachte vibratie als een harmonie van hoop die de lucht vult.

Mijn magie is een helende regen die de aarde reinigt van Rigans kwade intenties en mijn grootmoeders duisternis. Hij wordt omhuld door een stralende gloed en deinst verder terug. Zijn gezicht is vertrokken van ongemak.

Terwijl de lichte explosie voortduurt voel ik de duisternis in mij wijken. Mijn demonen lijken te smelten onder de stralen van hoop die ik uitstraal. Ik voel me gewichtloos en ik realiseer me dat dit niet alleen een magische uitbarsting is maar een transformatie. Een evenwicht tussen schaduw en licht manifesteert zich in de vorm van stralende magie.

Rigan, als een lege huls op zijn knieën, lijkt te beseffen dat hij niet opgewassen is tegen deze nieuwe kracht. Zijn duistere schild is gebroken. Hij struikelt achteruit en zijn gestalte vervaagt in het gloeiende licht. Zijn rode ogen, die ooit gevuld waren met zelfverzekerdheid, zijn gedoofde vlammen.

De schaduwen kronkelen en sissen om hem heen, woedend dat hun duistere heerschappij bedreigd wordt door mijn overweldigende licht.

Met stralende handen stap ik langzaam naar voren, kalm als een kabbelende beek. Mijn ogen zijn gefixeerd op Rigan, op de eens zo machtige duisternis die hem omringt. Onder de druk van mijn licht imploderen de schaduwen.

Vurige scheuren verschijnen in zijn gestalte terwijl zijn magie uiteenvalt. Pijn kronkelt door Rigans lichaam. Hij is gebroken door mijn magische uitbarsting.

Een huiveringwekkende schreeuw scheurt door de lucht. De kwade geest van mijn grootmoeder, die hem van binnenuit verteerde, wordt blootgesteld aan de zuiverende kracht van mijn licht. Haar schaduwachtige gestalte desintegreert, verzwakt door de stralende energie.

De gebroken geest in een ultieme stuiptrekking vult de lucht met een schrille kreet, een echo van het kwaad dat ooit heerste.

Met al mijn kracht verpulver ik de geest van mijn grootmoeder. De scherven verdwijnen als as in de wind, de krijgers met zich meenemend.

Terwijl ik het dwarrelende as volg die door de wind gedragen wordt en belicht wordt door mijn ziel, voel ik een mix van succes en mededogen. Haar verdrijving is niet alleen een overwinning op het kwaad dat ze vertegenwoordigt, maar ook een bevrijding van de duistere invloed die Rigan over me probeerde uit te oefenen.

Ik realiseer me dat mijn innerlijke kracht, aangewakkerd door liefde en hoop, sterker is dan de schaduwen die me inwendig probeerden te verteren.

Rigan die nu losgemaakt is van de duistere krachten die hem definieerden ligt weerloos op de grond. Zijn ogen, eens doordrenkt met haat en arrogantie, tonen nu slechts een leegte.

De schaduwen zijn verdwenen. Ze zijn verslonden door het licht.

Rigan hoest en proest, nog steeds in leven.

Ik staar naar zijn gebroken lijf en voor heel even twijfel ik, maar ik toon geen genade. Zijn acties zijn onvergeeflijk en het lukt me niet om compassie te tonen.

Ik hef mijn handen en laat een laatste magische explosie op hem uit elkaar klappen.

Een laatste kreet verlaat zijn lijf waarna een diepe stilte valt.

53

Ik blaas hard uit en mijn borstkas beweegt op en neer. Mijn lichaam trilt nog na van de intense magische uitbarstingen. De lucht om me heen is vredig en sereen. Het is een contrast met de chaos van zojuist. Mijn handen, omhuld door een zacht schijnsel, voelen warm aan en zijn doordrenkt met de kracht van mijn innerlijke licht terwijl zachte schaduwen me nog omringen. Mijn schaduwen en innerlijke licht zijn bondgenoten geworden.

Langzaam zak ik door mijn knieën, mijn benen voelen als watten. De strijd heeft zijn tol geëist maar het is een bevrijdende uitputting. Mijn ogen blijven gericht op de plek waar Rigan was. Hij is versmolten met de donkere aarde.

Een koude zachte bries streelt mijn gezicht alsof de natuur zelf mijn overwinning viert. Ik sluit mijn ogen en laat de gebeurtenissen bezinken. Tranen maken mijn wangen nat.

Mijn innerlijke demonen zijn getemd en overmeesterd door een gevoel van bevrijding en zelfontdekking. De stemmen van twijfel en angst in mijn hoofd zijn verstomd. Een rust heerst in mijn hoofd en in mijn hart. Een balans is gevonden.

Wanneer ik mijn ogen open zie ik de veranderingen om me heen. De donkere schaduwen die ooit mijn metgezellen waren zijn getransformeerd. Zachte lichtstralen doorboren ze, een symbiose van duisternis en helderheid. Mijn lichaam gloeit nog steeds, nu niet van inspanning maar met een aura van triomf over het kwaad.

Een diep gevoel van vrede overspoelt me. Mijn ademhaling kalmeert en ik voel me één met de wereld om me heen. De scherven van Rigans duistere invloed zijn opgelost en ik ben herboren in het licht van mijn eigen innerlijke kracht.

Langzaam sta ik op. Mijn spieren protesteren, maar mijn wil is vastberaden. Mijn ogen zoeken onmiddellijk naar Akhil, die met een mix van opluchting en ongeloof op zijn gezicht staat. Zijn blik ontmoet de mijne en zonder aarzeling ren ik naar hem toe. Mijn voeten lijken nauwelijks de grond te raken terwijl ik me door de overwinningsroes voortbeweeg.

Er flitst een mengeling van emoties over zijn gezicht maar vooral herkenning en opluchting. De afstand tussen ons lijkt een eeuwigheid te duren. Uiteindelijk bereik ik hem en vlieg ik in zijn armen.

Tranen stromen over mijn wangen terwijl ik mijn broer stevig vasthoud. "Akhil," fluister ik, mijn stem gebroken. "Ik dacht dat je dood was. Ik dacht dat het mijn schuld was."

Zijn omhelzing verstevigt. "Het spijt me, zusje. Ik dacht dat ik gefaald had om je te beschermen toen de Schaduwkrijgers je gevangen namen. Het is een wonder dat ik überhaupt nog bij bewustzijn kwam, maar toen was je al weg... Het spijt me."

Ik adem diep in en geniet met elke cel in mijn lichaam van dit moment.

Akhil laat me los als Calyx en Aedán, vermoeid maar met glimlachende gezichten, naar ons toe lopen.

Calyx' ogen vinden de mijne en in die blik verdrinkt de tijd. Ik zie erkenning en een liefde die dieper gaat dan woorden. Maar er is meer. Verwondering. Ontzag. Alsof hij voor het eerst de zon ziet na een leven in duisternis. Alsof hij voor het eerst een ster ziet fonkelen in de nachtelijke hemel. Calyx' ogen die altijd gefascineerd waren door de schaduwen zijn nu gefascineerd door het licht. Ik zie hem zijn kaak aanspannen terwijl zijn ogen over me heen glijden.

"Naas," fluistert hij, zijn stem trilt. Voorzichtig alsof hij een breekbaar object vasthoudt, trekt hij me in zijn armen. De kracht van zijn omhelzing gemengd met de trilling van zijn lichaam spreekt van een diepe emotie en inspanning.

Ik beantwoord zijn omhelzing. Dankbaarheid en liefde wellen in me op maar ik word overrompeld door zijn pijn. Het is de pijn die zijn lichaam tekent door de getroffen zwaarden.

Hij sluit me steviger in zijn armen en ik leg mijn hoofd op zijn borst. De versnelde hartslag die tegen mijn oor bonst is als een liefdeslied, synchroon met de mijne.

"Het is je gelukt," fluistert hij.

Ik knik en tranen van vreugde en opluchting wellen op in mijn ogen. Ik laat ze toe. Mijn armen strekken zich om hem heen en ik voel de kracht van zijn spieren onder zijn gescheurde en bebloede kleding. Zonder er erg in te hebben genees hem van zijn wond in zijn buik waar het zwaard hem diep gesneden had en de andere wonden op zijn lichaam.

"Dankje," hoor ik Calyx zeggen, maar mijn hoofd blijft begraven in zijn borst. Ik omhels hem nu nog steviger, wetende dat hij geen pijn meer heeft. In deze omhelzing is er geen schaduw, geen duisternis. Alleen licht. Het licht van onze overwinning, het licht van onze liefde, het licht dat we nu samen uitstralen.

Calyx laat zijn armen los om me heen vallen en kijkt me aan. In zijn ogen zie ik de weerspiegeling van mijn eigen gloed. Hij glimlacht, een glimlach die niet alleen van vermoeide voldoening is maar ook van pure en ongerepte bewondering.

"Je bent mooi," fluistert hij, zijn stem met een warme diepte.

Ik bloos, overweldigd door zijn woorden, en geef hem een glimlach terug. Nooit eerder heeft hij me zo teder toegesproken.

In zijn blik zie ik niet alleen de liefde die hij altijd voor me heeft gevoeld maar ook een nieuw soort bewondering. Hij is betoverd door het licht dat ik nu uitstraal, een licht dat in tegenstelling is tot alles wat hij ooit heeft gekend.

Onbewust glijdt mijn blik van Calyx naar Aedán. Hij staat er stilletjes bij, een glimlach op zijn gezicht maar zijn ogen verraden een dieper gevoel. Hij wendt zijn blik af en probeert onverschillig over te komen, maar zijn lichaam verraadt hem. De spanning in zijn schouders, de stijfheid van zijn houding, de geforceerde vrolijkheid in zijn gelaat.

Ik voel zijn blik weer op me en voel de pijn en het verlangen dat hij verborgen houdt. Mijn empathische magie vangt zijn emoties op. De diepe stroom van verdriet die onder de oppervlakte stroomt.

Ik klem mijn kaken even op elkaar. Een golf van mededogen spoelt over me heen. Ik weet dat Aedán me altijd heeft beschermd, zelfs toen ik hem wantrouwde. Hij heeft gevochten aan mijn zijde ondanks de risico's, ondanks de bevelen. En nu, in dit moment van overwinning, staat hij er eenzaam bij, geplaagd door zijn eigen innerlijke demonen.

Ik maak me los van Calyx' armen en stap op Aedán af.

Calyx kijkt me verbaasd aan.

"Bedankt," fluister ik, mijn stem zacht en krachtig terwijl ik dicht voor Aedán sta. "Bedankt voor alles wat je hebt gedaan."

Een glimlach verschijnt op zijn gezicht, het is een glimlach die kwetsbaar en oprecht is. "Ik zou alles doen om je te beschermen, Naas. Dat weet je," zegt Aedán, zijn stem hees, zijn pure en onbaatzuchtige liefde voor me doorschijnend.

Ik leg mijn hand op zijn bovenarm en geef hem een zachte glimlach maar ik voel een brok in mijn keel groeien. Het is een brok die Aedán voelt.

"Ik weet het, Aedán," zeg ik, mijn stem warm. "En ik kan je er niet genoeg voor bedanken." In Aedáns ogen zie ik een waterige glans ontstaan waardoor ik hem bemoedigend knijp in zijn arm.

Op dat moment komt Calyx naar ons toe, zijn ogen gericht op Aedán. Calyx legt zijn arm over mijn schouders, een stil gebaar van bezit. Mijn hart klopt sneller. Calyx' blik is intens, zijn kaaklijn gespannen. Hij beseft de diepte van Aedáns gevoelens voor mij en in zijn ogen zie ik een ongeduldige en dreigende glinstering.

Aedáns ogen vernauwen zich op Calyx en zijn glimlach verdwijnt.

Een moment lang hangt de spanning in de lucht. Aedán en Calyx staren elkaar aan, hun blikken geladen met emotie.

Akhil probeert met een frons de gebeurtenis voor hem te begrijpen, waarna hij me vragend aankijkt.

Dan, in een flits van inzicht, zie ik een realisatie in Aedáns ogen. Zijn schouders zakken en een diepe zucht ontsnapt aan zijn lippen. Met een geforceerde glimlach knikt hij naar Calyx. "Zorg goed voor haar," zegt hij, zijn stem vastberaden. "Ze is kostbaar."

54

De terugkeer naar Danann is een bittere pil. Fionnuala, ooit zo levendig en vol vreugde, is nu een schim van haarzelf. Verwoeste huizen, smeulende ruïnes en stille straten schetsen een grimmig beeld van de prijs die betaald is voor de verlossing van duisternis.

Calyx, Aedán, Akhil en ik kijken zwijgend om ons heen, ons hart zwaar van verdriet. De bewoners die de oorlog hebben overleefd, verschijnen aarzelend vanuit hun schuilplaatsen. Vermoeide gezichten, getekend door angst en verlies, kijken me aan. Hun ogen vol twijfel over hun vertrouwen in mij na de verwoesting die ik heb aangericht. Ze zien me niet als de heldin die het kwaad versloeg maar als degene die duizenden burgers van Danann heeft vernietigd toen ze zich verloor aan de duisternis. Hun echtgenoten. Hun zoons.

Ik slik met moeite. Een golf van schuldgevoel welt in me op en schuift bruut mijn euforie opzij.

Ter afleiding dwaal ik in mijn gedachten af naar het gesprek met Aedán, op onze weg terug naar Danann. Hij vertelde me hoe hij de Fianna gewaarschuwd had, hoe ze voorbereidingen konden treffen voor de naderende aanval. Hij vertelde me hoe Akhil zich opgeofferd had om mee terug te gaan naar mij, naar mijn strijd met onze grootmoeders kwade entiteit. Hij moest en zou zijn schuldgevoel rechtzetten. Hij moest me helpen.

"Akhil," fluister ik zachtjes, bijna onhoorbaar te midden van de verlaten straten. Ik voel zijn aanwezigheid naast me, zijn blik gericht op de verwoesting voor ons. "Ik weet niet of het me gelukt was zonder jou. Dat jij er was... Het veranderde alles."

Zijn reactie is een kalme glimlach. "Je bent mijn zusje. Ik zal er altijd voor je zijn. Ik had nergens anders willen zijn." Zijn stem zonder twijfel, alsof het de meest logische keuze was die hij kon maken. Met trots in zijn ogen kijkt hij me aan, waarna hij hard knijpt in mijn monnikskapspier.

Ik probeer mijn schouder weg te trekken, maar een kreet en een gniffel verlaten mijn mond als ik de speelse blik in zijn ogen zie.

Calyx, naast me, legt zijn hand op mijn onderrug, een gebaar van steun na onze heftige reis. Zijn ogen ontmoeten de mijne en ik lees de bezorgdheid die daarin ligt. "We zijn er nog niet, Naas," fluistert hij, bijna alsof hij mijn gedachten kan horen. "Maar ze zullen je weer vertrouwen. Het was niet jouw schuld. Je hebt uiteindelijk het juiste gedaan."

- - - - - - - - - -

Twee dagen zijn verstreken sinds onze terugkeer naar Fionnuala. De spanning hangt zwaar in de lucht. De leugens die de afgelopen decennia zijn verteld hebben diepe verdeeldheid gezaaid in Danann. De onthulling van de waarheid, dat mijn grootmoeder de katalysator was van de oorlog, werpt een donkere schaduw over onze familienaam. De bevolking wantrouwt hun leider, die zijn eigen vrouw verzwegen heeft om zelf aan de macht te kunnen blijven. Zelfs ik begin te twijfelen aan mijn loyaliteit, wetende dat hij van mij een doelwit heeft gemaakt. Hij heeft een leger op me afgestuurd om me te laten verdwijnen van de aardbodem. Om zijn leugen in stand te houden.

Terwijl ik op mijn oude vertrouwde steen langs de beek zit, sluit ik hard mijn ogen. Mijn kaken zijn op elkaar geklemd. Ik voel mijn middenrif samentrekken en mijn ogen worden waterig. In gedachten ga ik terug naar mijn gesprek met mijn ouders, de dag nadat we terugkwamen in Fionnuala.

Eerder

"Waarom?" fluister ik, mijn stem gebroken. "Waarom hebben jullie me dit nooit verteld? Waarom hebben jullie me klein gehouden? Waarom geloofden jullie niet in me?"

Mijn ouders kijken elkaar aan, pijn en berouw in hun ogen. "We wilden je beschermen," zegt mijn moeder, haar stem zacht. "We wisten dat je grootmoeder de strijd met de duisternis verloren had, dat het haar entiteit gesplitst had. We waren bang dat jou hetzelfde zou overkomen. Daarom heb ik je in een strak trainingsprogramma gezet, om je te leren je emoties te beheersen. We wilden niet dat de geschiedenis zich zou herhalen. Dat we je kwijt zouden raken."

Mijn vader knikt. "En toen de oorlog escaleerde en we grip verloren, wilde ik je weghouden van het gevaar. We ontdekten dat Rigan het op je gezind had, net zoals hij het gezind had op je grootmoeder. Dat mocht niet nog een keer gebeuren. Ik dacht dat je veiliger zou zijn bij Akhil, ondergedoken. Weg van het gevaar. Maar ik wist niet dat het zo anders zou lopen, Nasiah. Dat Cassius uiteindelijk... Ik heb dit niet goed aangepakt."

Ik voel het onbegrip borrelen in mijn aderen. "Beschermen? Is dat wat jullie dit noemen? Me opsluiten, me klein houden, me afzonderen van de wereld? Is dat bescherming?"

Mijn moeder pakt mijn hand. "Het spijt ons. We wisten niet wat we anders moesten doen. We waren bang."

Ik frons en wend mijn blik naar de grond. "Jullie hebben me juist de duisternis ingeduwd. En nu loop ik hier rond als de persoon die duizenden mensen heeft vermoord. Mensen haten me..." Mijn stem is wankel, gevuld met pijn. Tranen stromen over mijn wangen. Ik kan de pijn in mijn hart niet langer onderdrukken.

"Nasiah," mijn vader legt zijn hand op mijn schouder. "Je bent niet degene die de mensen vermoordde. De duisternis in je heeft dat gedaan. Jij bent sterk. Je hebt de kracht om de duisternis te overwinnen. Je hebt het al bewezen toen je Rigan versloeg."

Ik schud mijn hoofd. "Maar kijk wat ik aangericht heb. Ik ben me verloren in de duisternis. Ik ben net als mijn grootmoeder."

"Nee," zegt mijn moeder. "Dat ben je niet. Je ben sterker dan haar. Jij hebt de kracht om de duisternis te weerstaan. We geloven in jou, Nasiah. We zijn trots op jou."

Ik kijk hen aan, tranen nog steeds in mijn ogen. "Kan ik het nog wel goedmaken? Kan ik het vertrouwen van de mensen terugwinnen?"

Mijn moeder knikt. "Het zal niet makkelijk zijn, maar ik weet dat je het kunt. Je hebt een goed hart en je vecht voor hetgeen je in gelooft. De mensen zullen je zien voor wie je echt bent, als je ze de kans geeft."

Heden

De woorden van mijn ouders galmen in mijn hoofd, terwijl het geluid van het kabbelende beekje me terugbrengt naar de realiteit. De pijn van verraad en woede is nog steeds voelbaar, maar er is ook een nieuw gevoel van kracht en vastberadenheid.

Ik denk terug aan de woorden van Rigan, hoe hij op me inpraatte, me verleidde met de belofte van erkenning en aanzien in Tartarus. Hij beloofde me alles te geven wat ik verlangde, alles wat ik van mijn ouders miste. In zijn duistere wereld leek ik eindelijk de waardering en liefde te vinden die ik zocht.

Maar nu zie ik de waarheid. De leugens van Rigan, de manipulatie, de duisternis die hem verteerde. Hij heeft me gebruikt, me misleid om zijn eigen kwaadaardige plannen te dienen.

En ik besef dat ik de acties van mijn ouders verkeerd heb geïnterpreteerd. Hun bescherming zag ik als gevangenschap, hun bezorgdheid als gebrek aan geloof. In mijn woede en verdriet heb ik me laten leiden door de duisternis, door de stem van Rigan die me influisterde dat ik alleen was, dat ik nergens bij hoorde.

Een diepe treurnis vult me bij de gedachte aan de schade die ik heb aangericht. De onschuldige mensen die ik heb vermoord, de pijn die ik heb veroorzaakt. Maar de hoop en pure liefde die in mijn hart branden, zijn sterker dan de duisternis. Ze geven me de kracht om door te gaan, om te vechten voor wat goed is, om de schade te herstellen die ik heb aangericht, om de volledige waarheid boven water te brengen.

Ik sluit mijn ogen en laat de zon op mijn huid stralen. Ik voel de kracht van de natuur om me heen, de energie die door alles stroomt. Het is een bron van troost en hoop, een stille belofte dat er schoonheid en licht is, zelfs in de donkerste tijden.

Een geritsel in de struiken doet me opspringen.

Malik stapt tevoorschijn. Hij glimlacht zachtjes. "Nasiah," zegt hij, zijn stem warm en respectvol. "Ik... Ik wil je even spreken."

Ik knik, mijn ogen onderzoekend. De arrogante houding die hij tijdens de trainingen vaak had is verdwenen. In plaats daarvan zie ik berouw en kwetsbaarheid.

"Elara vertelde me dat je hier was," gaat hij verder. "Ik wilde mijn excuses aanbieden voor het plotseling weggaan."

Ik haal diep adem. "Het is oké, Malik," zeg ik kalm.

Hij knikt fronsend. "Ik voelde me geroepen om mijn eenheid aan de frontlinie te helpen. En... Ik wist niet van je bloedlijn, van je grootmoeder. Het enige wat ze me verteld hadden, was dat ik je daar moest houden. Ik zag de urgentie niet. En ik voelde me falen omdat ik je krachten niet begreep. Het was te krachtig voor mij, iets wat ik zelf nooit zou kunnen. Ik voelde me niet op mijn plek, ik was klein vergeleken jouw kracht."

Maliks woorden stromen door me heen en ik voel zijn emoties in mijn binnenste: de pijn van onmacht, de angst om te falen, het verlangen om een belangrijke rol te spelen. Het doet me denken aan mezelf. In mijn koppigheid en verlangen naar onafhankelijkheid heb ik verkeerde beslissingen genomen en verkeerd gehandeld. Ik wilde geen hulp of troost, maar ik besef nu dat ik dat juist nodig had. Ik durfde mezelf alleen niet kwetsbaar op te stellen.

"Malik," zeg ik zachtjes, "je hoeft je niet te verontschuldigen. Ik begrijp je." Ik glimlach naar hem, mijn ogen verzachtend. "Op dat moment voelde ik me verlaten. Je liet me achter, terwijl ik zo bang en onzeker was over mijn eigen krachten. Maar mijn eigenwijsheid weerhield me ervan je achterna te gaan en je hulp te vragen. Ik moet mijn excuses aan jóu aanbieden. Ik heb je nooit laten weten hoe erg ik eigenlijk waardeer wat je voor me gedaan hebt. Zonder jou was het me nooit gelukt, Malik. En daarvoor zal ik je altijd dankbaar zijn."

Mijn woorden raken hem zichtbaar. Hij knikt, zijn ogen verzachten. "Dank je, Nasiah. Dat betekent veel voor me."

We zwijgen even, genietend van de stilte en de zon op onze gezichten.

"Ik ben blij dat je terug bent," zegt Malik zachtjes.

55

Eenmaal terug in mijn ouderlijk huis, dat nog steeds overeind staat, dringt een beklemmend gevoel tot me door. Het is alsof de vertrouwde muren me nu verstikken. De stilte in de gangen is oorverdovend, elk geluid echoot met de spoken van het verleden.

In de bibliotheek, omringd door de verzamelde kennis van generaties, voel ik de zwaarte van verborgen waarheden en leugens. Geheimen die ik wil ontrafelen.

De vastberadenheid om de waarheid te achterhalen, borrelt in mijn aderen. De inwoners van Danann verdienen het om te weten wat er al die jaren geleden is gebeurd. Ze zijn voorgelogen, duizenden levens zijn verloren gegaan door die leugens.

Een knoop van woede en frustratie vormt zich in mijn maag. Mijn familie, gehuld in een web van bedrog. Veroorzaakt door mijn grootvader. Waarom heeft hij deze informatie achtergehouden? Het heeft alleen maar verdeeldheid gezaaid in Danann.

Ik moet erachter komen wat de waarheid is. Zelfs mijn moeder wil het weten. Het is alsof ze een kracht vindt in mijn onafhankelijkheid. Ze heeft de woorden van haar vader altijd geloofd, maar ik merk dat haar twijfels groeien. Het wordt gevoed door Cassius' bevel om mij uit te schakelen toen ik verzeild was in de duisternis. Cassius schoof mijn ouders toen bruut aan de kant.

Ik pers mijn lippen op elkaar en richt mijn blik op de boeken. Ik moet Aedán vragen om die documenten in te zien, die hij gevonden had.

Langzaam beweeg ik me naar de boekenkasten. Mijn vingers glijden over de verweerde ruggen en ik adem de geur in van oude pagina's en verborgen kennis.

Mijn gedachten dwalen af naar de brief die ik hier maanden geleden vond, geschreven door mijn grootmoeder. In een rechte lijn loop ik naar de hoge kast, waar ik de brief weer tussen de boeken had gestopt.

Ik haal de brief tevoorschijn, de woorden die ooit een ander licht wierpen op mijn situatie. Een golf van herinneringen overspoelt me terwijl ik de woorden herlees die ze ooit aan mijn moeder heeft geschreven. Ik realiseer me dat ze deze brief geschreven heeft nadat ze zich gesplitst had. Dit is haar lichte kant.

"Mijn kind," lees ik mompelend voor mezelf. Ik sluit mijn ogen en hoor de lieve fluisterende stem weer in mijn hoofd. Mijn grootmoeder... Haar lichte kant.

Terwijl ik de regels opnieuw lees, voel ik een verschuiving in mijn begrip. De vorige keer dat ik deze brief las, leek het alsof ze aanmoedigde om mijn eigen pad te kiezen. Ongeacht de mening van anderen. Maar nu, met mijn ervaringen in de strijd tegen Rigan en de duisternis, begrijp ik dat er diepere lagen zijn in haar boodschap.

De woorden nemen me mee naar een diepere betekenis. Mijn grootmoeder sprak niet alleen over de erfenis van magie en elementen. Ze sprak ook over de innerlijke erfenis, die van zelfkennis en zelfbeheersing. De kracht om emoties te temmen, om als een kapitein door stormachtige zeeën te navigeren.

Een dankbare golf overspoelt me als ik terug denk aan mijn sessies met professor Thorian en hoe hij me geholpen heeft mijn emoties te leren herkennen en erkennen.

In de stilte van mijn gedachten herzie ik mijn interpretatie van haar brief. De tranen prikken in mijn ogen terwijl ik besef dat ik haar woorden verkeerd begreep. Haar boodschap was niet om roekeloos mijn eigen weg te gaan, maar om mijn innerlijke kompas te volgen. Om te vertrouwen op mijn innerlijke kracht. Om mijn emoties te begrijpen en te beheersen. Ze sprak over veerkracht, over het omarmen van verdriet en angst als deel van onze krachtige gaven.

Met een glimlach vouw ik de brief voorzichtig dicht en berg hem op. Misschien was mijn interpretatie de vorige keer gekleurd door mijn eigen rebellie, maar nu zie ik dat de woorden van mijn grootmoeder een kostbaar geschenk zijn, een kompas voor mijn innerlijke reis.

Ik neem plaats in een van de grote kozijnen en staar een tijdje naar buiten, tot ik abrupt uit mijn rust gehaald wordt door hatelijke woorden die richting mijn hoofd schieten.

"Schande!" Adham spuwt de woorden uit als gif, zijn ogen vol woede en verachting. "Danann is verwoest. Door jou!"

Ik voel de koude wind van zijn haat door me heen snijden. Mijn hart bonst in mijn keel, mijn handen ballen zich tot vuisten.

"Besef je wel hoe er nu naar ons gekeken wordt?! Ze haten ons. We zijn niets meer. En het komt allemaal door jou! Omdat jij zo nodig een emotionele magiër moet zijn. Je hebt alles kapot gemaakt," gaat hij verder, zijn stem hard en cynisch. "Je had beter jezelf kunnen vernietigen!"

De giftige woorden van mijn broer resoneren in mijn binnenste, de duisternis in zijn emoties raakt me aan. Mijn woede borrelt op. Mijn ogen flitsen, mijn lippen trillen van woede, maar ik bedwing mezelf. Ik zal niet tot zijn niveau zakken.

"Jij durft," reageer ik zelfverzekerd. "Jij hebt geen idee wat ik heb meegemaakt, wat ik heb opgeofferd, de duisternis die ik heb bestreden." Mijn stem is kalmer nu en ik voel de deugden in mijn hart. "Ja, ik heb schade aangericht en dat heb ik goedgemaakt door Rigan te verslaan."

Adham lacht smalend. "En wat heb je daar uiteindelijk mee bereikt? Niets dan chaos en ellende. Je bent een monster. Een gevaar voor iedereen om je heen. Je had nooit geboren mogen worden." Hij geeft me een hatelijke blik en beweegt zich terug naar de gang "Ik zou je ogen open houden, zusje," waarschuwt hij me, terwijl hij wegloopt.

Hij laat me achter, mijn blik nog gericht op de deuropening. Adham zal nooit veranderen.

- - - - - - - - - -

De zon zakt achter de bergen, kleurrijk licht beschijnt het dorp. Ik zie hem al van ver staan, leunend tegen een muur in een steegje. Zijn amberkleurige ogen lichten op als hij me ziet.

"Naas," zegt Calyx zachtjes, zijn stem diep en vertrouwd. "Bedankt dat je even wilde komen."

Ik streel zijn ontblote arm. "Hey," begroet ik hem, mijn stem warm. Een warm gevoel vult kort mijn borst en zorgt voor een glimlach op mijn gezicht, maar ik zie de pijn in zijn ogen. Een pijn die ik voel resoneren in mijn lijf.

"Ze haten me," fluistert hij met een gebroken stem. "Ze zien me als de duivel, degene die jou tot kwaad heeft verleid."

Mijn hart krimpt samen van verdriet. Ik weet dat hij gelijk heeft. De mensen van Danann zijn bang voor hem. Ze zien hem als de bron van alle ellende, als degene die me heeft meegesleurd naar de duisternis. Hij is de zondebok, maar ze weten niet dat ik de persoon was die hem toegetakeld heeft toen ik mezelf verloor in de duisternis. En hij heeft altijd aan mijn zijde gestaan.

"Ze begrijpen het niet," zeg ik zachtjes. "Ze zien niet wat ik zie.

Ze zien niet de kracht in je hart, de loyaliteit die je naar me hebt."

Het is even stil voordat Calyx mijn hand pakt en er zachtjes in knijpt. "Jij ziet het," zegt hij, zijn ogen gericht op de mijne. "En dat is alles wat telt."

We staren elkaar aan, onze blikken verstrengeld. De pijn in zijn ogen vervaagt, vervangen door een diepe, onvoorwaardelijke liefde.

Ik voel mijn hart smelten, samensmelten met het zijne.

Opeens trekt hij me naar zich toe en slaat zijn armen om me heen. De kracht van zijn omhelzing is overweldigend, alsof hij me nooit meer wil loslaten. Ik voel zijn lichaam tegen het mijne, zijn warmte, zijn kracht.

Een golf van emotie overspoelt me. Liefde, verdriet, opluchting, hoop. Al die maanden van angst, onzekerheid en afzondering vallen weg in dit moment van pure verbondenheid.

Ik ben thuis in zijn armen.

Calyx streelt met zijn duim over mijn wang en kijkt me doordringend aan. Zijn lippen raken de mijne. De zoen is zacht, teder, vol verlangen en belofte. Het is een kus die de pijn van het verleden wegsmelt en een nieuw begin belooft. We kussen lang en diep, onze harten verenigd in deze omhelzing.

De zon daalt verder, kleurrijk licht omhult ons als een sluier. In dit moment van pure liefde en samenzijn weet ik dat we alles samen kunnen overwinnen.

Einde

Dankwoord

Dit verhaal ontstond uit mijn diepste en meest kwetsbare hoeken. Deuren die ikzelf liever gesloten hield, tot het niet meer kon.

Dat het gegroeid is tot iets dat jullie kunnen lezen, en wellicht jezelf in kunnen herkennen, had ik nooit durven dromen.

Zonder hulp van anderen had dit verhaal echter niet als dusdanig op papier gekomen.

Daarom wil ik iedereen die mij geholpen heeft bedanken. Voor jullie waardevolle feedback, scherpe inzichten en onvermoeibare steun tijdens het hele proces.

En aan jou,

dat je bent gebleven tot hier.

Als dit verhaal iets in je heeft losgemaakt, helpt een review anderen om het te vinden.

En als je nog niet klaar bent met deze storm, kun je je inschrijven voor mijn nieuwsbrief.

www.roxannedeurloo.com/author

Lees verder

De Stormnacht is voorbij. De oorlog ook. Maar kracht
komt niet zonder prijs. Nasiah dacht balans gevonden te
hebben, maar het rijk ziet haar voor wat ze is: een monster.
En Aedán weigert zijn zwaard opnieuw te nemen. Hij duikt
in archieven op zoek naar antwoorden, vastbesloten zijn
handen schoon te houden.